QUE LA LUMIÈRE SOIT

Diane Chamberlain

QUE LA LUMIÈRE SOIT

Roman

Traduit de l'anglais (Etats-Unis) par Francine Siety

PRESSES
DE LA CITÉ

Titre original : *Keeper of the Light*

© Diane Chamberlain, 1992
© Presses de la Cité, 1994, pour la traduction française, et 2005 pour la prése
édition
ISBN 2-258-06776-6

Les habitants des Outer Banks [1] me pardonneront, je l'espère, d'avoir pris certaines libertés avec la géographie des lieux pour faire place à Kiss River et à son phare.

Je remercie Cher Johnson, Mary Kirk, Suzanne Schmidt, Laura et Pete Schmitz, ainsi que ma sœur Joann Churchill, qui ont lu les premières épreuves de cet ouvrage avec enthousiame et clairvoyance. Tous ceux qui m'ont fait bénéficier de leurs compétences et ont répondu aimablement à mes innombrables questions — le vétérinaire Holly Gill ; le médecin des urgences Martha Gramlich et l'infirmière Betsy McCarthy ; Chris Haltigan, l'artiste des Outer Banks, et le créateur de vitraux Jimmy Powers ; David Fischetti, Hugh Morton et John Wilson qu'anime une passion commune pour les phares ; le garde forestier Warren Wrenn, du Service des Parcs nationaux — trouveront ici l'expression de ma gratitude. *The Keeper's Log*, publication trimestrielle de la Société américaine des Phares, a été elle aussi une source d'inspiration précieuse.

Je remercie Peter Porosky qui m'a influencée sur certains points ; mon agent, Adele Leone, qui a toujours su me conseiller, et mon éditeur, Karen Solem, pour sa confiance, sa patience et sa sagacité.

Merci enfin à Richard, pour les vingt années exceptionnelles que nous avons passées ensemble.

---

1. La côte de Caroline du Nord, où se situe ce roman, est barrée par une ligne d'îles sablonneuses, délimitant de vastes détroits. (*N.d.T.*)

1

Noël 1990

Il avait plu toute la journée... Une pluie si drue que les arbustes à côté du parking des urgences semblaient tout aplatis et que le nouveau toit fuyait. La cuvette, placée dans la salle d'attente par l'une des infirmières, était déjà pleine à ras bord. Olivia Simon assistait à ce déluge derrière la large baie vitrée de son bureau. La pluie l'empêchait de se concentrer et le journal, posé devant elle, était resté ouvert depuis des heures à la même page. Bizarrement, cette pluie absorbait l'oxygène de l'air et rendait l'atmosphère irrespirable ; elle résonnait au-dessus de sa tête comme des billes sur une plaque de tôle.

Au moment précis où Olivia craignait de perdre patience, le bruit cessa. Le ciel devint clair et brillant comme l'intérieur d'une coquille d'œuf. Soudain il neigeait...

Elle entra dans le bureau d'accueil où Kathy Brash et Lynn Wilkes jouaient à la belote pour tuer le temps.

— Il neige, déclara-t-elle.

Kathy et Lynn tournèrent la tête vers les fenêtres. En se levant pour mieux voir, Lynn fit tomber quelques cartes qu'elle avait frôlées par mégarde avec sa blouse blanche.

— On croit rêver !

— L'année dernière aussi, nous avons eu de la neige à Noël, observa Kathy. Ça devient une habitude.

Olivia jeta un coup d'œil à sa montre : 5 h 30. Elle ne pourrait pas rester coincée ainsi toute la nuit...

Lynn se rassit.

— Une partie avec nous, Olivia ?

Trop tendue pour accepter, Olivia remercia aimablement et regagna son bureau. Rentrer à la maison, voilà ce qu'elle souhaitait par-dessus tout !

Elle s'assit et composa son numéro de téléphone.

— Il neige, murmura-t-elle lorsque Paul répondit.

— Ouais, je sais. (Il semblait irrité, et elle perçut ce ton cassant dont il était coutumier depuis quelque temps.) Quand rentres-tu ?

— Bientôt. Dans une demi-heure.

On lui avait imposé ce tour de garde car elle était la dernière arrivée des quatre médecins du service des urgences. Si elle s'était sentie indispensable, il lui aurait été plus facile de se justifier aux yeux de Paul, qu'elle délaissait trop souvent, mais, ce jour-là, elle n'avait vu qu'un genou écorché et une indigestion due à un excès de dinde. En de telles occasions, elle regrettait l'ambiance survoltée de Washington General[1] où son ancienneté (dix ans de bons et loyaux services) lui avait donné une certaine liberté dans le choix des horaires.

Depuis peu, elle était inquiète : dès que Paul était hors de sa portée, elle avait l'impression qu'il allait se volatiliser !

L'année précédente, ils avaient passé Noël à Philadelphie, chez ses beaux-parents. Paul avait écrit un poème en son honneur, et il l'avait brodé sur un canevas pendant les longues heures où elle travaillait loin de lui. Chaque fois qu'elle regardait cette broderie, exposée chez elle sur l'un des murs du bureau, elle se demandait comment des sentiments aussi ardents avaient pu s'éteindre si brusquement.

— La dinde va être trop cuite. Je la sors du four ? demandait-il maintenant.

Sur le point de répondre, elle entendit le crépitement d'un appel radio de la police dans la salle voisine.

— Ne quitte pas, Paul.

Elle éloigna légèrement le combiné et tendit l'oreille, tandis que Kathy s'asseyait devant la radio.

— Service des urgences de Kill Devil Hills.

Au milieu des parasites, une voix masculine se fit entendre.

— Nous avons une femme blessée par balle à la poitrine.

1. Grand hôpital fédéral.

Entre trente-cinq et quarante ans. Pouls à 150, filant. Tension artérielle 75/40.

— Combien de temps vous faut-il pour arriver ?

— Quinze minutes. Peut-être une vingtaine, avec cette neige !

Olivia bondit.

— Paul, je dois te laisser.

Après avoir raccroché, elle fonça vers la salle de soins.

— Appelle Jonathan ! lança-t-elle en passant à côté de Kathy. L'idée de faire équipe avec Jonathan Cramer ne l'enchantait guère, mais elle n'avait pas le choix. D'ailleurs, il habitait tout près ! Elle avait à peine eu le temps de se laver les mains lorsqu'il arriva.

— Blessure par balle... grommela-t-il en retroussant ses manches sur ses bras musclés. Après les soins de première urgence, nous la transférerons en hélicoptère à Emerson Memorial[1].

Olivia alluma l'écran de l'électrocardiographe.

— Nous ne l'avons pas encore examinée !

— Sa place est dans un service de traumatologie.

Olivia commença à préparer le matériel d'intubation. Jonathan avait travaillé auparavant dans un paisible hôpital de Louisiane : les blessures par balle n'étaient sans doute pas dans ses habitudes ! Son arrivée, un an plus tôt, dans ce nouveau service — les seules urgences des Outer Banks de Caroline du Nord — avait précédé de peu celle d'Olivia. La nouvelle venue, en principe son égale dans la hiérarchie, avait le même pouvoir de décision que lui, mais elle se demandait parfois s'il le savait.

— Commençons par l'examiner, déclara-t-elle.

Tout était prêt lorsque les deux aides-soignants amenèrent la blessée dans la salle. On avait découpé son chemisier et son soutien-gorge. Sur son sein gauche apparaissait un orifice minuscule, à peine teinté de sang. La balle avait donc pénétré dans le cœur et une intervention chirurgicale d'urgence s'imposait.

Olivia se tourna sans hésiter vers Kathy.

— Prépare les instruments chirurgicaux.

— Quoi ? (Avec l'un des aides-soignants, Jonathan était en train d'adapter les pantalons gonflables aux jambes de la jeune

_____
1. Nom de l'hôpital de Norfolk.

femme.) Pas question de la garder ici ! Nous allons la transférer à Emerson.

— Elle ne tiendra pas le coup, murmura Olivia. Sous cette neige, il faudrait au moins quarante minutes pour que l'hélicoptère arrive à destination. Sans compter les formalités d'admission en chirurgie...

Tout en contrôlant les fonctions vitales de la blessée, Olivia s'adressa à Lynn.

— Donne-moi deux culots sanguins 0 négatif.

Kathy lui présentait les instruments chirurgicaux d'une main tremblante. Elle avait relevé ses cheveux au-dessus de sa tête, et Olivia regretta de ne pas avoir suivi son exemple : ses cheveux bruns, coupés au carré, l'aveuglaient chaque fois qu'elle se penchait en avant.

— Tu plaisantes ! grommela Jonathan. Nous ne sommes pas équipés pour ça.

— 50/30, annonça Lynn. Je ne trouve pas le pouls radial.

Il faut la transfuser au plus vite, se dit Olivia.

— Mets le sérum physiologique à plein débit et fais une dénudation de la veine, s'il te plaît, Jonathan.

— Bon Dieu, tu te crois encore à Washington ! Cette femme n'a pas sa place dans notre service.

— Lynn, donne-lui une solution bicarbonatée et de l'adrénaline. Et installe immédiatement cette transfusion ! (Olivia se tourna ensuite vers Jonathan.) Tu sais bien que si nous l'envoyons à Emerson, elle mourra en route ! Nous ne travaillons pas dans des conditions idéales, mais c'est sa seule chance de survie.

Elle se tourna vers la table d'opération et fit elle-même l'incision, en glissant le scalpel dans la veine bleue de l'aine. Elle saisit ensuite une aiguille à grand calibre.

— Je m'en charge, dit Kathy et elle introduisit l'aiguille dans la veine.

Ses mains ne tremblaient plus. Olivia admira la rapidité avec laquelle elle avait repris le dessus.

Jonathan la foudroya du regard.

— Inutile de compter sur moi. J'appelle l'hélicoptère !

Il tourna les talons et sortit de la salle.

Sidérée, Olivia se tourna vers l'un des aides-soignants.

— Contactez le Dr Shelley et demandez-lui de venir immédiatement.

Elle badigeonna de Bétadine le thorax de la jeune femme, puis elle enfila les gants stériles que lui tendait Lynn.

— Il vaudrait peut-être mieux l'envoyer à Emerson, murmura l'infirmière, le front brillant de transpiration.

— Nous allons faire notre possible pour la sauver, Lynn.

Olivia prit un deuxième scalpel sur le plateau. Sa main tremblait et elle réalisa qu'elle était le seul médecin dans la salle. *Allons, allons, du calme.* Elle plaça le scalpel entre les côtes de la blessée en se concentrant totalement sur la tâche qu'elle allait accomplir. Elle appuya. Le sang ne coulait pas. Alors, elle coupa le muscle en profondeur, jusqu'à la cavité cardiaque. Le sang jaillit soudain sur sa blouse et éclaboussa le plancher. L'aide-soignant, debout à côté d'elle, laissa échapper un cri d'effroi.

— Pas de tension, pas de pouls, dit Lynn.

En levant la tête, Olivia aperçut la ligne horizontale sur l'écran derrière la tête de la blessée. Elle comprit qu'ils allaient perdre la partie. Il fallait élargir l'incision...

— Vous n'avez pas d'écarteur ? demanda-t-elle, le front moite.

Kathy fit un signe de tête négatif. Comme de juste, ils n'en avaient pas !

Olivia reprit le scalpel et l'introduisit au niveau de la cinquième côte. Lorsque l'incision fut assez grande, elle glissa sa main à l'intérieur. Elle entoura doucement le cœur de ses doigts et fit glisser son pouce pour localiser l'orifice d'entrée de la balle — une petite dépression aisément repérable sur cette surface lisse. Lorsqu'elle eut bloqué l'hémorragie d'un doigt, elle trouva l'orifice de sortie, du côté opposé. Elle y plaça le majeur, et le cœur se contracta aussitôt dans sa main. Tandis qu'un cri de joie s'élevait dans la salle, elle tourna les yeux vers l'écran.

— Le pouls revient, annonça Kathy.

Olivia poussa un soupir de soulagement. On ne pouvait pas faire grand-chose de plus en attendant l'arrivée de Mike Shelley, le directeur du service. Mais combien de temps pourrait-elle tenir dans cette position inconfortable ? Elle était recroquevillée sur elle-même, le dos tordu pour garder sa main placée correctement sur le cœur. Un seul mouvement de ses doigts pouvait être fatal : question de vie ou de mort ! Les muscles de ses cuisses s'ankylosaient et son épaule était douloureuse.

L'hélicoptère approchait. Olivia reconnut son grondement sourd lorsqu'il atterrit sur le toit. Il leur serait utile dès qu'ils auraient paré au plus pressé. Dès que la blessée serait en état de faire le voyage...

Pour la première fois, elle regarda le visage de la victime. Une peau laiteuse, parsemée de taches de rousseur. Des cheveux couleur acajou, longs et épais, qui retombaient au bord de la table en une masse bouclée. On aurait dit une publicité pour un savon de luxe.

Essayant d'oublier sa position inconfortable, elle s'adressa au plus jeune des deux aides-soignants.

— Qui a tiré?

L'homme, aussi pâle que la blessée, écarquilla les yeux.

— Cette dame travaillait comme bénévole au Foyer des femmes en détresse. Un forcené est entré; il a menacé de tirer sur sa femme et sur son gosse qui y avaient trouvé refuge. Alors, elle s'est interposée...

Le Foyer des femmes en détresse. Avec un pincement au cœur, Olivia continua à l'interroger.

— Quelqu'un connaît son nom?

— Annie O'Brien. Quelque chose comme ça...

— O'Neill, murmura Olivia, si doucement que personne ne l'entendit.

Elle promena son regard sur ce corps étendu devant elle, sur ces seins à la peau nacrée, cette taille bien prise. Puis elle ferma les yeux. Son épaule la brûlait et elle avait les doigts engourdis. Elle ne savait même plus s'ils étaient restés à la bonne place; un coup d'œil sur l'écran lui permit de s'assurer qu'ils n'avaient pas glissé.

A peine un mois plus tôt, Paul avait fait un reportage pour *Seascape Magazine*. Elle se rappelait les photos de vitraux qu'il avait prises dans l'atelier d'Annie Chase O'Neill. Des femmes drapées de soie, un héron bleu et un coucher de soleil sur le bras de mer. Paul avait changé depuis cet épisode. *Tout* avait changé...

Mike Shelley arriva enfin. La stupeur se lisait dans ses yeux sombres. Il la rejoignit aussitôt après s'être lavé les mains.

— Où est Jonathan?

— Il voulait la transférer à Emerson, mais j'ai préféré la garder ici. Il est allé appeler l'hélicoptère et il n'est pas revenu.

Mike enfila de ses mains gantées l'aiguille incurvée.

— On aurait peut-être dû la transférer... (Il parlait presque à voix basse, ses lèvres tout près de l'oreille d'Olivia.) Maintenant, tu risques d'avoir du sang sur les mains.

Piquée au vif, Olivia se demanda un instant si elle avait eu tort. Non, cette femme n'aurait pas supporté le voyage. C'était incontestable ! Mike devait travailler autour des doigts immobiles d'Olivia, car le moindre mouvement aurait fait jaillir le sang. L'épaule en feu, la jeune femme sentait le tremblement de ses jambes gagner tout son corps. Elle ne broncha pas, tandis que Mike glissait une petite pièce de feutre sous son pouce et qu'il la suturait pour la maintenir en place. Mais l'orifice de sortie était large et presque impossible à atteindre sans léser l'ensemble du cœur.

Le front de Mike se creusait de rides de plus en plus profondes à mesure qu'il s'acharnait sur son aiguille.

— Vas-y, Mike, murmura Olivia.

Il finit par hocher la tête. La pièce ne tenait pas et le sang se mit à suinter, puis il jaillit du fond du cœur. Olivia sentit sa chaleur sur ses doigts. Au même instant, la ligne verte vacilla sur l'écran, puis s'aplatit définitivement.

L'évidence de l'échec fit planer un silence accablant dans la salle. Pendant un moment, tout le monde resta figé sur place. Olivia entendait la respiration rapide de Mike, dont le rythme s'accordait à la sienne. Elle se releva avec peine, en grinçant des dents à cause de son dos courbaturé, et elle tourna les yeux vers Kathy.

— La famille est ici ?

— Oui. Nous avons appelé Kevin. Il est avec eux dans la salle d'attente.

— Je vais les prévenir, dit Mike.

Olivia tendit la main pour l'arrêter.

— Reste ici ! C'est moi qui me suis occupée d'elle depuis le début.

Comme elle se dirigeait vers la porte, Mike la saisit par le bras.

— Holà ! Tu devrais d'abord te changer.

Olivia baissa les yeux et aperçut sa blouse maculée de sang. Un doute l'envahit : elle n'avait plus les idées claires !

Une fois changée, elle se dirigea vers la petite salle d'attente privée. Derrière la haute fenêtre du vestibule, les flocons de neige dansaient dans l'obscurité ; elle réprima l'envie de sortir une seconde. Ses muscles la brûlaient toujours et elle appréhendait ce qui allait se passer. Elle espérait que Kevin Rickert, l'assistant chargé de parler aux familles, lui avait préparé le terrain.

Kevin se rasséréna en la voyant.

— Voici le Dr Simon, annonça-t-il.

Ils étaient trois — une adolescente d'environ treize ans, étonnamment semblable à la femme qu'elle venait de quitter, un garçon de quelques années de plus, et un homme aux cheveux noirs, grand et d'une minceur athlétique, qui portait des jeans et un pull-over bleu. Alec O'Neill, le mari d'Annie... il l'interrogeait du regard.

Elle serra la main hésitante qu'il lui tendait et murmura en détachant chaque syllabe :

— Mr. O'Neill, je suis désolée... La balle a traversé le cœur. Elle a causé de trop grands dommages...

Une lueur d'espoir brillait encore dans les yeux d'Alec. C'était toujours ainsi : l'espoir demeurait tant qu'on n'avait pas dit toute la vérité, mis les points sur les i. Le jeune homme, lui, avait compris. Il était la copie conforme de son père, avec la même chevelure noire et un regard d'un bleu limpide sous des sourcils foncés. Sans dire un mot, il se tourna vers le mur en courbant les épaules.

— Vous comprenez ce que vient de dire le Dr Simon ? insista Kevin.

— Annie est... morte ?

Olivia hocha la tête. Alec avait les yeux fixés sur elle.

— Je regrette. Nous avons tenté pendant plus d'une heure de...

— Non !

La fillette s'était jetée sur Olivia, les poings fermés, la précipitant contre l'accoudoir en bois de l'un des fauteuils. Mais Kevin la retint avant qu'elle ne se livre à d'autres excès.

— Ce n'est pas possible ! hurla-t-elle. Il n'y avait pas de sang.

— Chut, Lacey, souffla Alec O'Neill en la prenant dans ses bras.

Olivia retrouva son équilibre et posa une main sur le dos de la fillette.

— C'est à l'intérieur qu'elle saignait, ma chérie.

— Ne m'appelez pas « ma chérie », grogna Lacey en la repoussant.

16

Alec O'Neill serra sa fille contre lui, et elle se mit à sangloter. Décontenancée, Olivia tourna les yeux vers Kevin.

— Je reste avec eux, chuchota ce dernier.

Olivia se dirigea vers la porte, elle se retourna une dernière fois pour s'adresser à la famille.

— Si vous avez des questions à poser, je suis à votre disposition.

A travers la pièce, Alec O'Neill lui jeta un regard où se lisait une douleur insoutenable. Que faire pour lui ? A tout hasard, elle murmura :

— Votre femme était très belle.

Dans le vestibule, elle croisa Jonathan qui attendait en compagnie du pilote de l'hélicoptère.

— Quel gâchis ! ricana-t-il.

Sans répondre, elle entra dans son bureau et ouvrit grand les fenêtres pour respirer l'air frais. La neige tombait toujours, silencieusement. En retenant son souffle, elle pouvait entendre au loin le tumulte de l'océan.

Au bout d'un moment, Kevin passa la tête dans l'embrasure de la porte.

— Ça va, Olivia ?

Elle s'éloigna de la fenêtre et vint s'asseoir à son bureau.

— Oui... Et eux, comment vont-ils ?

Kevin entra et s'assit en face d'elle.

— Le père et le fils sont allés la voir ; la petite n'a pas voulu. Je pense qu'ils tiendront le coup. Une famille plutôt solide. Mais la mère était le centre de gravité, alors on ne sait jamais. Quelle chienne de vie, non ?

— A qui le dis-tu !

— On dirait que tu as du mal à encaisser.

Olivia sentit une larme couler sur sa joue, et Kevin lui tendit un Kleenex qu'il avait pris dans une boîte posée sur le bureau.

— Cramer est un imbécile, reprit-il.

Après s'être redressée, elle se moucha docilement.

— Ça va mieux ! Dis-moi, Kevin, t'arrive-t-il aussi de consoler Mike ou Jonathan ? De leur donner un Kleenex ?

Kevin sourit.

— Penses-tu que les femmes aient ce triste privilège ?

Olivia se rappela le regard d'Alec O'Neill lorsqu'elle avait quitté la salle d'attente — un regard qui allait longtemps la hanter. Elle murmura :

17

— Non, sans doute pas... Merci d'être venu, Kevin.

Sept heures passées ! Son tour de garde était terminé depuis longtemps, et plus rien ne la retenait maintenant. Elle allait reprendre le chemin de sa maison, sur le détroit, et mettre Paul au courant des événements. Pour la deuxième fois, ce soir-là, elle verrait un homme s'effondrer... à cause d'Annie O'Neill. Quand elle baissa les yeux, sa main reposait sur ses genoux. Elle tourna sa paume vers l'extérieur. Un instant, elle crut sentir encore la vie et la chaleur du cœur d'Annie...

2

A 7 h 45, Paul Macelli éteignit les lumières de l'arbre de Noël, puis il retourna s'asseoir dans la salle à manger où la dinde, les patates douces et les haricots verts avaient refroidi. Une pellicule de graisse recouvrait la sauce ; il y plongea un couteau en regardant le jus brun pâle s'étaler sur la lame. Il avait allumé les bougies, versé le vin. Vraiment, il ne reculait devant aucun effort ! Mais cette damnée Olivia lui donnait toujours de bonnes raisons de s'irriter : son travail comptait plus que sa vie conjugale, et même le jour de Noël elle rentrait en retard des urgences !

Il leva les yeux vers l'arbre éteint. Il aurait pu s'en passer cette année, mais Olivia avait pris l'initiative de l'acheter la semaine précédente. Un pin bleu des montagnes, qu'elle avait installé elle-même devant la fenêtre, face au Roanoke Sound. Elle l'avait garni de babioles collectionnées pendant leurs neuf années de vie commune et d'une multitude de petites lumières blanches. L'année d'avant, il avait cassé l'étoile de cristal toujours placée au sommet et il s'était fait un devoir de lui trouver un substitut. Il avait vu exactement ce qu'il voulait, quelques semaines plus tôt, dans l'atelier d'Annie. La perspective d'y retourner avec une raison valable et de la revoir au milieu de ses photos et de ses vitraux l'excitait curieusement. Hélas, elle n'était pas là au moment de sa visite. Il avait dû cacher sa déception lorsque Tom Nestor, l'artiste à la queue de cheval qui partageait les lieux avec elle, lui avait tendu l'objet enveloppé dans du papier de soie.

— Je regrette d'accepter votre argent, Annie vous en aurait sans doute fait cadeau.

19

— Annie donnerait tout ce qu'elle possède ! avait dit Paul en souriant.

Tom lui avait rendu son sourire comme s'ils partageaient en secret le privilège de connaître la vraie nature d'Annie. Rentré chez lui, il avait placé le bibelot à la cime de l'arbre. Un ange de verre stylisé, dans un cadre ovale éclairé par-derrière. Sa robe argentée avait la fluidité soyeuse propre aux œuvres d'Annie. Paul ne comprenait pas comment elle obtenait une telle luminosité.

Quand Olivia avait découvert l'ange, elle avait pâli et une lueur de désespoir avait assombri son regard.

— Ça te déplaît ? avait-il demandé.

Avec un héroïsme méritoire, elle avait répondu :

— Pas du tout, c'est ravissant !

Paul entendit la voiture d'Olivia pénétrer dans le garage, juste au-dessous de la salle à manger. Le moteur se tut après un dernier vrombissement, et il sentit son visage se renfrogner. Olivia entra en dénouant l'écharpe grise qu'elle portait autour du cou.

— Bonjour, dit-elle doucement, secouant la tête pour se débarrasser des flocons de neige collés à ses cheveux.

Elle alla accrocher son manteau dans le placard, près de la porte d'entrée. Affalé sur sa chaise, Paul gardait malgré lui une attitude hostile.

— Tu n'allumes pas l'arbre ?

Elle appuya sur l'interrupteur mural et l'ange d'Annie sembla renaître dans le tourbillon de sa robe argentée.

Paul restait muet. Olivia s'approcha de la table et s'assit en face de lui. Sylvie, leur chatte persane, sauta avec grâce sur ses genoux.

— Je regrette d'être en retard, murmura Olivia en caressant distraitement Sylvie de ses mains blanches. Nous avons eu un cas extrêmement grave.

— Tout est froid.

Olivia jeta un regard aux plats refroidis, puis vers Paul. Elle avait de beaux yeux. Verts, avec des cils noirs qui contrastaient étrangement avec son teint clair.

— Paul, il s'agissait... C'était Annie O'Neill.

Il se raidit sur sa chaise.

— Quoi ? Que dis-tu ?

— Elle travaillait ce soir au Foyer des femmes en détresse de Manteo, et elle a été blessée par balle.

— Elle va bien ?

Olivia hocha la tête.

— Désolée, Paul... Elle est morte.

Il se leva si brusquement que l'argenterie se mit à cliqueter sur la table.

— C'est une mauvaise plaisanterie ! lança-t-il, mais il savait bien qu'Olivia en était incapable.

— La balle lui a transpercé le cœur.

L'ange aux mille feux le narguait du haut du sapin de Noël.

— Olivia, tu mens. Je t'en prie, dis-moi que tu mens !

— Je regrette.

Elle était si calme, si impassible. Vraiment haïssable...

— Excuse-moi, dit-il, et il se précipita dans l'escalier.

Olivia courut derrière lui. Il prit une valise dans un placard du couloir et l'emporta dans la chambre, où il la jeta sur le lit. Elle recula jusqu'à l'embrasure de la porte, tandis qu'il empilait quelques vêtements soigneusement repassés, sans les retirer de leur cintre.

— Que fais-tu ?

— Je m'en vais ! (La voix d'Olivia, sa seule présence lui étaient insupportables, mais elle ne pouvait pas comprendre.)

— Paul !

Elle fit un pas vers lui, puis, se ravisant, recula pour s'agripper au chambranle de la porte.

— C'est de la folie, Paul ! Tu la connaissais à peine. Une simple toquade, tu l'as dit toi-même ! Tu te souviens ? Ce n'était pas réciproque, elle était heureuse en ménage. J'ai vu son mari ce soir et j'ai dû lui dire...

Paul se pencha vers elle.

— Tais-toi !

Elle recula dans le couloir et il sentit qu'il l'avait effrayée. Il s'effrayait lui-même. Il était un autre homme. Sans aucun rapport avec ce qu'il avait été pendant trente-neuf ans...

Les bras croisés, Olivia jouait de la main droite avec son alliance constellée de brillants. Elle reprit d'une voix sourde :

— Tu me parleras d'elle si tu veux. Je ne pouvais l'admettre, mais tout a changé. Je t'écouterai. Paul, ne pars pas. *Je t'en supplie !*

Sa voix se brisa et il eut un sursaut. Il avait envie de se boucher les oreilles pour ne plus l'entendre.

Il alla dans la salle de bains prendre sa brosse à dents, son rasoir et son étui à lunettes. Puis il flanqua le tout dans la valise. Enfin, il se tourna vers Olivia : les lèvres et les joues encore rougies par le froid, elle avait les yeux embués de larmes. Derrière elle, le couloir était éclairé par la lumière diffuse de l'arbre de Noël

— Excuse-moi, Olivia.

Il la bouscula légèrement et descendit quatre à quatre l'escalier pour ne pas l'entendre pleurer.

Contrairement à ses habitudes, il conduisit comme un fou. Les rares voitures qui roulaient sur la grand-route longeant les Outer Banks se traînaient sur la chaussée glissante, mais Paul appuyait sur l'accélérateur de sa Honda en se moquant d'en perdre par moments le contrôle. Devant l'atelier d'Annie, à Kill Devil Hills, il leva la tête sans même ralentir. Quand les fenêtres de l'atelier étaient éclairées, on voyait étinceler les vitraux, mais ce soir-là, les vitres de la façade étaient sombres et opaques comme de l'ardoise.

La neige tombait silencieusement sur son pare-brise, et il faillit dépasser sans le voir l'accès au parking de la *Beach Gazette*. Une seule autre voiture — un break bleu — y était garée : Gabe Forrester, le spécialiste des chroniques policières de la *Gazette*, était déjà à son poste. Sans doute ravi d'avoir une histoire croustillante à se mettre sous la dent...

Paul alla directement frapper à sa porte. Gabe venait de raccrocher son téléphone.

— Macelli ! s'exclama-t-il. Mon vieux, que fais-tu ici à cette heure indue ?

— J'ai entendu parler de ce meurtre à Manteo et j'ai pensé que je pourrais te donner un coup de main. Tu vas publier un article de fond sur la victime ?

Il attendit, crispé, la réponse de son collègue. Olivia avait peut-être tout inventé et Gabe, stupéfait, lui dirait qu'il n'était au courant de rien.

— Oui, certainement, répliqua ce dernier, le visage impassible. Annie O'Neill... Tu ne la connais sans doute pas, puisque tu es nouveau dans la région.

— J'ai écrit un reportage sur elle dans *Seascape*.

— Ah, parfait ! Alors, je compte sur toi. (Gabe hocha la tête avec un sourire affligé.) C'était *quelqu'un*, comme on dit. Je dois prévenir ma femme, mais je n'arrive pas à me décider. Il y aura des obsèques comme tu n'en as jamais vues ici. (Il jeta un coup d'œil par la fenêtre : la neige tombait en flocons plus espacés dans la lumière du réverbère.) Mes enfants vont être bouleversés. Elle était l'entraîneuse de Jane au *softball* l'année dernière et elle s'est occupée de Jimmy à la crèche quand il était petit. Une femme de cœur mais un peu farfelue. Pauvre Alec ! reprit-il, les lèvres pincées, en s'appuyant des deux mains sur son bureau. Son mari... il est vétérinaire à Kill Devil Hills. Tu le connais ?

Paul hocha la tête et s'assit en face de Gabe. Ses genoux tremblaient.

— Ça s'est passé comment ?

Gabe soupira.

— Elle servait le repas aux femmes et aux gosses du Foyer de Manteo. Et un certain... (Gabe prit son carnet de notes posé sur son bureau.) Un certain Zachary Pointer est entré, et il a menacé sa femme. Il a braqué son revolver sur elle en disant qu'un jour de Noël elle n'avait pas le droit de le priver des enfants, etc. Annie s'est interposée. Elle a essayé de parler avec le type, de le raisonner. Mais ce salaud a tiré. Et voilà, ça s'est passé en un rien de temps ! Pointer est en garde à vue. J'espère qu'on ne lui fera pas de cadeau.

Paul tremblait comme une feuille dans son manteau, mais il gardait un visage indéchiffrable.

— Je me mets au travail tout de suite, dit-il en se levant. (Devant la porte, il se ravisa.) Comptes-tu parler à la famille ?

— Certainement. Veux-tu le faire à ma place ?

— Non, non, je préfère que tu t'en charges.

Pour Paul, il n'était pas question de s'adresser à Alec O'Neill. Il ne l'avait jamais rencontré, il n'avait jamais voulu rencontrer l'homme avec qui Annie passait toutes ses nuits. Pourtant, il l'avait aperçu à plusieurs reprises. La dernière fois, c'était dans l'atelier d'Annie. Lorsque Alec était entré pour échanger un mot avec sa femme, il avait fait mine d'examiner des vitraux. Mais il y avait un miroir... Annie et Alec se parlaient en lui tournant le dos. Leurs têtes se frôlaient, et leur conversation paraissait tendre et animée. Avant de quitter Annie, Alec avait déposé un baiser sur sa tempe, et lui, Paul, avait dû fermer les yeux devant le spectacle insoutenable de leur intimité. Non, il ne pouvait pas parler à Alec O'Neill !

Il s'arrêta dans la salle de documentation et prit l'épais dossier concernant Annie. Il le connaissait déjà car il l'avait feuilleté plus d'une fois lorsqu'il écrivait son reportage en free-lance pour *Seascape*. Il l'emporta dans son bureau et s'installa à sa table sans se donner la peine d'enlever son manteau.

Des dizaines de coupures de presse... Les activités sociales d'Annie. Ses activités artistiques — vitraux et photographie. Annie, présidente de la Société protectrice des animaux. Plusieurs articles l'appelaient « sainte Anne », ce dont elle riait volontiers. Le plus ancien article, jauni par l'âge, remontait à 1975. Il était titré : « Une artiste mène le combat contre l'expulsion de la gardienne du phare. » C'était le premier pas d'Annie vers la célébrité...

Paul étala l'article sur son bureau pour le lire attentivement. En 1975, le Service des Parcs nationaux avait voulu réaliser une opération sur le site du phare de Kiss River. La maison du gardien deviendrait son quartier général pour moitié, et le reste serait transformé en musée. Mary Poor, la vieille gardienne (alors âgée de plus de soixante-dix ans), avait passé la plus grande partie de sa vie dans cette maison. Après l'avoir rencontrée, Annie, scandalisée par cette expulsion, avait ameuté l'opinion publique. Le Service des Parcs nationaux était revenu sur sa décision : la vieille femme avait gardé la jouissance de la moitié de la grande maison.

En voyant la photo d'Annie qui illustrait l'article, Paul sentit les muscles de sa poitrine se contracter douloureusement. Il ferma un instant les yeux. *Une toquade !* Au diable, Olivia.

Le rédacteur en chef de la *Gazette* lui avait reproché son style « trop sentimental ». On lui avait déjà fait cette remarque au *Washington Post* : « Tu serais capable de rendre compte d'une épidémie de grippe sur un ton lyrique. Oublie que tu es un poète lorsque tu franchis la porte de ton bureau. » Comment pourrait-il résister à ce penchant lorsqu'il rédigerait le portrait d'Annie ?

Il passa une heure à rassembler des éléments pour son article, puis il fit la liste des personnes à interviewer le lendemain matin. Tom Nestor, naturellement, et le directeur du Foyer. Il nota quelques noms encore. Il avait tout son temps, car la *Gazette* ne paraissait que trois fois par semaine ; le prochain numéro serait sous presse le surlendemain.

Il quitta son bureau. Dans sa voiture, sa valise semblait le narguer. *Et alors, Paul, où allons-nous maintenant ?* Plusieurs endroits lui semblaient possibles, mais pas tout de suite. Il reprit Croatan Highway en direction du nord, et au bout de quelques kilomètres il se gara sur le parking proche de Jockey's Ridge. Après avoir claqué la porte de sa voiture, il s'avança dans le sable vers les énormes dunes. La neige ne tombait plus et les étoiles brillaient dans un ciel sans nuages. Autour de lui s'étendait un étrange paysage lunaire, dont il goûtait le calme et la solitude. Tandis qu'il gravissait la plus haute des dunes recouvertes de neige, en balançant les bras d'avant en arrière pour se réchauffer, seul le bruit de sa respiration haletante venait troubler le silence. Ses lunettes embuées le gênaient, il les retira.

Les muscles des cuisses raidis par l'effort, il atteignit enfin le sommet. Il remit ses lunettes et tourna son visage vers le nord. Un vent cinglant lui envoyait des grains de sable sur les joues. Les mains dans les poches de son manteau, il scruta l'horizon et attendit...

Le faisceau lumineux apparut, puis disparut aussitôt. Le temps de compter : *un, un et demi, deux, deux et demi, trois, trois et demi, quatre, quatre et demi,* il était de retour. Le phare de Kiss River... Une lueur diffuse, vite évanouie, au rythme presque hypnotique, une luminosité pâle et blanche. Annie lui avait dit un jour qu'elle trouvait le verre blanc « aussi terne qu'une vie sans amour ». Et elle lui avait confié son rêve de mettre des vitraux autour du phare : des femmes drapées dans de longues robes mauves, roses et bleues.

Il n'avait pas écrit tout cela dans son reportage de *Seascape*. Elle lui avait dit bien d'autres choses qu'il avait gardées secrètes.

Une rafale d'air froid le fit frissonner à travers son manteau et l'obligea à fermer les yeux.

Annie.

Une toquade.

Un sentiment sans réciprocité...

Paul s'assit sur le sable froid, le visage enfoui dans ses bras et il s'autorisa enfin à pleurer. Sur ce qu'il avait perdu et sur ce qu'il n'avait jamais eu...

3

Juin 1991

Alec O'Neill chérissait par-dessus tout son premier souvenir d'Annie. Il était exactement au même endroit qu'aujourd'hui, sur cette même plage, par une nuit sans lune, noire et visqueuse comme du goudron. Toutes les quatre secondes et demie, le rayon du phare éclairait le sable ; entre-temps, une éternité semblait s'écouler.

Soudain, il avait vu une jeune fille s'avancer vers lui dans le faisceau lumineux. Il avait cru à une hallucination, car on perd un peu sa raison lorsqu'on reste, seul dans le noir, à guetter une lueur intermittente. Mais l'apparition s'était précisée quelques secondes plus tard : la jeune fille avait une magnifique chevelure rousse et portait un sac à dos jaune sur l'épaule droite. Elle devait avoir une vingtaine d'années — un ou deux ans de moins que lui. Pétrifié, il la regardait s'approcher. D'une voix rauque qui le surprit, elle lui expliqua qu'elle longeait la côte en auto-stop, du Massachusetts à la Floride, en restant le plus près possible de l'océan. Elle voulait sentir l'eau se réchauffer à mesure qu'elle descendait vers le sud. A la lumière du phare, il la vit sortir un poncho mexicain de son sac et l'étendre sur le sol. Il était muet de stupeur.

— Je n'ai pas fait l'amour depuis une éternité, déclara-t-elle en lui prenant la main dans l'obscurité.

Il se laissa entraîner sur la couverture, mais il dut combattre une soudaine pruderie lorsqu'elle tendit la main vers la ferme-ture Eclair de son jean. Que diable, on était en 1971 et il avait vingt-deux ans ! Sa première expérience ne datait pas d'hier, mais il s'agissait d'une inconnue...

Il parvint difficilement à se concentrer sur ses propres sensations, tant il était émerveillé par le corps de cette jeune fille — dont il avait des visions fugitives toutes les quatre secondes et demie, entre deux longs intervalles de nuit noire. Ils accordèrent leur rythme à cette pulsation de lumière chatoyante, d'abord riant, puis gémissant dans leur recherche d'une harmonie partagée.

Il la ramena à la villa qu'il habitait avec trois amis de Virginia Tech : en attendant de reprendre leurs cours, ils travaillaient tout l'été pour une entreprise de bâtiment. Pendant deux semaines, ils avaient repeint le phare de Kiss River et fait quelques réparations dans la maison de la vieille gardienne. Ils passaient habituellement leurs soirées à boire et à draguer les filles, mais, ce soir-là, ils restèrent tous les quatre en compagnie d'Annie dans la petite salle de séjour envahie de sable. Elle sortit des grenades de son sac à dos et ils jouèrent à des jeux qu'elle semblait inventer au fur et à mesure.

— Compléter les phrases suivantes, annonça-t-elle avec son accent de Boston. Je chéris... (Elle regarda Roger Tucker d'un air encourageant.)

— Ma planche à voile, répondit Roger en toute sincérité.

— Ma moto, répliqua Jim, le frère de Roger.

— Mon pénis, ricana Bill Larkin.

Annie roula des yeux indignés et se tourna vers Alec.

— Je chéris...

— Cette soirée.

Elle répéta en souriant :

— Cette soirée !

Il la regarda détacher un grain de sa grenade et le glisser dans sa bouche. Elle plaça le grain suivant dans sa paume tendue et continua à manger ainsi pendant toute la durée du jeu — un grain dans sa bouche, un grain dans sa main, jusqu'à ce qu'elle soit remplie du fruit rouge et juteux. Lorsqu'il n'y eut plus qu'une écorce vide sur son assiette, elle tendit sa main vers la lumière comme pour admirer une montagne de rubis.

Il s'étonnait de voir ses amis rester calmes et sobres, mais il n'y avait pas de mystère : ils étaient sous le charme d'Annie, qui était devenue leur pôle d'attraction. Le centre de l'univers...

— J'ai besoin... dit Annie.

— D'une femme, grommela Roger.

— D'une bière, lança Jim.

— De baiser, répondit Bill, comme de juste.

— De toi, s'entendit répondre Alec.

Annie prit un rubis rouge sang dans son assiette et se pencha en avant pour le glisser dans la bouche d'Alec.

— D'un homme qui me serre dans ses bras, murmura-t-elle.

Tout en parlant, elle l'interrogeait du regard : *Es-tu à la hauteur ? C'est un besoin qu'il ne faut pas prendre à la légère.*

Dans son lit, cette nuit-là, il comprit ce qu'elle avait voulu dire. Pelotonnée contre lui, elle lui confia qu'elle aurait pu épouser un homme « sans jambes, sans cœur ou sans cervelle, mais sûrement pas un homme sans bras ».

Renonçant à son périple le long de la côte, elle vint s'installer avec lui. Maintenant qu'elle l'avait rencontré, elle était décidée à ne plus jamais le quitter — quoi qu'il arrive ! Elle était enchantée qu'il veuille devenir vétérinaire et elle lui amenait des animaux à soigner. Des mouettes aux ailes cassées, des chats faméliques, avec des abcès à la patte ou les oreilles déchirées. En une semaine, Annie découvrit autant d'animaux blessés qu'un individu moyen pendant toute une vie. Elle ne les cherchait pas activement, ils la trouvaient ! Alec comprit par la suite qu'elle les attirait car elle était des leurs. Malgré son excellente forme physique, elle était en proie à une souffrance cachée. Au cours de l'été, il réalisa qu'elle lui avait donné pour mission de la remettre d'aplomb.

Debout dans la nuit noire, il comptait les secondes entre les signaux lumineux. Vingt ans s'étaient écoulés depuis cette rencontre. Vingt années merveilleuses, jusqu'à cette dernière nuit de Noël, cinq mois plus tôt... Il continuait à venir en pèlerinage près du phare trois ou quatre fois par semaine, car ce lieu, plus que tout autre, lui rappelait Annie. Que cherchait-il ? La paix ? Non, pas exactement. Plutôt l'impression d'être auprès d'elle. Le plus près possible...

Un bruissement derrière lui le surprit. Il tourna la tête, aux aguets. Etait-ce un de ces chevaux sauvages, rôdant autour de Kiss River ? Non. Il distingua le pas régulier d'un promeneur qui montait depuis la route. Il se tourna dans cette direction, en attendant d'y voir plus clair.

— Papa ?

Dans le faisceau lumineux, Alec aperçut les cheveux noirs de son fils et son T-shirt rouge. Clay avait dû le suivre. Il s'approchait, à travers le sable. Un jeune homme de dix-sept ans, aussi grand que lui, et dont les yeux étaient maintenant au même niveau que les siens !

— Que fais-tu ici ? demanda Clay.

— Je regarde les feux du phare.

Clay resta silencieux.

— Tu viens souvent la nuit ! reprit-il lorsque le faisceau lumineux eut parcouru deux tours complets.

Il parlait d'une voix étouffée : Lacey et lui avaient pris l'habitude de s'adresser à leur père sur ce ton plein de ménagements.

— Cet endroit me rappelle des souvenirs, murmura-t-il.

Il y eut un silence et Alec demanda :

— Tu ne veux pas rentrer à la maison ? On pourrait louer une cassette vidéo, par exemple.

Un samedi soir, à deux semaines de son diplôme de fin d'études secondaires, Clay avait sûrement mieux à faire que passer la soirée avec son père devant la télévision. En un éclair, Alec vit briller une lueur de crainte dans les yeux bleus du jeune homme. Il posa la main sur son épaule.

— Tout va bien, Clay, ne t'inquiète pas pour moi. Tu as sûrement des projets pour ce soir.

Clay hésita.

— Alors, je vais voir Terri.

Les pas de Clay s'éloignèrent et Alec n'entendit plus que le bruit des vagues se brisant sur le rivage. Puis il s'assit sur la plage, les coudes posés sur les genoux, et il concentra son regard sur la lumière jaune qui brillait à l'horizon.

— Rappelle-toi, Annie, murmura-t-il dans un souffle, la nuit où nous avons vu ce bateau en feu.

C'était il y a bien longtemps. Une dizaine d'années, peut-être plus... Assis précisément à cet endroit, ils venaient de faire l'amour (ou se préparaient à le faire) lorsqu'ils avaient distingué au loin une boule de lumière dorée, entourée de vagues d'or liquide. Des vrilles jaunes s'en échappaient en direction du ciel. Comme la maison de la gardienne était fermée à cette heure tardive, il avait pris la voiture pour prévenir le garde-côte depuis une cabine téléphonique. On était déjà sur les lieux, lui dit-on, et tous les passagers étaient sains et saufs. A son retour, Annie sanglotait. Elle avait imaginé un scénario catastrophique : des enfants à bord, et des vieillards trop faibles pour être sauvés. Il la rassura de son mieux, mais il lui fallut un long moment pour la calmer. Ils regardèrent le feu s'éteindre jusqu'à ce qu'il n'y ait plus qu'une traînée noire de fumée dans le ciel nocturne.

L'été dernier encore, ils avaient fait l'amour sur cette plage. Le parc national fermait le soir, mais pendant des années ils n'avaient jamais tenu compte de la chaîne qui barrait la route. Personne ne venait les déranger, pas même la vieille Mary qui avait quitté sa maison depuis deux ans seulement.

Ils nageaient aussi la nuit, lorsque la mer était assez calme. Il revenait toujours le premier sur la plage, pour la voir surgir des eaux sombres, comme un spectre scintillant dans la lumière du phare. Sa chevelure assombrie et aplatie par l'eau brillait sur ses épaules et sur ses seins. Une fois, l'année dernière, pendant qu'elle était debout en train de tordre ses cheveux trempés, elle avait parlé du phare comme d'un réconfort, autant pour les marins que pour les hommes qui l'apercevaient depuis la terre. « C'est un point de repère ; il vous protège, et il vous aide à trouver votre voie... » avait-elle dit. La gorge serrée par l'angoisse, il avait alors pensé aux menaces qui pesaient sur le phare. Comment se serait-il douté qu'Annie était la première visée ?

Le phare avait été aussi une source de discorde entre eux. Il était construit au bord de l'eau, à la différence de ceux de Currituck Beach et de Bodie Island, plus à l'abri à l'intérieur des terres. Tous les ans, l'océan se rapprochait de ses fondations. Alec s'était lancé dans un combat désespéré pour le sauver, alors qu'Annie prenait ses distances par rapport à cet engagement.

« *Si* l'océan doit un jour l'emporter, qu'y pouvons-nous ? »

Chaque fois qu'elle prononçait cette phrase, Alec imaginait la gracieuse construction de briques blanches s'effondrant dans l'océan, et son cœur se brisait.

Assis sur la plage, il ferma les yeux, attendant le rougeoiement de ses paupières au prochain passage du faisceau lumineux. Si vous guettiez assez longtemps, les battements de votre cœur se réglaient sur la cadence du phare, vous donnant parfois l'impression qu'ils allaient s'arrêter.

4

Olivia était obsédée par Annie Chase O'Neill, mais que pouvait-elle faire contre cette insupportable idée fixe ? Assise dans sa salle de séjour, elle regardait Paul déménager — avec l'aide d'un jeune garçon au teint basané — des caisses et quelques meubles qu'un camion de location allait emporter. Elle aurait préféré ne pas assister à ce déménagement et elle ne s'attendait pas à tant de précipitation de la part de Paul. Quand il l'avait appelée le matin même pour lui demander s'il pouvait venir avec le camion, elle avait accepté : cinq mois s'étaient écoulés depuis son départ, et il lui manquait tellement qu'elle était prête à tout pour le rencontrer, même si chaque entrevue la laissait un peu plus meurtrie. Il avait pris contact avec un avocat et loué une villa à South Nag's Head, mais elle s'accrochait encore à l'espoir qu'un face-à-face lui permettrait peut-être de mesurer son erreur.

Sous la porte en arcade qui séparait le séjour de la salle à manger, il tira un mouchoir de son short kaki pour s'éponger le front.

— Que fait-on des meubles de la salle à manger ?

Il avait enlevé sa chemise depuis un moment et son torse ruisselait de sueur. Ses cheveux blond cendré étaient rejetés en arrière, et la lumière des fenêtres se reflétait dans ses lunettes. Une onde subite de désir la traversa, elle détourna aussitôt son regard.

— Ils t'appartiennent, répondit-elle, en posant un doigt sur l'article qu'elle lisait dans le journal.

— Mais tu les aimes.

Ses paroles trahissaient une certaine culpabilité.

— Ils doivent rester dans ta famille.

Le regard de Paul s'attarda sur elle.

— Je regrette, Liv.

Ces derniers mois, il avait employé cette formule tant de fois qu'elle avait perdu tout son sens. Clouée sur le canapé, elle le vit prendre deux chaises près de la table et se diriger vers la porte : elle osait à peine s'imaginer le désert qui en résulterait. Après le départ de Paul elle s'obligerait à faire un tour complet — lentement. Elle prendrait alors conscience de la réalité et peut-être renoncerait-elle à tout espoir.

Paul réapparut dans la salle à manger. Olivia s'était rapprochée tandis qu'il retournait la table, avec l'aide du jeune garçon, pour en démonter les pieds. Sa besogne accomplie, il se redressa en ajustant ses lunettes cerclées d'or sur son nez, et il lui adressa un sourire rapide et inexpressif — une sorte de tic nerveux. Il avait gardé cet air d'intellectuel un peu gauche qui l'avait attirée, dix ans plus tôt, lorsqu'il travaillait au *Washington Post* et qu'elle était interne à Washington General. Elle songea qu'il suffirait de quelques mots pour provoquer un coup de théâtre... Elle lui dirait : « Je suis enceinte. » Ebahi, il laisserait retomber la table en s'écriant : « Mon Dieu, qu'attendais-tu pour me prévenir ? » Cette nouvelle l'arracherait peut-être à l'incroyable hébétude dans laquelle il était plongé depuis des mois. Mais elle préférait se taire : elle ne voulait pas qu'il revienne à cause de l'enfant. Il devait revenir par amour, ou pas du tout !

Elle se versa un verre de ginger ale et retourna dans la salle de séjour pendant que Paul et son acolyte chargeaient la table. La voix de Paul lui parvint de l'extérieur ; il disait au gamin d'aller déjeuner et il lui donnait rendez-vous à sa nouvelle adresse. Puis il rentra dans la maison et fit lentement le tour de la cuisine, du bureau et des chambres, pour s'assurer qu'il n'avait rien oublié. Sa vérification achevée, il vint s'asseoir dans le fauteuil en rotin, à l'autre bout de la salle de séjour. Il tenait à la main *Sublime éveil* — un mince volume de poèmes qu'il avait publié quelques années auparavant — et quelques exemplaires de *L'Accident du Potomac*, leur œuvre commune.

— Alors, dit-il, que deviens-tu ?

Elle avala une gorgée de ginger ale.

— Je suis très occupée.

— Comme toujours ! (Il parlait d'un ton sarcastique, mais il s'adoucit.) Il vaut mieux que tu t'occupes, c'est bon pour toi.

— J'ai commencé à faire du bénévolat au Foyer des femmes en détresse.

Elle vit son visage se décomposer. Ses joues avaient pâli et il écarquillait les yeux derrière ses lunettes.

— Pourquoi ? souffla-t-il.

Elle haussa les épaules.

— Pour passer le temps. J'y travaille deux soirs par semaine.

Les maladies contagieuses s'y répandent comme une traînée de poudre !

Au début, elle avait eu du mal à s'habituer. Tout le monde parlait d'Annie avec le même ton admiratif que Paul. Ses photos étaient sur tous les murs et ses vitraux ornaient toutes les fenêtres, baignant ces femmes brisées et leurs enfants turbulents d'une lumière colorée.

— C'est un endroit dangereux, Liv.

Elle éclata de rire.

— Je te rappelle que j'ai travaillé à Washington !

— Tu cours des risques dans ce foyer.

— Ça ne m'inquiète pas.

Il se cala dans son fauteuil en poussant un soupir. Olivia savait qu'il avait couvert ces dernières semaines le procès de Zachary Pointer. Elle n'avait lu aucun de ses articles, sûrement trop pleins de l'émotion qu'Annie suscitait en lui et de sa joie lorsqu'il avait commenté la condamnation de Pointer à la prison à vie.

— Ecoute, dit brusquement Paul. Il y a une question que je voulais te poser depuis longtemps. Ne te mets pas en colère, d'accord ? Quelle que soit ta réponse, je ne t'en garderai pas rancune. Tu es humaine, après tout ! (Il lui décocha à nouveau son sourire nerveux et parcourut un moment les pages de *Sublime éveil* sans dire un mot.) Quand tu as découvert, cette nuit-là, aux urgences, que c'était Annie... as-tu été influencée ? Je veux dire : as-tu fait autant d'efforts pour la sauver que si...

Il croisa le regard d'Olivia et ses mots se figèrent sur ses lèvres. Elle tenait ses doigts serrés autour de son verre de ginger ale.

— Salaud ! lança-t-elle en se levant.

Il posa les livres à l'extrémité de la table et s'approcha d'elle.

— Désolé, Liv. C'était absurde, mais... En fait, je me suis toujours demandé si, à ta place, j'aurais...

Elle ne supportait pas sa main posée sur son bras.

— Paul, il vaut mieux que tu partes.

Il recula sans dire un mot et rassembla ses affaires avant de s'en aller. Après son départ, elle se rassit, les jambes trop faibles pour entreprendre le tour de la maison. Ils n'étaient pas à la veille d'une réconciliation s'il osait penser à elle de cette manière ! Evidemment, elle s'était interrogée et cette question l'avait angoissée par moments. Maintenant, elle ne doutait plus de la réponse : de toutes les forces dont elle était capable, elle avait tenté de sauver Annie O'Neill. Cette nuit aux urgences était la pire qu'elle ait jamais vécue, et elle avait fait le maximum, sans perdre de vue un seul instant l'ironie de la situation — car elle tenait littéralement entre ses mains le cœur de la femme qu'aimait son mari.

Paul ne lui avait pas caché son sentiment pour Annie, et sa franchise l'avait d'abord rassurée. Si Annie avait représenté un réel danger, il n'aurait pas agi aussi ouvertement, pensait-elle. Il y avait eu ce long article dans *Seascape* puis son admiration s'était muée en une adulation maladive. Il affirmait que ce sentiment n'était pas partagé par Annie, mais il ne tarissait pas d'éloges à son sujet : la beauté d'Annie, sa générosité sans limites, sa charmante excentricité, son immense énergie et ses extraordinaires talents artistiques... Olivia écoutait, ou prétendait écouter avec intérêt. C'était un moment à passer, se disait-elle. Cette situation paraissant s'éterniser, elle lui avait suggéré avec tact qu'il dépassait peut-être les bornes ; il avait répliqué qu'elle ne le comprenait pas.

Olivia commença à s'inquiéter sérieusement le jour où Paul lui parla pour la première fois des deux enfants d'Annie. Il appartenait à une famille nombreuse (six enfants) et unie. Son rêve était de fonder une famille à son tour et il déplorait la stérilité de leur union. A la suite d'examens médicaux, elle avait subi pendant l'automne une intervention chirurgicale afin d'augmenter ses chances de procréer. Mais il était déjà trop tard. Paul, qui lui tenait la main après l'opération, lui avait parlé d'Annie une fois de plus : elle avait fait don de sa moelle osseuse...

— Tu te rends compte, se faire opérer pour sauver la vie d'un inconnu ! avait insisté Paul.

A bout de nerfs, elle avait répondu :

— D'accord, Annie est une sainte !

Après quoi, il avait cessé de lui parler d'elle. Mais son silence était inquiétant car il pensait toujours à cette femme. Il avait le sommeil agité, il prenait son petit déjeuner sans appétit. Pendant leurs conversations, il semblait distrait ; il avait égaré ses clefs, son portefeuille... Lorsqu'ils faisaient l'amour — dans le vain espoir de procréer —, ses doigts lui semblaient froids sur sa peau, et, si proches que soient leurs corps, elle savait que ni ses mots ni ses caresses ne pourraient combler le gouffre qui les séparait.

Elle lui avait demandé franchement si Annie et lui étaient amants. Il lui avait donné une réponse négative, mais teintée de regrets.

— Elle aime son mari et elle n'envisage pas de le quitter, avait-il déclaré d'un ton lugubre, laissant supposer que lui-même n'éprouvait plus de tels sentiments à l'égard de sa femme.

De toute évidence, la nature platonique de ses relations avec Annie lui était imposée contre son gré.

Après son départ brusqué, le soir du drame, Paul s'était installé à proximité de son bureau. Il lui avait adressé une longue lettre confuse et embarrassée : malgré la disparition d'Annie, écrivait-il, le simple fait de l'avoir connue lui donnait conscience de toutes les insuffisances de sa vie conjugale. A la lecture de ces lignes, elle avait senti son assurance, chèrement acquise au cours des dernières années, se volatiliser en un instant.

Pendant les mois suivants, elle avait vu Paul de temps à autre lorsqu'il venait à la maison chercher ses affaires — des vêtements, des outils, l'ordinateur. Elle le regardait fouiller, plier, empaqueter. La chaleur de ses mains lui manquait, et elle s'offrait une séance de massage chaque semaine, simplement pour sentir un contact humain sur sa peau. Paul semblait moins froid à son égard ; son regard s'éclairait parfois lorsqu'il se posait sur elle. Elle espérait que ce sourire avait un sens, et que tout n'était pas fini entre eux. Mais comment s'en assurer ? Il ne s'attardait jamais à la maison, sauf un soir, en avril. Elle lui avait demandé sans fausse honte de rester et il avait cédé. Mais le regret qu'elle avait lu ensuite dans ses yeux l'avait marquée à vie.

Qu'était devenu l'homme qu'elle avait épousé, l'homme qui avait écrit un volume entier de poésies en son honnour, qui l'avait aidée à surmonter son passé et à avoir confiance, pour la première fois de sa vie ? L'homme qui faisait l'amour avec elle comme si elle était la seule femme qu'il puisse aimer sur terre ? L'homme qui n'avait pas encore rencontré Annie O'Neill ? Elle voulait qu'il revienne. Elle avait *besoin* de lui...

Debout devant la fenêtre, le dos tourné à la pièce étrangement vide qui semblait la narguer, elle vit le camion disparaître derrière une dune. Pourquoi, se dit-elle, en repensant à cette soirée d'avril, la nature avait-elle voulu qu'elle fût enceinte à cet instant, alors qu'ils avaient fait l'amour tant de fois ?

Son découragement fit place à une soudaine détermination. Il y avait en elle-même des vides à combler, comme dans sa maison. Elle devrait donc acquérir les qualités qui avaient attiré son mari vers Annie. Elle ne reculerait devant aucun sacrifice pour atteindre son but ! Elle en avait déjà donné la preuve lorsqu'elle avait offert ses services au Foyer des femmes en détresse.

Il n'y avait plus de doute maintenant : l'obsession de Paul était en train de devenir sienne...

5

Alec se réveilla avec le vieux sweatshirt vert d'Annie contre sa joue. Il avait pris cette habitude qu'il trouvait absurde le jour, mais dont il ne pouvait plus se passer la nuit. Ce vêtement était à peine plus qu'un chiffon, réservé par Annie à son jogging matinal. Mais, le soir de Noël, quand il était revenu à la maison, il l'avait trouvé à la place d'Annie — petite tache verte froissée, sur le vieux couvre-lit aux couleurs passées du lit à colonnes. Il avait dormi toute la nuit avec. Ou plutôt il n'avait pas fermé l'œil...

Il avait donné tous les autres vêtements, après les avoir proposés à Lacey, qui avait grincé des dents à l'idée de les porter. Mais il ne pouvait pas se séparer de ce sweatshirt. Comme il ne l'avait jamais lavé depuis, il devait être plus imprégné de sa propre odeur que de celle d'Annie, pourtant il lui apportait toujours le même réconfort.

Ce matin-là, il y avait réunion du comité de défense du phare. Pour une fois, il prit la peine de se raser — à la hâte et sans s'attarder trop longtemps devant le miroir de la salle de bains. Mieux valait ignorer la marque laissée sur son visage par les derniers événements.

Clay et Lacey prenaient déjà leur petit déjeuner. Ils semblaient se disputer — comme ils en avaient l'habitude depuis peu — mais ils se turent lorsqu'il entra dans la pièce.

— Bonjour, dit-il en se versant son café.

— Bonjour, papa, répondit Clay, tandis que Lacey grommelait quelques mots indistincts.

Tripod s'approcha de sa démarche claudicante et Alec se baissa pour gratter la tête du berger allemand.

— Quelqu'un a nourri les animaux ? demanda Alec.

— Mmm, grommela Lacey. (Ce qui devait signifier oui.)

Alec emplit son bol de corn-flakes et prit sur le comptoir une pile de photos avant de s'asseoir à table. Tout en mangeant, il les regarda l'une après l'autre, de l'un des rares endroits où la cuisine n'était pas baignée d'une lumière colorée car les vitraux d'Annie éclaboussaient de rouge, de bleu et de vert les placards et les plans de travail blancs.

— Papa ? murmura Lacey.

— Hum ! (Il déplaça une photo pour la regarder sous un autre angle.)

— Miss Green va t'appeler ce matin.

— Qui est Miss Green ? (Il regarda sa fille, qui piqua brusquement du nez dans son bol de céréales.) De quoi s'agit-il ?

Elle leva ses grands yeux bleus — rappelant à s'y méprendre ceux de sa mère — et, à son tour, il eut du mal à soutenir son regard.

Il répéta sa question.

— Qui est Miss Green ?

— Ma conseillère pédagogique.

— Tu as des problèmes ? demanda-t-il en fronçant les sourcils.

Lacey haussa les épaules et se remit à contempler son bol de céréales. Elle jouait avec sa cuillère. Il remarqua qu'elle avait le bout des doigts meurtris : jamais elle ne s'était rongé les ongles à ce point !

— Elle se plaint de mes notes.

Clay se mit à rire.

— Evidemment, O'Neill, vous n'avez pas ouvert un seul livre pendant tout le semestre.

Alec posa une main sur le bras de Clay pour le modérer.

— Je croyais que tu n'avais que des A [1], Lace.

— Pas cette année.

— Tu aurais dû m'en parler plus tôt. Je t'aurais aidée.

Elle haussa à nouveau ses frêles épaules.

— Je ne voulais pas te déranger.

— *Me déranger ?* (Le visage d'Alec se rembrunit.) Tu es ma fille, Lacey !

---

1. Le système de notation anglo-saxon va de A à F dans l'ordre décroissant.

La sonnerie du téléphone retentit derrière eux.

— Ça doit être elle, déclara Lacey en pâlissant sous ses taches de rousseur.

Clay ricana :

— Te voilà dans de beaux draps !

— Docteur O'Neill ? (Au téléphone s'élevait une voix neutre et de bon ton.) Je suis Janet Green, la conseillère pédagogique de Lacey.

Il se l'imagina aussitôt : cheveux noirs laqués, rouge à lèvres excessivement pâle, grand sourire hypocrite. Une personnalité trop froide et trop stricte pour travailler avec des adolescents.

— Lacey m'a annoncé votre appel. (A la dernière minute, mais il était inutile de le mentionner !)

Alec regarda sa fille, penchée sur ses céréales, derrière un rideau de cheveux roux, pendant de chaque côté du bol.

— J'habite à deux pas de chez vous. Si vous voulez, je passerai vous voir cet après-midi pour parler de Lacey.

Alec promena son regard autour de lui. Les assiettes de la veille, barbouillées de sauce tomate, encombraient l'évier. La casserole de spaghettis était toujours sur la cuisinière, avec un long spaghetti en forme de point d'interrogation collé sur son bord. Un peu partout traînaient des lettres et de vieux journaux, ainsi que des photos du phare.

— Parlons tout de suite, si vous voulez bien.

— Vous a-t-elle dit pourquoi je souhaitais vous rencontrer ?

— Elle n'a pas eu de très bonnes notes, paraît-il.

— En effet, une véritable dégringolade ! Elle ne dépasse pas le C, et elle a échoué en biologie et en algèbre.

— Echoué ?

Il jeta un regard à Lacey, qui bondit de son siège comme s'il l'avait brûlée au fer rouge, jeta son sac sur son épaule et se précipita vers la porte. La main posée sur le combiné, il appela : « Lace ! », mais il ne vit qu'un éclair de cheveux roux sortant de la cuisine.

— Elle vient de partir, murmura-t-il à regret.

— Je sais qu'elle est furieuse. Elle devra suivre des cours de rattrapage pendant l'été si elle veut passer dans la classe supérieure.

Alec hocha la tête.

— Je ne comprends pas : elle a toujours été une excellente

élève. Il fallait m'avertir. Et son dernier bulletin scolaire ? J'aurais dû remarquer ses mauvais résultats.

— Uniquement des C.

Il fronça les sourcils. Ses enfants avaient toujours eu des A.

— Elle ne m'a pas montré son bulletin. Ce n'est pas du tout dans ses habitudes !

— Votre fils n'a pas flanché malgré la disparition de sa mère, n'est-ce pas ? J'ai appris qu'il était le major de sa promotion.

Soudain épuisé, Alec se rassit à sa place. Sans la réunion du comité de défense, il serait allé se recoucher.

— Et il va à Duke l'année prochaine ?

— Oui.

Clay s'était levé. Il choisit une pêche dans le compotier, puis il adressa un petit signe d'adieu à son père en se dirigeant vers la porte.

— J'ai l'impression que Lacey s'inquiète à l'idée de rester en tête-à-tête avec vous après le départ de son frère.

Alec fronça à nouveau les sourcils.

— S'est-elle confiée à vous ?

— Non, mais j'ai cette impression. Il me semble que sa mère lui manque beaucoup.

— Je suppose que... Enfin, si ses résultats faiblissent... (Elle était en train d'échouer et il n'avait rien remarqué ! Ces derniers mois, il avait laissé ses enfants livrés à eux-mêmes.)

— Vous êtes bien vétérinaire, docteur O'Neill ?

— Oui.

— Lacey m'a dit que vous ne travaillez pas en ce moment.

Il faillit lui dire de se mêler de ses affaires, mais il garda son calme, dans l'intérêt de Lacey.

— J'ai pris un congé. (Il avait décidé de faire une pause de quelques semaines après la mort d'Annie. Les semaines étaient devenues des mois, qui s'étaient succédé à une vitesse incroyable, et il n'avait toujours pas l'intention de se remettre au travail.)

— Je vois, observa Janet Green en baissant la voix avec une pointe de condescendance. A propos, savez-vous que Lacey a été collée deux fois pour avoir fumé dans les locaux scolaires ?

Il faillit lui dire que Lacey ne fumait pas, mais cette femme connaissait évidemment sa fille mieux que lui.

— Je ne savais pas. Merci de m'avoir prévenu.

Il raccrocha, désemparé. Lui qui était réputé pour son

énergie et qui passait pour un homme incapable de rester une minute inactif ne se sentait pas la force de nettoyer la casserole de spaghettis.

Plusieurs fois par semaine, ils mangeaient des spaghettis. Rien de plus simple : faire bouillir de l'eau et ouvrir une boîte de sauce ! De temps en temps, l'un des enfants préparait un plat, mais ils n'étaient guère plus inventifs que lui.

Annie avait l'habitude de tout faire à la maison, même le pain. Deux miches de pain complet par semaine, qui embaumaient la cuisine. A l'époque, cette pièce débordait de vie ! Des fruits mûrissaient sur les étagères, et elle posait sur le rebord des fenêtres des paquets colorés de thés exotiques qu'elle admirait tout en vaquant à ses occupations.

Elle rentrait généralement à la maison avant lui et préparait de merveilleux repas. A son retour, il l'entraînait parfois dans leur chambre à coucher ; elle confiait alors la surveillance des casseroles à l'un des enfants, qui grognait à l'idée de dîner en retard une fois de plus. Annie, les joues déjà roses d'excitation, leur disait alors : « Mes chéris, je vous rappelle qu'il est plus *chic* de dîner tard ! »

La maison fonctionnait ainsi. Annie croyait avant tout à la spontanéité. « Nous n'avons pas besoin de règles », déclarait-elle. « Nous faisons confiance à notre corps, qui nous dit quand il est l'heure de dormir, de manger, de nous lever le matin, et de faire l'amour... »

Au cours des deux dernières années seulement, les enfants avaient réalisé que de nombreuses règles s'appliquaient chez eux — mais des règles particulières, créées par Annie. Elle ne voulait d'aucune pendule à la maison... Alec portait une montre. Libres d'agir à leur guise, Lacey et Clay avaient d'abord suivi l'exemple de leur mère, mais depuis l'année précédente, Clay s'était mis à porter une montre identique à celle de son père. Auparavant, ils avaient souvent raté le car de ramassage scolaire, ou bien parfois ils arrivaient trop en avance. Ils n'avaient jamais eu d'horaire à respecter, un privilège que leur enviaient leurs amis ! Tout petits, ils allaient au lit quand ils voulaient, et ils avaient trouvé eux-mêmes leur rythme. D'autant mieux que les O'Neill n'avaient pas de télévision.

Lacey et Clay n'étaient jamais punis pour leurs bêtises enfantines, mais souvent récompensés pour le simple fait d'exister. Au début, Alec assistait à cela en simple spectateur, et

Annie donnait le ton. Mais il n'avait pas tardé à suivre son exemple : il avait découvert que des enfants traités avec des égards se comportent en êtres responsables. Lacey et Clay en étaient la meilleure preuve... Quand ils sortaient, Alec leur recommandait de s'amuser et de ne pas faire d'imprudences. Il se félicitait de leur faire confiance, alors que d'autres parents accumulaient les recommandations, les menaces et les réprimandes.

Alec fit un effort pour se lever et il monta dans la chambre de Lacey. Quand il ouvrit la porte, un spectacle navrant l'attendait : une pièce sens dessus dessous, un lit défait, des vêtements entassés dans tous les coins... Un bureau couvert de journaux, de papiers et de cassettes, et des murs disparaissant sous des affiches de musiciens décadents. Sur l'étagère qui courait le long de trois côtés de la pièce, au niveau de ses épaules, paradaient les poupées anciennes de Lacey — treize poupées bien alignées, contrastant bizarrement avec les musiciens au visage dépravé. Treize poupées, soigneusement rangées sur cette étagère, qu'il avait posée cinq ans plus tôt. Annie donnait tous les ans une poupée à sa fille pour fêter son anniversaire... Elles regardaient maintenant Alec en lui souriant placidement de leurs dents minuscules.

Et maintenant, elle fume ! Fallait-il en parler ? Et comment aurait réagi Annie ? Sans doute par une discussion informelle à la table familiale, sans accusations ni exigences. Alec poussa un long soupir : il n'en était pas capable.

Clopin-clopant, Tripod vint se placer dans l'embrasure de la porte, la tête appuyée contre la jambe de son maître. Alec le gratouilla distraitement derrière l'oreille et ils contemplèrent ensemble le désastre. Annie n'était pas une maîtresse de maison hors pair — mais elle avait l'art de fourrer tout ce qui traînait dans les placards, et la maison avait toujours une apparence de netteté. Du vivant de sa mère, la chambre de Lacey n'avait jamais été dans cet état ! Cependant, Alec ne pouvait lui tenir rigueur d'un désordre qui reflétait l'état général de la maison.

Il s'appuya au chambranle de la porte et ferma les yeux pour éviter le regard lourd de reproches des poupées.

— Je suis paumé, Annie, murmura-t-il.

Au son désespéré de sa voix, Tripod leva doucement la tête vers lui.

A 10 h 20, ce matin-là, Alec se gara sur le parking du *Sea Tern Inn* entre la BMW de Nola Dillard et le vieux break de Brian Cass. Une fois encore, il était en retard, mais il avait des excuses... D'abord le coup de téléphone de Janet Green, certes de courte durée, mais qui l'avait plongé dans d'interminables réflexions. Ensuite, un appel de Randi, qui lui demandait avec insistance de reprendre son travail. Depuis son départ, elle s'occupait de tout avec une immense patience. Alec lui avait souvent reproché cette qualité dont les gens abusaient, et maintenant il en faisait autant ! Mais elle commençait à réagir : c'était son troisième appel cette semaine. Et pourtant il ne comptait pas céder ; il lui avait répété qu'il n'était pas encore prêt. Le serait-il un jour ?

— Enfin, le voilà !

Nola Dillard se dirigea vers lui dès qu'elle le vit entrer dans l'arrière-salle du restaurant où se tenait la réunion. Elle lui prit le bras, et il respira les effluves de son parfum trop capiteux.

— Nous avons des problèmes, mon cher, murmura-t-elle à son oreille.

Walter Liscott se leva et lui présenta la chaise placée au bout de la table.

— Veuillez excuser mon retard...

Il avait en face de lui le comité de défense du phare, au grand complet. Deux hommes et deux femmes, à qui on avait déjà servi café et beignets. Ils s'étaient sans doute habitués à ses retards, et Sondra Carter — la propriétaire d'une petite boutique à Duck — avait suggéré que c'était une manière comme une autre de rendre hommage à l'inexactitude proverbiale d'Annie.

La serveuse fit son apparition et lui versa une tasse de café.

— Un beignet, docteur O'Neill ?

Il remercia d'un signe de tête et posa son carnet de notes sur la table en se demandant à quoi Nola avait fait allusion.

— Très bien, dit-il. Ce matin, nous allons réfléchir à la manière de trouver des fonds.

Walter passa la main sur ce qui lui restait de cheveux gris et se racla la gorge avant de parler d'une voix profonde et sirupeuse.

— Nous avons discuté avant ton arrivée, Alec. Je dois dire que nous ne sommes pas tout à fait d'accord sur un certain point.

Alec se crispa.

— Que dis-tu, Walter ? (Désormais il arriverait à l'heure, pour éviter une mutinerie.)

Walter se racla à nouveau la gorge et jeta un regard aux autres, qui l'avaient de toute évidence choisi comme porte-parole.

— Eh bien... Nous cherchons tous à réunir des fonds pour sauver le phare, mais nous n'avons pas le même point de vue sur la manière de procéder. En ce qui me concerne, je ne veux pas me crever le cul pour qu'ils le bousillent en le changeant de place.

— Je suis d'accord, déclara Sondra. Notre argent doit servir à construire un mur autour du phare, sinon ils n'auront pas un sou !

Alec leva la main.

— Allons, du calme ! Vous savez bien que le choix des méthodes ne dépend pas de nous.

— Exactement, approuva Nola. (Ses cheveux platine étaient relevés en chignon selon son habitude, et elle portait ce matin-là un tailleur strict, avec une broche au revers. Elle tendit vers Walter un doigt à l'ongle écarlate.) Nous pouvons faire confiance au Service des Parcs nationaux ; leur décision ne sera pas prise à la légère. Allons ! Nous avons bossé dur et l'argent commence à rentrer. Ce n'est pas le moment de nous dégonfler.

— Je crains qu'ils ne fassent une erreur.

Walter semblait au bord des larmes, et Alec comprenait son inquiétude. Tous les participants à cette réunion aimaient le phare de Kiss River et connaissaient sa fragilité. On avait prévu de l'entourer d'une digue ; dans quelques années, il serait sur sa petite île au milieu de la mer — une solution séduisante sur le plan esthétique. Mais le Service des Parcs nationaux avait brusquement changé d'avis, et il était sérieusement question de déplacer l'édifice — de construire une piste et de le transplanter à cinq cents mètres à l'intérieur des terres, au prix de plusieurs millions de dollars. Une solution inquiétante et difficilement concevable. A vrai dire, il partageait les craintes de Walter !

— Nola a raison, risqua-t-il. Les ingénieurs savent ce qu'ils font !

Elle lui lança un clin d'œil.

— Et maintenant je propose que nous passions aux choses sérieuses.

Brian approuva. Il y eut quelques grognements, mais personne ne quitta la table et chacun fit des suggestions, pendant une heure, sous la conduite d'Alec : une vente aux enchères, une brochure d'information pour attirer l'attention du public, un plus grand nombre d'interventions à la radio. Il attendit d'être dans sa voiture pour laisser ses propres craintes faire surface. Les ingénieurs étaient faillibles comme tous les humains. Risquaient-ils de détruire le phare en essayant de le sauver ?

Il était assis dans son bureau lorsqu'il aperçut, par la fenêtre ouverte, Lacey qui revenait de l'école. Elle parlait sur le trottoir à sa grande amie Jessica Dillard, la fille de Nola. Il y avait dans le sourire de Jessica un air de supériorité mesquine qui le mit mal à l'aise. Légèrement déhanchée, elle tenait élégamment une cigarette du bout des doigts. Avec ses longs cheveux blonds, elle était le portrait de sa mère.

Intrigué, il tendit l'oreille.

— Tu devrais essayer, disait Jessica. Tu ne sais même plus t'amuser, Lacey.

Il n'entendit pas la réponse de sa fille. Que devait-elle essayer ? se demanda-t-il. L'alcool ? La marijuana ? Le sexe ? Il frissonna et se tourna vers la porte en faisant grincer sa chaise.

— Lacey ?

Elle entra, les bras croisés sur la poitrine.

— Vous allez bien, Jessica et toi ?

— Oui, marmonna Lacey, dont l'œil gauche disparaissait derrière un rideau de cheveux roux.

Ce n'est pas le moment de la brusquer, se dit Alec.

— Je t'ai inscrite aux cours d'été. En biologie et en algèbre.

— C'est nul !

— Il me semble que tu n'as pas le choix.

— Tu ne vas pas me punir ?

— Bien sûr que non ! (Il n'avait jamais puni ses enfants.) Je te demande une seule chose : si tu as encore des problèmes en classe, promets-moi de m'en parler.

— Entendu. (Elle rejeta ses cheveux en arrière d'un geste

45

décidé et fit un pas vers la porte. Au moment de sortir, elle sembla hésiter.) Je regrette, papa, mais je n'arrive pas à travailler cette année.

— Je comprends, Lacey, répondit-il. Je n'ai pas travaillé, moi non plus !

6

Paul était encore au lit lorsqu'il entendit l'interview à la radio : il était question du phare de Kiss River. D'abord il crut rêver, puis la voix se précisa et ses idées s'éclaircirent. Il ouvrit les yeux. Sa chambre baignait dans une lumière bleue et or qui filtrait à travers le vitrail suspendu à la fenêtre. Pendant un moment, il écouta, immobile.

La femme interviewée s'appelait Nola Dillard, et elle parlait du comité de défense du phare : « Nous allons perdre le phare de Kiss River d'ici trois ans, disait-elle, si l'érosion se poursuit à son rythme actuel. »

Paul se tourna sur le côté et augmenta le son, tandis que Nola Dillard continuait à parler du désastre menaçant le plus grand phare du pays. Quand elle eut terminé, il prit l'annuaire du téléphone sur sa table de nuit et composa le numéro de la station de radio.

— Comment puis-je entrer en contact avec la femme qui vient de parler ?

— Ne quittez pas, lui répondit une voix masculine. Je vous la passe.

Il attendit quelques secondes au bout du fil.

— Ici Nola Dillard.

— Bonjour. Je m'appelle Paul Macelli et je viens de vous entendre à la radio. Si je pouvais vous apporter mon aide...

— Volontiers ! Nous avons surtout besoin d'argent.

— Je crains de ne pas pouvoir faire grand-chose sur le plan financier, mais j'ai des loisirs et de l'énergie à revendre. Je n'avais pas réalisé que le phare était en danger.

Il y eut un silence comme s'il avait commis une maladresse. Quand son interlocutrice reprit la parole, il perçut une certaine froideur dans sa voix.

— Etes-vous un nouveau résident des Outer Banks, Mr. Macelli ?

En somme, il était un étranger... Il faillit lui parler de l'été qu'il avait passé ici, après avoir obtenu sa maîtrise, bien des années plus tôt. Mais il se retint : personne n'était au courant de ce séjour, pas même Olivia.

— Oui, je suis arrivé récemment, mais je travaille à la *Beach Gazette*. Je dois pouvoir vous aider.

Nola Dillard soupira.

— Notre comité se réunit jeudi soir à la *Sea Tern Inn*. Savez-vous où est ce restaurant ?

— Oui. (D'autant plus que deux de ses entretiens avec Annie y avaient eu lieu. Depuis sa mort, il avait évité d'y retourner.)

— Retrouvons-nous devant l'entrée vers 19 h 45. Au préalable, j'aurai parlé de vous au comité, pour déblayer le terrain.

Il raccrocha après l'avoir remerciée. Au moins, elle ne lui avait pas demandé les raisons de son initiative. Il lui aurait dit qu'il était un passionné d'histoire ; quelqu'un qui ne supportait pas que le passé lui échappe. La vérité, ou presque...

Nola Dillard ne passait pas inaperçue : une quarantaine d'années environ, des cheveux blond platine tirés en arrière, d'immenses yeux gris et une peau un peu trop marquée par un bronzage qu'elle devait entretenir toute l'année.

Elle tendit la main à Paul.

— Nous vous attendions, Mr... Paul, n'est-ce pas ? Je m'appelle Nola. Entrez !

Il traversa avec elle la grande salle du restaurant qu'il connaissait bien — avec ses lourdes tables de bois et sa décoration couleur locale. Les membres du comité se réunissaient dans une petite arrière-salle. Tous étaient assis autour d'une longue table : trois hommes, et une femme en plus de Nola ; ils levèrent les yeux à son arrivée.

Alec O'Neill présidait la réunion, Paul le reconnut immédiatement. Il l'avait aperçu plusieurs fois aux côtés d'Annie, mais surtout sur une photo dans son atelier — une photo saisissante en noir et blanc, sur laquelle il avait un air sévère et un regard pâle, presque menaçant. Alec avait les yeux fixés sur lui, tandis que Nola le guidait vers l'extrémité de la table. En un éclair, il aperçut la sortie. Devait-il prendre la fuite, au risque de se ridiculiser ? Nola le poussait doucement vers Alec, qui se leva.

— Paul, je vous présente Alec O'Neill, notre honorable président.

Alec haussa les sourcils et Paul serra la main qu'il lui tendait. Il murmura un mot aimable, mais il avait soudain du mal à parler. Il salua un à un les autres membres du comité et prit un siège à côté de Nola. Une serveuse vint lui proposer un rafraîchissement. Une boisson bien corsée, voilà ce qu'il lui fallait ! Mais il lui suffit d'un regard pour comprendre que l'alcool n'était pas de mise. Apparemment, Alec lui-même buvait de la limonade.

Après avoir commandé un thé glacé, Paul se laissa aller en arrière sur sa chaise et desserra le col de sa chemise. Le regard d'Alec, toujours fixé sur lui, le plongeait dans l'incertitude. Pouvait-il se douter de quelque chose ? Peut-être savait-il qu'il était l'auteur de l'article de *Seascape* sur Annie...

— Vous êtes journaliste, paraît-il, dit Alec.

— Oui, je suis à la *Gazette*, mais je travaille aussi en free-lance. Je souhaiterais vous aider. (Il rit nerveusement et ses joues s'empourprèrent.)

Alec avala une gorgée de limonade.

— Je vois ce que vous pouvez faire pour nous. Il faut que nous menions une action de sensibilisation auprès du public. Je prends la parole ici et dans les Etats voisins, mais nous devons étendre notre audience... Le phare de Kiss River est un monument national et la lutte pour sa sauvegarde devrait concerner l'ensemble du pays. Nous envisageons donc de rédiger une brochure sur l'histoire du phare, un document largement distribué. Qu'en dites-vous ?

— Je vous aiderai volontiers.

Depuis un moment, Paul observait les mains d'Alec. De longues mains bronzées et anguleuses, avec lesquelles il avait caressé Annie. Des mains qu'elle aimait sentir sur son corps lorsqu'il la prenait dans ses bras... Alec portait encore son alliance. De loin, on aurait dit un simple anneau doré, mais il savait qu'elle s'ornait du même motif que celle d'Annie. Et l'alliance d'Annie ? Au moment de l'incinération, on avait dû...

— Le papier et l'impression nous seront offerts, reprenait

Alec. (Paul croisa son regard d'un bleu glacial.) Nous pourrions vous confier le travail de compilation et la rédaction.

— Existe-t-il des archives auxquelles je pourrais avoir accès ?

Après avoir posé cette question, Paul eut soudain une idée bizarre. Mary Poor, la vieille gardienne du phare, était-elle encore de ce monde ? Pas possible, se dit-il pour se rassurer. Elle était déjà vieille la dernière fois qu'il l'avait vue, bien des années plus tôt.

— Des archives privées... Je veillerai à ce que vous ayez l'autorisation de les consulter, ajouta Alec. Mais, pour l'instant, pourriez-vous simplement signaler notre action dans la *Gazette* ?

— D'accord, murmura Paul en se carrant dans son siège.

Il était soulagé de ne plus être le point de mire du comité. Alec parlait maintenant d'une vente aux enchères, et l'heure de prendre congé allait bientôt sonner.

7

Mary Poor fêtait son quatre-vingt-dixième anniversaire, et elle se sentait parfaitement sereine. Assise sur la véranda de la maison à deux étages qu'elle habitait depuis deux ans, elle regardait le soleil du petit matin colorer de violet, puis de rose et de jaune les bateaux amarrés sur les quais. Elle s'était habituée à cette vue, au rythme paisible de son rocking-chair, et aux autres pensionnaires de son âge qui lui tenaient compagnie sur la véranda. Elle aurait souhaité vivre jusqu'à la fin de ses jours à Kiss River, mais elle savait que les soixante-cinq années qu'elle y avait passées représentaient une chance exceptionnelle.

Elle parlait du phare à quiconque voulait l'entendre. Encore et encore, elle racontait la mer, ses tempêtes et ses naufrages. Elle avait parfois l'impression de ressasser lorsqu'elle évoquait ainsi son passé, mais, vu son âge, elle s'accordait ce privilège.

Après l'avoir examinée la veille, le docteur l'avait félicitée pour sa vigueur exceptionnelle, malgré ses terribles douleurs à la hanche. Elle avait discuté politique avec lui et il avait conclu, sans une once de condescendance, qu'elle était la mieux informée des deux.

— Puisque je vais si bien, permettez-moi de fumer une cigarette, avait-elle suggéré.

Le médecin avait rangé son stéthoscope dans sa serviette en souriant...

Mary ne se glorifiait pas de sa bonne santé : elle préférait jouir des plaisirs du grand âge, être choyée, dorlotée. Elle laissait même Sandy, l'une des employées de la maison de retraite, lui couper ses cheveux aujourd'hui blancs comme neige. Et pourtant, elle se serait parfaitement débrouillée toute seule s'il avait fallu ! Pour se tenir au courant, elle suivait l'actualité à la télévision — avec un véritable émerveillement, car, à Kiss River, elle avait toujours reçu des images grises et brouillées. D'autre part, elle lisait attentivement les journaux. A cet instant, la *Beach Gazette* reposait sur ses genoux et elle attendait que les couleurs de l'aube aient pâli pour se plonger dans sa lecture. Les mots croisés la passionnaient, mais elle les gardait pour la fin — une excellente distraction quand elle se sentait un peu désœuvrée en attendant le réveil de Jane et Trudy.

Elle parcourut la première page, puis elle ouvrit le journal. La photo lui sauta immédiatement aux yeux : le grand phare de briques blanches, brillant sur un ciel sombre... Son cœur se serra, mais elle se ressaisit aussitôt. Au coin de la photo, on pouvait distinguer la façade nord de son ancienne maison — la maison de Caleb, son mari, et de sa famille. Celle qui appartenait maintenant au Service des Parcs nationaux.

En gros titre, elle lut : LE PHARE DE KISS RIVER MENACÉ PAR L'ÉROSION. L'auteur était un certain Paul Macelli. Mary fronça les sourcils. Paul Macelli ? N'importe qui se croyait autorisé à parler du phare aujourd'hui. Elle lut l'article : un comité de défense, présidé par Alec O'Neill, se battait pour le sauver. Elle sourit, rassurée.

Puis elle reposa le journal sur ses genoux et pensa à Alec O'Neill. Elle avait appris la mort d'Annie trop tard pour aller à son enterrement, mais elle avait pleuré en se demandant depuis combien de temps elle n'avait plus versé de larmes. *Annie...* Une âme sœur. Une fille en quelque sorte, bien qu'Elizabeth, sa vraie fille, ne l'ait jamais écoutée avec un tel intérêt. Mary pouvait tout dire à Annie, et Annie ne lui cachait rien. Vraiment rien ! Un soir, au coin du feu, après le café et le cognac, elle lui avait dit : « Mary, personne au monde ne me connaît aussi bien que toi ! »

Mary l'avait aimée d'un amour violent et sans réserve. En repensant à la mort d'Annie, elle regrettait de ne pas avoir été frappée à sa place. Elle avait fait son temps, alors qu'Annie avait la vie devant elle ! L'amour aveugle qu'elle éprouvait à son égard l'avait amenée à lui rendre certains services, à se préoccuper de son bonheur sans en peser les conséquences, et sans s'interroger sur la valeur de ses actes.

Après la mort d'Annie, Mary avait craint de ne pouvoir se passer de ses visites. Elle la voyait moins souvent depuis qu'elle s'était installée à la maison de retraite, mais la jeune femme venait ponctuellement une fois ou deux par semaine, en général avec des cadeaux. Des cadeaux inutiles, dont elle avait le secret ! Ses visites étaient devenues plus courtes aussi, car elles ne se voyaient jamais seules et tout n'était pas bon à dire en public.

La dernière visite d'Annie hantait véritablement Mary. Ça n'avait plus d'importance, puisque la pauvre petite était morte, mais elle se rappelait son air désespéré, cet après-midi-là. Elle était assise au salon avec Mary et les autres pensionnaires, son sourire à fossettes avait disparu et elle retenait difficilement ses larmes. Mary l'avait emmenée dans sa chambre, où elle lui avait raconté en sanglotant ce qu'elle avait fait. Elle l'avait absoute, comme un prêtre dans un confessionnal. Au moins, la pauvre enfant était morte en se sentant pardonnée !

Mary avait envoyé une carte à Alec et à sa famille. Sandy l'avait accompagnée dans quatre ou cinq boutiques différentes avant qu'elle ne trouve une vue du phare. Ensuite, elle avait passé une nuit blanche à chercher ses mots : elle aurait voulu dire à quel point Annie était extraordinaire et irremplaçable, mais à la fin elle s'était contentée d'une simple formule, terriblement banale.

Alec O'Neill. Un homme qu'elle n'avait jamais pu regarder en face. « Je ne veux pas le faire souffrir. Jamais je ne le ferai souffrir », avait répété Annie un nombre incalculable de fois.

Mary parcourut l'article à nouveau. Ils cherchaient des informations historiques au sujet du phare — des incidents, des anecdotes. On ne tarderait pas à venir l'interroger. Qui allait-on envoyer ? Alec O'Neill ? Paul Macelli ? Ou peut-être quelqu'un du Service des Parcs nationaux. Oui, ce serait la meilleure solution. Si elle voyait Alec ou Paul, elle risquait d'être trop bavarde. D'en dire plus qu'ils ne souhaitaient entendre...

8

Olivia s'acheta un cornet de glace à la fraise et s'assit sur un banc, en face de l'ancien immeuble qui abritait l'atelier d'Annie. La façade comprenait une dizaine de grandes fenêtres. Elle pouvait apercevoir les vitraux disposés à l'intérieur, mais de sa place et sous le soleil de midi, elle ne distinguait ni la forme ni le dessin des panneaux.

Elle était déjà venue s'asseoir sur ce banc pour observer l'atelier. A l'époque, Annie était encore en vie, et Paul lui parlait d'elle depuis environ un mois. L'image d'Annie la hantait déjà et elle avait attendu en vain, dans l'espoir de la voir apparaître. Elle n'avait pas eu le courage de franchir la porte de l'atelier, ne sachant pas comment elle réagirait face à sa rivale. Paul était un homme brillant et d'une grande séduction. S'il faisait la cour à Annie, elle ne résisterait pas longtemps à ses avances ; mais si elle-même rencontrait cette femme, si elle lui parlait, peut-être aurait-elle la décence de ne pas la faire souffrir.

Aujourd'hui, sa présence s'expliquait par de tout autres raisons. Elle voulait simplement comprendre pourquoi Annie exerçait une telle fascination sur Paul. Elle-même avait déjà changé : elle commençait à apprécier son travail au Foyer, bien qu'elle n'ait jamais exercé d'activité bénévole auparavant. Ses études médicales s'étaient toujours accompagnées, en effet, d'un désir implicite de gagner confortablement sa vie.

Au début, sa nouvelle tâche lui avait semblé pénible. Elle passait des nuits blanches à se remémorer les histoires des malheureuses pensionnaires, et leurs visages marqués la hantaient dans l'obscurité de sa chambre. Le drame de ces femmes et de leurs enfants rouvrait d'anciennes blessures qu'elle croyait depuis longtemps cicatrisées. Elle ne comprenait que trop ce qu'éprouvaient ces victimes, sans argent et sans espoir, et elle devait faire un effort pour se rappeler qu'elle avait acquis de l'endurance. Et des capacités. Un jour, Paul l'avait appelée la *praticienne accomplie*, et elle avait considéré cette épithète comme un compliment. Cependant, les enfants affamés et démunis qu'elle voyait au Foyer lui rappelaient les hivers glacés où elle était pieds nus dans ses chaussures, et les boîtes de haricots qu'elle partageait, aux repas, avec ses frères, Clint et Avery.

Sa dernière bouchée de glace avalée, elle se leva. La circulation le long de la côte était plus intense à cause des vacances scolaires, et elle traversa prudemment la rue. Elle prenait des précautions inhabituelles ces derniers temps, car elle avait conscience que chacun de ses gestes affectait aussi l'embryon de vie qu'elle portait en elle.

Près de la porte, un simple panneau de bois mentionnait : VITRAUX ET PHOTOGRAPHIES. Elle entra.

Les bruits de la rue se turent comme par magie lorsqu'elle referma la porte. Il lui fallut un moment pour s'adapter à la beauté paisible et colorée de la pièce. Un homme, assis devant une longue table de travail, leva la tête. Un homme à la forte carrure et aux cheveux couleur de son tirés en arrière, avec une moustache hirsute au-dessus d'une bouche généreuse. Il écrasa sa cigarette à demi consumée dans un cendrier posé à côté de lui. De son autre main, il tenait un outil bizarre qu'il éloigna du morceau de verre auquel il travaillait.

— Si vous avez des questions à poser, je peux vous répondre, lança-t-il d'une voix caverneuse.

Olivia fit un signe de tête affirmatif en se dirigeant vers la droite, à l'abri de son regard. Elle se déplaçait lentement, comme hypnotisée par les couleurs ensoleillées qui l'entouraient. L'atelier était petit et haut de plafond. Les murs vitrés, à l'avant et à l'arrière, étaient couverts sur toute leur hauteur de vitraux de tailles variées. Sidérant ! Au début, elle parvint difficilement à distinguer les différents panneaux, mais l'un d'eux — d'environ 1,50 m sur 60 cm — attira son attention. Cette femme d'allure victorienne, en robe blanche dont les plis semblaient tomber en cascade sur le verre, lui rappelait l'angelot que Paul avait acheté pour leur arbre de Noël ; à l'abri du large bord de son chapeau fleuri, elle l'observait d'un œil effarouché.

— Ce n'est pas à vendre, annonça l'homme assis devant la table, qui avait suivi son regard.

— Quelle beauté ! Est-ce un vitrail d'Annie O'Neill ?

— Oui ! Je l'ai gardé pour moi après sa mort. (Il émit un petit rire guttural.) C'était mon préféré ! Tous les vitraux sur la droite sont les siens. Il en reste très peu : la plupart ont été vendus !

Surtout à Paul, se dit Olivia.

— Les autres sont les miens. (L'homme désigna du doigt la partie est du studio où un labyrinthe de panneaux blancs était recouvert de photos encadrées.) J'ai fait la majorité de ces photos, quoique Annie ait été, à sa manière, une excellente photographe.

Olivia se dirigea vers les photos. Sur les premiers murs, des vues en couleur — couchers de soleil et paysages marins — portaient la signature de Tom Nestor en bas et à gauche. Leur délicatesse la surprit.

Plus loin, elle reconnut des portraits du mari et des enfants d'Annie, dont le souvenir était resté gravé dans sa mémoire. On voyait en gros plan le visage de la fillette — son sourire malicieux, ses fossettes dans des joues constellées de taches de rousseur, et son étonnante chevelure flamboyante.

Le jeune garçon était photographié sur la plage, torse nu, à côté de sa planche à voile. Ses cheveux noirs dégageaient son front et des gouttelettes d'eau scintillaient comme des étoiles sur sa poitrine.

Le portrait d'Alec O'Neill en noir et blanc la surprit : ses yeux pâles brillaient sous des sourcils sombres et son regard aigu la transperçait comme un poignard. Il portait un pull-over noir sur un T-shirt blanc. La tête légèrement inclinée, il avait une main appuyée sur la tempe, comme si son coude reposait sur son genou ou sur une table. Pas l'ombre d'un sourire sur ses lèvres minces et serrées, en parfaite harmonie avec la froideur de son regard !

Elle fit quelques pas et une immense photo d'Annie en noir et blanc la fit sursauter. Cette beauté à la peau laiteuse lui parut familière, mais elle ne connaissait pas l'éclat de la vie sur son visage. Ses cheveux formaient un halo soyeux, contrastant avec le fond noir.

— Ils ont cassé le moule après la naissance d'Annie !

L'homme l'avait suivie, et Olivia tourna son visage vers lui.

— Vous avez pris cette photo ?

— Oui. (Quand il parvint à détourner son regard fixé sur la photo d'Annie, il se pencha vers elle en lui tendant la main. Il empestait la fumée.) Permettez-moi de me présenter. Tom Nestor.

— Olivia Simon. Elle devait être un merveilleux modèle pour un photographe.

— Oh oui ! (Il plongea les mains dans les poches de sa blouse de travail. Les manches de sa chemise à rayures bleues, roulées jusqu'aux coudes, découvraient des avant-bras musclés.) Vous savez, quand quelqu'un meurt, au début on n'arrive pas à y croire. Et puis on réalise petit à petit. Il m'a fallu des mois pour comprendre qu'Annie était morte ! Et encore maintenant, je m'attends parfois à la voir surgir ici. Elle me dirait que c'était une plaisanterie, qu'elle avait besoin de prendre le large. Si seulement...

Sa voix s'éteignit et il sourit en haussant les épaules. Olivia replongea un instant dans le passé — cette femme allongée dans la salle des urgences, la ligne horizontale sur l'écran, la vie qu'elle sentait filer entre ses doigts.

— Je devrais vraiment partager cet atelier avec un autre artiste, reprit Tom. Le loyer est trop lourd pour moi tout seul. Alec — le mari d'Annie — me donne un coup de main. J'aurai du mal à me passer d'Annie : j'ai travaillé avec elle pendant quinze ans !

— Mon mari a écrit un article sur elle dans *Seascape*.

Tom parut surpris.

— Vous êtes la femme de Paul Macelli ? Je le croyais célibataire.

Evidemment, il n'avait pas dû parler d'elle bien souvent. Avait-il seulement dit à Annie qu'il était marié ?

— En fait, nous sommes... séparés.

— Oh ! (Tom se remit à contempler la photo d'Annie.) Je le vois ici de temps en temps. Il est en train de s'installer, paraît-il. Il a acheté de nombreux vitraux d'Annie. Il voulait cette femme victorienne, mais je refuse de m'en séparer.

Olivia jeta un coup d'œil aux autres photos puis se dirigea vers le centre de l'atelier. Elle effleura l'angle d'un panneau de vitrail, suspendu au plafond, et laissa son doigt courir sur les lignes sombres qui séparaient deux fragments de verre bleu.

— Comment faites-vous ? C'est du plomb ?

Tom s'assit derrière sa table de travail.

— Non, du cuivre recouvert d'étain. Venez voir.

Elle s'assit à côté de lui. Il travaillait à un panneau d'iris blancs sur un fond bleu et noir. Fascinée, elle le regarda pendant une dizaine de minutes fondre l'étain aux reflets argentés sur le verre bordé de cuivre. Les couleurs des panneaux fixés aux fenêtres jouaient sur ses mains, ses joues et ses cils d'un blond pâle.

— Donnez-vous des leçons ? s'entendit-elle murmurer.

— En principe, non. (Il l'observa en souriant.) Ça vous intéresserait ?

— Oui, j'aimerais essayer. Mais je ne suis pas très créative.

Elle n'avait jamais rien fait de semblable. Jamais elle n'avait eu ou pris le temps de s'initier à une technique aussi éloignée de sa profession.

— Vous pourriez avoir une bonne surprise.

Il proposa un tarif, qu'elle accepta. Elle aurait accepté à n'importe quel prix.

Tom remarqua ses pieds nus dans ses sandales.

— Portez des chaussures fermées. Il vous faudra aussi des lunettes protectrices, mais je pourrai vous prêter une vieille paire d'Annie qui doit traîner par ici.

Avant de partir, elle acheta un petit panneau de forme ovale — un détail délicat et irisé d'une plume de paon. Comme elle quittait l'atelier, elle faillit trébucher sur une pile de magazines entassés à côté de la porte.

Tom soupira.

— Je dois m'occuper de ce fatras. (Il désigna les magazines et un amoncellement de livres brochés.) Depuis des années, les gens nous déposent des bouquins et de vieux journaux. Annie les apportait à la maison de retraite de Manteo. Je n'ai pas osé leur dire d'arrêter, par égard pour Annie, mais je ne me décide pas à aller là-bas !

— Je peux m'en charger un de ces jours, proposa Olivia. (Mais quand ? se demanda-t-elle. Son impulsivité devenait embarrassante !)

— Ça me rendrait vraiment service. Dites-moi quand vous pourrez y aller, je déposerai le tout dans votre voiture.

La semaine suivante, elle arriva à l'atelier à 11 heures précises. Tom lui donna les lunettes protectrices d'Annie et son vieux tablier vert. Après avoir dessiné des carrés et des rectangles sur une feuille de papier calque, il posa un morceau de verre par-dessus, et il lui montra comment le découper à l'aide d'un cutter. Sa première coupe lui sembla parfaite, de même que la seconde et la troisième.

— Vous avez des dons, lui déclara-t-il.

Elle sourit, ravie. Elle avait la main sûre : l'habitude du scalpel. Il lui suffisait d'adapter la pression à la fragilité du verre.

Penchée sur son travail, elle entendit quelqu'un entrer dans l'atelier. En levant les yeux, elle aperçut Alec O'Neill ; sa main se figea sur son morceau de verre.

— Salut, Tom ! dit Alec qui ne semblait pas avoir remarqué sa présence.

Il portait un appareil photo en bandoulière et il disparut par une porte latérale qu'il referma derrière lui.

— Qu'y a-t-il par là ? demanda Olivia.

— Une chambre noire. C'est Alec, le mari d'Annie. Il vient ici une ou deux fois par semaine pour développer des photos ou tirer des épreuves.

Elle se concentra de nouveau sur son travail, mais il y eut quelques éclats de verre et elle dut retirer ses mains précipitamment.

— Il ne faudrait pas porter des gants spéciaux ?

Tom parut choqué.

— Non ! Il faut sentir ce que l'on fait.

Elle travailla encore un moment en regardant sa montre du coin de l'œil : elle espérait avoir fini avant qu'Alec O'Neill ne réapparaisse. Sa coupe suivante était ratée. Elle avait sous-estimé la difficulté ! Maintenant qu'elle s'en rendait compte, elle avait hâte de revoir la plume de paon accrochée dans sa cuisine et de la considérer sous un jour différent.

Elle dut s'aider d'une pince pour découper un morceau de verre. A cet instant précis, la porte de la chambre noire s'ouvrit. Elle garda les yeux rivés sur son travail tandis qu'Alec O'Neill traversait l'atelier.

— J'ai laissé les négatifs là-bas, dit-il à Tom.

— Les gros plans des briques sont réussis, observa celui-ci.

Alec ne répondit pas, et elle sentit son regard se poser sur elle. Après avoir retiré ses lunettes, elle leva les yeux.

— Je te présente Olivia Simon, dit Tom. Olivia, Alec O'Neill.

59

Olivia fit un signe de tête et Alec fronça les sourcils.

— Je vous ai déjà rencontrée.

Elle posa la pince et laissa tomber ses mains sur ses genoux.

— Oui, vous avez raison. Nous nous sommes rencontrés dans de bien tristes circonstances : j'étais de garde le soir où votre femme a été transportée aux urgences.

— C'est bien ça, murmura Alec.

— *Comment ?* s'écria Tom.

— Je suis passée pour voir les œuvres de votre femme. Ça m'a tellement plu que j'ai demandé à Tom de me donner des leçons.

Alec, apparemment incrédule, resta un moment silencieux.

— Vous êtes bien tombée ! (Il semblait vouloir en dire plus. Olivia retenait son souffle, dans la lumière étrangement colorée qui les baignait tous les trois.) Je repasse dans quelques jours, Tom, et il quitta l'atelier sans se retourner.

— Vous étiez là quand Annie est morte ? lui demanda Tom lorsque Alec eut disparu.

— Oui.

— Vous ne m'aviez rien dit !

— Je n'aime pas tellement y repenser.

— C'est tout de même étrange, non ? Nous étions devant ces photos, nous avons parlé d'elle, et pas un mot ne vous a échappé !

Elle observa son visage : il avait froncé ses épais sourcils blonds et ses yeux avaient rougi.

— Certains sujets sont particulièrement difficiles à aborder !

— Oui, admit-il.

Sans le vouloir, elle avait touché un point sensible. Il hocha la tête pour chasser les émotions qui l'avaient envahi depuis quelques instants.

— Je ne voulais pas vous agresser, reprit-il. Et maintenant, au travail !

Elle se remit à couper et à mesurer. Tom gardait le silence... Elle comprit que cet homme avait aimé Annie Chase O'Neill lui aussi.

9

— Tu viens ce soir à la remise des diplômes ?

Clay regardait son père à travers la table, tandis que Lacey trempait sa gaufre dans le sirop d'érable.

— Bien sûr, répondit Alec. Je ne vais pas manquer ça !

Comment son fils pouvait-il imaginer qu'il oublierait une pareille cérémonie ? Sans doute avait-il agi de manière souvent imprévisible ces derniers temps.

— Ton discours d'adieu [1] ne te pose pas de problèmes ?

D'une nervosité inhabituelle depuis quelques jours, Clay était en train de taper nerveusement du pied sous la table. Il ne se séparait plus jamais de ses fiches, qu'il gardait à la main ou bien glissées dans sa poche de chemise. Pour le moment, il les avait étalées devant son jus d'orange. Alec aurait aimé lui venir en aide, mais il ne voyait pas comment.

— Ça va, répondit Clay. A propos, ça ne t'ennuie pas si j'invite quelques amis après ?

— Au contraire ! Il y a bien longtemps que tu ne l'avais pas fait. Je m'éclipserai.

— Tu n'as pas besoin de t'éclipser.

Alec sortit son portefeuille et le posa sur la table, à côté du bol de céréales de Clay.

— Prends ce qu'il te faut pour recevoir tes amis.

Clay garda un moment les yeux fixés sur le portefeuille et jeta un coup d'œil à Lacey avant de sortir un billet de vingt dollars.

— Tu n'iras pas très loin avec ça, observa Alec. (Il reprit son

---

1. Discours prononcé par le major de la promotion.

portefeuille et tendit deux autres billets semblables à son fils.)
Une pareille occasion ne se représente pas deux fois !

Clay posa les billets sur la table.

— On dirait que l'argent ne compte plus pour toi, murmura-t-il doucement.

Alec se dit que ses enfants le soupçonnaient de ne plus avoir toute sa tête : il ne travaillait pas et il dépensait sans compter. Mais il ne se sentait pas encore prêt à leur parler de la police d'assurance — un secret qu'il ne partageait qu'avec Annie...

— Vous n'avez pas à vous inquiéter à ce sujet.

— Je tâcherai de rentrer de bonne heure aujourd'hui pour faire le ménage, lança Clay après avoir jeté un coup d'œil autour de la pièce.

— Non, je m'en charge, intervint Lacey à la grande surprise de son père et de son frère. Ça sera mon cadeau de diplôme.

Alec passa la journée avec son appareil photo sur la plage de Kiss River. Il prit des diapositives, pour les présenter lorsqu'il parlerait la semaine suivante au Rotary Club d'Elizabeth City.

Clay et lui rentrèrent à la même heure et ils reconnurent à peine la maison. Elle embaumait l'essence de citron — le produit avec lequel Annie parfumait les sacs d'aspirateur. La salle de séjour était impeccable, et la cuisine rutilante baignait dans la lumière colorée des vitraux fixés aux fenêtres.

— Mon Dieu, quel dommage de faire une soirée ici ! murmura Clay.

Lacey entra dans la cuisine avec un panier de linge fraîchement lavé.

— Bravo, Lace, la maison est fantastique ! s'exclama Alec.

Elle posa son panier et fronça son nez couvert de taches de rousseur en se tournant vers son père.

— Ça devenait insupportable !

Alec sourit.

— Pour moi aussi, mais je n'avais pas le courage de m'y mettre.

— Merci, O'Neill, lança Clay. Si ça ne va pas à l'école, tu pourras toujours te placer comme bonne à tout faire !

Alec regardait fixement le panier de linge. Sur la pile, le sweatshirt vert d'Annie était plié avec le plus grand soin. Il saisit le vieux vêtement et le déplia d'un coup sec.

— Tu l'as lavé ?

Lacey fit un signe affirmatif.

— Il était sur ton lit !

Alec plongea ses narines dans le sweatshirt et respira l'odeur du détergent. Lacey et Clay se regardèrent en silence.

— Votre mère le portait souvent, expliqua Alec. Je l'avais gardé en souvenir parce qu'il avait encore son odeur. Celle du produit qu'elle mettait dans ses cheveux. J'aurais dû le ranger pour que tu ne le confondes pas avec le linge sale. (Il parvint à sourire.) Je crois que le moment est venu de m'en séparer.

Il jeta un coup d'œil du côté de la boîte à ordures, puis se ravisa et glissa le sweatshirt sous son bras.

— Je l'ai trouvé au milieu de tes draps sales ! Je ne pouvais pas me douter que...

Lacey parlait fort, avec une mine craintive.

— Ce n'est rien, Annie.

Ecarlate, Lacey tapa du pied.

— Je ne suis pas Annie !

Confus, Alec posa la main sur son épaule.

— Oh ! Pardon, ma chérie !

Lacey repoussa sa main.

— La prochaine fois, tu t'occuperas tout seul de ta foutue lessive !

Elle sortit en trombe de la pièce. Il y eut un léger bruit de pas dans l'escalier, puis la porte de sa chambre claqua bruyamment.

— Ça t'arrive souvent, tu sais, observa Clay d'une voix neutre.

— Qu'est-ce qui m'arrive souvent ? De l'appeler Annie ? (Il essaya de se souvenir.) Non, je ne pense pas.

— Demande-lui. (Clay fit un signe de tête en direction de l'escalier.) Je parie qu'elle pourrait te dire le nombre exact de fois.

Alec retira sa veste et appuya son dos au siège de la voiture. Le cou et la poitrine trempés de sueur, il essaya de ralentir le rythme de sa respiration.

Il s'était garé un peu à l'écart des autres voitures, sur le parking de Cafferty High. Il avait besoin de rassembler ses esprits pendant quelques minutes avant d'affronter le monde — les parents des amis de Clay qu'il n'avait pas vus depuis des mois, ses professeurs. Ils voudraient tous lui parler et le complimenter sur son fils. Serait-il capable de leur sourire et de trouver la réponse adéquate ? Les deux heures suivantes lui semblaient une épreuve insurmontable. *Annie, pourquoi diable m'as-tu fait ça ?*

Elle aurait été heureuse à cette cérémonie. Tout en prétendant ne pas y attacher d'importance, elle était très fière des succès scolaires de ses enfants. La remise du diplôme de Clay aurait été l'occasion d'une grande fête où sa présence ne serait pas passée inaperçue. « Annie est une mère passionnée », lui avait dit un jour Tom Nestor. Il avait raison : Annie cherchait toujours à donner à ses enfants ce qui lui avait manqué à leur âge.

Ses parents avaient boudé la cérémonie de remise des diplômes à son école chic de Boston. « Nous serions venus si tu avais continué à avoir de bonnes notes, lui avait dit son père, mais tes résultats du dernier semestre sont inadmissibles ! »

Annie venait d'une famille très fortunée ; elle devait se conformer aux exigences de ses parents et fréquenter des jeunes gens de son milieu. Si elle ne répondait pas à l'attente de ses père et mère — par hasard ou volontairement —, ils la punissaient en la privant de leur amour. Quand il se représentait Annie enfant, Alec imaginait une petite fille rousse, ébouriffée, assise dans un coin de sa chambre, les yeux emplis de larmes et serrant contre elle son ours en peluche. Cette scène, qu'elle ne lui avait jamais décrite, était pourtant gravée dans son esprit depuis ce premier soir où elle lui avait avoué son besoin d'être aimée.

En réaction contre ce qu'elle avait subi, elle ne critiquait jamais ses enfants. Elle les aimait sans restriction. « S'ils étaient laids à faire peur ou bêtes au point de ne pas savoir compter jusqu'à dix, ça ne me gênerait pas. Je les trouverais tout de même merveilleux. » Il la revoyait tenant ce discours un jour où elle pétrissait du pain dans la cuisine. Elle portait le fameux sweatshirt vert, les manches remontées, et une tache de farine sur le sein gauche.

Le sweatshirt. Pourquoi avait-il réagi avec une telle violence ? Depuis bien longtemps, il n'était plus imprégné de l'odeur d'Annie mais en le voyant étalé sur la pile de linge, il avait eu l'impression de la perdre une seconde fois.

« Tu dois mûrir », se dit-il à voix haute en sortant de la voiture, son appareil photo en bandoulière. L'air était moite, mais une légère brise s'engouffrait dans les manches de sa chemise. Il essayerait de penser au phare, ou de s'imaginer en train de surfer sur les vagues. Pour l'amour de Clay, il devait faire un effort ce soir.

— Alec ?

Il se retourna et aperçut Lee et Peter Hazleton — les parents de Terri, la petite amie de Clay — qui se dirigeaient vers lui. Il ne les avait pas vus depuis le service funéraire.

— Salut. (Il leur adressa ce qu'il considérait comme un grand sourire.)

Peter lui donna une claque dans le dos.

— Un grand jour, hein ! Mon appareil photo est en panne. Pouvez-vous prendre quelques photos de Terri ?

— Clay m'en voudrait à mort si je manquais à ce devoir ! (Il aperçut Lacey sur la pelouse, au milieu d'un groupe.) Je vais rejoindre ma fille et chercher nos places, dit-il, ravi de cette diversion.

Depuis quelque temps, il se sentait bouleversé chaque fois qu'il apercevait Lacey. Si seulement il avait pu comparer son visage avec celui d'Annie, la différence lui aurait peut-être sauté aux yeux. Mais, privé à jamais de ce visage, il ne pouvait plus distinguer la réplique de l'original ! Il était embarrassé en sa présence, et au bout de quelques secondes, il se sentait envahi d'une profonde tristesse.

Il l'appela. Elle marcha vers lui en contemplant alternativement ses pieds et le ciel et en fuyant son regard avec insistance. Il ne l'avait pas vue depuis leur altercation dans la cuisine.

— Allons nous asseoir.

Elle le suivit en silence.

Clay leur avait réservé deux places au premier rang. Alec s'assit entre Lacey et une femme bien en chair qui transpirait abondamment et appuyait sa cuisse contre la sienne. Il se rapprocha de Lacey : ses longs cheveux dégageaient une odeur de fumée. Elle n'avait pourtant que treize ans !

Il sortit son appareil photo de son étui et commença à changer l'objectif. Lacey regardait fixement l'estrade vide.

— Je suis désolé, Lace, de t'avoir appelée Annie, murmura-t-il afin de rompre le silence.

Selon son habitude, elle haussa les épaules.

— Ça ne fait rien.

— Mais si ! Clay m'a dit que c'était déjà arrivé plusieurs fois.

Avec un nouveau haussement d'épaules, elle abaissa les yeux vers le carré d'herbe sèche qui s'étendait devant leurs chaises.

— J'ai eu une réaction disproportionnée au sujet du sweater, insista Alec.

Elle détourna la tête et se mit à se balancer au rythme d'un air qu'elle seule pouvait entendre. Alec tenta désespérément d'attirer son attention.

— Quand commencent les cours d'été ?

A cet instant, Clay surgit devant eux, déjà revêtu de sa toge bleue et le front moite d'émotion.

— Contents de vos places ?

Il tendit d'abord la main à son père, qui la serra en ayant conscience de la solennité du geste. Puis il la glissa sous sa toge, pour prendre ses notes froissées dans une poche de son pantalon.

— Tu peux les garder ? Je préfère ne pas compter sur elles ! (D'un geste taquin, il tira sa sœur par les cheveux.) Ça va, O'Neill ?

Lacey haussa les épaules en marmonnant, et Clay se tourna vers l'estrade.

— Allons-y ! dit-il en s'éloignant.

L'orchestre entonna *Pomp and Circumstance*. Les jeunes diplômés prirent place sous les regards attentifs des familles. Pour échapper à l'émotion qui l'étreignait, Alec s'imagina glissant sur la mer, au gré du vent.

Vint alors le moment des discours. Lorsque Clay monta sur l'estrade, Alec sentit Lacey se crisper. Les mains posées sur les genoux, il résista à l'envie de passer un bras autour de ses épaules et de l'attirer contre lui. Vu d'en bas, Clay paraissait soudain plus mûr. Dans le haut-parleur, sa voix avait des accents plus graves et un sourire éclairait son visage. Rien ne trahissait sa nervosité ! Il parlait avec tant de naturel qu'il semblait improviser son discours. Il était question de sa classe et des résultats de ses camarades, puis il hésita brièvement, et il reprit avec une vibration imperceptible dans la voix :

— Je suis reconnaissant à mes parents qui, grâce à leur amour et à leur respect, m'ont appris à croire en moi et à penser par moi-même. Ma mère est morte en décembre, et je regrette du fond du cœur de ne pouvoir partager cet instant avec elle.

Alec sentit ses yeux s'embuer de larmes. Un remous dans la

foule l'avertit que les regards se tournaient vers Lacey et lui. Non, il n'allait pas craquer maintenant...

Glisser sur l'eau, loin sur le détroit. Voir le rivage s'éloigner, ainsi que le monde sans joie de la réalité quotidienne !

Au premier rang, une femme se pencha en avant pour l'observer. Il crut reconnaître le médecin qu'il avait rencontré à l'atelier. Olivia. A son tour, il se pencha pour mieux la voir, mais c'était une inconnue. Il éprouva une légère déception.

Le lendemain, samedi, il irait à l'atelier au moment où se terminait sa leçon et il l'inviterait à déjeuner. L'occasion se présentait enfin de poser les questions qui l'avaient hanté pendant ces longs mois de solitude.

10

Olivia sentit la fraîcheur du verre sous ses doigts. Hypnotisée par la couleur changeante de ses mains, elle déplaça le cutter sur la surface du fragment. La lumière du soleil inondait l'atelier et éclaboussait la table de travail de teintes violettes, bleu canard et rouge sang.

Elle parvenait difficilement à se concentrer.

— Vous finirez par vous habituer, lui dit Tom.

Il avait raison. Au bout d'un moment, cette coloration lui parut naturelle.

— Essayez celui-ci, lui dit-il en lui tendant un nouveau cutter, au manche taillé en biseau.

Elle prit l'outil et traça une ligne parfaitement droite jusqu'au centre du fragment de verre.

— Vous vous êtes exercée ?

Son visage s'épanouit. Elle s'était exercée, en effet, tous les soirs après son travail — sur sa table de cuisine. Au début, elle avait dû se forcer car elle avait plusieurs articles à lire dans la revue des urgences médicales, mais elle avait pris l'habitude, et elle attendait chaque soir ce moment avec impatience. La veille, elle avait dessiné des figures géométriques sur un papier calque, et elle découpait maintenant les formes correspondantes dans du verre coloré. Au moment où elle allait terminer le troisième fragment, Alec O'Neill arriva. Il fit un signe de tête à Tom avant de se tourner vers elle.

— J'aimerais vous parler. Avez-vous un moment après la leçon ?

Après avoir retiré ses lunettes protectrices, elle consulta sa montre, bien qu'elle n'ait aucun projet particulier ce jour-là.

— Oui, répondit-elle en l'observant du coin de l'œil.

Il portait des jeans délavés et une chemise polo bleu pâle, mais, à cet instant, il baignait de la tête aux pieds dans une lumière vermillon.

— Retrouvons-nous à midi, à la cafétéria en face.

Ayant obtenu l'accord d'Olivia, il disparut brièvement dans la chambre noire, puis il quitta l'atelier.

— A tout à l'heure, lança-t-il en ouvrant la porte.

Le vitrail de la porte oscilla un moment après son départ, et Olivia vit le mur passer du bleu au rose, puis revenir au bleu. Elle prit un nouveau fragment, qu'elle avait remarqué ce matin-là en arrivant à l'atelier. D'un vert sombre, il avait une texture légèrement ondulée.

— Non, dit Tom, il est trop fragile !

Elle passa un doigt sur la surface fraîche du verre.

— Oh, Tom, laissez-moi essayer, je n'ai encore rien cassé !

Il céda à contrecœur.

— D'accord, grommela-t-il, si vous vous souvenez qu'Alec est aussi délicat que le fragment de verre que vous avez sous la main. Je ne sais pas de quoi il a l'intention de vous parler, mais soyez prudente ! Ménagez-le !

— Oui, souffla-t-elle en plongeant son regard dans les yeux bleu sombre de Tom.

Elle remit ses lunettes protectrices. En retenant son souffle, elle posa ensuite le cutter sur le verre. Malgré ses précautions et la délicatesse de ses gestes, il se pulvérisa en mille éclats sous ses mains multicolores.

La petite cafétéria était bondée. Des gens en maillot de bain se pressaient autour du comptoir et l'odeur des viandes froides et des pickles se mêlait à celle de la crème solaire. Olivia ne se sentait pas dans la note avec sa chemise verte et sa jupe à fleurs. Elle s'adossa au mur, près de la porte, et chercha des yeux le visage d'Alec au milieu de la foule.

— Docteur Simon !

Guidée par le son de sa voix, elle finit par l'apercevoir à une petite table près de la vitre. Elle se faufila jusqu'à lui. Il se leva pour lui offrir un siège.

En s'asseyant, elle s'aperçut dans la glace : ses cheveux

châtain foncé tombaient raides sur ses épaules, et sa frange était maintenant assez longue pour qu'elle la coiffe sur le côté. Elle se rappela la photo en noir et blanc d'Annie, son sourire épanoui et sa chevelure chatoyante.

— Il y a du monde, mais le service est rapide. (Alec leva les yeux vers le menu inscrit à la craie sur une ardoise au-dessus du comptoir.) Que prendrez-vous ?

— Un pain complet à la dinde, et une limonade.

Alec se leva — ou plutôt bondit — et alla passer la commande, la main posée sur l'épaule d'une des jeunes femmes qui confectionnaient des sandwichs derrière le comptoir. Olivia prit le temps de l'observer depuis sa place. Quarante ans environ, un peu trop maigre — sûrement plus maigre que le soir où elle l'avait vu pour la première fois aux urgences. Il était bronzé, mais elle remarqua ses yeux cernés et ses joues creuses. Ses cheveux très sombres grisonnaient légèrement au niveau des tempes. Il se déplaçait avec une grâce athlétique et elle se l'imagina sur un chantier, ou du moins exerçant une activité de plein air qui lui permettait de donner libre cours à son énergie et de garder la forme.

Lui arrivait-il de sourire ? se demanda Olivia.

Il déposa un verre de limonade devant elle et avala une gorgée de café avant de se rasseoir. Il ne devait pas non plus s'asseoir souvent.

Son regard attentif se fixa sur elle. Le soleil l'éblouissait et accentuait les contrastes entre le bleu translucide de l'iris et le point noir des pupilles.

— J'avais besoin de vous voir car je me pose des questions au sujet... des circonstances exactes de la mort de ma femme. (Olivia recula légèrement sa chaise car il avait frôlé par mégarde ses genoux nus avec les siens.) Sur le moment, ça ne comptait pas tellement, mais je continue à m'interroger malgré moi... (Il frotta ses tempes de ses longs doigts bronzés et reprit :) Je n'arrive toujours pas à comprendre ! Nous nous sommes dit au revoir un matin de Noël, et tout s'est arrêté là.

Les yeux baissés, il se laissa aller en arrière sur son siège tandis que la serveuse déposait les sandwichs devant eux. Sa pomme d'Adam remuait étrangement : il semblait à bout de nerfs.

— Mr. O'Neill... murmura Olivia dès que la serveuse se fut éloignée.

— Appelez-moi Alec.

— Je répondrai volontiers à toutes vos questions, Alec, mais certaines réponses risquent de vous être pénibles. Je crains que cet endroit ne se prête pas particulièrement à... Il regarda la foule qui se pressait autour d'eux.

— Si vous voulez, je peux vous emmener à mon bureau, tout près d'ici. Ces temps-ci, je ne travaille pas, mais c'est ouvert. Nous pouvons emporter nos sandwichs.

— Excellente idée !

Alec glissa les deux sandwichs dans un sac en papier et ils marchèrent jusqu'au parking.

— Je vous montre le chemin, déclara-t-il en ouvrant la portière de sa Bronco bleu marine.

Au volant de sa Volvo, Olivia le suivit. Son bureau... Il dirigeait peut-être une entreprise de travaux publics. Mais pourquoi ne travaillait-il pas en ce moment ? Elle se rendit compte qu'il lui était totalement inconnu, en dehors du fait qu'il avait été marié à une femme qu'elle avait toutes les raisons de haïr, mais qui la fascinait.

Ils se garèrent dans le parking du Beacon Animal Hospital, et elle fronça les sourcils en lisant sur la plaque : DR ALEC O'NEILL ET DR RANDALL ALLWOOD, MÉDECINE VÉTÉRINAIRE. Jamais elle ne s'était doutée qu'Alec était vétérinaire.

Il sortit de sa voiture, le sac de sandwichs à la main.

— Passons par l'arrière, suggéra-t-il.

Olivia fit le tour du bâtiment avec un étrange sentiment de culpabilité. Comme si elle avait dû se mettre sur la pointe des pieds pour marcher sur le gravier crissant ! Ils entrèrent dans un hall au carrelage de vinyle, où régnait une agréable fraîcheur. Des jappements frénétiques parvinrent à leurs oreilles. La première porte à gauche donnait sur le bureau d'Alec, une petite pièce aux murs gris pâle. Il y faisait une chaleur étouffante.

Alec tourna le bouton du climatiseur.

— Désolé, mais ça ira mieux dans une minute !

— Vous êtes vétérinaire ? s'étonna Olivia en s'installant dans le fauteuil de cuir rouge qu'il lui désignait.

— Oui.

Il lui tendit son sandwich empaqueté et il s'assit derrière son bureau. Les murs étaient couverts de photos du phare de Kiss River. Elle remarqua aussi plusieurs véliplanchistes, et un tout jeune cocker au poil fauve, à côté d'un chat persan qui ressemblait à Sylvie, sa chatte. Mais elle ne dit rien, car Alec semblait perdu dans ses pensées.

Devant la fenêtre, l'inscription D.V.M.[1] — en lettres bleues — se lisait sur un vitrail, entre la queue d'un chat noir et les ailes déployées d'une mouette. Olivia eut une soudaine vision d'Annie offrant ce panneau à Alec. Un cadeau symbolisant son admiration pour lui...

Il déballa son sandwich et aplatit le papier sur son bureau.

— Je n'ai pas spécialement l'âme d'un vétérinaire ces temps-ci, grommela-t-il. J'ai décidé de prendre un mois de congé après la mort d'Annie, mais... (Il haussa les épaules d'un air évasif.) il s'est passé un peu plus d'un mois !

Olivia savait à un jour près combien de temps s'était écoulé : le soir où Alec avait perdu sa femme, elle-même avait perdu son mari.

Il la regardait avec perplexité.

— Alors ?

— Que souhaitez-vous savoir ?

— Ce qui s'est passé aux urgences, cette nuit-là... Vous m'avez dit que vous avez tenté de la sauver. Pouvez-vous me préciser ce que cela signifie dans ce cas particulier ? (Il reprit son souffle et fixa la photo posée sur son bureau : certainement sa femme et ses enfants, à en juger par une tache flamboyante — les cheveux d'Annie — qu'Olivia entrevoyait depuis l'endroit où elle avait pris place.) Je voudrais surtout savoir si elle a repris connaissance. Si elle a souffert...

— Non, elle n'a pas souffert et elle n'a jamais repris connaissance. Je pense qu'elle n'a pas su ce qui lui arrivait : elle a été surprise par une douleur aiguë lorsque la balle l'a touchée et elle a aussitôt perdu conscience.

— Ah bon, murmura-t-il en hochant la tête.

— Quand ils l'ont amenée, elle allait très mal. D'après ses symptômes, j'ai tout de suite conclu qu'une intervention chirurgicale s'imposait.

— Vous êtes-vous chargée de l'intervention ?

— Oui, avec l'aide de Mike Shelley, le directeur des urgences, qui est arrivé au bout d'un moment.

— Etant donné son état, pourquoi ne pas l'avoir transférée au service de traumatologie d'Emerson Memorial ?

1. Docteur en médecine vétérinaire.

Olivia se crispa. Elle entendait encore la voix de Mike Shelley murmurant derrière elle : *On aurait peut-être dû la transférer. Maintenant tu risques d'avoir du sang sur les mains.*

— En principe, sa place était dans un service de traumatologie. Mais nous n'avions pas le temps : elle serait morte pendant le transfert. Une intervention immédiate était sa seule chance de survie !

— Alors vous avez dû... inciser immédiatement ?

— Oui, et ensuite j'ai... Tenez-vous à en savoir plus ?

Il posa son sandwich.

— Dites-moi tout !

— Son pouls était imperceptible. J'ai placé ma main autour de son cœur et j'ai obstrué à l'aide du pouce et de l'index les orifices percés par la balle ; son cœur s'est remis à battre. (Alec, hypnotisé, regardait la main qu'elle avait levée involontairement. Dès qu'elle s'en rendit compte, elle laissa son bras reposer sur l'accoudoir de son fauteuil.) Un moment, j'ai repris espoir et j'ai pensé qu'il suffirait de refermer ces orifices.

Elle raconta comment Mike Shelley avait essayé de recoudre le trou béant. Encore aujourd'hui, elle sentait le sang sur ses doigts, et il lui arrivait parfois de se réveiller au milieu de la nuit : elle devait alors allumer sa lampe pour s'assurer que ses mains n'étaient pas engluées de sang.

Les yeux et le nez brûlants, elle sentit brusquement qu'elle allait fondre en larmes.

— Eh bien, dit Alec d'une voix blanche, je pense qu'on ne pouvait pas faire mieux.

— Oui, murmura-t-elle.

Il s'affala un peu plus sur son siège, le regard perdu dans le vague.

— J'ai du mal à me rappeler la suite des événements... Quelqu'un a dû prévenir ma voisine, Nola, car elle nous a raccompagnés à la maison. Mes enfants étaient avec moi dans la voiture, mais je ne garde aucun souvenir de leur présence. (Il tourna les yeux vers elle.) Cette nuit-là n'a pas dû être facile pour vous non plus.

Elle acquiesça en se demandant quelles émotions se lisaient sur son visage.

— Vous n'aimez pas en parler.

— Mais vous avez le droit de savoir !

— Eh bien, merci pour tout ce que vous avez fait et pour le

temps que vous venez de me consacrer. (Il lui montra le sandwich soigneusement emballé, qu'elle avait posé sur ses genoux.) Vous n'avez pas déjeuné.

— Je garderai mon sandwich pour le dîner.

Perdu dans la contemplation de la photo posée sur son bureau, il n'entendit pas ses paroles.

— Je regrette de ne pas avoir pu lui dire adieu, murmura-t-il. (Il aperçut alors l'alliance qui encerclait le doigt d'Olivia.) Vous êtes mariée ?

— Oui.

— Profitez de chaque minute avec votre mari comme si elle devait être la dernière !

— A vrai dire, nous sommes séparés. (Elle se sentait presque coupable à l'idée que Paul et elle étaient vivants, en bonne santé, et malgré tout désunis.)

— Oh ! Comment supportez-vous cette situation ?

— Horriblement mal.

— Je regrette... Quand cela est-il arrivé ?

— Il y a six mois. (Il ne sembla pas remarquer la coïncidence.)

— Qui a pris la décision ?

— Lui tout seul ! (Elle baissa les yeux sur l'alliance qui brillait toujours à son doigt.) Il y avait une autre femme, reprit-elle en se demandant où l'entraînait cette confidence. Pas vraiment une liaison, une relation platonique... Il la connaissait à peine. Une sorte de toquade... Elle n'est... plus ici, mais il pense toujours à elle.

— Une réconciliation est-elle possible ?

— Je l'espère. Je suis enceinte !

Incrédule, Alec observa discrètement son ventre.

— Onze semaines seulement.

En réponse à l'air interrogateur d'Alec, elle précisa en rougissant :

— Un soir, il est passé à la maison...

Pour la première fois, Alec sourit et son visage glacial sembla s'humaniser. Olivia rit à son tour.

La porte du bureau s'entrouvrit et un visage féminin apparut.

— Alec ?

Une jeune femme entra. Elle portait une blouse blanche sur ses jeans et ses cheveux bruns étaient tressés dans son dos.

74

— Oh ! pardon, dit-elle en apercevant Olivia, je te croyais seul ! Tu travailles ?

Alec grimaça un sourire.

— Pas vraiment ! (Il déposa un baiser sur la joue de la nouvelle venue.) Je te présente Olivia Simon. Elle était responsable des urgences le soir où Annie est morte.

D'un air grave, la jeune femme s'inclina vers Olivia.

— Voici Randi Allwood, mon associée, reprit Alec.

— C'est toi qui le dis, Alec. En ce moment, tu me laisses tout le travail sur les bras.

Alec fit un signe de tête indiquant à Olivia qu'il était temps de mettre fin à leur conversation. Elle se leva et ils se dirigèrent ensemble vers la porte.

— J'ai besoin de te parler, Alec, lança Randi.

— Je reviens dans une minute !

Il accompagna Olivia jusqu'à sa voiture.

— Encore merci, et bonne chance. (Au moment de partir, il la regarda dans les yeux en désignant son ventre d'une main hésitante.) Votre mari sait-il... ce qui est arrivé la dernière fois qu'il est passé vous voir ?

— Non.

— Sait-il que vous l'aimez encore ?

— Je suppose. (Elle n'avait aucune certitude, car leurs relations étaient devenues de plus en plus tendues ces derniers temps.)

Alec lui ouvrit la porte de sa voiture.

— Dites-le-lui. C'est important !

Olivia lui adressa un petit signe d'adieu avant de s'engager sur Croatan Highway. Quand avait-elle dit pour la dernière fois à Paul qu'elle l'aimait ? Pendant cette nuit de printemps ? Cette nuit qu'elle aurait préféré chasser définitivement de sa mémoire...

C'était un jeudi soir, dans les premiers jours d'avril. Il était passé à la maison chercher quelque chose. Peut-être un logiciel pour son ordinateur. Mais, qu'importe ! Bien que déjà au lit, elle ne dormait pas encore lorsqu'elle l'avait entendu arriver sans bruit. Un moment irritée par cette visite intempestive, elle s'était ensuite réjouie de le voir, de lui parler. Elle l'avait entendu traverser la salle de séjour, puis monter l'escalier. Il était entré dans la chambre et s'était assis au bord du lit.

— Excuse-moi de te déranger si tard. J'ai quelque chose à prendre et je repars tout de suite !

Elle avait levé les yeux vers lui, dans l'obscurité de la chambre, une lueur de tendresse brillait dans son regard. Troublée par la chaleur de sa cuisse contre sa hanche, elle avait tendu sa main vers la sienne et l'avait doucement posée sur son genou. Il s'était laissé faire...

— Tu n'as pas besoin de te sauver !

Il avait promené son pouce sur sa paume, d'un geste encourageant. Alors, elle avait attiré effrontément sa main contre sa poitrine nue sous le drap.

Hésitants, les doigts de Paul se promenèrent sur ses seins. Elle déboucla sa ceinture en se reprochant sa trop grande hâte, son impatience, mais il lui manquait depuis trop longtemps !

Il dégagea lentement sa main enfouie sous les draps et posa ses lunettes sur la table de nuit, à côté de la lampe. Il l'embrassa. Puis, se déshabillant avec le plus grand calme, il plia sa chemise et son pantalon. Elle sentait son cœur battre à tout rompre. L'espoir renaissait. Lorsqu'il se glissa à côté d'elle, elle lui sourit, en signe de bienvenue...

Au début, il la caressa maladroitement, comme s'il avait oublié qui elle était et ce qu'elle aimait. Son pénis reposait, froid et inerte contre sa cuisse. Elle se mordait les lèvres de regret. Elle avait eu tort ; il ne la désirait pas. Ses anciens doutes l'assaillaient de nouveau.

Mais sa main devint plus sûre, à mesure qu'il caressait son corps. Enfin, c'est elle qui s'allongea sur lui et qui attira son sexe, lorsqu'elle le sentit prêt. Ils firent l'amour avec une exquise lenteur qu'elle contrôla de tout son corps. Elle aurait voulu que ce moment dure une éternité, qu'il ne la quitte plus jamais — ni demain, ni dans une semaine, ni dans un an...

Quand tout fut fini, elle sanglota sur son épaule, et il passa la main sur ses cheveux.

— Pardon, Liv, murmura-t-il.

Elle prit appui sur son coude en se demandant de quoi exactement il lui demandait pardon.

— Je t'en prie, reste !

Il hocha la tête.

— Nous n'aurions jamais dû faire l'amour. Après, c'est encore plus dur pour toi.

— Tu penses toujours à elle ?

— Oui. (Il dégagea son corps du sien et s'assit au bord du lit, à la recherche de ses lunettes.) C'est absurde, puisqu'elle est morte ! Mais on dirait qu'elle m'a envoûté. Je n'y peux rien.

Son menton reposant sur son épaule, elle promena sa main sur son dos.

— Si tu revenais, si nous essayions de reprendre la vie commune, tu l'oublierais peut-être.

— Ça ne serait pas juste pour toi.

— J'en prends la responsabilité. Essayons, Paul ! C'était merveilleux de faire l'amour. Voilà ce qui nous permettra de... (Le mot *exorciser* lui vint un instant à l'esprit.) Ce qui t'aidera à l'oublier.

— Inutile, Liv ! (Il remonta son caleçon et se leva, le regard tourné vers la fenêtre.) Quand nous faisions l'amour, je me suis imaginé qu'Annie était là, à *ta* place. Comprends-tu ?

De nouveau, elle fondit en larmes. Pour cacher sa nudité, elle s'enroula dans la couverture.

— Enfin, dis-moi ce qu'elle avait de si extraordinaire, ou ce qui me manque à ce point !

— Rien, voyons ! (Il la prit précipitamment dans ses bras pour la rassurer.) Liv, je t'en prie, ne pleure pas.

— N'as-tu jamais aimé faire l'amour avec moi ? As-tu joué la comédie pendant des années pour ne pas me vexer ?

Il était son premier et unique amoureux. Elle tremblait la première fois qu'il l'avait prise dans ses bras, bien qu'elle eût dépassé depuis longtemps l'âge auquel la plupart des femmes découvrent l'amour. Grâce à lui, tout s'était bien passé. Il l'avait patiemment encouragée et il avait fait naître sa confiance grâce à de tendres compliments. Ses remarques admiratives l'avaient rassurée : elle était accessible à la passion et au désir, alors qu'elle avait craint de devoir renoncer à de telles émotions.

— Je n'ai jamais joué la comédie, Liv. Mais ça n'a rien à voir avec le sexe. (Il poussa un long soupir et se prit le visage dans les mains d'un air las.) Je regrette ce que j'ai dit au sujet d'Annie. Vraiment, je te demande pardon !

Elle ne savait que répondre. Quels mots pourraient sauver le peu qui leur restait en commun ? Elle le regarda s'habiller en silence. Il déposa un baiser rapide sur ses cheveux et sortit de la chambre. Puis il fouilla dans son bureau, et, lorsqu'il eut trouvé ce qu'il cherchait, elle l'entendit refermer lentement la porte de la maison derrière lui.

Il fallut une heure à Olivia pour fermer les yeux, et une heure encore pour s'endormir. Quelques semaines plus tard, elle apprenait que la semence destinée à Annie avait germé en elle...

Comme convenu, Randi attendait Alec dans son bureau. Il l'avait évitée depuis six mois. Quand il la rencontrait par hasard — chez l'épicier ou au restaurant — il s'esquivait pour éviter cette lueur d'impatience de plus en plus intense dans son regard. Maintenant, il se sentait piégé.

— Assieds-toi, Alec.

Elle avait pris la place occupée peu de temps avant par Olivia, et il se rassit derrière son bureau.

— J'ai eu une excellente surprise en te voyant ici !

— Ecoute, Randi, je devais avoir une discussion sérieuse et mon bureau convenait mieux qu'un restaurant. Evite de te faire des illusions !

— Quand reviens-tu, Alec ?

Impossible de louvoyer ! Cette question directe l'irritait.

— Je ne sais pas.

Elle soupira, exaspérée, en se penchant vers lui.

— Mais enfin, de quoi vis-tu ? Comment fais-tu pour nourrir tes enfants ? Comment comptes-tu payer les quatre années de Clay à Duke ?

— Pas de problème.

— Tu perds la tête ?

— J'ai besoin de temps, Randi, pour m'occuper du phare.

— Tu te moques de moi ?

Il lui sourit

— Arrête de prendre cet air condescendant ! grommela-t-elle en lui souriant à son tour. En réalité, tu me manques, Alec, et je m'inquiète à ton sujet. Tu t'es déchargé de toutes tes responsabilités sur moi. Ça fera bientôt un an...

— A peine six mois, et tu n'es pas seule. Comment se débrouille Steve Matthews ?

— Peu importe !

— Randi, si la charge est trop lourde pour toi, je trouverai quelqu'un d'autre pour t'aider, proposa-t-il en se dirigeant vers la porte.

Elle poussa un profond soupir.

— Je ne veux personne. J'essayais seulement de jouer sur ton sentiment de culpabilité.

Soudain, elle se leva. Il sembla à Alec qu'elle s'avouait vaincue.

Elle fit un pas vers lui, il l'attira un instant contre sa poitrine, étonné de sentir la pression de ses seins et la chaleur parfumée de ses cheveux contre sa joue.

— Il y a bien longtemps que je n'ai pris une femme dans mes bras ! murmura-t-il en s'écartant doucement.

Les yeux de Randi s'illuminèrent.

— Je rêve de te présenter une de mes amies.

Il hocha la tête.

— Elle te plairait, Alec. Le monde déborde de femmes seules, et tu es un homme libre !

Le mot *libre* déplut à Alec.

— C'est beaucoup trop tôt pour moi.

— Et cette femme médecin ? Elle est jolie...

— Mariée et enceinte.

— Le sexe ne te manque pas ? demanda-t-elle sans ménagements.

— *Tout* me manque, gronda-t-il, soudain furieux. (Randi fit un bond en arrière.) Ce n'est pas un jeu d'enfants, Randi ! J'ai perdu ma femme. Annie... Une femme irremplaçable !

— Je sais, balbutia Randi, les yeux emplis de larmes.

— Laisse-moi évoluer à mon propre rythme, s'il te plaît.

— J'espère que tu ne m'en veux pas, Alec.

— Pas du tout. (Il ouvrit la porte et se retourna vers elle.) Je sais bien que tu ne peux pas comprendre, Randi.

Il transpirait lorsqu'il arriva dans sa Bronco. Un moment, il resta assis, la porte ouverte, pendant que la climatisation commençait à fonctionner. Puis il fonça vers le nord : s'il y avait des touristes au phare à cette heure de la journée, il saurait comment les éviter.

Il prit la route sinueuse et boisée qui menait à Kiss River. Un cheval sauvage qui traversait tranquillement la route l'obligea à s'arrêter une minute. C'était l'étalon noir qu'il avait guéri d'une infection, l'automne précédent. Puis il repartit en direction du petit parking entouré de buissons.

L'océan était démonté. Des vagues se brisaient sauvagement sur la jetée et, à mesure qu'il approchait, il sentait les embruns balayer son visage. Soudain le phare se dressa devant lui, dans sa blancheur éblouissante. Quelques enfants jouaient sur le croissant de sable, dernier vestige de la plage de Kiss River. Des touristes tournaient en rond, lisant les plaques gravées, ou s'abritant les yeux pour regarder la balustrade en fer forgé, en haut du phare.

Alec s'approcha discrètement d'une petite porte à la base de l'édifice de briques blanches, puis il jeta un coup d'œil vers l'ancienne maison du gardien : le personnel des Parcs nationaux ne semblait pas dans les parages. Tant mieux ! Il tira de sa poche une clef qu'il introduisit dans la serrure. La porte s'ouvrit en grinçant. Mary Poor avait donné cette clef à Annie bien des années auparavant, elle avait gardé ce trésor précieusement.

Il s'engouffra à l'intérieur et referma aussitôt la porte derrière lui. Il faisait frais, presque froid. Des mouettes devaient se cacher quelque part dans la tour · il entendait le battement de leurs ailes et leurs cris incessants dont les murs arrondis renvoyaient l'écho. Ces murs étaient blancs à l'intérieur aussi, mais la peinture s'effritait sur le sol en une grossière poudre blanche.

Il entreprit la longue ascension par l'escalier métallique en colimaçon, sans prendre le temps de s'arrêter aux six fenêtres rectangulaires qui indiquaient les paliers. En arrivant dans la pièce exiguë, sous la lanterne, il était à bout de souffle. Ces derniers temps, il manquait d'exercice !

Après avoir franchi la porte, il se retrouva en plein soleil dans la galerie et il respira l'air humide et salé. Pour ne pas être visible d'en bas, il s'assit le long du mur.

Une eau bleue et miroitante s'étendait devant lui à perte de vue. La jetée apparaissait nettement, elle lui rappela l'enterrement d'Annie et l'hébétude bienfaisante dans laquelle il s'était réfugié alors. Lorsque Olivia Simon lui avait appris la mort de sa femme, il était resté pétrifié. Il n'avait pas versé une seule larme... Nola l'avait aidé à effectuer toutes les démarches. Elle sanglotait en lui disant qu'Annie n'avait pas d'égale pour aider les gens, surtout en temps de crise. A demi inconscient, il avait murmuré une vague approbation.

La cérémonie funéraire avait eu lieu dans la plus grande église du nord des Outer Banks — trop petite malgré tout pour accueillir tout le monde ! Alec avait appris par la suite qu'il y avait du monde sous l'auvent, sur les marches de l'église, et même dans le parking.

Il était assis entre Clay et Nola. Lacey avait refusé d'assister à la cérémonie et il n'avait fait aucune objection. Tout le monde l'interrogeait à son sujet, et il répondait machinalement : « Elle n'a pas voulu venir. »

Même la mère d'Annie était là, et il l'avait laissée s'asseoir au fond de l'église. Nola lui avait chuchoté quelques mots à l'oreille pour lui suggérer de faire la paix avec elle. « Pas question ! » avait-il répondu. Et il avait regretté que Clay se retourne continuellement pour tenter d'apercevoir sa grand-mère qu'il ne connaissait pas.

L'un après l'autre, les gens qui avaient croisé Annie sur leur chemin étaient montés sur le podium devant l'église pour lui rendre hommage. A la fin, un représentant du comté avait parlé d'Annie, la « femme de l'année » depuis quatre ans : elle avait offert plusieurs vitraux à la bibliothèque et au centre social, et elle avait pris la défense des faibles. « Notre sainte Anne, avait-il conclu, était toujours prête à aider son prochain, elle ne savait pas dire non. »

Muré dans sa solitude, Alec avait écouté tous ces discours. Mais cette évocation lui déplaisait, car c'était la générosité d'Annie qui l'avait tuée !

Presque tout le monde s'était retrouvé ensuite sur la plage de Kiss River, balayée par le vent, pour voir Alec et Clay s'avancer sur la jetée et disperser les cendres d'Annie. Au moment où le vent les avait entraînées sans pitié, il avait soudain pris conscience de la réalité : ces cendres étaient tout ce qui restait d'elle ! Il les avait suivies des yeux jusqu'à ce que Clay l'entraîne par le bras.

— Papa, il faut partir.

Appuyé sur son fils, il avait donné libre cours à ses larmes. Une fois revenu sur la plage, il avait été pris dans un tourbillon d'affection. Clay, Nola, Tom, Randi, tous ses amis...

Alec se pencha au-dessus de la balustrade pour regarder au pied du phare. L'océan lui semblait plus proche que la dernière fois ou était-ce une impression ? Quelle que soit la solution adoptée par le Service des Parcs nationaux, il fallait faire vite !

Il vérifia la présence de la clef illicite dans sa poche. Mary ! Une véritable tempête sous un crâne... Il appellerait ce journaliste, Paul Macelli, dès qu'il serait de retour chez lui et il lui conseillerait de prendre contact avec Mary Poor. Si la vieille femme était encore en vie et saine d'esprit, elle aurait des milliers d'anecdotes à lui raconter. Il pourrait même se passer des archives.

Alec se leva et inspira une profonde bouffée d'air marin. Il se sentait mieux, mais il croyait encore entendre la voix de Randi lui vantant les avantages de la liberté. Elle ne pouvait pas comprendre, et il ne devait pas lui en tenir rigueur.

Il repensa alors à Olivia Simon, cette femme que son mari avait abandonnée pour une illusion. Elle seule savait ce qu'il ressentait. Il ne pouvait en douter après l'avoir écoutée, après avoir lu une telle sympathie dans son regard.

11

Etendu sur son lit, Paul regardait les couleurs danser au plafond. Il était 6 heures du soir, son heure favorite, car la position du soleil permettait au poisson tropical du vitrail de se projeter au-dessus de sa tête — avec une légère distorsion, et dans une symphonie de bleus, de verts et d'ors chatoyants. Ce n'était pas la première fois qu'il guettait ainsi la tombée de la nuit, mais il attendait ce soir avec une impatience particulière le moment de sombrer dans un profond sommeil.

Il avait besoin de dormir pour oublier sa conversation avec Alec O'Neill : une heure plus tôt, lorsqu'il avait décroché le téléphone dans sa cuisine, il avait entendu la voix enthousiaste d'Alec. D'où lui venait cet entrain inhabituel ? Il avait une idée, lui confia-t-il, une idée qu'il s'étonnait de ne pas avoir eue plus tôt. Pour la brochure sur Kiss River, il faudrait interviewer Mary Poor, l'ancienne gardienne du phare...

Eberlué, Paul n'avait rien dit. Il était au supplice ! « Elle vit à la maison de retraite de Manteo. Ma femme allait souvent la voir. Il y a six mois, elle était encore parfaitement lucide. »

Comment se tirer de ce mauvais pas ? songeait Paul. Il s'était stupidement jeté dans un piège le jour où il avait appelé Nola Dillard pour lui offrir ses services. Mais, après tout, Mary Poor l'avait peut-être oublié : elle avait maintenant un âge canonique et il ne l'avait pas revue depuis des années. Il pouvait aussi invoquer un contretemps et répondre à Alec qu'il renonçait à cette brochure. Mais l'attrait du phare était trop puissant. Finalement, il avait accepté de rencontrer la vieille gardienne le plus vite possible.

Après avoir raccroché, il s'était réfugié dans sa chambre, et il attendait, allongé sur son lit, que les couleurs lui rendent la paix de l'esprit.

La sonnerie du téléphone retentit de nouveau. Il reconnut la voix d'Olivia.

— Je ne te dérange pas ?

— Non. (Les couleurs commençaient à se fondre harmonieusement sur le mur opposé.)

— Je voulais prendre de tes nouvelles.

— Ça va, et toi ?

— Moi aussi. Je travaille au Foyer ce soir.

— Ah bon, tu continues ? (Cette lubie lui semblait absurde. Annie travaillait au Foyer par pur altruisme, mais quelle pouvait être la motivation d'Olivia ? Pourquoi courait-elle de tels risques ? Et si un forcené s'attaquait à elle ? A cette idée, il se sentit plus effrayé qu'il n'aurait cru.)

— Oui, un soir par semaine. Mais je t'appelais surtout pour te dire que je t'aime toujours.

Il ferma les yeux.

— Olivia, je n'en vaux pas la peine.

— Je ne peux pas oublier ce que nous avons vécu ensemble.

Il se sentait ignoble. Comment osait-il lui rendre la vie impossible ? Elle lui avait fait confiance, elle avait compté sur lui... Au service des urgences, elle semblait énergique et décidée, mais sans son stéthoscope elle était d'une fragilité et d'une douceur insoupçonnables.

— Paul ?

— Je t'écoute.

— Excuse-moi. Je ne voulais pas t'embarrasser.

— Très bien. Merci.

Elle hésita un instant avant de lui dire au revoir.

Lorsqu'elle eut raccroché, il fronça les sourcils : que diable pouvait-il lui répondre pour ne pas la blesser ?

Et s'il lui avouait la vérité ? Elle serait d'abord bouleversée, puis elle comprendrait quels sentiments il éprouvait pour Annie : rien à voir avec une toquade ! Ce mot, prononcé par Olivia, le révoltait chaque fois qu'il se le remémorait. Mais il n'avait pas le droit de lui en vouloir, car il l'avait volontairement induite en erreur.

Il avait interviewé Annie un nombre incalculable de fois, faisant traîner en longueur chaque entretien et attendant pour rédiger son article le moment où il n'aurait plus aucune raison légitime de la rencontrer. Ces entretiens étaient un véritable supplice... Il avait dû supporter ce face-à-face impersonnel, devant une table de restaurant, alors qu'il brûlait de caresser sa joue ou d'enrouler l'une de ses mèches flamboyantes autour de son doigt. Une petite lueur, au fond des yeux d'Annie, lui disait qu'il devait se tenir à distance.

Malgré ses réticences, il avait enregistré leurs entretiens. « Promets-moi, Paul, de m'interviewer comme si nous ne nous étions jamais connus. Comme si nous étions totalement étrangers l'un à l'autre... » Il s'était efforcé de lui donner satisfaction et il craignait maintenant de réentendre ces enregistrements — sa voix rauque, son accent de Boston et ses incroyables fous rires.

Les cassettes étaient émaillées d'allusions à Alec. Paul détestait l'entendre évoquer son nom avec tant d'enthousiasme et cette note émue dans la voix. Il avait dit à Annie que son article ne le concernait aucunement, mais elle s'était obstinée. Toutes ces digressions — y compris les anecdotes au sujet de son mariage — formaient autour d'elle une armure protectrice. Une armure à laquelle il s'était résigné, jusqu'au soir où...

Par une froide nuit d'hiver, cinq jours avant Noël, il avait pris sa voiture et il s'était garé sous les fenêtres de l'atelier. Sa décision le surprenait lui-même, mais il savait exactement ce qu'il allait faire. Les fenêtres étaient éclairées et vibraient de toutes les couleurs des vitraux. Il s'approcha de la porte d'entrée, étourdi par les formes multicolores qui l'entouraient, ou peut-être par le trac.

A travers la porte, il aperçut Annie à sa table de travail, en train de découper lentement le verre d'un abat-jour. La porte n'était pas fermée à clef, elle leva les yeux lorsqu'il entra. La bouche ouverte, elle avait l'air ébahie et un peu effrayée en le voyant surgir. Elle était seule dans son atelier, il n'y avait pas de table de restaurant entre eux, et elle ne pourrait plus se retrancher derrière ces petites anecdotes au sujet d'Alec et de leur vie de couple. De quoi avait-elle le plus peur ? se demanda Paul. De lui, l'intrus, ou d'elle-même ?

— Paul, murmura-t-elle en souriant avec peine.

— Je veux seulement te voir travailler.

Elle s'immobilisa, un tampon d'ouate à la main. Il poussa une chaise vers l'autre extrémité de la table et s'assit.

— Tu peux continuer, Annie.

Elle plongea le tampon dans un bol empli d'un liquide noir, et elle l'appliqua doucement sur les veines de plomb de l'abat-jour en verre coloré. Elle portait un pantalon en velours côtelé et un épais tricot de pêcheur blanc cassé. Sa chevelure rousse retombait sur son bras et venait frôler la table et le vitrail.

Il la regarda un moment sans parler, et, soudain, ses mots crépitèrent dans le silence :

— Je t'aime, Annie.

Elle leva les yeux et rejeta ses cheveux derrière son épaule.

— Je sais. (Pendant une ou deux minutes, elle se remit à l'ouvrage.) Tu devrais partir, Paul.

— Es-tu sûre de ce que tu dis ?

Elle concentra son regard sur l'abat-jour, puis elle posa le tampon d'ouate et croisa ses doigts sur la table.

— Paul, je t'en prie !

— Si tu désires vraiment que je parte, je n'insisterai pas.

Elle ferma les yeux, et il prit sa main dans la sienne. Une main froide et crispée.

— Annie...

— Paul, j'ai tellement apprécié la manière dont tu as mené ces entretiens ! Sans évoquer le passé, sans profiter de la situation pour...

— Je ne supportais pas d'être avec toi sans...

— Pourtant, nous en avons été capables. Quelle idée de venir ici maintenant et d'anéantir trois mois d'efforts !

— Je deviens fou, Annie. Je pense à toi nuit et jour.

Elle retira sa main et la posa sagement sur ses genoux.

— Tu dois penser à ta femme, et moi à mon mari.

Paul hocha la tête.

— Je suis intenable avec elle depuis notre arrivée ici.

— Fais un effort ! (Elle ouvrit un tiroir de sa table de travail et en sortit un élastique qu'elle passa autour du poignet de Paul.) Chaque fois que tu penses à moi, tire sur cet élastique et tu m'oublieras en un rien de temps.

Elle joignit le geste à la parole et il sursauta en sentant un brusque pincement.

— C'est donc si simple ? (Il regarda son poignet rougi.) Feras-tu la même chose ?

— Je m'en passe ! Il me suffit de penser à Alec... Mon

mari d'abord ! Je vais avoir quarante ans et j'ai des priorités à respecter. Oublie-moi, Paul. Sors d'ici, et oublie-moi définitivement !

— Je ne t'oublierai jamais ! (Paul se leva et posa l'élastique sur la table.) Merci, je n'en ai pas besoin : penser à toi m'est assez pénible. Mais je pars, car je ne veux surtout pas te faire souffrir.

Il déposa un baiser sur ses cheveux d'une douceur soyeuse, et il marcha lentement vers la porte, sans lui jeter un dernier regard.

— Paul ?

Il se retourna. Elle était debout, les bras croisés, et il devina le tumulte de son cœur.

— Je ne veux pas que tu partes, Paul. Prends-moi dans tes bras.

Il l'attira aussitôt contre lui. Elle se pelotonna contre sa poitrine en frissonnant de la tête aux pieds. L'odeur ensoleillée de ses cheveux le grisait.

—Oh, mon Dieu, Paul !

Il posa sa main sur sa gorge brûlante et sentit une pulsation rapide sous ses doigts.

— Faisons l'amour, dit-elle. Ne restons pas ici, c'est dangereux. Il y a des éclats de verre sur tout le tapis...

— Chut ! Ça n'a pas d'importance.

Il se pencha vers elle pour l'embrasser et il trouva naturel qu'elle entrouvre ses lèvres. Puis elle recula d'un pas pour éteindre, mais il lui prit la main.

— Non, je veux te voir.

— C'est une maison de verre, Paul !

Elle avait raison. Autour d'eux, les panneaux vitrés laissaient transparaître l'obscurité de la nuit, et tout ce qui se passait à l'intérieur était visible du parking, à travers les vitraux multicolores.

Après avoir éteint, Annie entraîna Paul par la main.

— Suis-moi.

A l'autre extrémité de l'atelier, des photos étaient disposées sur un labyrinthe de panneaux blancs. Annie se faufila pour allumer une petite lampe au-dessus de chacune d'elles. Ils baignaient tous deux dans une lumière apaisante. Elle s'assit alors, le dos au mur.

Il croisa par mégarde le regard sévère d'Alec O'Neill sur la photo la plus proche de lui. Malgré le choc, il finit par s'asseoir, et quand Annie l'attira vers elle son anxiété disparut.

Tout en la déshabillant, il regardait attentivement son visage. Dans ses yeux se lisait un manque — une avidité qu'elle avait dissimulée pendant les interviews et qui se déchaînait maintenant. « Prends-moi seulement dans tes bras », lui demanda-t-elle, mais elle ne lui opposa aucune résistance lorsqu'il dégrapha son soutien-gorge. Elle se mit à genoux pour ouvrir son pantalon de velours, et il l'aida à le retirer. Son corps avait une douceur et une plénitude inimaginables, dans lesquelles il aurait voulu se perdre.

Il l'allongea sur le tapis et l'embrassa encore avant d'enfouir son visage entre ses seins. Elle l'attrapa par le menton et le regarda dans les yeux :

— Pourrais-tu te contenter de rester étendu ici, à côté de moi ?

Il hocha la tête, et elle céda enfin à ses caresses.

Après l'amour, une joie étrange l'envahit lorsque, serré contre elle, il sentit leurs cœurs battre au même rythme. Un long moment s'écoula ainsi, et soudain il réalisa qu'elle pleurait.

— Que se passe-t-il, Annie ? (Il embrassait ses yeux noyés de larmes.)

— Quelle folle je suis ! gémit-elle en se cachant le visage dans les mains.

— Non, Annie, crois-moi !

Elle alla s'asseoir dans un coin, recroquevillée, et ses vêtements roulés en boule contre sa poitrine. Elle enfouit son visage dans son pull-over et raidit les épaules lorsqu'il tendit la main vers elle. Quelques fils d'argent brillaient dans ses cheveux, la faisant paraître plus vulnérable.

Il caressa sa chevelure en lui répétant qu'il l'aimait. Que pouvait-il lui dire pour l'apaiser ?

— Annie, parle-moi, suppliait-il. Dis-moi que tu es fâchée, mais parle, je t'en prie.

Au bout d'un moment, elle se rhabilla en silence. Il se leva pour éteindre la lampe qui éclairait la photo d'Alec et il se rassit. Elle ne pleurait plus, mais elle ne releva pas la tête et son corps était secoué de tremblements convulsifs.

— Laisse-moi t'aider à t'habiller.

— Non, va-t'en, s'il te plaît.

— Je ne veux pas te laisser dans cet état.

— S'il te plaît !

Une fois debout, il se dirigea à regret vers la porte.

— Paul ?

Enfin elle relevait la tête. Dans la lumière tamisée, il distingua le rouge écarlate de ses joues.

— Paul, je t'en prie, quitte les Outer Banks ! Ne reste pas ici !

En entendant sa voix désespérée, il eut envie de rentrer sous terre. Il revint sur ses pas et posa les mains sur les genoux nus d'Annie. L'atelier lui semblait soudain glacial, et elle le laissa docilement extraire son pull-over de pêcheur du tas de vêtements qu'elle serrait contre elle. Il l'ajusta sur sa tête, elle glissa ses bras dans les manches. Puis il souleva la masse épaisse de ses cheveux au-dessus du col avant de déposer un baiser sur son front.

— Je regrette de tout mon cœur, Annie, mais je ne peux pas partir. Maintenant, je suis chez moi ici !

Olivia dormait lorsqu'il rentra. Il l'avait prévenue qu'il serait en retard... C'est en prenant sa douche au rez-de-chaussée, pour ne pas la réveiller, qu'il découvrit les éclats de verre dans son genou, son épaule, et l'une de ses paumes.

Il monta au premier étage, où il se mit en quête de la pince à épiler, dans l'armoire à pharmacie de la salle de bains. Assis au bord de la baignoire, il s'évertua à retirer les minuscules éclats. Les premiers vinrent facilement, mais celui du genou se montra récalcitrant et la coupure se mit à saigner. Il dut trouver un pansement pour éviter les taches de sang sur le drap et les explications mensongères le lendemain matin.

Son épaule lui posa encore plus de problèmes et les éclats de verre lui parurent inaccessibles. Quand il fut enfin au lit, il repensa à sa soirée avec Annie en se demandant si elle avait eu les mêmes difficultés. Il espérait que non : elle avait déjà tant pleuré ! L'idée qu'elle souffre lui était intolérable.

Et si Alec l'avait entendue rentrer à cette heure tardive ? Il risquait de lui demander des explications, ou de la surprendre en train d'enlever les éclats de verre. Que lui dirait-elle ? Que pourrait-elle inventer pour nier l'évidence ?

12

A en juger par son sourire contrit et son regard fuyant, ce jeune homme devait se sentir mal à l'aise, se dit Mary. Il portait des lunettes cerclées de métal, mais d'un verre très fin comme si elle étaient là uniquement pour la galerie. Pour lui donner l'air plus intelligent... Il tapotait l'extrémité de son stylo sur son porte-documents, en se perdant dans des explications à n'en plus finir. Elle avait adopté le regard vitreux des personnes âgées pour le faire douter de sa lucidité et l'obliger à en dire plus.

Elle ne l'avait pas reconnu tout de suite : les gens changent, et, de plus, il avait bafouillé en prononçant son nom. Mais, maintenant, elle n'avait plus aucun doute. Elle savait !

— Nous voulons donc rédiger une brochure d'information comportant des anecdotes sur la vie d'une gardienne de phare. La manière dont vous passiez vos journées, les événements inhabituels... (Il regarda Mary pour la première fois dans les yeux.) Vous voyez ce que je veux dire ?

— Oui, Mr. Macelli, répondit-elle d'une voix claire qui le fit sursauter.

— Hum ! J'ai l'impression que vous m'avez reconnu. Il y a si longtemps que...

— Je n'oublie jamais personne.

— Eh bien... (Il jouait nerveusement avec la fermeture de son porte-documents.) Acceptez-vous que j'enregistre notre conversation ?

Il sortit un bloc-notes et un petit magnétophone noir. Apparemment, se dit Mary, il n'avait pas l'intention de revenir sur le passé, et c'était mieux ainsi !

— Mais bien sûr, bien sûr, marmonna-t-elle. (Elle avait pris cette habitude — irritante surtout pour elle-même — de tout répéter une deuxième fois.)

Paul posa son magnétophone sur l'accoudoir du rocking-chair. Ses doigts tremblaient.

— Commencez là où vous voudrez.

Mary laissa ses mains reposer sur sa robe de coton et croisa ses pieds chaussés de baskets. Le regard tourné vers le front de mer où brillaient les bateaux, elle songeait à Caleb : il aurait été heureux de parler pendant des heures de Kiss River ! Par quoi aurait-il commencé ? Elle perdait la mémoire des dates ces derniers temps, et elle confondait parfois la vérité et la légende. Mais, tant pis, personne ne s'en apercevrait !

Elle cala son dos confortablement dans son fauteuil et ferma les yeux un instant, en écoutant le léger ronronnement du magnétophone. Puis elle rouvrit les yeux et se mit à parler.

— Le phare de Kiss River a été inauguré la nuit de la naissance du père de Caleb, mon mari. Mon beau-père est venu au monde dans la chambre du rez-de-chaussée de la maison du gardien. Le grand-père de Caleb était le premier gardien. Sa femme et lui venaient d'arriver depuis quelques jours lorsque leur fils est né — en avance de plusieurs semaines sur la date prévue. La lumière du phare aurait, paraît-il, déclenché le travail. La sage-femme calculait le rythme des contractions d'après les signaux lumineux. C'était le 13 septembre 1874. Vingt-sept ans plus tard, en 1901, Caleb est né dans la même pièce. La même sage-femme l'a mis au monde. On la disait aussi vieille que les étoiles.

Mary se tut pendant un moment. Elle tourna les yeux vers le front de mer et son horizon lui sembla bien limité, comme aux premiers temps de son installation. Du haut du phare, elle pouvait voir l'océan se dérouler à perte de vue : ce panorama lui manquerait toujours...

— On a ça dans la peau, disait Caleb. C'est inné !

Les yeux gris de Paul s'animèrent.

— Comment ?

— Quand vous naissez sous les feux d'un phare, vous éprouvez naturellement le besoin de protéger les gens que menacent la mer, ses tempêtes, et leurs propres erreurs de navigation. Dès votre premier souffle, vous respirez la mer. La lumière du phare est votre première vision, et vous savez tout de suite à quoi vous consacrerez votre vie. Personne n'a besoin de vous le dire ! Cette lumière ne doit jamais s'éteindre et vous poursuivrez nuit et jour cet unique but. (Mary se tut un instant et s'éclaircit la voix.) C'est la même chose quand on épouse un gardien de phare... Dès que j'ai posé le pied à Kiss River, j'ai su que je m'attellerais à cette tâche avec Caleb. « Quand on est fils et petit-fils d'un gardien de phare, on respecte la mer. Elle est belle et dangereuse, comme certaines femmes. » Je l'ai entendu répéter cela bien des fois !

Mary leva les yeux. Paul Macelli prenait des notes fiévreusement, les doigts crispés sur son stylo, bien que le magnétophone enregistre leur conversation. Il lui inspirait, malgré elle, une certaine sympathie.

— Il devait y avoir au moins deux gardiens à Kiss River, reprit-elle. Les assistants allaient et venaient, mais la famille de Caleb n'a jamais bougé. Le phare, c'était toute leur vie.

Elle raconta l'enfance de Caleb à Kiss River. Tous les matins, sa mère traversait le bras de mer en bateau avec lui pour l'emmener à l'école de Deweytown.

— C'est là que je l'ai connu. Nous nous sommes mariés en 1923, et je suis devenue son assistante...

Elle avait la bouche sèche. Une bière, voilà ce dont elle avait besoin ! Mais l'alcool était interdit à la maison de retraite, et elle se replongea dans ses souvenirs en soupirant.

— Vous vous demandez comment une gardienne de phare occupe son temps ? Eh bien, elle monte des marches à longueur de journée. (Mary sourit intérieurement.) Dans mon sommeil, je continue à grimper ces deux cent soixante-dix marches ! Et quand je me réveille, le matin, j'ai des douleurs dans les jambes ; je crois sentir l'odeur du pétrole sur mon oreiller. Ça doit vous sembler bien monotone, mais je vous assure que vous vous trompez ! C'est une vie d'aventure. Il y a les tempêtes, les bateaux échoués sur la plage. Une nuit, les moustiques ont même caché les signaux lumineux... Voulez-vous que je vous raconte cette anecdote ?

— Volontiers. Tout m'intéresse !

— Auriez-vous par hasard une cigarette ?

— Non, je regrette, répondit Paul, légèrement surpris.

Malgré sa déception, Mary reprit le fil de son récit. L'été de son mariage avec Caleb, les moustiques étaient gros comme des éphémères, et attirés en si grand nombre par les feux du phare que les bateaux, au large, ne voyaient presque plus rien. Une autre fois, alors que Caleb avait à peine dix ans, le mécanisme qui faisait tourner la lentille s'était détraqué. Son père avait une jambe cassée et ne pouvait monter jusqu'à la lanterne ; le nouvel assistant n'était pas arrivé. Pendant deux nuits, Caleb et sa mère avaient, à tour de rôle, tourné la lentille à sa vitesse habituelle pour ne pas induire les bateaux en erreur. Caleb avait manqué l'école plusieurs jours. Quand il était réapparu, il avait les bras ankylosés, et sa mère pleurait la nuit à cause de ses épaules endolories. Par la suite, il avait prétendu que l'effort physique les avait épuisés, mais que le rythme de rotation n'avait posé aucun problème : leurs corps vivaient depuis toujours en parfaite harmonie avec le phare.

Mary lui raconta le premier naufrage auquel avait assisté Caleb. Elle avait entendu cette histoire si souvent qu'elle la connaissait par cœur. Un matin de 1907, l'*Agnes Lowrie*, une goélette à quatre mâts, avait heurté un écueil au large de Kiss River. Lorsque Caleb et son père approchèrent avec les secouristes, les passagers rassemblés sur le pont se crurent enfin sauvés et manifestèrent leur joie, mais tout alla de travers par la suite. (Elle décrivait avec force détails les efforts désespérés des hommes, revêtus de leur gilet de sauvetage.) Lorsque la goélette se disloqua, les passagers sautèrent à l'eau et nagèrent courageusement vers la plage. Mais ils ne savaient pas à quel point la mer peut se montrer cruelle. « Pas un seul ne survécut ! » conclut Mary en croyant entendre la voix étouffée de Caleb lorsqu'il racontait cette catastrophe.

A l'intérieur de la maison, quelqu'un tourna le bouton de la télévision. Un bruit tonitruant fit taire Mary, puis on baissa le son.

— Eh bien, dit-elle, le père de Caleb est mort juste avant notre mariage. Vu son expérience, Caleb lui a succédé. Mais ce poste ne se transmet pas automatiquement de père en fils, il a dû faire une demande pour l'obtenir. Pendant les semaines qui précédèrent notre mariage il n'a pas eu d'assistant, voilà pourquoi il était seul avec sa mère infirme quand il a été frappé par la foudre.

— Pas possible !

— Si, vraiment. Vraiment ! J'aime autant ne pas avoir été là quand c'est arrivé. Il était debout sur les marches, à l'intérieur du phare, quand la foudre a frappé la tour et envoyé une décharge électrique dans les deux cent soixante-dix marches. Sur le coup, il a eu les jambes paralysées, mais il n'allait pas laisser la lumière s'éteindre, non, monsieur ! Il s'est traîné jusqu'à la lanterne et il a veillé toute la nuit. (Mary regardait les bateaux au loin en pensant à son Caleb, toujours solide et courageux.) Autrefois les gens avaient le sens des responsabilités et l'orgueil du travail bien fait. Les jeunes ne sont plus comme ça aujourd'hui...

Mary ferma les yeux et resta un moment silencieuse. Paul lui proposa de poursuivre leur entretien un autre jour.

— Non ! protesta-t-elle. Je dois vous raconter l'histoire du *Mirage*.

— Pardon ?

— Le *Mirage* était un chalutier. (Mary parlait si bas que Paul dut rapprocher le magnétophone pour ne rien perdre de ses paroles.) Cette histoire date de mars 1942.

— C'était la guerre !

— Oui, et quelle guerre ! Le phare était déjà électrifié, et nous n'avions plus à remonter les mécanismes ou à nous occuper de la lentille. Mais la présence de quelqu'un s'imposait. Le garde-côte a donc demandé à Caleb de rester en tant que gardien civil. Sinon, je me demande où nous aurions bien pu aller ! En tout cas, on aurait dit que toutes les opérations de guerre se passaient au large de nos côtes. C'était le black-out sur les Outer Banks et le phare était mis en veilleuse. Il ne fallait pas de lumière sur la côte parce que les sous-marins allemands auraient pu voir nos bateaux. De toute façon, ça n'aurait pas changé grand-chose : ils nous coulaient un bateau par jour. Vous vous rendez compte ? Un par jour.

Mary laissa ses paroles produire leur effet avant de poursuivre son récit.

— Un matin, juste avant le lever du soleil, Caleb a vu une petite embarcation à la dérive avec deux hommes à bord. Elle se laissait ballotter sur la mer et semblait en perdition. Caleb a pris son petit bateau à moteur. Il faisait très froid, la mer était mauvaise. Quand il est parvenu à les rejoindre, les deux hommes étaient à moitié gelés. Il les a remorqués jusqu'à la plage. D'après ce qu'ils lui ont raconté, ils venaient d'un chalutier anglais, le *Mirage*, qui avait été coulé par les Allemands pendant la nuit, et ils étaient les seuls survivants. (Mary

94

concentra un moment son intérêt sur la circulation de la rue.) En entendant Caleb prononcer ce nom, je me suis rappelé un souvenir d'enfance : quand j'étais petite, j'avais vu le mot « mirage » écrit quelque part et j'avais demandé des explications à mon père. « Par un jour très chaud, m'avait-il dit, la plage peut sembler mouillée alors qu'elle ne l'est pas. Il ne faut pas toujours se fier aux apparences, Mary. » J'aurais dû être plus attentive à ses paroles. (Elle observa Paul pour être sûre que lui, au moins, était attentif.) Donc, reprit-elle, Caleb a ramené ces deux marins anglais à la maison. Ils avaient un accent un peu affecté... Avec ma fille Elizabeth — qui avait alors quatorze ans —, je leur ai préparé trois bons repas, ce jour-là, en les écoutant parler de leur naufrage et de tous leurs camarades noyés. Le soir, je les ai installés en haut, dans la chambre d'amis. Vers 11 heures, Caleb et moi nous avons entendu un cri s'échapper de la chambre d'Elizabeth. Caleb a pris son fusil et il est monté voir : l'un des types était dans la chambre de ma fille, en train de lui faire des propositions malhonnêtes. Caleb a tiré, et il l'a tué sur le coup. L'autre type s'est sauvé, et nous avons appelé aussitôt le garde-côte. On l'a retrouvé aux prises avec un sanglier sauvage. Un sort guère enviable ! Il s'agissait d'espions allemands. Le garde-côte avait appris leur présence depuis des semaines, mais il n'arrivait pas à les repérer. Bien qu'il ait reçu une médaille, Caleb s'est reproché de ne pas les avoir laissés geler à mort sur l'océan. Et, bien sûr, le *Mirage* n'existait pas !

Mary poussa un profond soupir et parut soudain épuisée. Elle tendit un long doigt maigre en direction du journaliste et murmura :

— Il ne faut pas toujours se fier aux apparences, Mr. Macelli. Les apparences sont trompeuses !

Paul la regarda un moment, perplexe, puis il éteignit son magnétophone et reprit son porte-documents posé sur ses genoux.

— Encore merci de votre aide. Pourrais-je revenir vous voir ?

— Bien sûr, bien sûr.

Paul se leva, les yeux tournés vers le front de mer. Puis son regard s'abaissa vers Mary.

— On a cherché à vous exproprier au début des années 70, n'est-ce pas ?

Stupéfaite, Mary le dévisagea. Quel insensé! Il aurait dû partir sans tenter le destin, sans chercher à la provoquer... Il était donc incapable de se maîtriser.

— C'est exact.

— La personne qui vous a aidée alors est bien Annie O'Neill?

Mary faillit répondre : *Nous savons parfaitement, l'un et l'autre, que c'était Annie; n'est-ce pas, Mr. Macelli?* Mais elle souhaitait revoir ce jeune homme. Elle avait tant d'autres histoires à lui raconter! Il lui faudrait passer des heures devant ce petit magnétophone noir...

Elle marmonna :

— Oui, Annie O'Neill.

Elle le suivit des yeux, tandis qu'il se dirigeait vers sa voiture. Puis elle se laissa aller dans son rocking-chair, les yeux fermés. Une douleur aiguë lui transperça l'abdomen et elle ne se sentit mieux que lorsqu'elle n'entendit plus le ronflement du moteur.

Mary avait fait la connaissance d'Annie en mai 1974. Elle n'avait alors *que* soixante-treize ans. Elle nettoyait le vitrage de la lanterne, quand elle avait aperçu une jeune femme sur la plage. Sa plage, car la route menant au phare n'était pas encore pavée et peu de gens s'y risquaient. Elle l'avait d'abord prise pour une apparition : vue d'en haut, Annie semblait surgie de la mer, avec ses cheveux roux et sa jupe sombre gonflée par le vent.

Mary descendit l'escalier et s'avança sur la plage.

— Bonjour!

Annie se retourna, un grand sourire aux lèvres, en se protégeant les yeux du soleil.

— Salut! (Elle avait une voix rauque et profonde qui surprit Mary.) Qui êtes-vous? demanda l'inconnue comme si elle s'adressait à une intruse.

— La gardienne du phare. J'habite ici.

— La gardienne? Alors vous devez être la plus heureuse des femmes!

Elle voit juste, se dit Mary en lui souriant.

— Je voulais revoir ce phare. (Annie regarda le sable sous ses pieds nus.) C'est ici que j'ai rencontré l'homme qui est devenu mon mari.

— Ici ? s'étonna Mary. Il n'y a jamais eu personne dans ce coin !

— Il était venu repeindre et faire des travaux.

Mary se souvint de ces jeunes gens qui avaient envahi les lieux, un été, quelques années plus tôt. Bronzés, et beaux comme des dieux, ils travaillaient le torse nu, un foulard noué autour du front pour que la sueur ne tombe pas dans leurs yeux.

— Quand je l'ai rencontré, il faisait nuit, reprit Annie. Il était debout, exactement ici, et je le voyais apparaître à intervalles réguliers dans la lumière du phare. Plus je m'approchais, plus je le trouvais beau !

Elle sourit en rougissant, puis elle se tourna vers la mer. Le vent soulevait ses longues mèches et les enroulait autour de sa tête.

— Alors ce lieu est unique pour vous ! murmura Mary, émue par le récit de cette rencontre.

— Eh oui... Maintenant, nous avons un petit garçon. Pendant qu'Alec terminait ses études de vétérinaire, nous avons habité Atlanta, mais nous comptions nous installer ici. Et nous voici revenus ! (Elle regarda le phare, songeuse.) Vous êtes la gardienne ? Je croyais que tous les phares étaient électrifiés aujourd'hui...

Mary hocha la tête.

— En effet, celui-ci fonctionne à l'électricité depuis 1939, et la plupart des phares sont maintenant sous la responsabilité du garde-côte. Mon mari était le dernier gardien de phare de Caroline du Nord. A sa mort, je lui ai succédé. Aimeriez-vous monter là-haut avec moi ?

Sa question la surprit elle-même : depuis que le phare avait été fermé au public, quelques années auparavant, elle n'avait jamais proposé à personne de l'accompagner.

Annie battit des mains.

— Oh oui, je serais si heureuse !

Avant d'arriver à la porte du phare, Mary prit au passage le seau de mûres sauvages qu'elle avait cueillies un peu plus tôt.

Elle pouvait encore gravir toutes les marches en ne s'arrêtant qu'une ou deux fois pour reprendre son souffle ou détendre ses jambes. Annie dut s'arrêter aussi, à moins qu'elle ne fît semblant pour donner à Mary l'illusion de ne pas être encore trop vieille.

Mary la mena droit à la lanterne, où l'énorme lentille prenait tant de place qu'il était presque impossible d'entrer.

— Mon Dieu, c'est fantastique ! s'exclama Annie. De toute ma vie je n'ai jamais vu tant de verre à la fois. J'adore le verre...

On avait enlevé, quelques années plus tôt, une vitre brisée à la suite d'un orage : avec l'aide de Mary, Annie se faufila par cette ouverture. Elle tournait lentement sur elle-même, éblouie par le paysage qu'elle voyait inversé à travers la lentille.

Après un long moment, elle accepta de rejoindre Mary dans la galerie, où elles s'assirent sur le sol métallique. La vieille femme lui montra différents points de repère à l'horizon. Annie semblait bouleversée. Elle resta longtemps silencieuse, les yeux noyés de larmes devant tant de beauté : Mary découvrit ainsi l'étonnante sensibilité d'Annie.

Elles passèrent deux bonnes heures à grignoter des mûres et à bavarder. Il n'était plus question de nettoyer le vitrage de la lanterne !

Mary parla de Caleb. Elle montait s'asseoir avec lui dans la galerie ; après des années à Kiss River, ils ne s'étaient jamais lassés de cette vue. Il était mort depuis dix ans, et la présence d'Annie, qui l'écoutait attentivement, lui fit prendre conscience de sa solitude et de sa soif de compagnie. Elle lui parla même d'Elizabeth...

— Elle avait horreur de ce lieu isolé et elle nous en voulait — à son père et à moi — de l'obliger à vivre ici. A quinze ans, elle est partie. Elle a quitté l'école et épousé un homme de Charlotte. Il avait dix ans de plus qu'elle ! Une fois installée là-bas, elle ne nous a même pas donné son adresse. J'y suis allée une fois, dans l'espoir de la retrouver, mais je n'ai pas eu cette chance. Cette enfant nous a brisé le cœur ! (Pourquoi faisait-elle toutes ces confidences à une inconnue alors qu'elle chassait habituellement ces pénibles souvenirs de son esprit ?) Elizabeth a maintenant quarante-cinq ans, reprit-elle, le regard fixé sur l'horizon. J'ai peine à croire que ma fille a déjà quarante-cinq ans !

— Il n'est peut-être pas trop tard pour arranger les choses, avait suggéré Annie. Savez-vous où elle habite maintenant ?

— Une de ses amies m'a donné son adresse. Son mari est mort depuis quelque temps et je pense qu'elle vit seule. Tous les ans, je lui écris. Elle ne m'a jamais répondu !

Annie fronça les sourcils.

— Elle ne se rend pas compte de sa chance. Comment peut-on refuser l'amour d'une mère ?

La gorge serrée, Mary prit son paquet de cigarettes dans la poche de sa jupe brune. Elle en alluma une en inhalant une bouffée de fumée. Parler d'Elizabeth était trop angoissant, il valait mieux changer de sujet.

Elle regarda Annie : les taches de mûres, sur ses mains et sur ses lèvres, contrastaient avec le rouge flamboyant de ses cheveux.

— D'où venez-vous, avec cet accent ?

Annie sourit.

— De Boston.

En effet, se dit Mary, elle avalait ses mots à la manière des Kennedy.

— Ma famille possède une grosse fortune. Mon père est chirurgien, spécialiste du cœur. On vient le consulter du monde entier. (Il y avait dans sa voix une certaine fierté, teintée d'une note de mélancolie.) Mais je n'ai pas vu mes parents depuis bien longtemps !

— Comment cela ?

— Ils sont terriblement occupés. Mon père avec sa clientèle, ma mère avec ses œuvres de bienfaisance, son club de jardinage, etc. Ils n'étaient pas faits pour avoir des enfants. Je suis fille unique, et pourtant ils n'ont jamais eu de temps à me consacrer ! En revanche, ils m'ont toujours donné ce que je voulais — sur le plan matériel. Ils sont riches à ne pas savoir que faire de leur argent... Jamais je n'élèverai mon fils de cette manière, je le jure !

Annie prit l'habitude de rendre visite à Mary, parfois seule, parfois avec son adorable bébé. La vieille femme l'attendait avec impatience. Elle se surprit en train de guetter le bruit de sa petite Volkswagen rouge sur le chemin de terre, ou son apparition lorsqu'elle était en haut du phare. Annie arrivait, les bras chargés de cadeaux — pain et biscuits faits à la maison, ou une partie des repas qu'elle avait confectionnés pour sa famille. Mary lui reprochait ses folies, elle répondait en la taquinant. Et pourtant, bien qu'élevée dans le luxe, elle ne dépensait plus sans compter. Son mari travaillait de longues heures, souvent la nuit, et il allait dans les fermes du continent soigner vaches, chevaux et chèvres. La clientèle des Outer Banks n'était pas suffisante pour lui permettre de gagner correctement sa vie.

A peine quelques semaines après qu'Annie et Mary eurent fait connaissance, on entendit parler des travaux que le Service des Parcs nationaux comptait entreprendre au phare de Kiss River. On allait, paraît-il, paver la petite route et transformer la maison du gardien en attraction touristique.

Pour la première fois de sa vie, Mary eut des insomnies. Elle s'attendait au pire et elle ne fut pas surprise lorsqu'elle reçut la visite d'un représentant des Parcs nationaux. On n'avait plus besoin de ses services, lui annonça-t-il, et elle était priée de partir. Naturellement, on l'aiderait à se reloger. Elle lui claqua la porte au nez sans le laisser finir sa phrase.

Annie partit à l'attaque dès qu'elle eut vent de ce projet. Elle fit signer des pétitions, alerta la presse, et convoqua même une équipe de télévision devant la maison de Mary. Menant une croisade passionnée — quoique parfois anarchique —, elle alla sonner à toutes les portes et n'épargna aucun politicien. Lorsque Mary obtint finalement l'autorisation de garder la moitié de la maison, Annie était devenue aussi célèbre dans la région que la gardienne du phare elle-même.

— Allons, Mary, réveillez-vous. C'est l'heure de dîner !

Mary sentit quelqu'un lui donner une petite tape sur le bras. Elle ouvrit les yeux et aperçut Gale, l'une des jeunes employées de la maison de retraite, qui lui tendait sa canne. Elle regarda vers la rue.

— Où est passé le jeune homme ?

— Voyons, Mary, vous savez bien que votre visiteur est parti depuis une heure !

— Il reviendra, murmura Mary en se levant.

Une douleur aiguë à la hanche la fit tressaillir lorsqu'elle posa son pied gauche à terre. Elle répéta :

— Pas de doute, il reviendra !

13

Alec aurait pu apporter sa pellicule à l'atelier n'importe quel jour de la semaine, mais il attendit le samedi suivant. C'est en garant sa voiture dans le parking qu'il s'avoua la raison de ce retard : il souhaitait revoir Olivia Simon. Pendant toute la semaine il avait eu envie de lui parler d'Annie, de lui confier des choses qui n'intéressaient plus personne. Certes, Tom Nestor aurait pu l'écouter, mais il sentait son chagrin encore aussi vif que le sien, et il n'avait jamais eu envie de « partager » Annie avec Tom.

Olivia était installée devant la table de travail, à l'ancienne place d'Annie. Elle baissait la tête et il reconnut les vieilles lunettes protectrices vertes. Il avait eu un coup au cœur, la semaine précédente, en remarquant qu'elle les portait, mais, tout compte fait, il ne voyait aucune raison de s'y opposer.

Elle tenait le fer à souder. Tom, penché vers elle, guidait ses doigts tout en lui prodiguant des encouragements. Un nuage de fumée s'élevait au-dessus de sa tête. Il n'aurait jamais fumé du vivant d'Annie !

Tom leva les yeux en entendant Alec refermer la porte.

— Salut ! dit Alec.

Olivia lui sourit, et il s'approcha de la table pour mieux voir ce qu'elle faisait.

— A quoi travaillez-vous ? demanda-t-il.

Elle lui tendit une feuille de papier calque, sur laquelle il distingua un rectangle tracé au feutre et formé d'un entrelacement de formes bizarres, dont elle avait indiqué les couleurs respectives.

Un dessin un peu primaire, qui arracha un sourire à Alec...

— C'est de l'abstrait, observa Tom, tandis qu'Alec posait le calque sur la table.

Olivia le reprit.

— C'est plutôt un travail de novice !

Ni Tom ni Alec ne protestèrent.

Ce dernier lui donna une petite tape sur l'épaule et elle leva la tête. Le vert des lunettes trop grandes pour elle s'harmonisait avec celui de ses yeux.

— Je vous invite à déjeuner. Un vrai déjeuner, cette fois-ci !

— Très bien, répondit-elle après une légère hésitation.

Dans la chambre noire où il développait les photos en noir et blanc prises la semaine précédente, Alec se rappelait le petit vitrail auquel travaillait Olivia. La première création d'Annie était un panneau aux motifs sophistiqués — deux moutons dans un pré de cinq verts différents. Elle avait toujours considéré le travail préliminaire comme une perte de temps ; si sa première tentative ne donnait pas les résultats escomptés, elle renonçait définitivement.

Olivia le rejoignit à midi dans le parking.

— Etes-vous pressée ? lui demanda-t-il comme elle montait dans sa Bronco. Nous pouvons aller à Duck et déjeuner devant la mer si vous avez le temps.

— Excellente idée !

Elle boucla la ceinture de sécurité autour de sa taille et posa les mains sur son pantalon de coton blanc. Des mains délicates, aux ongles courts et soigneusement arrondis, qui le fascinaient. Des mains qui avaient tenu le cœur d'Annie... Quand il s'engagea sur la route, il fit un effort pour détourner les yeux.

— Je ne suis jamais venue jusqu'ici, avoua-t-elle lorsqu'il prit un embranchement sur la droite, en direction de Duck.

— Mais c'est à quelques kilomètres de chez vous ! Depuis quand habitez-vous ici ?

— Bientôt un an. J'ai commencé à travailler le lendemain de notre arrivée. Nous avons dû installer la maison et nous n'avons jamais eu le temps d'explorer les lieux.

Elle parlait comme si elle vivait encore avec son mari. Peut-être était-il revenu, se dit Alec. En l'espace d'une semaine, tout est possible...

Ils prirent une table sur la terrasse d'un petit restaurant qui surplombait la mer. Quelques oies bien grasses leur jetèrent un regard implorant lorsqu'ils s'assirent. Puis ils commandèrent tous les deux une salade de crabe.

Alec paraissait détendu : il n'avait plus rien de commun avec l'homme crispé et inquisiteur qu'il était la semaine précédente. En écoutant Olivia parler, il avait compris qu'elle avait tout mis en œuvre pour sauver Annie. Son appréhension avait fait place à un certain apaisement.

Il commanda du vin, Olivia s'en abstint, un doigt posé sur son ventre en guise d'explication. Il se souvint de son état...

— Comment vous sentez-vous ?

Elle lui semblait en bonne forme, malgré la pâleur presque translucide de sa peau.

— Ça va, mais je suis un peu fatiguée. Je me demande comment le bébé réagit à tout ce stress.

— Votre mari n'est pas revenu ?

— Non. (Elle baissa les yeux et il lui sembla qu'elle jouait avec son alliance, comme la première fois qu'ils avaient déjeuné ensemble.) Je n'avais pas imaginé une grossesse solitaire ; et je me vois mal élevant un enfant toute seule ! Dans mes pires cauchemars, j'accouche de jumeaux. Vous vous rendez compte !

— Y a-t-il des jumeaux dans votre famille ?

— Oui, moi.

— De vrais jumeaux ? (Il essaya d'imaginer le double d'Olivia.)

— Non, c'était un garçon.

— Vous parlez au passé !

— Il est mort depuis plusieurs années. (Olivia balaya l'air de la main pour écarter ce sujet pénible.) En tout cas, cette idée m'affolait, mais mon médecin m'a fait entendre les battements du cœur la semaine dernière. Il n'y a qu'un seul fœtus.

Ils se turent pendant qu'on leur servait les salades. Un rayon de soleil faisait miroiter les cheveux noirs d'Olivia.

— Où en êtes-vous avec votre mari ?

— Ça ne va pas du tout ! J'ai l'impression de lui être totalement indifférente. Je l'ai appelé — comme vous me l'aviez suggéré — pour lui dire que je l'aime toujours. Il m'a conseillé de ne plus m'occuper de lui.

Elle tenta, sans y parvenir, de lui sourire.

— Il se sent peut-être coupable à cause de cette liaison.

— Il n'avait pas de liaison ! Je vous l'ai dit, il s'est plutôt monté la tête.

— Oh, pardon ! murmura-t-il, confus.

Elle garda le silence, tout en avalant une bouchée de salade de crabe.

— Ils travaillaient ensemble, et puis il est devenu vraiment obsédé. Je l'écoutais parler d'elle à longueur de journée, et il nous comparait. La comparaison ne m'était pas favorable.

— J'ai du mal à y croire.

— Elle était mariée et il ne l'intéressait pas le moins du monde. Une histoire à sens unique, selon lui ! (Elle martelait ses mots comme pour se convaincre elle-même.) Mais je n'arrivais pas à la cheville de cette femme, alors quand... Bien qu'elle se soit refusée à lui, il a préféré me quitter.

Alec fronça les sourcils. Un instable ! se dit-il.

— Il était intarissable à son sujet, et j'ai accepté de l'écouter, reprit Olivia. Je voulais être patiente et attendre qu'il se calme. Ça n'a servi à rien !

— Voulait-il se rapprocher d'elle ? Pardonnez-moi, Olivia, mais il souhaitait peut-être avoir une aventure avec elle, et il ne pouvait se le permettre tant qu'il vivait avec vous. Voilà pourquoi il...

Olivia hocha la tête.

— Elle est partie avant lui.

— Pensez-vous qu'il est resté en contact avec elle ?

Soudain elle pouffa de rire en cachant sa bouche de sa main.

— Non, sûrement pas. Elle est en Californie.

— La Californie n'est pas le bout du monde. Comment êtes-vous sûre qu'il ne reste pas en contact avec elle ?

— Il me l'aurait dit. Il ne m'a rien caché, même si sa franchise m'était parfois pénible. Elle valait mieux que moi. Ses qualités comptaient beaucoup pour mon mari.

Alec se cala dans son fauteuil.

— Allons, écoutez-moi. Ce type est un obsédé, vous ne devez pas jouer son jeu. Il ne connaissait pas réellement cette femme. S'il l'avait mieux connue, il aurait sans doute découvert qu'il s'agit d'une vraie... mégère.

Elle baissa la tête. Il vit une petite larme brillante perler sur ses cils, puis rouler sur sa chemise bleu lavande, où elle laissa une tache sombre au-dessus d'un sein.

— Olivia ? dit-il, la tête penchée vers elle.

Elle porta sa serviette à ses yeux, en se reprochant d'attirer les regards des autres clients attablés.

— Je vous demande pardon ! Vous ne m'avez pas invitée ici pour que je vous mette dans l'embarras.

— Je ne vous ai pas invitée non plus pour vous faire de la peine !

Ses genoux rencontrèrent par mégarde ceux d'Olivia, elle se recula un peu. Puis elle se mit à déchirer méticuleusement sa serviette en papier.

— Je ne comprends pas ! Il était merveilleux avant de la rencontrer. Notre mariage me semblait une réussite, et tout s'est effondré brusquement. On dirait que Paul — l'homme que j'aimais — est mort !

Alec hocha la tête.

— Disons... qu'il hiberne. Attendez qu'il se réveille, Olivia. Rappelez-lui les moments de bonheur que vous avez vécus ensemble.

Elle ne pleurait plus, mais elle avait le nez rouge et un air désespéré. Qu'était devenue la femme énergique qui lui avait raconté, la semaine précédente, ses efforts surhumains pour sauver Annie ?

— J'essaye de lui ressembler un peu, dit Olivia. A l'autre femme.

Alec fronça les sourcils.

— C'est *Olivia* qu'il aimait, avec qui il s'entendait si bien, non ? Et pas cette... (Il faillit dire « garce », mais il préféra éviter ce mot.) Cette femme qui lui a tourné la tête...

Elle croisa les bras sur sa poitrine, les poings serrés.

— J'étais stérile. Je pense que ça a tout gâché. Ses sentiments ont changé. Ensuite je me suis fait opérer, mais c'était trop tard pour lui.

— Et si vous lui parliez du bébé ?

— Dans ce cas, je ne saurais jamais s'il est revenu pour moi ou pour l'enfant.

Une sonnerie plaintive retentit dans son sac. D'un geste automatique elle arrêta son bip.

— Vous pouvez téléphoner à l'intérieur, suggéra Alec.

Elle se leva en rejetant légèrement en arrière ses cheveux chatoyants, et elle entra dans le restaurant d'une démarche assurée.

Quand elle revint, il était en train de nourrir les oies avec une tranche de pain restée sur la table.

— Vous devez partir ?

— Ils peuvent se débrouiller sans moi. (A la vue de sa serviette lacérée, elle fronça les sourcils d'un air coupable, avant de rassembler les lambeaux dans son assiette.) Je suis vraiment désolée, Alec. La prochaine fois que je vous ennuie avec mes problèmes personnels, faites-moi taire.

Il lança le dernier morceau de pain aux oies, qui se précipitèrent bruyamment pour s'en emparer.

— Je vous écoute avec plaisir, Olivia. Votre problème est très différent du mien, mais la base est identique : nous sommes seuls. Je sais ce que ça signifie !

Elle jouait maintenant avec la paille de son thé glacé.

— Quand Paul me manque, je pense à vous sans Annie — sans la possibilité de retrouver Annie — et je... (Elle s'interrompit, hésitante.) J'ai besoin que quelqu'un me touche, me prenne la main. Il ne s'agit pas de rapports sexuels, mais simplement d'une intimité. Quand on en est privé, on réalise à quel point c'était important !

Il approuva d'un signe de tête, et elle se cala dans son fauteuil, les mains posées sur ses genoux.

— Je me fais faire des massages, pour avoir la sensation d'un contact, reprit-elle.

Sa candeur le fit sourire, mais il comprenait ce qu'elle voulait dire. Des massages ? Pourquoi pas ? Peut-être devrait-il lui aussi envisager cette solution. Qu'éprouve-t-on lorsqu'on paye quelqu'un pour soulager la peine d'un corps en détresse ?

Au retour, ils s'arrêtèrent à un feu rouge, à l'angle de Croatan et d'Ash. Alec lui montra du doigt une rangée de villas en direction du bras de mer.

— Vous voyez, la troisième à droite ? C'est là que nous habitions, Annie et moi, lorsque nous avons emménagé ici. La maisonnette, construite sur pilotis au-dessus du sable, était noircie par l'âge, mais elle avait déjà cette teinte noirâtre à l'époque. Nous ne roulions pas sur l'or...

Olivia resta silencieuse lorsque la Bronco se remit lentement en route au milieu de la circulation intense de l'été.

— Je travaille au Foyer depuis la mort d'Annie, dit-elle enfin.

— Pourquoi ? (Il haïssait ce lieu.)

— J'en ai entendu parler pour la première fois à cette occasion. Sans mon mari, j'ai beaucoup de temps libre. Le personnel parle toujours d'Annie...

Il sourit.

— Vraiment ?

— Ils l'adoraient. Elle avait toujours d'excellentes idées, et tout le monde comptait sur sa créativité. Sans elle, rien ne va plus. C'est du moins ce qu'on m'a dit !

— Chez moi aussi, rien ne va plus !

Il se gara dans le parking. Après avoir débouclé sa ceinture, Olivia se tourna vers lui.

— Comment était-elle *en réalité*, Alec ? Au Foyer, ils en parlent comme s'il fallait la canoniser.

Il sourit et tourna d'un cran l'air conditionné.

— En principe, on ne canonise pas les athées ! Elle avait un sens aigu des valeurs et une extrême générosité. Elle consacrait pratiquement tout l'argent qu'elle gagnait à des causes généreuses : la Société protectrice des animaux, la croisade contre le sida, les sans-abri, la lutte contre l'avortement.

— Elle était contre l'avortement ?

— Oui, de tout son cœur. J'ai fait des dons au planning familial par souci d'équilibre. (Il sourit en se remémorant cet épisode.) Ça la faisait enrager !

— Vous m'étonnez. Je la croyais si libérale !

— Dans l'ensemble... Mais elle tenait par-dessus tout aux valeurs familiales. Les gens la prenaient pour une sainte, et pourtant elle était humaine. Elle avait parfois des sautes d'humeur...

Il se reprocha de ternir l'image idéalisée d'Annie, mais ces étranges périodes de mélancolie faisaient partie d'elle-même, autant que son altruisme. Des moments de cafard qui survenaient par vagues... Il n'avait jamais compris pourquoi, et elle n'était jamais parvenue à lui donner une explication. Elle s'assombrissait brusquement, plus personne ne pouvait communiquer avec elle. C'est mon côté ténébreux, disait-elle, et il croyait voir un noir linceul l'envelopper. Il avait vite compris qu'il n'y pouvait rien : il suffisait d'attendre. A son grand regret, elle était morte au milieu de l'une de ces périodes troublées.

— Je l'admire beaucoup, reprit Olivia presque timidement.

Depuis que je m'initie aux secrets du vitrail, je suis fascinée par la qualité de ses œuvres.

Ému, Alec leva les yeux vers les fenêtres de l'atelier et aperçut l'un des derniers panneaux d'Annie, en verre biseauté.

— Elle avait un talent fou. Si elle n'avait pas interrompu ses études pour m'épouser, je pense qu'elle serait allée encore plus loin.

— A quelle université était-elle ?

— Boston.

— Vraiment ? (Olivia parut légèrement surprise.) Mon mari aussi. Il a eu son diplôme en 73.

— La même promotion qu'Annie, je suppose. Quand vous le verrez, demandez-lui s'il la connaissait. Son nom de jeune fille est Chase.

Un moment silencieuse, Olivia tendit la main vers la portière.

— Merci pour ce bon déjeuner.

— Avez-vous beaucoup d'amis ici ? demanda-t-il en la retenant un instant par le bras.

Elle hocha la tête.

— Uniquement des collègues de travail.

Il prit dans son portefeuille une carte de visite, sur laquelle il griffonna son numéro de téléphone personnel.

— Donnez-moi de vos nouvelles !

Elle sortit de la voiture en promettant de le tenir au courant.

— Olivia ? Je voulais vous dire... C'est une chance que vous ayez été de garde, ce soir-là, aux urgences.

Elle lui sourit et referma doucement la portière de la voiture, en balayant d'une main la mèche sombre et brillante qui lui barrait le front.

Son mari est fou, songea-t-il, en la regardant s'éloigner.

14

Pour la quatrième fois, Olivia s'arrêtait devant le berceau. Alec venait de la déposer sur le parking, et elle n'avait pas eu le courage de rentrer directement chez elle : le petit magasin était à deux pas et il exerçait sur elle une véritable fascination. C'était un joli berceau blanc, merveilleusement assorti à la troisième chambre de la maison — qu'elle allait tapisser de jaune pâle. Elle avait déjà choisi le papier, et elle mourait d'envie d'acheter tout de suite le berceau ! Mais Paul risquait de passer à la maison un jour ou l'autre, et il ne devait pas apprendre la nouvelle de sa paternité par ce biais.

Lorsqu'elle remonta en voiture, elle serrait toujours dans sa main la carte d'Alec, qu'elle glissa dans son portefeuille en se mordant les lèvres. Elle lui avait menti. Par omission... Elle ne lui avait pas signalé que Paul était l'auteur du reportage de *Seascape* sur Annie. Pourquoi courir le risque de lui faire comprendre qu'Annie était la femme dont rêvait Paul ?

A la maison, elle alla préparer une fournée de biscuits — pour la première fois depuis bien longtemps. Puis elle revêtit une chemise bleue, à fleurs, que Paul avait toujours aimée. Sur la table de la cuisine, elle consulta son plan pour trouver l'adresse qu'il lui avait indiquée, tandis que l'odeur des flocons d'avoine et du sucre brun embaumait la maison. Elle emporta les biscuits dans sa voiture et parcourut les quinze kilomètres qui la séparaient de Nag's Head.

Aux environs de 6 heures, elle s'arrêtait devant une petite villa proche de l'océan, au milieu des locations d'été pour touristes. C'était une construction récente, dont les revêtements

109

de bois embaumaient le cèdre. Elle dut frapper deux fois avant que Paul vienne ouvrir.

— Olivia ! s'exclama-t-il sans cacher sa surprise.

Elle sourit.

— Je voulais voir ton nouveau domaine, murmura-t-elle d'un ton aimable et chaleureux — celui d'une amie intime. Et je t'apporte des biscuits.

Il fit un pas sur le côté pour la laisser entrer.

— De la pâtisserie ? Je te croyais incapable de te servir d'un four !

Sa maison parut à Olivia un véritable sanctuaire dédié à Annie. Chacune des quatre grandes fenêtres du salon s'ornait d'un vitrail. Deux d'entre elles représentaient des femmes vêtues de soie ; les deux autres des fonds sous-marins emplis de poissons tropicaux aux rayures bleues et vertes, dans le style caractéristique d'Annie O'Neill. Tom Nestor lui avait expliqué cette technique une ou deux fois, et elle ne parvenait toujours pas à en percer le secret.

— Ta maison est magnifique, Paul.

Au plafond, quatre lucarnes laissaient passer la lumière naturelle du soleil.

— Merci, dit Paul, en se dirigeant vers le coin repas.

Des piles de papiers recouvraient la table qu'elle avait longtemps considérée comme sienne... Il se mit à les ranger fébrilement. Gêné, semblait-il, par sa présence, comme si elle l'avait surpris en compagnie d'une autre femme. C'était d'ailleurs plus ou moins le cas !

— Je t'interromps dans ton travail, dit-elle. (Son ordinateur portable était installé sur la table, et, de toute évidence, elle l'avait dérangé.)

— Ça va, je vais faire une petite pause. Assieds-toi.

Elle prit place sur l'une de leurs anciennes chaises de salle à manger.

— Préfères-tu du thé glacé ou du vin ?

Elle opta pour du thé glacé. Tandis qu'il disparaissait dans la cuisine, elle songea qu'elle ne lui dirait pas toute la vérité à lui non plus. Son déjeuner avec Alec ne le regardait pas, et elle ne comptait nullement lui demander s'il avait connu Annie à Boston. Elle imaginait sa surprise, et peut-être ses tourments, si elle lui apprenait cette coïncidence. Mieux valait ne pas alimenter outre mesure ses fantasmes !

Il revint avec un verre de thé glacé. Lui-même ne prit rien à boire. Debout près de l'ordinateur, il la regardait, les mains dans les poches.

— Sers-toi, lui dit Olivia en lui montrant le plat.

Paul souleva la feuille d'aluminium et croqua un biscuit.

— J'espère que tu n'as pas mis d'arsenic !

Il sourit, et pendant un moment elle ne vit plus que l'éclat chaleureux de ses yeux noisette. Elle était toujours sensible à son charme, mais il y avait fort longtemps qu'il ne lui avait pas manifesté le moindre signe de tendresse. Si seulement elle avait pu le séduire ! Elle regretta un instant de n'avoir jamais cultivé ce genre de talent.

A contrecœur, elle tourna son regard vers la table.

— A quoi travailles-tu ?

Paul lui montra les piles de papiers.

— Je fais partie du comité de défense du phare de Kiss River. Nous préparons une brochure d'information pour sensibiliser l'opinion publique.

Ce phare l'avait toujours fasciné. Le jour de leur arrivée aux Outer Banks, il était allé le voir avant même d'avoir fini de décharger les bagages. Elle était restée seule à la maison, en se demandant pourquoi il ne lui avait pas demandé de l'accompagner. Ce jour-là avait été le commencement de la fin.

— C'est bizarre, Olivia, reprit-il. A la première réunion, j'ai découvert que le président était... devine qui ? Le mari d'Annie !

Il scrutait son visage en se demandant s'il avait abordé un sujet dangereux. Elle-même ne savait pas quelle contenance prendre. Alec présidait ce comité, Paul travaillait la main dans la main avec lui... Fallait-il dire à Paul qu'elle connaissait Alec ? Dans ce cas, elle devrait lui parler de ses leçons à l'atelier d'Annie et des deux invitations à déjeuner. Elle eut l'impression de s'enfoncer de plus en plus dans ses mensonges.

Paul jouait nerveusement avec son gâteau.

— J'ai bien failli m'en aller, mais je me suis senti piégé. Si j'avais pu me douter... (Il s'interrompit, l'air gêné.) Excuse-moi, je n'ai pas l'intention de t'ennuyer une fois de plus avec Annie.

— Tu peux me parler d'elle si ça te fait du bien. Je t'écoute !

Il devait être comme elle, lorsqu'elle s'était confiée à Alec ce jour-là. Elle comprenait maintenant ce besoin de s'épancher.

Il s'assit en face d'elle, les yeux rougis de larmes.

— Vraiment, tu accepterais de m'entendre divaguer à propos de la personne qui a brisé notre union ?

— Oui, parce que je n'ai jamais cessé de t'aimer et de penser à toi.

Il détourna les yeux.

— J'ai eu tort de te parler d'elle si souvent, je ne dois pas recommencer !

Olivia vint s'agenouiller auprès de lui, une main posée sur la sienne, mais il la retira d'un geste brusque.

— Non, Olivia !

— Te rappelles-tu nos longues promenades matinales ? demanda-t-elle, assise sur le tapis.

Le visage de Paul se rembrunit.

— Pourquoi évoques-tu ces souvenirs ?

— Parce que je repense souvent à cette époque. Nous traversions Rock Creek Park, la main dans la main. Et nous nous arrêtions pour acheter des petits pains au fromage et à l'échalote chez Joe, et...

— Et ton bip se mettait à sonner une fois sur deux.

Découragée, elle s'adossa au mur.

— Si souvent ?

— Bien sûr !

— Je suis désolée, Paul. Comment pouvais-je me douter que je le payerais si cher ?

Elle avait toujours supposé qu'il admirait son énergie. Il la considérait comme une « droguée du travail », mais sans la critiquer. Il semblait comprendre mieux que quiconque les raisons de cette attitude. Même au lycée, elle s'était volontairement plongée dans ses études, aux dépens de toute vie sociale ; jamais le flirt et ses futilités ne l'avaient attirée ! Lorsqu'elle était tombée amoureuse de Paul, ses habitudes en matière de travail étaient déjà bien ancrées, et elle n'avait pas jugé utile de les modifier. Maintenant, elle réalisait son erreur... Elle avait donné trop peu à Paul, et il avait dû chercher une compensation extérieure, qui l'avait satisfait plus que sa vie conjugale.

— Tout est ma faute. (Elle laissa sa tête reposer sur ses bras.) J'ai tout gâché ! Tu me manques, Paul, et je consentirais à tous les sacrifices pour que tu reviennes. J'abandonne mon poste aux urgences, et je travaille comme serveuse. Je vends des crevettes, j'écaille des huîtres... En semaine seulement, ni le soir, ni les week-ends !

Elle entendit son rire et, quand elle tourna son regard vers lui, il avait retiré ses lunettes. Ses yeux étaient encore rouges, mais son visage paraissait plus détendu.

— Liv, dit-il, avec une tendresse qu'elle ne lui connaissait plus depuis des mois, je suis fautif. Tu n'as rien à te reprocher !

— Neuf années de bonheur... Enfin, tu semblais comblé.

— Oui, je l'étais. Un bonheur proche de la perfection, mais j'ai changé, Liv. Je n'y peux rien !

Elle pensa au berceau, au fœtus dont elle avait entendu battre le cœur quand son médecin l'examinait.

— Allons voir un conseiller conjugal. Nous devons trouver une solution !

Il lui tendit la main pour l'aider à se relever. Dès qu'elle fut debout, il se dirigea vers la porte. Le message était clair : il souhaitait se remettre au travail.

— Merci pour les gâteaux.

Une vague de désespoir la submergea lorsqu'elle franchit la porte. Une dernière fois, elle se retourna vers lui.

— Je parlais sérieusement, Paul. A propos de mon travail... Je suis prête à changer si...

Il l'interrompit d'un hochement de tête énergique.

— Tu devrais prendre un avocat, Olivia.

Puis il se tut, et, doucement, il referma la porte derrière lui.

15

— D'où vient ce truc ?

Clay observait sa sœur, assise en face de lui à la table du petit déjeuner. Alec jeta un coup d'œil par-dessus son journal pour voir de quoi il s'agissait. Lacey portait un casque, relié à un petit baladeur rouge qu'elle avait posé à côté de son assiette. Il le remarquait pour la première fois.

— C'est le cadeau d'anniversaire de Jessica, dit Lacey d'une voix blanche.

Elle prit son baladeur et l'attacha à la ceinture de son short en se levant. Il restait dans son assiette la moitié d'une gaufre.

Alec fronça les sourcils.

— Ton anniversaire ? Quel anniversaire ?

— T'occupe pas. (Elle empoigna son sac de classe.) Il faut que je parte.

— Lacey, attends une seconde !

Il la suivit jusqu'à la porte, mais elle courait déjà vers l'arrêt d'autobus. C'était le premier jour de ses cours d'été.

Clay le regardait, sa fourchette en suspens dans les airs :

— Nous avons laissé passer son anniversaire.

— Pas possible ! C'est le 1er juillet, non ?

— Oui, et nous sommes le 2 !

Alec eut l'impression de recevoir un coup de poing dans les entrailles. Mon Dieu ! Il se rassit, les yeux fermés, en se prenant la tête dans les mains au souvenir de la journée précédente. Lacey était restée silencieuse au petit déjeuner et il s'était plongé dans un rapport sur l'érosion à Kiss River. Il avait à peine levé les yeux pendant le repas. Le soir, à son retour, elle était dans sa chambre et elle n'avait pas faim. Clay et lui avaient commandé une pizza, et mangé seuls dans la cuisine. Lacey s'enfermait souvent dans sa chambre ces derniers temps, mais en général elle réapparaissait au cours de la soirée. Ce soir-là, elle avait totalement disparu.

— Papa ?

Alec ouvrit les yeux en entendant la voix grave de Clay.

— Je n'arrive pas à y croire ! Et ton anniversaire, je l'ai laissé passer aussi ?

Clay sourit.

— Voyons, papa, tu sais bien que je suis né en octobre !

Alec se caressa le menton : il fallait absolument qu'il se rase.

— Nous fêterons l'événement aujourd'hui. Je vais lui acheter un cadeau. Et toi, tu auras le temps ?

Clay lui adressa un signe de tête affirmatif, auquel il répondit par un regard désespéré.

— Donne-moi une idée. Je ne sais pas de quoi elle a envie !

— Maman lui offrait toujours une poupée ancienne.

— Oui, mais elle a quatorze ans maintenant.

Il ne savait pas où trouver ces poupées ! Annie les achetait à un moment quelconque de l'année et elle les gardait jusqu'à l'anniversaire de Lacey. D'ailleurs, c'était une idée d'Annie. Puisque Lacey avait treize ans à la mort de sa mère, elle n'aurait que treize poupées.

Après le départ de son fils, il fit un détour par la chambre de Lacey. Le grand tourbillon de rangement effectué à l'occasion du diplôme de Clay était déjà loin, et des piles de vêtements et de papiers commençaient à s'accumuler. Cette chambre était devenue son seul refuge.

La veille elle était rentrée tard dans la soirée et elle avait couru dans sa chambre sans dire un mot. En la voyant, il avait tout de suite compris que quelque chose n'allait pas : elle avait les yeux bouffis et son chemisier était boutonné de travers. Il avait attendu un moment derrière la porte et il avait frappé. Elle pleurait... Il s'était approché à tâtons dans la chambre obscure, puis il s'était assis au bord de son lit. Elle était allongée, face au mur, dans l'espoir de cacher ses larmes.

— Que se passe-t-il, Lacey ?

— Rien !

Il s'était penché vers elle.

— Quelqu'un t'a fait de la peine ?

— Tu ne peux pas comprendre!

Il réfléchit et suggéra un entretien avec un psychologue. Elle lui fit une grimace de dégoût.

— Tu pourrais lui confier tout ce qui te passe par la tête, reprit-il.

— Non!

— Peux-tu me dire ce qui te tracasse?

— Rien, je te le répète!

— Ma chérie...

Il posa la main sur son épaule et elle émit un son plaintif en se dégageant avec brusquerie.

— Va-t'en, s'il te plaît.

— Je t'aime, Lace, murmura-t-il avant de refermer doucement la porte.

Il avait attendu un moment dans le couloir. Comme de juste elle pleurait à nouveau, plus fort que jamais. A cause de lui, elle était encore plus malheureuse.

Debout dans l'embrasure de la porte, il se demandait maintenant comment il pourrait l'aider à résoudre ses problèmes. Les poupées lui jetaient un regard lourd de reproches et les jeunes gens torse nu, affichés sur les murs, le toisaient d'un air méprisant. En tout cas, il lui avait donné de nouvelles raisons de pleurer!

Il acheta un gâteau au chocolat, recouvert d'un glacis blanc, et il pria la vendeuse d'écrire *Joyeux Anniversaire, Lacey* en lettres bleues, au milieu de petites fleurs en sucre. Il jeta un coup d'œil dans le magasin de vêtements où il allait avec Annie : les rangées de T-shirts, de pantalons, de jupes et de robes le désarçonnèrent. Il ne connaissait pas la taille de Lacey, et il se sentait incapable de choisir. Il opta finalement pour un bon d'achat chez le disquaire — car il ne connaissait même plus ses goûts musicaux. Relativement satisfait, il rentra à la maison pour préparer les *enchiladas* au poulet qu'elle adorait.

La recette qu'il trouva dans le tiroir d'Annie lui apporta un maigre secours. Elle devait certainement improviser, et il n'y avait que quelques lignes, griffonnées à la hâte. Lui qui avait l'habitude de déchiffrer ces étranges pattes de mouche depuis des années parvint tout juste à lire, en bas à droite : « Le régal de Lace! »

Il composa le numéro de téléphone de Nola.

— J'ai oublié l'anniversaire de Lacey.

— Oui, je sais. Jessica m'a mise au courant.

— Ma mémoire me joue des tours. J'aurais dû le noter sur le calendrier !

— Ne t'affole pas, Alec. Elle s'en remettra.

— Je voulais préparer ces *enchiladas* que faisait Annie. Lacey les adore, mais la recette d'Annie est illisible. La connais-tu ?

— Bien sûr ! Je viens t'aider.

— Non merci, ce n'est pas nécessaire. Peux-tu simplement me la lire ?

Nola habitait à l'autre bout de l'impasse et il lui faudrait moins d'une minute pour arriver. Mais il craignait, plus que tout au monde, de la voir surgir. Avait-elle réalisé à quel point il évitait de se trouver en tête à tête avec elle, ces derniers temps ?

La confection des *enchiladas* se révéla plus délicate que prévu. Il se brûla les doigts en émiettant le poulet, et il rata son coup plusieurs fois avant de parvenir à plonger les crêpes dans la sauce et à les enrouler rapidement.

Lacey revint à 5 h 30. Lorsqu'il la serra dans ses bras, sans lui donner la possibilité de s'échapper, il sentit son corps gracile se crisper. Le métal froid de son casque lui effleura la joue, et il crut entendre un air de rock.

— Je regrette, Lacey. Je perds la notion du temps !

Elle s'arracha à lui sans le regarder et elle posa son baladeur sur le comptoir.

— N'en fais pas une histoire !

— Dis à Clay de venir dîner ! J'ai préparé des *enchiladas* comme tu les aimes.

— C'est bon, dit Clay en plongeant sa fourchette dans sa crêpe.

Ces *enchiladas* ne ressemblaient pas à celles d'Annie, se dit Alec. Quelle erreur avait-il commise ? Lacey, la tête penchée sur son assiette, enroulait nerveusement le fromage autour de sa fourchette.

— Différentes de celles de maman, murmura Alec, préférant devancer d'éventuelles critiques.

— Elle ajoutait une boîte de ces petits piments rouges, marmonna Lacey sans lever la tête.

— La prochaine fois, je saurai !

— Pas la peine, grommela Lacey d'une voix sarcastique, presque cruelle.

Surpris, Clay observa Alec et se tourna vers sa sœur.

— Espèce de garce !

Alec hocha la tête.

— Si nous passions au dessert. Comme je ne l'ai pas fait, il risque d'être meilleur !

Le gâteau attendait sur la table de la salle à manger. En allumant les quatorze bougies, il songea qu'Annie n'aurait jamais fêté un anniversaire dans la cuisine ! Depuis la mort de sa femme, les enfants et lui n'avaient pas dîné une seule fois dans la salle à manger.

Il apporta le gâteau illuminé de bougies dans la cuisine.

— Non, ne chantez pas ! supplia Lacey en se bouchant les oreilles, au moment où son père et son frère entonnaient l'air rituel.

Alec vit ses yeux pleins de larmes et s'arrêta net, en faisant signe à Clay d'en faire autant.

— Eh bien, passons aux choses sérieuses, déclara-t-il en tendant le couteau à son fils.

Il alla chercher les cadeaux dans le placard, et, tandis qu'il les disposait sur la table en face de Lacey, il se sentit soudain mortifié. Il y avait une boîte — des palmes en caoutchouc offertes par Clay — et une mince enveloppe de sa part. C'était tout ! Annie leur faisait toujours des dizaines de cadeaux, la table disparaissait sous des paquets colorés qu'elle avait préparés elle-même. Un jour de retard et un résultat médiocre, se dit-il.

Lacey, l'esprit ailleurs, fit un effort pour jouer le jeu. Le cadeau de Clay semblait lui plaire : il avait donc visé juste. Après avoir remercié Alec pour le bon d'achat, elle entama sans enthousiasme sa part de gâteau. Il avait perdu tout espoir de la rendre heureuse...

— J'ai aussi un chèque pour toi, Lace. Tu peux l'utiliser comme tu voudras.

C'était une initiative de dernière minute. Si Annie avait été là, elle se serait jetée sur lui toutes griffes dehors, jamais elle ne lui aurait pardonné.

« On m'a toujours inondée d'argent », lui avait-elle dit un jour où il suggérait d'en donner aux enfants comme cadeau de Noël. « Je n'ai eu que cela, alors que j'étais affamée d'amour. J'aurais renoncé à tout ce que j'avais pour entendre mes parents me dire, au moins une seule fois : " Nous t'aimons, Annie, quoi que tu fasses, quelle que soit ton apparence, tu es notre fille chérie. " »

— C'est mon premier anniversaire sans poupée, grogna Lacey, les yeux baissés, en jouant du bout de sa fourchette avec une fleur en sucre rose.

— A quatorze ans, je pensais que ce n'était plus de ton âge, risqua Alec.

Elle haussa les épaules.

— Maman avait dit qu'elle m'en offrirait une jusqu'à mes vingt et un ans.

Alec, réellement surpris, rencontra le regard de sa fille, pour la première fois depuis des mois. Un regard si douloureux qu'il se sentit mal à l'aise.

— Quand j'aurai des enfants, je n'oublierai jamais leur anniversaire !

— Je n'avais pas oublié, Lacey. Je sais bien que ton anniversaire tombe le 1er juillet, mais je n'avais pas réalisé que nous étions en juillet.

— Si tu te croyais encore le 29 ou le 30 juin, tu réfléchissais déjà à ton cadeau, je suppose. C'est bien ça ?

Elle se leva, en larmes, le visage dissimulé derrière ses cheveux. Alec bondit à son tour et tendit la main vers son épaule.

— Ma chérie...

Elle recula d'un pas.

— Je parie que tu connais la date exacte de la construction de ton stupide phare, et que tu as déjà prévu une grande cérémonie pour commémorer l'événement. Non ?

— Tu vas en classe demain, Lace, murmura-t-il tandis qu'elle se dirigeait vers la porte de la maison. Je ne veux pas que...

— Va te faire foutre !

Cloué sur place, il sentit son estomac se contracter douloureusement sous une tonne de béton : les *enchiladas*... Allait-il la rattraper pour lui dire qu'il ne tolérait pas les injures ? Non, Annie aurait évité de dramatiser l'incident.

En outre, Lacey avait vu juste. La construction du phare de Kiss River, commencée le 5 avril 1869, avait duré cinq ans. On avait éclairé la lanterne pour la première fois le 30 septembre 1874, et une grande fête était prévue cette année pour célébrer la première illumination. Il avait déjà commandé le gâteau...

16

Ce n'était pas une impulsion soudaine qui poussa Alec à s'arrêter au service des urgences de Kill River : il y songeait depuis plusieurs jours... Mais c'est en se garant dans le parking, le cœur battant à tout rompre au souvenir de sa précédente visite, qu'il décida de passer à l'acte.

Dans la salle d'attente pleine à craquer, il se demanda si Olivia pourrait se libérer. Il était content, malgré tout, de voir tant de monde : le service n'avait plus du tout la même apparence que le soir où Annie était morte. Il reconnaissait à peine les lieux.

Il s'approcha du bureau d'accueil où un homme au crâne dégarni et à la carrure d'athlète tentait d'intimider une jeune réceptionniste.

— Ça fait une bonne heure que j'attends. (Il s'appuyait sur le bureau, en avançant le menton avec arrogance. Un chiffon taché de sang enveloppait son bras.) On peut saigner à mort avant qu'on s'occupe de vous !

La réceptionniste balbutia quelques explications, mais il l'interrompit par des jurons et des menaces. Alec se préparait déjà à intervenir et il réfléchissait à la meilleure tactique, lorsque Olivia fit son apparition à côté de la jeune femme. D'abord, il ne la reconnut pas, sans doute à cause de sa blouse blanche. Mais elle semblait aussi plus grande, et il fut surpris par le vert de ses yeux et par ses longs cils noirs. Accoudée au comptoir de la réception, elle n'avait pas remarqué sa présence.

— Un peu de patience, s'il vous plaît, vous n'êtes pas au *McDonald's* !

Alec sourit malgré lui. L'homme ouvrit la bouche, mais Olivia ne lui laissa pas le temps de répondre.

— Nous recevons des gens qui ont des problèmes beaucoup plus sérieux que les vôtres. Votre tour ne tardera pas à arriver.

Son ton était sans réplique, et le grossier personnage retourna s'asseoir en grognant. A cet instant, elle aperçut Alec.

— Ça ne va pas ?

— Ça va bien, merci. (La question d'Olivia l'avait d'abord surpris.)

Il se pencha en avant et demanda à mi-voix :

— Voulez-vous dîner avec moi ce soir ?

— Vous tenez à m'emmener au restaurant après m'avoir vue pleurer sur ma salade de crabe ?

— Absolument !

— Nous pourrions acheter quelques plats chinois et dîner chez moi. Je sors à 7 heures.

De toute évidence, son mari n'était pas revenu, songea Alec.

— D'abord, je m'occupe de tout ! Avez-vous des préférences ?

— Non, c'est vous qui choisissez. (Elle nota son adresse sur une feuille de papier qu'elle lui tendit.)

Son assurance étonnait Alec : au restaurant de Duck, elle lui était apparue sous un jour tout à fait différent. Il aurait voulu la voir travailler. Voir comment elle allait soigner cet homme au bras ensanglanté, entendre ce qu'elle lui dirait. Il avait connu lui aussi cette harmonie du corps et de l'esprit — à une époque qui lui semblait maintenant lointaine. La sensation de toucher un être vivant et d'utiliser ses mains pour le soigner lui manquait. Evidemment, il faisait tout pour sauver le phare, mais ce n'était pas la même démarche. Quelle que soit la chaleur de la journée ou l'intensité du soleil, le phare demeurait inerte et sans vie.

Au moment de quitter les urgences, Olivia regretta son initiative. Pourquoi avait-elle suggéré à Alec de passer chez elle ? Elle souhaitait le voir et lui parler, mais qu'avait-il à faire dans cette maison dont Paul remboursait encore la moitié des emprunts ? Paul risquait d'être là. C'était peu probable, mais nullement impossible ! Pour la première fois, elle rentra chez elle en souhaitant secrètement ne pas le trouver en arrivant.

Alec l'attendait, un sac en papier niché sous son bras. Elle se gara dans l'allée, à côté de sa Bronco, et sortit de sa voiture.

— Ça sent bon !

Puis elle ouvrit la porte et pénétra dans la salle de séjour.

— Entrez, Alec.

Sylvie miaula sur leur passage, tandis qu'ils se dirigeaient vers la cuisine. Alec posa le sac sur la table et prit la chatte dans ses bras.

— La jolie chatte !

Il la tenait en l'air au-dessus de lui, et elle donnait des coups de patte en direction de son nez.

— Quel âge a-t-elle ?

— Six ans. Elle s'appelle Sylvie, et elle a habituellement horreur des étrangers.

Alec sourit et reposa Sylvie à terre.

— Ne lui dites pas que je suis vétérinaire, et nous serons les meilleurs amis du monde.

Olivia prit deux assiettes dans le placard en espérant retrouver sa sérénité. Puis elle s'affaira avec les couverts et les serviettes pendant qu'il sortait les cartons du sac. Il portait un jean et une chemise rayée bleu et blanc, dont les manches courtes découvraient des bras bruns et musclés. Son odeur d'after-shave était légèrement envoûtante et il avait les cheveux humides — à cause d'une douche ou de l'océan ? Une présence indéniablement masculine... Olivia se demanda quand elle avait été en tête à tête, pour la dernière fois, avec un homme autre que son mari. Et si Paul arrivait maintenant ? Elle guetta le bruit de sa voiture dans l'allée tout en posant les assiettes sur un plateau. Que dirait-il s'il la surprenait en compagnie du mari d'Annie O'Neill ?

Alec toucha du doigt la plume de paon en verre, accrochée à la fenêtre au-dessus de l'évier.

— Un vitrail d'Annie !

— Oui, je l'ai acheté la première fois que je suis allée à l'atelier.

Si Alec avait reconnu l'œuvre d'Annie, Paul ferait sûrement de même. Elle allait la déplacer, pour qu'il ne risque pas de l'apercevoir à son prochain passage.

— Allons dîner sur la terrasse.

Elle fit glisser les portes vitrées ouvrant sur une terrasse couverte qui surplombait le détroit.

— C'est très beau, murmura Alec. (Après avoir posé les

cartons sur la table, il contemplait le paysage, les deux mains sur les hanches.) Ma maison aussi donne sur le détroit.

Olivia s'assit et ouvrit les cartons.

— J'ai été agréablement surprise, quand j'ai réalisé qu'une maison au bord de l'eau était dans nos prix. Je croyais avoir trouvé mon port d'attache. (Elle sourit d'un air coupable.) C'était ici que j'avais envie de fonder une famille...

Alec s'assit face à elle.

— Et comment vont les jumeaux ?

— Quoi ? (Cette question, qu'elle n'avait pas entendue depuis fort longtemps, replongeait Olivia dans son passé. Dans le minuscule appartement où elle avait grandi, on demandait à sa mère : « Comment vont les jumeaux ? » Et celle-ci bredouillait une réponse indistincte.)

D'un signe de tête, Alec lui désigna son ventre. Elle sourit.

— Oh, mon Dieu ! Je vous en prie, Alec, ne me parlez pas de jumeaux !

D'une main tremblante, elle ouvrit le carton de riz.

— Ça va ? s'enquit Alec. Vous devez avoir très faim !

Il lui avait aimablement offert une échappatoire, mais elle ne saisit pas la perche qu'il lui tendait.

— Votre présence ici m'embarrasse, avoua-t-elle. Je me sens presque coupable.

Il s'immobilisa, sa cuillère à mi-chemin entre le carton de riz et son assiette.

— Voulez-vous que je parte ?

— Non ! Je me demandais quelles explications donner à mon mari s'il faisait irruption ici.

Alec haussa les épaules et lui tendit le carton de riz.

— Vous lui direz que nous sommes deux solitaires qui se réunissent de temps à autre pour parler de leur triste sort. Passe-t-il souvent vous voir ?

— Presque jamais. Mais j'ai quelque chose à vous dire.

— Vous m'intriguez.

— Eh bien, vous l'avez déjà rencontré ! Il s'appelle Paul Macelli et il fait partie de votre comité de défense du phare. Je ne le savais pas la dernière fois que nous nous sommes vus !

Alec posa sa fourchette d'un air éberlué.

— Paul ? Le journaliste ? Il est votre mari ? Je ne l'imaginais pas du tout comme ça.

— Ah bon ?

— J'imaginais un type... costaud, chevelu et mal rasé. Une sorte d'homme de Neandertal. Plutôt désagréable... et assez stupide pour abandonner quelqu'un comme vous par pur caprice.

Olivia rit.

— Paul est un intellectuel, reprit Alec.

— En effet.

— Et un homme d'une grande sensibilité... Après avoir interviewé la vieille gardienne du phare, il m'a envoyé un avant-projet de son article. Je m'attendais à un texte intéressant, mais sec — des faits à l'état brut. Ce qu'il a écrit est captivant!

— Je m'en doutais.

— Mais il est très réservé.

— Pas toujours. (Il était certainement très réservé en présence du mari d'Annie, se dit Olivia.) Je voulais vous dire autre chose aussi, lança-t-elle très prudemment, car elle ne voulait pas lui mettre la puce à l'oreille. Savez-vous qu'il est l'auteur du reportage de *Seascape Magazine* sur Annie?

— Lui? Je sais qu'Annie a eu plusieurs entretiens... C'était donc Paul?

— Oui. (Allons, du calme, se dit-elle.)

— Un article formidable! Je me faisais du souci parce qu'Annie n'était pas en forme l'automne dernier. Elle traversait une de ses périodes sombres! Depuis longtemps elle ne m'avait pas semblé aussi abattue, et j'ai été agréablement surpris : ce journaliste avait su capter la véritable nature d'Annie! (Il avala une gorgée de thé, et soudain son visage se rembrunit.) Mais pourquoi Paul m'a-t-il caché qu'il en est l'auteur?

Elle savoura une bouchée de poulet au goût épicé.

— Sa réserve et sa modestie habituelles! Nous avons écrit un livre ensemble. Vous rappelez-vous ce terrible accident de train à Washington, en 1981?

— Quand presque tous les wagons sont tombés dans le Potomac?

— Exactement. Nous nous sommes rencontrés à cette occasion. Paul travaillait au *Washington Post*, et il était chargé du reportage dans le service d'urgences où j'étais interne.

Elle n'avait pas même remarqué Paul, mais lui n'avait d'yeux que pour elle. Il s'était présenté au bout de deux jours, lorsque le calme était revenu, et il lui avait déclaré son amour. Son assurance, sa compétence avec les blessés et sa gentillesse avec les familles le fascinaient. Il lui avait montré les articles parus dans le *Post* : le récit concret des événements par d'autres journalistes, et ce qu'il avait écrit, lui, au sujet d'une jeune femme médecin, réellement exceptionnelle. Son romantisme l'avait touchée, et elle s'était sentie bouleversée par l'aveu de son amour.

— Quelques années plus tard, nous avons décidé d'écrire un livre à ce sujet. L'accident vu sous différents angles — les voyageurs du train, les secouristes, le personnel de l'hôpital. Ça a été un succès et nous avons reçu plusieurs prix.

— J'aimerais lire ce livre.

Elle alla chercher dans la bibliothèque de la salle de séjour son exemplaire défraîchi de *L'Accident du Potomac*, et elle le tendit à Alec.

— Oh! mon Dieu! s'écria-t-il en regardant la couverture. (Une vue aérienne de l'accident, prise à haute altitude, permettait à peine de distinguer, entre les deux rives du fleuve couvertes de cerisiers en fleur, le train accidenté qui venait de faire quarante-deux victimes. Il ouvrit ensuite le livre et lut, sur la jaquette, le petit texte de présentation des deux auteurs.) Il a publié aussi un recueil de poèmes ?

— Oui. Il s'intitule *Sublime éveil*.

Alec sourit.

— De quoi est-il question ?

— De moi, répondit Olivia en rougissant. Il dit que sa vie a pris un sens le jour où il m'a connue.

Alec la regarda avec sympathie et serra doucement sa main dans la sienne. L'or de son alliance lançait des feux sous la lumière de la lampe. Sur la couverture du livre, les deux petites photos en noir et blanc de Paul et Olivia semblaient lui grimacer un sourire.

Alec hocha la tête.

— Cet accident a dû être un véritable cauchemar. Comment avez-vous pu supporter cela sans craquer ?

— On finit par s'habituer. Les films tristes me font pleurer, et il m'arrive de verser des larmes au restaurant, mais je ne pleure presque jamais dans le feu de l'action. (Elle baissa un instant les yeux vers son assiette.) J'ai tout de même pleuré un peu le soir où Annie est morte.

— Pourquoi ce soir-là, alors que vous avez assisté à tant d'horreurs ?

— A cause de vous. (Elle lui disait une demi-vérité...) De vos yeux. Vous aviez reçu un choc terrible. J'étais en train de perdre Paul, et... Je ne compare pas ce que j'éprouvais avec ce que vous avez vécu, mais j'étais bouleversée par votre tristesse. Pendant longtemps, votre visage est resté gravé dans ma mémoire.

Alec reposa sur la table la fourchette qu'il allait porter à sa bouche et plongea son regard dans celui d'Olivia.

— Vous souvenez-vous de ma fille ?

Olivia sourit.

— Elle s'est jetée sur moi à coups de poing.

— J'avais oublié. (Il tourna les yeux vers le détroit.) Elle change en ce moment, et je ne m'en étais pas aperçu. Depuis la mort d'Annie, je ne fais pas assez attention à mes enfants. Mon fils n'a pas de problèmes, il travaille et il entre à Duke à l'automne prochain. Je m'inquiète davantage pour Lacey... Elle s'est mise à fumer, reprit-il en hochant la tête. A son âge, ça n'a rien d'affolant, je suppose. Mais elle pleure si facilement ! Il y a quelques jours, elle est rentrée à la maison en larmes, avec sa chemise boutonnée de travers. Je ne veux pas en tirer de conclusions, et pourtant...

— Quel âge a-t-elle ?

— Treize... Non, juste quatorze ans.

— Une fille est vulnérable à cet âge. Surtout si elle n'a plus de mère.

— Elle a toujours été une gentille fille, très responsable, et je suis sûr qu'elle n'a pas de relations sexuelles, mais...

— Peut-être contre sa volonté, risqua Olivia.

— Que voulez-vous dire ?

— Elle pleurait et elle vous a paru débraillée... Peut-être que quelqu'un... Je ne veux pas dire qu'on l'a violée en pleine rue, mais vous savez de quoi les jeunes gens sont capables. Si elle était à une soirée, quelqu'un a pu...

Alec ouvrit des yeux effarés.

— Vous n'êtes guère rassurante !

— Je regrette, mais au service des urgences, on ne voit pas la vie en rose. Essayez de parler avec elle, soyez direct.

— Elle refusera de discuter avec moi. Je n'ai jamais eu ce genre de problème avec Clay et je ne sais comment l'aborder. Annie et moi, nous laissions une liberté absolue à nos enfants. Il suffisait de leur faire confiance, nous n'avons jamais eu à le regretter !

— Vous ne leur imposiez aucune discipline ?

— Ils décidaient où ils voulaient aller et ce qu'ils allaient faire, sans tenir compte de l'heure et sans aucune restriction. Même quand ils étaient petits, ils choisissaient librement leurs vêtements et leur nourriture. Annie les laissait prendre leurs responsabilités, et ils n'en abusaient jamais. Maintenant, Lacey vient à table avec son casque de baladeur sur la tête. J'ai envie de lui dire : « Retire ce casque et écoute-moi, bon Dieu ! » ou bien « Je te prie de me parler sur un autre ton ! » (Il tapa du poing sur la table.) Mais Annie n'aurait jamais eu de pareilles exigences. Je me demande comment elle aurait réagi à ma place...

Olivia s'appuya au dossier de sa chaise.

— Peu importe ce qu'aurait fait Annie. C'est vous, Alec, qui êtes en jeu. Vous ne voulez pas qu'elle vienne à table avec son baladeur, et...

— Non, j'ai trop peur de la perdre elle aussi. (Il ferma les yeux un instant.) Excusez-moi, reprit-il, en se levant.

Après avoir posé sa serviette sur la table, il rentra dans la maison. Olivia regroupa les cartons sur le plateau, en se demandant à son tour comment réagirait Annie maintenant. Elle ferait de son mieux pour consoler son malheureux invité ! Elle abandonna donc son plateau sur la table et suivit Alec dans la cuisine. Il était debout devant la fenêtre, le regard perdu dans le vague.

— Alec, dit-elle, en posant la main sur son épaule.

— J'ai peur de ma fille. (Le bras de mer se reflétait dans ses yeux, dont le bleu pâle virait au gris perle.) J'ose à peine la regarder en face, tellement elle ressemble à Annie.

Olivia retira sa main en douceur et resta les bras ballants.

— Elle était avec Annie au Foyer, le soir de sa mort.

— Je l'ignorais.

— Elle l'aidait à servir le repas. Elle a tout vu !

— Voilà pourquoi elle sait que le sang n'a presque pas coulé... Quelle épreuve horrible pour elle, Alec !

— J'aurais pu la perdre elle aussi. On peut perdre en un rien de temps un être aimé ! Si quelque chose arrivait à l'un de mes enfants, je ne supporterais pas de revivre une pareille épreuve... Et je suis incapable de sévir, de peur qu'elle me prenne en grippe. D'ailleurs, c'est chose faite. (Il posa ses mains sur le comptoir et plongea son regard dans celui d'Olivia.) J'ai oublié de lui souhaiter son anniversaire. Vous vous rendez compte !

Elle éprouva soudain une sympathie déchirante pour Lacey. Pendant presque toute son enfance, on avait oublié son anniversaire, mais elle partageait au moins son chagrin avec Clint !

— Eh bien, elle réalise que vous êtes humain...

— Comment étiez-vous à son âge ? demanda Alec, accoudé au comptoir.

— Moi ? (Elle se sentit rougir.) Ne me prenez pas comme modèle. Je n'étais pas particulièrement... normale.

— Expliquez-vous !

— Le fait d'avoir un jumeau, et tout...

Elle savait que le « et tout » était le fin mot de l'histoire, qui expliquait ses différences avec les autres filles de son âge. Alec le comprendrait certainement. Elle eut la tentation de tout lui dire, le cœur battant à l'idée de partager les secrets de son passé avec lui. A l'instant où elle allait parler, il s'étira en soupirant, et elle reprit brusquement conscience de la réalité.

— Je dois partir, déclara-t-il. Mais je vous emprunte le livre.

Il alla chercher l'exemplaire de *L'Accident du Potomac* resté sur la terrasse. Elle l'accompagna jusqu'à la porte, encore tout émue, car elle avait failli lui confier des souvenirs dont elle n'avait parlé à personne — sauf à Paul.

Mais que raconterait Alec à Paul, la prochaine fois qu'il le verrait au comité de défense ?

— Alec, murmura-t-elle, je préférerais que Paul ne soit pas au courant de notre amitié.

Il haussa les sourcils.

— J'aime autant ne pas compliquer inutilement les choses. Il suffit de lui dire que nous nous sommes rencontrés pour parler de ce qui s'est passé aux urgences ; rien de plus !

— Nous n'avons rien à cacher, Olivia, et je suis le plus maladroit des menteurs !

— Oui, mais vous travaillez ensemble, n'est-ce pas ? Il vaut mieux qu'il ne vous considère pas comme un rival.

Il fit un signe de tête affirmatif.

Après son départ, Olivia chargea le lave-vaisselle et alla balayer la terrasse. Si elle restait inactive, ses souvenirs allaient l'assaillir, et elle ne pourrait plus s'en défaire avant longtemps. Elle se remémorait déjà son dixième anniversaire : ce jour-là, elle avait réalisé que sa mère n'avait plus les pieds sur terre, qu'elle était incapable de rester assez sobre pour préparer un repas ou se rappeler la date d'une fête.

Le matin de leur dixième anniversaire, Clint lui avait offert une carte de vœux pendant la récréation. Des élèves s'étaient moqués de lui, car ils prenaient toujours les « attardés » comme têtes de Turc. Un certain Tim Anderson lui avait arraché la carte des mains :

— Vous avez vu ce qu'il a donné à Livie ?

Il brandissait la carte triomphalement, et d'autres gosses s'étaient approchés. Clint attendait, serein et confiant, tandis qu'elle tremblait de rage. Elle savait à quoi s'en tenir : le *B* de *Bon* devait être à l'envers et un *n* devait manquer à *anniversaire*. Il avait sans doute dessiné un gâteau, comme l'année précédente — le dessin d'un enfant de cinq ans !

Elle essaya de reprendre la carte.

— Il a écrit, Clint *qui t'aime*. Il se prend pour ton amoureux ! ricana Tim.

Sur ce, quatre gamins clouaient Clint au sol et le bourraient de coups de poing. Le malheureux se débattait avec des gestes maladroits, sans parvenir à se libérer. Olivia dut se jeter sur les assaillants, toutes griffes dehors, en hurlant pour qu'ils lâchent son frère. Mrs. Jasper apparut enfin. Elle tapa dans ses mains et ordonna aux enfants d'arrêter. Tim et sa bande se dispersèrent aussitôt.

Olivia s'agenouilla à côté de son frère : il saignait du nez, son visage rougi était barbouillé de larmes. Mrs. Jasper lissa sa jupe et s'agenouilla à son tour pour tamponner le nez du gamin avec son fin mouchoir de dentelle.

— Ça va mieux, mon petit ?

— Oui, bredouilla Clint d'une voix tremblante.

Olivia aperçut la carte, froissée et méconnaissable, quelques mètres plus loin. Elle se précipita pour la ramasser. On pouvait encore distinguer le gâteau d'anniversaire avec ses dix bougies coloriées en vert.

— Des petites brutes, grommelait Mrs. Jasper, toujours penchée sur Clint.

L'enfant se redressa, le mouchoir sanglant pressé contre son nez.

— Avery, il va les battre, gémit-il.

Dans un coin de la cour, les grands jouaient au ballon-chasseur. Olivia aperçut Avery, son grand frère, en train de lancer violemment la balle sur l'une des filles, qui eut juste le temps d'esquiver. Oui, Avery se ferait une joie de taper sur Tim Anderson : il ne ratait jamais une occasion de donner des coups !

— Il vaudrait mieux que Clint rentre à la maison. Je vais appeler votre maman, proposa Mrs. Jasper.

Olivia hocha la tête.

— Je le raccompagne moi-même.

Elle tendit la main à son frère, qui l'empoigna de ses doigts tachés de bleu. La saison des mûres était terminée depuis longtemps, et les enfants Simon avaient déjà dépensé les quelques dollars gagnés grâce à leur cueillette, mais ils gardaient du bleu sur les doigts pendant des semaines !

Elle rentra chez elle en espérant que sa mère s'était assoupie sur le canapé, car elle connaissait d'avance sa réaction. Elle hocherait sa tête brune échevelée en marmonnant, comme si Clint était incapable de comprendre :

— Dieu devait être bourré quand il vous a fait tous les deux, Livie ! Il t'a donné sa cervelle en plus de la tienne, alors débrouille-toi pour t'occuper de lui.

Sa mère était allongée sur le canapé, son visage blafard enfoui dans les coussins. La bouteille était posée à l'horizontale, par terre. Olivia coucha Clint dans l'un des trois lits de la chambre exiguë qu'elle partageait avec ses deux frères. Epuisé et le visage meurtri, le jeune garçon s'endormit aussitôt. Elle revint dans la première pièce pour ramasser la bouteille, puis elle la rangea le plus haut possible dans le placard, pour que sa mère ne la trouve pas à son réveil. Elle repartit ensuite à l'école en projetant d'écrire elle aussi une carte à son frère. Ni lui ni elle n'auraient d'autre cadeau !

Elle arrêta brusquement de balayer : elle avait entendu des pas dans la maison. A travers la porte vitrée coulissante elle ne vit rien dans la salle de séjour : il faisait nuit noire. Avait-elle oublié de verrouiller la porte d'entrée après le départ d'Alec ?

— Olivia ?

Paul. Elle poussa un soupir de soulagement en le voyant

apparaître, mais elle regrettait qu'il ose entrer dans la maison à n'importe quelle heure du jour ou de la nuit.

— Tu m'as surprise ! murmura-t-elle en s'efforçant de garder son calme.

Une vingtaine de minutes plus tôt, il aurait eu lui aussi des raisons de s'étonner. Elle pensa alors à la plume de paon, accrochée dans la cuisine : elle préférait qu'il ne la voie pas.

— Désolé ! J'ai frappé, mais tu ne m'as pas entendu. Je voulais te parler ; si tu acceptes...

— Bien sûr, j'accepte. (Elle déposa le balai contre le mur de la maison et s'assit en face de lui.)

— Tu m'as dit que je pouvais te parler d'Annie. Es-tu toujours prête à m'écouter ?

Elle garda un visage impassible malgré sa déception.

— *Oui.*

— Tu es vraiment la seule personne à qui je peux me confier, et j'en ai vraiment besoin ! (Il donna de petits coups nerveux sur la table.) Ce n'est pas facile, mais depuis que tu es venue me voir et que tu t'es montrée si... compréhensive, j'ai décidé de te dire la vérité.

— Je croyais la connaître, murmura Olivia, les mains jointes sur ses genoux.

— Tu connais l'essentiel. Tu sais que je suis tombé amoureux d'une femme inaccessible et que ça m'a fait perdre la tête. Mais... (Il leva les yeux vers le plafond en lattes de bois et prit une profonde inspiration.) Oh, Liv, je te demande pardon ! Quand nous nous sommes mariés, je me croyais incapable de te faire souffrir.

— Tu as couché avec elle ?

Il se mordit les lèvres.

— Une seule fois. Juste avant Noël. C'était plus fort que moi...

— Et que tes engagements vis-à-vis de moi ! (Foudroyée par le chagrin, elle se dit qu'il avait fait l'amour avec Annie et qu'elle avait eu sa préférence.)

— J'aurais dû te quitter plus tôt. J'étais dans mon tort, mais je pensais que tu avais ta part de responsabilité, avec tes horaires impossibles... (Il s'interrompit, le regard perdu dans la nuit.)

— Et quoi encore ?

— Ta personnalité un peu sévère, alors qu'Annie était si libre, si vivante, si...

Olivia bondit.

— Ça suffit ! Tu me crois de marbre ?

Il tourna les yeux vers elle et il continua à parler comme s'il ne l'avait pas entendue.

— Elle m'a ébloui. Une femme exceptionnelle !

— Une femme exceptionnelle, qui trompait son mari. Qu'en dis-tu, Paul ?

— J'ai pris l'initiative. Ce n'est pas elle ! J'ai insisté. Bien sûr, je ne l'ai pas violée. Elle était consentante, mais...

— Paul, je t'en prie, ne m'en dis pas plus. Tu me fais trop souffrir !

Il la prit brusquement dans ses bras. Surprise par ce geste, elle n'eut pas le courage de résister.

— Elle m'a détruit, Liv, et pourtant je tiens toujours à toi. Si seulement nous n'étions pas venus nous installer ici ! Si seulement je ne l'avais jamais rencontrée !

Elle reconnut son odeur chaude et familière, mais, en fermant les yeux, elle l'imagina couché avec Annie. Elle s'arracha à lui en gémissant.

— Va-t'en, Paul. Rentre dans ton précieux sanctuaire !

Il hésita un moment avant de tourner les talons. Olivia attendit que sa voiture ait démarré pour aller décrocher la plume de paon, suspendue à la fenêtre de la cuisine.

Puis elle marcha dans la nuit jusqu'au bout de la jetée, et, d'un geste rageur, elle la brisa contre le ciment en écoutant avec délectation le bruit du verre cassé.

17

Paul rentra pratiquement en collision avec le caddie d'Alec au rayon crémerie du supermarché. Un sourire figé sur les lèvres, il retint difficilement une exclamation de dépit : il se sentait pris au piège.

— Paul ! s'exclama Alec en lui serrant chaleureusement la main. J'ai beaucoup pensé à vous ces derniers temps.

— Ah bon ?

Alec s'appuya sur son caddie comme s'il se préparait à une longue discussion.

— Vos notes au sujet du phare sont sensationnelles. Nous pensons, Nola et moi, qu'il suffirait de quelques informations complémentaires pour publier un petit livre plutôt qu'une brochure. L'imprimeur est d'accord, et nous envisageons une diffusion à l'échelon national.

Paul déplaça quelques cartons dans son caddie pour éviter le regard d'Alec.

— Fantastique !

— J'ai une idée pour votre prochain entretien avec Mary Poor. Incitez-la à parler d'elle-même. Les gens l'appelaient « l'Ange de la Lumière ». J'ai d'anciens articles à son sujet qui pourront vous aider si elle joue les modestes. Vous saurez quelles questions lui poser ! Et, à la fin de l'été, nous pourrions lui demander de nous faire visiter son ancienne maison. La croyez-vous assez solide ?

— Pour une visite guidée de la maison du gardien ? (Paul déplaça son carton de glace à la vanille d'un bout à l'autre du caddie.) Je n'en sais rien. Elle était assise dans son rocking-

134

chair quand je lui ai parlé, j'ignore comment elle marche. Aurait-il le courage de supporter un autre face-à-face avec cette vieille femme, et, qui plus est, une visite de sa maison ? Sa résistance avait des limites... Il s'était senti mal après leur premier entretien, et il avait dû s'arrêter d'urgence dans une rue déserte de Manteo pour vomir dans le ruisseau.

— Eh bien, nous verrons, conclut Alec. A propos, vous ne m'aviez pas dit que vous avez écrit l'article de *Seascape* sur ma femme.

Alec souriait et son ton n'avait rien d'accusateur. Il semblait simplement frappé par la modestie de Paul.

— Je ne savais pas quel genre de souvenir cela évoquerait pour vous.

— Vous avez parlé d'elle avec une grande sensibilité. Elle aimait beaucoup cet article.

Paul sourit. Annie ne lui avait jamais fait cet aveu.

— Merci, répondit-il, ému. Sans indiscrétion, qui vous a mis au courant ?

— Votre femme était de garde aux urgences la nuit de la mort d'Annie. Je ne vous apprends rien, n'est-ce pas ?

— Non, répondit Paul, pétrifié.

— J'ai donc parlé un certain nombre de fois avec elle — avec Olivia — pour qu'elle me donne des précisions. Vous savez, j'avais besoin d'y voir clair.

— Bien sûr !

Que lui avait-elle dit exactement ? Paul agrippa ses mains moites à la barre du caddie.

— Olivia m'a beaucoup aidé. Je lui suis reconnaissant de tout ce qu'elle a fait pour Annie, reprit Alec.

— Je comprends.

— Saviez-vous que vous étiez étudiant à Boston en même temps qu'Annie ?

— Oui, nous l'avons réalisé au cours des entretiens. (Comment diable est-il au courant ?)

— Vous n'aviez gardé aucun souvenir d'elle ?

— Nous étions très nombreux dans chaque promotion, vous savez !

Alec suivit le regard de Paul lorsqu'il baissa les yeux vers son caddie, empli de plats surgelés et de boîtes de conserve.

— Annie aurait eu une crise de nerfs devant vos achats, observa-t-il en plaisantant.

— Je suis un grand utilisateur de surgelés depuis quelque temps. D'ailleurs, ils vont fondre !

Paul poussa doucement son caddie devant celui d'Alec.

— Allons-y, approuva celui-ci. A propos, je suis en train de lire *L'Accident du Potomac*.

Paul se retourna.

— Comment ?

— J'ai dit à Olivia combien j'admire votre prose, alors elle m'a proposé de jeter un coup d'œil sur ce livre. Il se passe au moment où vous avez fait sa connaissance, non ? Ça devait être extraordinaire de la voir dans le feu de l'action.

— Olivia ? demanda stupidement Paul, ému par cette évocation. (Elle était jeune et jolie, dévouée et efficace, et il s'était senti très amoureux. Il y avait en elle un je-ne-sais-quoi qui l'aiderait sans doute à oublier... Et, pendant longtemps, il avait eu l'impression d'oublier.)

Alec s'accouda à nouveau sur la barre de son caddie.

— En lisant votre livre, j'ai été frappé aussi par l'insuffisance de notre petite salle d'urgences en cas de traumatismes majeurs. Comme une balle dans le cœur...

La candeur d'Alec — qui semblait le considérer comme un ami — mettait Paul au supplice. Il jeta un coup d'œil à sa montre.

— Je dois rapporter mes provisions chez moi. Nous nous verrons à la prochaine réunion du comité !

Il s'éloigna avec son caddie grinçant, et l'impression de s'enfuir lâchement, saisi par la panique...

En passant devant le rayon boucherie, il jeta un regard distrait sur les steaks, les côtelettes et les rôtis, puis il fit volte-face vers les caisses, sans même consulter la liste qu'il avait écrite une heure plus tôt. Il imaginait des torrents de crème glacée fondue, dégoulinant de ses cartons et se répandant à même le sol.

Au volant de sa voiture, il se dirigea vers Nag's Head, à quelques minutes de là. Il était près de 7 h 30, et la plage lui sembla presque vide : quelques pêcheurs étaient encore debout près de l'eau, et, de temps à autre, des amoureux passaient, la main dans la main. Il s'assit sur le sable et attendit d'avoir retrouvé son calme.

Alec avait parlé avec Olivia. Longuement... De toute évidence, elle ne lui avait rien dit de compromettant, sinon, il ne lui aurait pas manifesté tant de sympathie et d'estime ! Alec n'en restait pas moins l'homme que lui, Paul, avait passé la moitié de sa vie à haïr...

Un jeune couple passa en courant le long du rivage, avec un chien. La femme riait. Elle avait de longs cheveux bruns, aux reflets presque roux sous la lumière du soleil couchant.

Il se souvint de Boston. *Nous étions très nombreux dans chaque promotion.* Alec était décidément bien crédule. Comment pouvait-il s'imaginer qu'il était possible d'être sur le même campus qu'Annie Chase sans la remarquer ?

18

Paul avait obtenu le premier rôle dans *Angel Street*, une pièce de théâtre jouée par les étudiants de première année de Boston College. Elève moyen au lycée, il avait négligé les mathématiques et les sciences au profit de la littérature, de la poésie et de sa fantaisie créatrice. Président du club-théâtre, il avait des dons indiscutables, qui lui avaient valu une bourse à Boston. Ses parents n'auraient pas eu les moyens de lui offrir de bonnes études, bien que l'affaire de feux d'artifice de son père soit devenue prospère et que sa mère ait épargné jusqu'au dernier centime de son salaire d'employée de maison. En effet, les six enfants Macelli — Paul et ses cinq sœurs — étaient tous intelligents, ambitieux et attirés par les études.

Son rôle dans *Angel Street* devait être attribué en premier. Le regard d'Harry Saunders, tandis qu'il interprétait le rôle de Jack Mannington, lui avait donné la certitude qu'il serait l'heureux élu. Assis à côté d'Harry, au premier rang de l'auditorium, il assistait donc paisiblement à l'audition de ses camarades angoissés.

Annie Chase auditionnait pour le rôle de la servante volage : elle avait accepté de faire un essai pour encourager une amie qui avait le trac. Elle s'envola dans l'escalier quand vint son tour et on ne vit plus que sa chevelure sur la scène. Harry, qui était affalé dans son fauteuil, se pencha en avant, les deux mains posées sur les genoux.

— Allez-y, dit-il.

Elle lança une ou deux répliques de sa voix rauque, avant d'éclater de rire. Ce rire cristallin et en cascade dont Annie

Chase avait le secret contrastait étrangement avec le son guttural de sa voix. Tous les yeux se tournèrent vers elle et un sourire se dessina sur les visages. Harry lui-même semblait incapable de résister à l'hilarité générale.

— Voulez-vous recommencer, Miss Chase ?

La seconde fois, elle parvint presque à la fin de son monologue sans éclater de rire. Harry lui attribua le rôle, malgré ses airs d'écervelée et sa diction assez quelconque — et Paul n'en fut ni surpris ni mécontent...

— Elle fascinera le public, confia Harry à Paul, comme s'il s'adressait à un collègue. Cette fille est irrésistible, mais il faudra l'aider à maîtriser son tempérament — et sa chevelure — sans rien perdre de sa spontanéité.

Harry aurait eu tort de s'inquiéter : Annie Chase avait une vitalité à toute épreuve. Elle était gaie et pétillante, personne ne résistait à son magnétisme.

Paul tomba amoureux sur la scène de Boston College. Annie arrivait en retard aux répétitions, mais personne n'osait protester. Tout le monde l'attendait en retenant son souffle, et les visages se détendaient dès qu'elle apparaissait.

Il devait l'embrasser : un baiser était prévu dans le scénario. Il passa des nuits blanches à imaginer ce moment, en regrettant de devoir s'exécuter en présence d'Harry Saunders et du reste de la troupe. C'est en privé qu'il aurait souhaité l'embrasser.

Quand vint le grand jour, il déposa un baiser léger et rapide sur ses lèvres.

— Encore, dit Harry depuis le premier rang. Ça doit durer plus longtemps, Macelli.

Il recommença en essayant de se concentrer. Lorsqu'il reprit ses distances, elle souriait.

— Tu ne dois pas sourire, Annie, protesta Harry. De la séduction, s'il te plaît !

Elle s'excusa en riant de plus belle. Harry hocha la tête.

— Vous devriez vous entraîner tous les deux, jusqu'à ce que vous obteniez un résultat satisfaisant.

Ce qui fut fait. Pendant des soirées entières, ils répétèrent leur texte dans la résidence universitaire de Paul, tout en perfectionnant leur baiser. Après les répétitions, il lui lisait ses poèmes, ou il la regardait faire des bijoux s'il était chez elle. A partir d'entrelacs d'or et d'argent, elle créait boucles d'oreilles, pendentifs et bracelets. Il aimait la voir au travail, les cheveux retenus par un lien de cuir qui cédait généralement sous leur poids. Ses longues mèches rousses se répandaient alors une à une sur ses épaules, tandis qu'elle se penchait sur le métal scintillant.

Paul était tombé sous son charme. Quelques semaines après l'avoir rencontrée, il ne pensait plus qu'à elle. Il la visitait, en principe pour répéter leurs rôles, mais ils abordaient tous les sujets possibles. Chaque mot qu'elle prononçait prenait de la valeur pour lui, et dès qu'il la quittait il se remémorait leur conversation.

Puis vinrent les cadeaux. Le soir de la première, elle lui offrit un bracelet en or, de sa fabrication. Le lendemain, il eut la surprise de trouver un panier de pommes de pin devant sa porte. Et le surlendemain, elle arriva dans sa chambre avec une ceinture de macramé.

— J'ai travaillé toute la nuit pour toi, lui dit-elle.

Elle lui retira la ceinture de son jean et glissa la nouvelle à sa place, avec une légère pression du bout des doigts. Embarrassé par une érection inopportune, il se retourna brusquement.

Assise au bord du lit, elle le regardait de ses grands yeux bleus.

— Paul, je n'y comprends rien. Tu ne veux pas de moi ?

Stupéfait, il se pencha vers elle.

— Je... Bien sûr, je te veux. Mais je ne pensais pas que...

Avec un petit grognement, elle passa les doigts dans les poches de son jean.

— Paul, je deviens folle à force de me demander comment faire pour que tu tombes amoureux de moi.

— Je suis amoureux de toi depuis des semaines, et je peux le prouver !

Il prit dans le tiroir de son bureau l'un des nombreux poèmes qu'elle lui avait inspirés. Elle fondit en larmes en le lisant.

Puis elle se leva pour l'embrasser — un baiser beaucoup plus long et plus brûlant que celui qu'ils avaient échangé sur scène. Elle fit un pas vers la porte et ferma le verrou. Paul sentit ses genoux trembler : comment allait-il faire face à une pareille situation ?

— Je n'ai jamais fait l'amour, avoua-t-il gauchement, appuyé sur son bureau.

Au lycée, il avait eu un certain succès auprès des jeunes

filles, attirées par sa sensibilité et ses poèmes, mais il avait gardé sa virginité.

Annie avait de l'expérience pour deux.

— Alors je comprends ! dit-elle en souriant, comme s'il lui avait donné la clef du mystère. Surtout ne t'inquiète pas, j'ai commencé à quinze ans.

Tout d'abord, cet aveu l'avait choqué. Mais un certain soulagement succéda à sa déception : chacun des baisers, chacune des caresses d'Annie était la preuve indéniable de son savoir-faire.

— Laisse-toi aller, lui souffla-t-elle.

Elle le déshabilla et le fit rouler sur le ventre. A califourchon sur lui, elle le massa longuement de ses mains douces et fraîches, qui se réchauffaient à mesure qu'elles se promenaient sur sa peau. Ensuite, elle l'allongea sur le dos, avant d'enlever son T-shirt et son soutien-gorge. Il se souleva pour toucher la peau nacrée de ses seins, mais elle détourna sa main d'un geste sûr.

— Tu regardes, mais tu ne touches pas. Ce soir tu te laisses faire et je m'occupe de toi !

Elle fit l'amour avec cette extrême générosité qui caractérisait chacun de ses actes. Le plaisir de son partenaire passait avant le sien.

Au cours des semaines suivantes, il comprit qu'elle était capable de donner sans aucune restriction, mais qu'elle ne savait pas prendre. Quand ils faisaient l'amour, elle se dérobait à ses caresses : « Ce n'est pas la peine », lui disait-elle.

Il finit par réaliser qu'elle parlait sérieusement : il risquait de la contrarier et même de la déstabiliser s'il tentait d'inverser la règle du jeu, au lit ou ailleurs...

Un jour, il lui avait offert des fleurs, sans raison particulière. En les voyant, son visage se rembrunit et elle murmura en rougissant : « Elles sont beaucoup trop belles pour moi! » Avant la fin de la journée, elle les avait données à une jeune fille de sa résidence qui les avait admirées.

Pour son anniversaire, il lui fit cadeau d'un foulard. Le lendemain, elle le rapportait au magasin et glissait les douze dollars remboursés dans la poche de Paul. « Ne dépense rien pour moi », lui dit-elle. Il protesta en vain. Cependant, elle continuait à le combler de cadeaux, qui le mettaient de plus en plus mal à l'aise.

Ils rencontrèrent par hasard à la cafétéria une ancienne compagne d'Annie lorsqu'elle était à l'école primaire.

— Tu étais la plus chic fille de l'école, déclara-t-elle à Annie. (Et elle poursuivit, à l'intention de Paul :) Elle était si populaire qu'elle nous éclipsait toutes, mais si gentille que personne ne pouvait lui en vouloir.

Ce soir-là, Annie, couchée à ses côtés, lui expliqua d'une voix blanche le secret de sa popularité : comme elle recevait beaucoup d'argent de poche, elle achetait des bonbons et des jouets aux autres enfants.

Il l'attira plus près de lui.

— Tu ne pensais pas qu'ils pouvaient t'aimer pour toi-même ?

— Non. Je me croyais affreuse, avec ma chevelure rousse. Tous les matins, ma mère se moquait de mes cheveux et me disait que j'étais laide. Je pleurais presque chaque jour en allant en classe.

— Tu es si belle ! Comment pouvait-elle te traiter ainsi ?

Annie fit un geste évasif.

— Je pense qu'elle ne se rendait pas compte. Elle... Je suppose qu'elle avait ses problèmes. Mon entrée au lycée, au milieu d'une foule d'autres élèves, m'a affolée. Je savais que les bonbons et les jouets perdraient tout leur intérêt. Il fallait trouver une autre manière de me faire apprécier.

— Comment ?

— J'ai réussi à me faire aimer, au moins par les garçons.

— Oh, Annie !

— Tu me détestes ?

Il lui caressa la joue.

— Non, je t'aime. Tu n'as plus besoin de ça, maintenant. Je suis là !

— Je sais. (Elle se pelotonna contre lui.) Serre-moi plus fort, Paul.

Heureux de la sentir en confiance, il crut le moment venu de lui poser une question qui lui brûlait les lèvres depuis le premier jour.

— J'aimerais savoir, Annie, s'il t'arrive de jouir lorsque nous faisons l'amour.

Elle haussa les épaules.

— Non, mais ça n'a pas d'importance. Il me suffit d'être dans tes bras et de voir que tu as du plaisir.

Il se sentit déçu et gêné.

— C'est ma faute !

— Mais non, Paul. Je n'ai jamais rien éprouvé.

Il s'appuya sur un coude pour mieux voir son visage.

— Tu as commencé à quinze ans et tu n'as jamais... ?

— Vraiment, ça ne me manque pas. J'aime qu'un homme me réchauffe dans ses bras et me serre contre lui. S'il faut pour cela des relations sexuelles, pourquoi pas ?

— Veux-tu me faire une faveur, Annie ? (Il l'embrassa sur l'épaule en l'enlaçant tendrement.) Laisse-moi te faire plaisir, pour une fois.

— Je suis comblée.

— Ne joue pas sur les mots !

Soudain, elle prit ses distances.

— Si j'étais capable d'avoir du plaisir, je pense que je le saurais déjà !

Il évita de confier un problème aussi personnel à ses amis et passa l'après-midi suivant à la bibliothèque, en quête d'une solution. Un ouvrage, abondamment illustré, semblait donner des conseils judicieux. Il choisit un coin reculé de la salle pour le lire de la première à la dernière ligne.

Quand vint le soir, il s'assit sur le lit d'Annie. Comme il lui faisait signe de s'installer à côté de lui, elle lui passa les deux bras autour de la poitrine et lui planta un baiser humide dans le cou.

— J'ai lu un manuel d'éducation sexuelle aujourd'hui.

Elle s'éloigna d'un bond.

— Tu as fait ça ! Pourquoi ?

— Parce que, ce soir, c'est ton tour.

Il souleva le bord de son T-shirt, mais elle l'arrêta aussitôt.

— Non !

— Annie ! (Il la prit par les épaules.) Fais ça pour moi, je t'en prie.

— Et si ça ne marche pas ? Tu seras déçu, tu me...

— N'aie pas peur ! Je ne serai pas déçu et je t'aimerai toujours. Et maintenant, détends-toi.

Elle se mordit la lèvre.

— Eteins d'abord !

Après avoir plongé la chambre dans l'obscurité, il se rapprocha d'elle pour la déshabiller méthodiquement. Puis il s'assit derrière elle, le dos au mur.

— Qu'allons-nous faire ? Tu ne te déshabilles pas ?

— Non !

Il ouvrit les jambes, en attirant le dos d'Annie contre sa poitrine. L'illustration du manuel semblait gravée dans sa mémoire. Toute la journée, il s'était demandé ce qu'il éprouverait lorsqu'il mettrait en pratique ses nouvelles connaissances. Après l'avoir enlacée, il déposa un baiser sur son épaule : elle frissonna.

— C'est bon. J'aimerais rester toujours contre toi...

— Chut ! Détends-toi et laisse aller tes jambes le long des miennes.

— Je me sens ridicule !

Il lui caressa les bras et les épaules.

— Dis-moi ce que tu aimes. (Ses mains enveloppaient ses seins). Et préviens-moi si je te fais mal.

— Ça ne fait pas mal, dit-elle avec un éclat de rire.

Elle semblait se détendre, mais il la sentit se raidir dès qu'il laissa descendre ses mains le long de ses cuisses.

— Relaxe-toi, Annie.

— J'essaye, mais je n'aime pas qu'on s'occupe trop de moi. Je trouve que... *Oh* !

Les doigts de Paul avaient atteint leur but. Annie retint son souffle et ses jambes s'entrouvrirent encore, tandis qu'elle s'agrippait à la toile de son pantalon. Il laissa un doigt de sa main gauche s'aventurer plus loin ; elle frémit.

— C'est bon pour moi aussi, Annie, murmura-t-il pour l'encourager.

Mais ce n'était plus nécessaire : elle se laissait aller, elle s'abandonnait... Quand elle se cabra sous le plaisir, il craignit un instant qu'elle ne s'évanouisse, mais il sentit les contractions refluer sous son doigt et ce fut l'apaisement.

Cet épisode marqua un tournant dans leur idylle. Pour Annie, les relations sexuelles restaient un sous-produit de l'amour, mais son comportement avait changé et elle acceptait de recevoir ce que Paul avait à lui donner. Leur passion était devenue réciproque.

La famille Macelli adorait Annie. Paul l'avait emmenée deux fois à Philadelphie cette année-là et elle s'était adaptée tout naturellement à ce clan matriarcal.

— Tu as de la chance d'avoir une famille si chaleureuse.

Pour sa part, elle le tenait à l'écart de ses parents. Ils habitaient pourtant à une demi-heure en voiture de Boston College. Devant son insistance, elle accepta de l'emmener au cinquantième anniversaire de son père. « Tu parles toujours de lui, j'aimerais le rencontrer ! » avait-il dit.

En effet, elle était fière de la réussite professionnelle du Dr Chase. Pendant un mois, elle avait travaillé à des boutons de manchettes en or qu'elle lui destinait. Paul devait constater la progression de son œuvre chaque fois qu'il venait la voir.

Il tenait le précieux paquet sur ses genoux, tandis qu'Annie s'engageait dans la large avenue menant à la résidence familiale. Elle était restée silencieuse pendant tout le trajet et elle tapotait nerveusement ses doigts sur le volant de sa décapotable rouge.

— Quelle heure est-il ? demanda-t-elle en passant devant une rangée d'imposantes demeures.

Paul regarda sa montre.

— Il est 4 h 10.

— Mon Dieu, ma mère va avoir une crise de nerfs !

— Nous ne sommes pas si en retard.

— L'exactitude est une obsession chez elle. Quand j'étais petite, elle ne tolérait pas une minute de retard si elle avait promis de sortir avec moi !

Paul fronça les sourcils.

— Tu plaisantes ?

D'un signe de tête elle lui fit comprendre qu'elle parlait sérieusement.

— Nous leur dirons que tu t'appelles Macy.

— Pourquoi ?

— Pour s'amuser.

— Mais ce n'est pas mon nom !

Elle s'arrêta à un panneau de signalisation et leva les yeux vers lui.

— Je ne veux pas te blesser, Paul, mais je connais leurs préjugés. Comprends-tu ? Ils t'apprécieront davantage si...

Paul avait les joues en feu.

— Je dois mentir aussi à propos de la profession de mes parents ?

Elle baissa les yeux.

— C'est pour cela que je ne voulais pas que tu les voies.

— Je ne mentirai pas, Annie.

Sans mot dire, elle appuya sur l'accélérateur.

— Je croyais que tu m'aimais, reprit Paul.

— Je t'aime, et je voudrais qu'ils t'aiment aussi.

Elle s'engagea dans une large allée. Une maison de style Tudor apparut au bout d'une immense pelouse impeccablement tondue, avant de disparaître derrière une rangée de pins.

— Ils ont planifié ma vie à l'avance. Je dois faire des études utiles — ils ne supportent pas ma vocation artistique — et je dois épouser un jeune homme de mon milieu... Tu comprends maintenant pourquoi je ne voulais pas t'emmener ici !

Il comprenait, mais elle aurait dû lui donner ces explications un peu plus tôt.

Une femme âgée, en robe noire et tablier blanc, les fit entrer dans le salon.

— Tes parents ne vont pas tarder à descendre, annonça-t-elle en embrassant Annie sur la joue.

Dès qu'elle eut quitté la pièce, Annie sourit nerveusement. Le salon était glacial et majestueux, comme un caveau. Annie transpirait malgré le froid.

— Tu t'habitueras, lui dit-elle.

Son père arriva le premier. Un bel homme, mince et bronzé, à l'allure dynamique et aux cheveux grisonnants.

— Papa, je te présente Paul, chuchota Annie sans préciser son nom de famille.

— Paul... ? lança le Dr Chase en lui serrant la main.

— Macelli, répondit Paul avec le sentiment de proférer une grossièreté.

Il se sentait en situation d'infériorité, car déjà exclu de la liste des prétendants dignes d'Annie. Mrs. Chase essaya de se montrer plus aimable, mais il frissonna au contact de sa main glacée. Une femme sans aucun charme — presque laide, malgré son épais maquillage. Ses cheveux roux étaient tirés en un chignon sévère.

Pendant le déjeuner, il mangea du bout des lèvres la tranche de rôti que lui servit un domestique, mais il ne se déroba pas aux questions insidieuses concernant sa famille. Il prit même un certain plaisir à annoncer aux parents d'Annie qu'ils recevaient à leur table un prolétaire — peut-être l'amant de leur fille... Il parla longuement de l'affaire de feux d'artifice de son père et de l'époque où sa mère faisait des ménages chez les notables de Philadelphie.

146

Au dessert — un gâteau d'anniversaire en forme de raquette de tennis —, Annie offrit à son père les boutons de manchettes. Il la remercia d'un baiser sur la joue et posa l'écrin à côté de son assiette. Il serait bientôt relégué au fond d'un tiroir, ou dans la boîte à ordures, se dit Paul.

— Le professeur d'Annie dit qu'il n'a jamais eu d'élève aussi douée pour la bijouterie.

Annie rougit.

Le Dr Chase cessa un instant de contempler son gâteau d'anniversaire.

— Annie est brillante lorsqu'elle accepte d'exercer son intelligence. Elle possède de grandes capacités et elle a mieux à faire que des bijoux en métal tordu !

Paul regarda Annie, qui semblait au bord des larmes.

— Je dois me sauver, mes enfants, déclara l'éminent praticien après avoir consulté sa montre.

— Papa, c'est ton anniversaire !

La voix rauque d'Annie semblait brisée par le chagrin, mais ses parents ne s'en émurent guère. Son père déposa un baiser rapide sur ses cheveux et s'inclina devant Paul.

— Nous penserons sûrement à vous la prochaine fois que nous assisterons à de beaux feux d'artifice.

Paul et Annie partirent peu après le repas. Annie monta en pleurant dans la voiture.

— J'aurais mieux fait de ne pas venir, observa Paul.

— Ce n'est pas ta faute ! Je repars en larmes chaque fois que je viens ici.

— Je les déteste, Annie. Ils sont abominables !

— Tais-toi, tu ne me rends pas service ! Tu as tes sœurs et tes parents, moi je n'ai qu'eux. (Annie se retourna une dernière fois vers la maison.) Il n'a jamais eu de temps à me consacrer : ni quand j'étais enfant, ni maintenant.

Ils passèrent l'été suivant à New Hope, en Pennsylvanie. Paul habitait chez un ancien camarade de lycée, Annie partageait un appartement avec deux amies de Boston. Tandis qu'il travaillait comme garçon de café le jour et qu'il jouait un rôle le soir dans *Carousel*, Annie s'initiait au vitrail dans une galerie d'art où elle était employée. Ils n'avaient que dix-neuf ans, mais ni l'un ni l'autre ne manquait de maturité. Ils parlaient de leur avenir, des enfants qu'ils auraient : deux petits Italiens aux cheveux roux, qu'ils appelleraient Guido et Rosa pour taquiner les parents d'Annie. « Guido et Rozer », disait Annie, avec cet accent de Boston qui surprenait Paul maintenant qu'ils n'étaient plus en Nouvelle-Angleterre.

Au cours de leurs flâneries dans la petite ville de New Hope, Annie eut le coup de foudre pour un petit cheval en cloisonné bleu qu'elle avait aperçu dans une vitrine. Elle tombait chaque jour en arrêt devant ce bibelot, mais Paul avait la certitude que jamais elle ne l'achèterait. Il rassembla toutes ses économies pour lui en faire cadeau. Elle refusa d'abord de le garder, puis elle céda à ses prières. Enveloppé dans du papier de soie, le petit cheval bleu ne quittait plus son sac et elle le montrait à tout le monde. Elle le baptisa Baby Blue, d'après une chanson de Bob Dylan.

Les parents d'Annie lui rendirent visite à la mi-juillet et ils restèrent trois jours sans se voir. Aussitôt après leur départ, il comprit qu'elle n'était plus elle-même : elle avait des cernes sous les yeux et son rire s'était éteint.

— Mes parents veulent que je change d'orientation.

— Pourquoi ?

— Pour faire quelque chose d'*utile*. Si je refuse, ils me coupent les vivres. Je vais être obligée de leur mentir... comme j'ai menti à ton sujet.

— Que veux-tu dire ?

— Je leur ai dit que je ne te voyais plus. S'ils avaient su que tu étais ici, ils ne m'auraient jamais laissée venir.

— Et notre avenir ? Comment ferons-nous quand nous voudrons nous marier ?

Annie enroula nerveusement une mèche de ses cheveux autour de son doigt.

— Je ne sais pas. Pour l'instant, j'ai d'autres soucis.

— Ils te déshériteraient si tu épousais un Italien ?

— Je m'en moque, Paul. Tu sais bien que leur argent ne m'intéresse pas !

En effet, elle n'avait pas besoin d'argent pour elle-même. Elle se confectionnait des vêtements à partir de chiffons — du moins, Paul en avait l'impression. Et elle se lavait les cheveux avec un shampooing bon marché qui sentait la lessive : quand il entrait dans une laverie automatique, l'odeur du détergent lui rappelait les cheveux de sa bien-aimée. L'argent était pour elle un moyen d'aider les autres : en s'endormant, elle réfléchissait à la manière de l'utiliser pour le bien d'autrui. A la fin de l'été, elle avait consacré toutes ses économies à l'organisation d'une fête pour les enfants d'un hôpital voisin.

Annie cessa de prendre la pilule juste avant la rentrée. Elle la prenait depuis l'âge de quinze ans. « C'est malsain pour moi de la prendre depuis si longtemps, expliqua-t-elle à Paul. Je vais essayer une méthode plus naturelle. »

Paul proposa d'utiliser des préservatifs. Elle refusa sous prétexte qu'il aurait moins de plaisir, et il préféra éviter une discussion. Annie eut donc recours à diverses méthodes de son choix... dont il regretta l'efficacité, car il rêvait d'avoir un enfant avec elle et de resserrer ainsi les liens qui les unissaient.

Quand les cours recommencèrent, Paul s'installa dans la même résidence universitaire qu'elle, à l'étage au-dessous. Leurs relations demeurèrent aussi idylliques qu'à New Hope presque jusqu'à la fin de l'année. C'est alors que les parents d'Annie découvrirent, par hasard, qu'elle avait gardé les beaux-arts comme matière principale. Paul, qui était seul dans la chambre d'Annie, leur répondit au téléphone. Croyant s'adresser à un professeur, il révéla naïvement son identité. Fous furieux, ils rappelèrent le soir même — la communication dura plus d'une heure, et Paul finit par regagner sa chambre car il ne supportait plus d'entendre les plates excuses d'Annie. Quelques heures plus tard, Mrs. Chase rappelait sa fille : son mari venait d'avoir une crise cardiaque et il était à l'hôpital, entre la vie et la mort.

Annie partit une semaine entière chez elle, en refusant que Paul l'accompagne. Il avait beau lui laisser des messages (qui ne lui étaient sans doute pas transmis), elle ne lui donna pas une seule fois de ses nouvelles.

A son retour, il la trouva changée. Il y avait entre eux une distance qu'elle refusait d'admettre et dont ils ne pouvaient discuter ensemble. Leur relation se poursuivit — ils parlaient, ils allaient au cinéma, ils prenaient leurs repas à la cafétéria, et ils faisaient l'amour — mais Annie lui semblait méconnaissable.

Un soir, juste avant les vacances, Paul finit par la bloquer près de la porte de sa chambre.

— Tu ne sortiras pas sans m'avoir dit ce qui se passe dans ta tête !

Puis il la fit asseoir sur son lit et s'installa devant son bureau, assez loin d'elle pour ne pas céder à la tentation.

— Mon père a failli mourir, Paul. (Annie jouait nerveusement avec son bracelet d'argent.) Je me sens coupable de l'avoir
contrarié. Si tu savais comme il est faible maintenant ! Je ne
supporte pas de le voir dans cet état. A l'hôpital, il m'a
beaucoup parlé. Il m'a dit qu'il m'aimait... Enfin, pas exactement. Il m'a dit que je comptais pour lui plus que tout au
monde. Mon manque d'ambition le déçoit : puisque je ne serai
jamais Picasso, je ferais mieux de renoncer à l'art. C'est ce qu'il
pense ! Je vais changer d'orientation.

— Qu'as-tu choisi ?

— Je m'inscris en biologie.

— Tu te moques de la biologie !

Elle haussa les épaules.

— Pas tant que ça ! Ça me permettra de devenir infirmière,
ou peut-être de faire ma médecine. Une carrière qui me
permettrait de me rendre utile. Et mon père serait si fier de moi.
(Son regard se posa sur son bracelet.) Je vais me séparer de tous
les bijoux que j'ai faits.

— Annie !

— Mon père dit que tu cherches à faire ton chemin grâce à
moi, et que tu parviendras seulement à m'attirer plus bas.

Paul bouillait de rage.

— Et tu crois ces horreurs ?

— Pas du tout, mais j'ai l'impression de le tuer à petit feu,
Paul.

— C'est lui qui va te détruire, Annie. Il essaye de faire de toi
un clone de sa propre personne !

Elle se prit la tête dans les mains. Il vint alors s'asseoir à côté
d'elle et il l'attira contre lui.

— Pardon, Annie, mais on dirait que ton père a le pouvoir de
t'envoûter. Ça ne peut pas durer, tu vas retrouver tes esprits !
Nous passerons l'été à New Hope et j'espère que...

— Je ne retourne pas à New Hope.

Paul sentit son sang se glacer dans ses veines.

— Que veux-tu dire ?

— J'ai besoin d'un peu de solitude, pour réfléchir...

— Tu comptes passer les vacances avec tes parents ? (Il
imaginait le lavage de cerveau qu'elle allait subir si elle restait
deux mois en leur compagnie.)

— Non ! Je vais descendre le long de la côte, jusqu'en
Floride.

— Avec qui pars-tu ?

— Je veux être seule.

— C'est impossible ! Que feras-tu si ta voiture tombe en panne ?

— J'ai l'intention de faire de l'auto-stop.

Paul se leva.

— Tu as déjà tout planifié ! Tu y réfléchissais depuis longtemps, sans m'en parler. C'est ça ?

— Je regrette.

— Annie, je ne peux pas passer tout l'été sans toi.

— Pas si longtemps... J'y verrai peut-être plus clair dès la première semaine, et je t'écrirai tous les jours.

Il alla seul à New Hope cet été-là et il monta de nouveau sur les planches, mais la critique ne fut guère enthousiaste, pour la première fois de sa vie. Au début, Annie lui envoyait des cartes postales depuis chaque ville côtière — de l'Etat de New York, du New Jersey, du Delaware et du Maryland. Elle parvenait à écrire de vrais romans en lignes serrées et à peine lisibles. Elle lui parlait des plages, de l'océan, des gens intéressants qu'elle rencontrait. Y avait-il beaucoup d'hommes parmi eux ? se demandait Paul avec inquiétude. Mais elle terminait chaque carte par *je t'aime*, ce qui le rassurait : il espérait qu'elle reviendrait plus détendue, et libérée de l'influence de son père. Des petites boîtes enveloppées de papier kraft lui parvenaient plusieurs fois par semaine. Elles contenaient des coquillages, une étoile de mer, un hippocampe. Annie et ses cadeaux...

Tout à coup, cadeaux et cartes postales cessèrent d'arriver. Fou d'inquiétude, il décida au bout de cinq jours d'appeler les parents d'Annie.

— Elle compte rester un peu en Caroline du Nord, lui dit sa mère.

— J'avais de ses nouvelles presque chaque jour et elle a brusquement cessé de m'écrire. (Il eut un pincement au cœur en imaginant l'air ravi de la mère d'Annie au bout du fil.) Où est-elle exactement ?

— Sur une plage, je crois que là-bas ils appellent ça les Outer Banks.

Deux semaines encore s'écoulèrent sans un mot d'Annie. Il souffrait dans toutes les fibres de son corps. Comment pouvait-elle le laisser sans nouvelles ? Il relut plusieurs fois sa dernière carte postale : le *je t'aime* final paraissait aussi sincère que d'habitude ! Peut-être sa mère avait-elle menti : Annie était à Boston, elle lui écrivait chaque jour et sa mère interceptait ses lettres.

Enfin, un mot lui parvint de Kitty Hawk.

Cher Paul,

J'ai réfléchi des milliers de fois à cette lettre et je ne sais toujours pas comment l'écrire, mais je te dois la vérité. J'ai rencontré quelqu'un ici. Il s'appelle Alec et je suis amoureuse de lui. Je n'avais pas prévu cela, Paul, je t'en prie, crois-moi. J'ai quitté Boston College en ne pensant qu'à toi, même si je me rendais compte que tout n'était plus comme avant. Je t'aime encore — et sans doute pour toujours. Tu m'as appris que recevoir et donner sont également des preuves d'amour. Tu es la dernière personne au monde que je souhaiterais faire souffrir ! Je ne reviendrai sans doute pas à Boston l'automne prochain. Il vaut mieux ne jamais nous revoir.

Encore une fois, je te demande pardon.

Annie

Il envisagea de partir à sa recherche en Caroline du Nord et de l'obliger à revenir. Puis il renonça à se battre, et l'idée de mettre fin à ses jours ne le quitta plus. Quand il conduisait le soir, il était obsédé par l'idée de franchir la ligne blanche. Il restait parfois des heures dans sa cuisine, les yeux fixés sur la lame d'un couteau aiguisé, en songeant à se trancher la gorge.

Il renonça à sa pièce de théâtre et passa le reste des vacances dans sa famille : ses parents et ses sœurs le dorlotaient et l'obligeaient à se nourrir. On le traitait comme un malade — qu'il était — mais il ne supportait pas d'entendre ses sœurs insulter Annie.

Quand il rentra à Boston College, il était comme un zombie. Il passa une audition avec Harry Saunders, mais ce dernier le trouva « terne » et donna à un autre étudiant le rôle qu'il lui destinait. Il renonça totalement au théâtre et choisit le journalisme comme matière principale. En novembre, il apprit par une amie d'Annie qu'elle avait épousé Alec O'Neill en Caroline du Nord. Ses parents devaient préférer un Irlandais à un Italien.

Et elle aussi…

19

Alec prit l'habitude de téléphoner à Olivia le soir. La première fois, il s'inventa une excuse... Elle lui avait parlé de sa participation à des débats télévisés, après la parution de *L'Accident du Potomac*. Il se l'imaginait apparaissant à la télévision, avec son charme irrésistible et sa tranquille assurance. Mais, dans ses fantasmes, c'est du phare qu'il l'entendait parler.

— Pourriez-vous envisager une interview télévisée ? lui demanda-t-il à l'occasion de son premier coup de fil. (Les enfants étaient sortis et il était assis dans la salle de séjour, seul face au soleil couchant.) Nous recevons de nombreuses propositions, et nous allons être débordés après la parution de la brochure. Je ne suffirai pas à la tâche !

— Mais je ne sais rien au sujet du phare, Alec.

— Je vous mettrai au courant.

Craignant de trop lui en demander, il n'osa pas insister.

— Pourquoi ce phare compte-t-il tellement pour vous, Alec ?

Il chercha des yeux les dix petits vitraux ovales, insérés dans le mur à l'autre extrémité de la pièce. Lorsque la nuit tombait, leurs dessins se distinguaient à peine.

— C'est là que j'ai connu Annie. J'étais étudiant et je travaillais au phare pendant l'été. Annie voyageait le long de la côte, et un soir nous nous sommes rencontrés par le plus grand des hasards. J'y vois une sorte de symbole !

— D'accord, vous pouvez compter sur moi. A condition de trouver une heure qui coïncide avec mon emploi du temps.

— Merci, Olivia ! A propos, j'ai rencontré Paul hier, au supermarché.

— Que lui avez-vous dit ? demanda Olivia, sur le qui-vive.

— Je lui ai posé quelques questions personnelles au sujet de ses fantasmes.

Un long silence suivit.

— J'espère que vous plaisantez.

— Naturellement ! Ne vous faites aucun souci : nous avons parlé du phare.

La seconde fois qu'il appela Olivia, il ne se donna pas la peine de s'inventer une excuse, ni le soir suivant. Ni même le troisième soir... Mais le quatrième, il rentra tard chez lui, après avoir conduit Clay à Duke pour un séminaire d'orientation. Comme il était 10 h 30, il se coucha sans oser l'appeler. Son lit vide lui semblait plus intolérable que jamais, et il se sentait étrangement insatisfait. Il prit son téléphone et composa le numéro d'Olivia, qu'il savait par cœur.

— Je vous réveille ?

— Non, répondit-elle d'une voix ensommeillée. Enfin, oui, mais ça ne fait rien.

Il y eut un silence et il réalisa qu'il lui parlait depuis son lit, et qu'elle était dans le sien : une curieuse sensation ! Il se la représentait avec ses cheveux raides et lisses, son teint clair et ses yeux verts...

— J'ai conduit Clay à Duke pour un séminaire d'orientation. Il va me manquer.

— Profitez de cette occasion pour faire quelque chose avec Lacey.

— Facile à dire ! (L'idée de passer les quatre jours suivants avec sa fille, sans la présence apaisante de Clay, le terrorisait.)

Il fallut trois soirs à Olivia pour le persuader par téléphone. Le mercredi matin, il monta dans la chambre de Lacey avant le petit déjeuner. Elle était habillée, pour aller en cours, d'un short jaune et d'un T-shirt du magasin de sport où travaillait Clay. L'une de ses sandales avait disparu et elle la cherchait fébrilement au fond du placard.

Alec s'assit au bord de son lit.

— Sortons ensemble ce soir, Lacey. Seuls, toi et moi !

Elle le regarda, étonnée.

— Pourquoi ?

— Pour faire comme autrefois. Nous passions beaucoup de temps ensemble, te souviens-tu ?

— Je vois Jessica, ce soir.

— Allons, tu passes toutes tes soirées avec elle ! Tu pourrais consacrer un peu de temps à ton vieux père...

Elle s'appuya au mur près du placard, une sandale à la main.

— Que voudrais-tu faire ?

Il haussa les épaules.

— Je te laisse le choix. Tu aimais le bowling...

Elle ouvrit des yeux effarés.

— Et si nous allions au cinéma ? suggéra-t-il.

— J'ai vu tous les films qui passent en ce moment, ça ne change jamais !

— Nous pourrions aller à la pêche. Tu aimais bien...

— Ouais... Quand j'avais huit ans !

— Lacey, donne-moi une idée.

— Je sais, déclara-t-elle soudain, les yeux pétillants d'excitation. Moi je sors avec Jessica, et toi tu restes à la maison avec tes photos du phare.

Elle sentit qu'elle l'avait blessé.

— Bon, d'accord, murmura-t-elle d'une voix découragée en posant sa sandale par terre. Nous ferons ce que tu voudras.

— Alors, nous irons pêcher. Je retiens les places.

Pendant tout le trajet en voiture, elle garda son casque de baladeur rivé à ses oreilles. Affalée sur le siège avant de la Bronco, elle tapotait du bout des pieds le tableau de bord, au rythme d'un air qu'elle semblait apprécier.

Ils arrivèrent à la crique. Quand elle se mit à marcher devant lui d'un pas décidé, son casque sur la tête, il perdit tout espoir de passer une soirée paisible en sa compagnie.

— Lacey ?

Elle avançait toujours. L'ignorait-elle volontairement, ou la musique l'empêchait-elle de l'entendre ? En tout cas, elle refusait de communiquer...

Il la rattrapa et posa la main sur son bras.

— S'il te plaît, n'emporte pas ton baladeur sur le bateau. Remets-le dans la voiture.

Elle émit un grognement inaudible, mais ils rebroussèrent chemin et elle déposa l'objet sur le siège avant.

Elle était la seule présence féminine à bord du bateau, au milieu d'une douzaine de jeunes gens — d'une vingtaine

155

d'années environ — qui la déshabillèrent du regard lorsqu'elle apparut.

En toute objectivité, Alec réalisa à quel point son allure était provocante, avec son short incroyablement court et ses longues jambes bronzées. A la place de son T-shirt, elle portait une sorte de débardeur, mince cotonnade blanche au col échancré et coupé au-dessus de la ceinture. Le tissu transparent laissait deviner ses seins. Elle avait emporté un blouson bleu marine dont il eût souhaité l'envelopper.

Un grand dadais émit un petit sifflement lorsqu'elle sauta dans le bateau.

— Je suis son père. Gare à vous ! grommela Alec.

— Papa ! s'indigna Lacey. Tu vois pourquoi je ne veux pas sortir avec toi ? Tu fais toujours des gaffes.

Il trouva un coin près de la cabine, à l'écart des autres pêcheurs. Chaque fois qu'ils se retournaient pour chercher un nouvel appât ou prendre une bière, ils profitaient de l'occasion pour dévisager Lacey. S'ils manquaient à ce point de tact lorsqu'elle était avec son père, il osait à peine imaginer leur comportement lorsqu'elle se promenait seule dans la rue !

Lacey mit un morceau de maquereau à son hameçon avec un geste d'initiée.

— Tu as toujours été meilleure que Clay pour ça ! Il avait peur de toucher l'appât.

— Une vraie poule mouillée !

Assis à côté de Lacey, il respira l'odeur des algues et du sel marin tandis qu'ils s'éloignaient de la côte.

— Te rappelles-tu ce poisson qui nous avait échappé, Lace ?

— Heu ?

— Ce poisson bleu qui avait sauté sur le pont du bateau...

— Il y a si longtemps ! (Elle détourna son visage pour cacher son sourire.)

— Un énorme poisson, que je t'avais aidée à remonter. Tu étais tout excitée ! Mais lorsque nous l'avons décroché de l'hameçon, il a sauté dans l'eau.

— Personne ne m'a crue, reprit-elle avec une indignation contenue. Tu avais pris une photo et...

— Le film a été mouillé, et la photo ratée.

Elle rit malgré elle.

— Même maman n'a pas voulu me croire.

— Mais si ! Elle voulait seulement te taquiner.

Elle resta un moment silencieuse.

— Je déteste les poissons bleus. Tous les poissons !

La nuit tomba rapidement et le vent se mit à souffler en rafales. Le bateau se balançait sur une mer plus houleuse que n'aurait souhaité Alec. Lacey et lui revêtirent leurs blousons. Soudain, Lacey se leva.

— Ça mord, papa !

Sa canne à pêche se courbait ; le moulinet tournait à toute vitesse tandis que le poisson entraînait l'appât dans les profondeurs.

— Tiens bon, Lace !

Elle s'agrippa au manche de sa canne à pêche, en tirant la langue avec application.

— Ça y est.

— Très bien, enroule la ligne. Bien tendue ! Veux-tu de l'aide ?

— Hum !

L'un des jeunes gens s'approcha de Lacey.

— Attention, il risque de vous échapper...

Elle poussa un cri : le poisson tirait à hue et à dia sur la ligne, mais sa résistance fut de courte durée. Elle fit tourner de nouveau le moulinet.

Un autre pêcheur s'approcha.

— Un poisson bleu ! (Le poisson atteignait presque la surface de l'eau.) Une vraie beauté... Presque aussi beau que le pêcheur.

Toujours agrippée à sa canne à pêche, Lacey lui grimaça un sourire.

— Tu veux dire la *pêcheuse*, protesta le premier pêcheur.

— C'est vrai, reconnut son acolyte. Pas de doute là-dessus !

Lacey devint écarlate. Un étrange érotisme émane de sa personne, songea Alec.

Le premier pêcheur se pencha par-dessus bord pour lui tendre le filet au moment où elle tirait le poisson de l'eau.

— Ne le laisse pas échapper, cria Lacey en retenant sa proie avec un chiffon tandis qu'Alec ôtait l'hameçon.

Quelqu'un souleva le couvercle de la glacière et ce fut tout. Après un dernier regard à Lacey, les pêcheurs reprirent position à la poupe du bateau.

Alec et Lacey remirent un appât à l'hameçon et s'assirent en souriant.

— Du bon travail, Lacey, observa Alec.

— On n'est pas obligé de le manger ?

— Non. Donnons-le à Nola, elle sera ravie.

Lacey protesta en riant.

— *Noleu !*

Avec son accent de Boston, Annie n'avait jamais pu prononcer les *a* correctement.

— J'ai rendez-vous avec mon amie *Noleu* et sa fille *Jessikeu*, reprit Lacey en imitant la voix rauque de sa mère.

— Tu exagères un peu !

— Quand je pense qu'elle aurait pu m'appeler *Melisseu*, ou un nom dans ce style !

— Elle a failli t'appeler Emma, mais j'ai posé une condition : elle devait réussir à ne pas dire *Emmeu* pendant une semaine. C'était au-dessus de ses forces, évidemment !

— Emma... Merci, papa, de m'avoir sauvée !

Le jeune homme qui l'avait appelée « une vraie beauté » les dépassa. Lacey se retourna en souriant.

— Je devrais lui dire que tu n'as que quatorze ans, lança Alec.

Lacey haussa les épaules.

— Maman avait quinze ans la première fois que...

— Comment le sais-tu ?

— Elle me l'a dit.

— Ah bon ? Cette sacrée Annie !

— Elle trouvait que ça n'est pas bon de commencer si jeune, mais je pense que ça lui a réussi.

— Elle a eu de la chance de ne pas tomber enceinte. Et il y a maintenant des maladies qui n'existaient pas à l'époque.

— Je sais bien, papa.

Il ne voyait pas le visage de Lacey, mais il aurait juré qu'elle levait les yeux au ciel.

— As-tu l'intention d'avoir des relations sexuelles l'année prochaine, dès que tu auras quinze ans ? reprit-il après un silence.

— Papa, ça ne te regarde pas !

Il résista à la tentation de lui dire que ça le regardait : il était trop heureux qu'elle ait accepté de lui parler.

Et la contraception ? N'était-ce pas l'occasion de lui en toucher un mot ? Mais elle risquait de s'imaginer qu'il lui donnait le feu vert...

— Jessica l'a fait, dit brusquement Lacey, les yeux tournés vers le large.

— Comment ?

— Oh, la gaffe ! N'en parle pas à Nola, papa, je t'en prie. Jessica me tuerait !

— D'accord. (Pourrait-il tenir sa promesse ? Il n'avait pas le choix. Un instant, il essaya d'imaginer la petite Jessica Dillard dans le lit d'un homme. Comment était-ce possible ?) J'espère qu'elle est... prudente.

Cette question sembla irriter Lacey, et il évita de s'aventurer sur ce terrain dangereux.

Ils prirent encore un ou deux poissons avant que la houle de plus en plus forte ne les prive de leur plaisir. Alec se sentit soulagé lorsque le capitaine du bateau remit le cap sur le rivage. La plupart des pêcheurs s'étaient assis après avoir enroulé leur ligne. Certains étaient rentrés dans la cabine pour se protéger du vent.

— On doit garder les yeux fixés sur l'horizon quand on ne se sent pas bien ? demanda Lacey.

— Ça ne va pas ? (Lui-même ne se sentait guère à son aise.)

Elle se serra dans son blouson et dodelina de la tête. Il commençait à pleuvoir. De petites gouttes s'accrochaient à ses cheveux comme des perles scintillantes.

Soudain elle se leva en gémissant, pour s'agripper au bord du bateau. Il s'approcha d'elle. Tandis qu'elle vomissait, il releva les lourdes mèches qui retombaient sur son visage — le même geste qu'avec Annie, à l'époque où elle était enceinte de Lacey. Une grossesse éprouvante, bien qu'elle ait toujours affirmé à sa fille qu'elle avait vécu neuf mois de béatitude. Comme si elle avait besoin de tricher avec ses propres souvenirs !

Alec sortit son mouchoir de la poche de son jean. Puis il essuya les yeux et la bouche de Lacey.

— Allons par ici, proposa-t-il.

Ils s'assirent sur le pont, le dos contre la cabine pour se protéger du vent et de la pluie. Elle claquait des dents. Il passa un bras autour de ses épaules et elle le laissa faire sans protester.

De l'autre côté de la cabine, un autre pêcheur était malade à son tour. Lacey eut un haut-le-cœur et s'appuya sur son père en gémissant.

— Papa, je me sens si mal !

— Je sais, ma chérie. (A travers la brume, il apercevait les lumières le long de la côte, et, au nord, les signaux rythmés du phare de Kiss River.) Regarde, nous sommes presque arrivés.

Un instant, elle leva la tête, puis elle la laissa retomber sur son épaule. Il la serra un peu plus fort contre lui. Il était trempé et gelé, mais il n'avait pas été aussi heureux depuis fort longtemps.

Dès qu'ils furent à terre, Lacey marcha en titubant jusqu'à la voiture. Alec portait la glacière qu'il déposa à l'arrière de la Bronco. Il s'assit et jeta un coup d'œil à sa fille qui lui parut encore verdâtre.

— Comment te sens-tu ?

Elle s'appuya en marmonnant contre la vitre et ferma les yeux.

Pendant tout le trajet du retour, elle ne dit rien, et son baladeur, posé sur ses genoux, resta silencieux lui aussi.

Après avoir placé la glacière sur la table de la cuisine, Alec regarda sa fille enlever son blouson trempé, livide, et les yeux bouffis. Elle l'abandonna sur le dossier d'une chaise, puis elle souleva le couvercle de la glacière.

— En tout cas, *Noleu* sera bien contente, lança-t-elle en saisissant le plus petit des poissons.

Alec sourit.

— Je m'occupe de tout, Annie. Tu peux aller te...

Lacey fit volte-face.

— Je ne suis pas Annie ! (Elle lui lança le poisson froid et humide à la figure. Il frôla sa joue avant de retomber sur le sol avec un bruit mat.)

— Désolé, Lace, murmura-t-il.

— Tu me rends malade !

Elle tourna les talons, et ses cheveux roux lancèrent des éclairs lorsqu'elle sortit de la cuisine.

Le lendemain matin à son réveil, la maison était vide. Il apporta les poissons chez Nola. Elle était sortie sans verrouiller la porte. Il plaça son paquet dans le réfrigérateur et griffonna à la hâte un petit mot pour la prévenir. Il faillit ajouter : « A propos, ta fille a des relations sexuelles. » Que penserait-il s'il apprenait que Nola détenait ce genre d'information sur sa fille, sans le mettre au courant ?

L'après-midi, il rassemblait des documents au sujet du phare lorsqu'il entendit la porte d'entrée claquer et des pas marteler l'escalier. Lacey venait de rentrer. Il avait répété pendant des heures ce qu'il lui dirait — ce qu'Olivia lui avait conseillé, par téléphone, de lui dire : quelques paroles positives au sujet de la bonne soirée qu'ils avaient passée ensemble la veille...

Il monta dans la chambre de Lacey, mais il ne reconnut pas tout de suite la jeune fille aux cheveux noir corbeau, penchée sur l'un des tiroirs de la commode.

— Lacey ?

Elle se tourna vers lui, et il poussa un cri de stupeur : ses cheveux, teints en noir, étaient coupés si court qu'ils semblaient tondus. Par endroits, ils laissaient même transparaître la blancheur de son crâne.

— Tu es méconnaissable !

Les mains sur les hanches, elle le foudroya du regard.

— Au moins, tu ne risques plus de nous confondre !

20

— Elle s'est coupé les cheveux et elle les a teints en noir, dit Alec.

Olivia se laissa rouler sur le côté et repoussa légèrement Sylvie qui prenait toute la place. A 10 h 30, quand le téléphone sonnait, elle savait à quoi s'en tenir. Comme Alec, elle était déjà couchée... Il lui avait avoué un jour qu'il aimait l'appeler de son lit — l'endroit le plus solitaire de la maison depuis la mort d'Annie. Elle ne le comprenait que trop. Quand elle lui parlait dans le noir, elle se sentait si proche de lui ! Dès le premier soir, elle l'avait prié d'éteindre lui aussi, et elle s'était demandé dans quelle tenue il dormait, mais elle avait évité de lui demander des précisions.

— Elle ne supporte plus de vivre dans l'ombre d'Annie, suggéra Olivia, compatissante.

— Ça lui donne un air si vulgaire ! Je repense souvent à ces jeunes gens, sur le bateau. Elle ne semblait pas mécontente d'attirer leur attention, et elle m'a confié que sa meilleure amie avait déjà des relations sexuelles. Elle est peut-être moins naïve que je ne le crois. Annie avait quinze ans lorsqu'elle a eu sa première expérience.

— Quinze ans !

— Elle avait des circonstances atténuantes...

— Lesquelles ?

Alec soupira.

— Ses parents étaient très riches, mais elle se sentait en manque d'amour. Je crois qu'elle cherchait des compensations...

Olivia resta silencieuse. Elle se demandait si Annie cherchait encore des « compensations » la nuit où elle avait fait l'amour avec Paul.

— Et vous, quel âge aviez-vous ? reprit Alec.

— Pardon ?

— Si ma question vous paraît brutale, vous n'êtes pas obligée de me répondre.

Olivia enroula le fil du téléphone autour de son doigt.

— J'avais quatorze ans la première fois, et vingt-sept la deuxième.

— Il me semble que j'ai abordé un sujet délicat, murmura Alec après un long moment.

— J'évite habituellement d'en parler.

— Alors, ne m'en dites pas plus.

Elle s'allongea de nouveau sur le dos, les yeux fermés.

— J'ai été violée à quatorze ans par un gamin plus âgé que moi.

— Mon Dieu, Olivia...

— Ça m'a laissé des cicatrices. Les relations sexuelles m'effrayaient, et je n'ai pas fait l'amour avant vingt-sept ans, avec Paul...

— Personne ne vous avait inspiré confiance avant lui ?

Olivia éclata de rire.

— Les hommes n'étaient pas vraiment à mes pieds ! J'étais une adolescente disgracieuse et une adulte guère plus séduisante. Seules mes études comptaient pour moi. J'évitais de penser à l'amour.

— Je ne peux pas vous imaginer ainsi, vous êtes si charmante et si sûre de vous.

— J'ai peut-être de l'assurance dans l'exercice de mon métier, mais j'ai toujours manqué de confiance dans ma vie personnelle. Le fait que mon mari m'ait quittée pour une femme née en quelque sorte de son imagination ne me facilite pas la tâche.

— Pardonnez-moi de vous avoir replongée dans de mauvais souvenirs.

— Ce sont des choses qui ne s'oublient pas !

— Comment ont réagi vos parents au moment du viol ? Ont-ils porté plainte ?

— Mon père était mort, répondit Olivia, les yeux fixés au plafond, et ma mère gravement malade à l'époque... En fait, elle était alcoolique et incapable d'intervenir. Je n'ai rien dit à personne avant de rencontrer Paul. Vous êtes la seconde personne à qui j'en parle. (Elle prit Sylvie et posa sa joue contre sa tête soyeuse.) J'ai simplement quitté ma famille après ce choc, et j'ai habité chez l'un de mes professeurs.

— Je ne me doutais pas que vous aviez eu une jeunesse aussi éprouvante.

— A vrai dire, je dois beaucoup à Paul.

Paul, à qui elle avait raconté tout son passé, y compris le viol... Elle sortait avec lui depuis plusieurs mois lorsqu'elle l'avait mis au courant. Les films tristes lui arrachaient des larmes, et il lui lisait les poèmes qu'elle lui avait inspirés. Elle le jugeait digne de sa confiance.

Il lui avait manifesté toute la compassion qu'elle espérait. Elle avait trouvé en lui un amoureux d'une exceptionnelle tendresse et d'une patience infinie, qui avait tenté l'impossible pour guérir ses anciennes blessures. En même temps, il avait éveillé en elle ce qu'il appelait « son côté lascif ». Elle avait un profond besoin de rattraper le temps perdu et il ne s'était pas fait prier pour l'aider à développer cette part inconnue d'elle-même.

Elle savait maintenant qu'il avait fait l'amour avec Annie, une femme riche de vingt-cinq ans d'expérience ! Une femme *si pleine de vie* et *si libre d'esprit*, lui avait-il dit.

— Alec, déclara Olivia, je dois maintenant raccrocher.

— Je vous ai peinée ?

— Non, je repensais seulement au mari aimant que j'avais jadis.

— Je ne comprends pas son problème ! Il me vient l'envie de lui téléphoner pour lui dire qu'il a une femme charmante, qui l'aime et qui a besoin de lui...

Elle s'assit dans son lit.

— Alec, il n'en est pas question !

— J'ai l'impression qu'il a perdu la tête. Il ne se rend pas compte de sa chance et des risques qu'il court.

— Réfléchissez bien, Alec, vous ne connaissez que mon point de vue... La version de Paul est sûrement différente : quelque chose n'allait pas, ou lui manquait... Comment savoir ? Je vous en prie, surtout n'intervenez pas !

— Ne vous faites aucun souci, je saurai me taire. Mais, reprit-il après un instant de réflexion, quand Paul aura retrouvé ses esprits et qu'il sera revenu auprès de vous, pourra-t-il vous en vouloir de m'avoir parlé tous les soirs depuis votre lit ?

Olivia sourit et posa à nouveau la tête sur son oreiller.

— Voilà un sujet dont j'aimerais avoir à me préoccuper un jour ou l'autre...

— Je vous le souhaite, moi aussi.

— Alec, je dois raccrocher !

— Olivia ?

— Oui ?

— Rien. J'avais simplement envie de prononcer votre prénom.

21

Après avoir parlé à Olivia, Alec raccrocha avec la certitude qu'il n'arriverait pas à dormir. Il sortit de son lit et enfila le short bleu qu'il avait porté pendant toute la journée, puis il alla s'asseoir sur la terrasse du premier étage. D'un mouvement rythmé de ses pieds nus, il fit osciller doucement la balancelle. Le bras de mer était plongé dans la nuit et on n'entendait que le léger clapotis des vagues à l'extrémité de la plage. Une brise humide imprégnait son torse et ses bras.

Il devait aider Olivia et Paul à se réconcilier le plus vite possible — avant d'avoir autre chose à se reprocher qu'un prénom prononcé avec trop d'émotion. Le simple fait de parler chaque soir depuis son lit à Olivia lui paraissait répréhensible, et il avait vite compris la raison de cette culpabilité.

C'était un dimanche matin, quelques années plus tôt. Il était assis sur cette même terrasse, en train de lire le journal devant sa tasse de café, lorsque le téléphone sonna. Annie avait répondu depuis leur chambre à coucher. Sa voix étonnamment basse l'avait intrigué et il avait tendu l'oreille ; mais ne pouvant distinguer le moindre mot, il s'était replongé dans sa lecture. Quelques minutes plus tard, elle était venue s'asseoir à côté de lui sur la balancelle.

— C'était le centre d'inscription pour les dons de moelle osseuse, lui avait-elle dit. Je suis parfaitement compatible avec une petite fille de Chicago.

Elle s'était inscrite comme donneuse depuis quelques années et il ne s'en était guère ému. Encore une de ses nombreuses bonnes actions, avait-il pensé. Et le risque lui paraissait minime car la moelle est rarement compatible en dehors de la famille du donneur. Mais cela arrive parfois, il en avait la preuve !

Il abandonna son journal et prit la main d'Annie, qu'il posa sur sa cuisse.

— Qu'attend-on de toi ?

— Je dois aller à Chicago. J'entre à l'hôpital mardi. (Elle fronça le nez et se mit à parler d'une petite voix hésitante.) Pourrais-tu m'accompagner ?

— Bien sûr, répondit-il en lui caressant doucement les cheveux. Es-tu vraiment décidée ?

— Tu en doutes ? (Elle se leva et se pencha en avant pour l'embrasser.) Je vais préparer le petit déjeuner.

Il la trouva peu loquace pendant le reste de la journée, mais il ne fit rien pour l'arracher à son silence. Il la sentait préoccupée par un problème qu'elle souhaitait résoudre par elle-même. Au dîner, elle expliqua aux enfants que la vie d'une petite fille dépendait de cette greffe. Lacey et Clay, alors âgés de onze et quinze ans, l'écoutèrent avec gravité. Ils seraient confiés à Nola jusqu'au retour de leurs parents, mercredi soir.

— Comment feront-ils pour prendre ta moelle et la donner à cette petite fille ? demanda Lacey.

Le visage d'Annie s'anima.

— Ils commencent par nous endormir toutes les deux pour nous éviter d'avoir mal. Ensuite, ils me font une petite incision dans le dos et ils ponctionnent la moelle avec une aiguille. Voilà tout ! Le docteur m'a dit que j'aurais le dos endolori pendant quelques jours, mais ce n'est rien ! Et j'aurai sauvé la vie d'un enfant.

Ce soir-là, elle ne parvint pas à trouver le sommeil. Après s'être retournée longtemps d'un côté puis de l'autre, elle trouva refuge dans les bras d'Alec.

— Serre-moi contre toi, lui souffla-t-elle.

Elle tremblait, et, lorsqu'il sentit la chaleur humide de sa joue sur son épaule nue, il comprit qu'elle avait pleuré.

Il la serra de toutes ses forces.

— Quelque chose ne va pas ?

— J'ai si peur... si peur de mourir pendant l'opération.

Alarmé par cette remarque inattendue de la part d'Annie, il s'accouda dans le lit en prenant assez de recul pour sonder son regard malgré l'obscurité.

— Si tu as peur, rien ne t'oblige à le faire.

— Je n'ai pas le choix ! (Elle s'assit, face à lui, la main posée sur sa poitrine.) La vie d'un enfant en dépend !

— Il y a peut-être d'autres possibilités.

— Je suis la seule, paraît-il.

— Rien de tel pour te culpabiliser !

Elle tremblait toujours.

— Je suis presque sûre de mourir. Ça serait une punition pour toutes mes mauvaises actions.

Il éclata de rire et déposa un baiser sur sa main.

— Je ne supporte pas l'idée de ne pas voir Lacey et Clay grandir. (Elle se mit à sangloter pour de bon en se laissant entraîner par son imagination délirante.) Jamais je ne connaîtrai mes petits-enfants ! Alec, je veux vieillir avec toi, suppliait-elle, comme si lui seul pouvait la rassurer sur son avenir.

Il s'assit en lui serrant les mains entre ses deux paumes.

— Annie, tu n'as aucune obligation ! Dis-leur que ton mari n'est pas d'accord...

— Non, cette petite a besoin de moi...

— Je me moque de cette gamine !

Elle arracha ses mains des siennes.

— Alec, comment peux-tu parler ainsi ?

— Je ne la connais pas. Jamais je ne la connaîtrai ! Mais toi que j'aime, tu es terrorisée. Dans ces conditions, une opération n'est pas souhaitable...

— Je ne peux pas reculer, Alec. D'ailleurs tout ira bien. Tu sais comme on peut s'affoler en plein milieu de la nuit. (Elle se pelotonna contre lui.) Je voudrais juste te poser une question, à tout hasard, reprit-elle au bout d'un moment.

— Oui ?

— Si je meurs, au bout de combien de temps vas-tu t'intéresser à une autre femme ?

— Annie ! Annule tout de suite cette opération !

— Alec, réponds à ma question !

Il resta un moment silencieux, en songeant aux risques d'une intervention, même aussi bénigne. Qu'adviendrait-il de lui s'il la perdait ?

— Je pense que je serai incapable de m'intéresser à une autre femme.

— Sur le plan sexuel ?

— Je t'ai répondu, un point c'est tout !

— Alec, je ne voudrais pas que tu sois seul jusqu'à la fin de tes jours ! Mais, si je mourais, pourrais-tu attendre un an ? Ce n'est pas trop long pour quelqu'un que l'on aime du fond du cœur, non ? Je ne t'en demande pas plus. Ensuite, tu peux faire comme tu voudras, à condition de penser encore un peu à moi de temps en temps — et de me garder une petite préférence.

— Annie, je t'en prie ! (Il se pencha vers elle pour l'embrasser.) Si nous faisions l'amour une dernière fois, puisque tu sembles avoir déjà un pied dans la tombe ?

Il glissa sa main sur sa poitrine, mais elle lui saisit les doigts.

— Tu ne m'as rien promis, Alec. Je ne demande qu'un an, s'il te plaît.

— Je t'en offre deux, proposa-t-il avec la certitude que cette promesse serait facile à tenir.

Le lendemain matin, Annie allait mieux. Sa morosité avait fait place à un optimisme souriant. En revanche, Alec se sentait mal, comme s'il avait hérité de son angoisse. Lorsqu'ils montèrent à bord de l'avion pour Chicago, le mardi suivant, il était d'une nervosité inquiétante, et il s'affala sur son siège en essayant d'ignorer la nausée qui l'oppressait. Annie prit sa main, et, la tête posée sur son épaule, se mit à lire un article de la *Beach Gazette* sur son voyage à Chicago — encore un des hauts faits de sainte Anne !

Elle devait passer la nuit précédant l'opération à l'hôpital. Alec prit une chambre à l'hôtel le plus proche et resta toute la nuit assis devant la télévision. Il craignait de ne pas entendre le réveil s'il s'endormait, et de laisser partir Annie en salle d'opération sans lui dire adieu.

Il se présenta à l'hôpital avant l'aube et il alla rejoindre Annie dans sa chambre dès qu'il en reçut l'autorisation. Elle était belle, avec ses cheveux dénoués sur ses épaules et son sourire éblouissant.

Elle tendit la main vers lui.

— Alec, tu n'as pas dormi !

Il tenta de lui mentir.

— Mais si, Annie.

— Tu as les yeux cernés et une mine épouvantable.

— Je te remercie...

A cet instant, l'infirmière vint annoncer qu'il était l'heure de transporter Annie en salle d'opération. Il embrassa longuement sa femme sur les lèvres, et elle lui murmura avant de le quitter :

— Ne te fais aucun souci !

Au bord des larmes, il éprouva un véritable sentiment de panique lorsqu'il la vit disparaître dans le couloir.

L'opération se passa normalement : Annie était presque euphorique lorsqu'elle regagna sa chambre.

— En me réveillant, ma première pensée a été : « Je suis toujours en vie ! », lui confia-t-elle avec un sourire fatigué. J'étais malade comme un chien, et je me sentais heureuse.

Dans l'avion, elle eut du mal à ajuster sa ceinture de sécurité et à trouver une position confortable, mais elle ne se plaignit pas un instant.

— J'ai réfléchi, lui annonça-t-elle comme ils survolaient la Virginie. Certains changements me paraissent souhaitables...

— Lesquels ?

— Nous devons passer plus de temps ensemble.

— Bonne idée !

— Je suggère que nous déjeunions en tête à tête une fois par semaine.

— Très bien.

— Deux heures ensemble, dans un motel.

Alec sourit.

— Je vois ce que tu veux dire.

— J'en ai vraiment besoin, Alec. (Elle posa la tête sur son épaule.) Je veux être seule avec toi de temps en temps, sans les enfants. Il le faut absolument...

Le vendredi, entre midi et 2 heures, ils se retrouvaient dans le premier motel venu. Pendant l'arrière-saison, il était facile de trouver une chambre, mais, en été, ces deux heures coûtaient à Alec une fortune... Une fortune qu'elles valaient bien, car leur intimité partagée rayonnait sur le reste de la semaine. Annie n'était plus la même : ses moments de cafard et de solitude avaient totalement disparu. Cette innovation avait eu un effet magique !

« De toute ma vie, je n'ai jamais été aussi heureuse », lui avait confié Annie au bout d'un an. Elle paraissait si détendue que ses premiers signes de dépression, à l'automne précédent, avaient immédiatement alarmé Alec. Elle devenait nerveuse et irritable. Elle fondait en larmes lorsqu'ils faisaient l'amour l'après-midi dans une chambre de motel, et elle restait silencieuse pendant leurs déjeuners en tête à tête. Elle pleurait sans raison apparente. Il lui arrivait de sangloter dans la baignoire quand elle prenait son bain, et, la nuit, il l'entendait gémir sur son oreiller trempé de larmes. Cette crise semblait bien pire que les précédentes, ou bien avait-il simplement perdu l'habitude ?

« Annie, parle-moi, dis-moi ce qui ne va pas ! », lui disait-il, mais elle ne semblait pas comprendre elle-même la raison de son chagrin. Alors, il l'étreignait, dans l'espoir de calmer ses tremblements.

Et, soudain, la mort avait frappé Annie. Ce soir-là, à l'hôpital, il s'était rappelé sa promesse. Un an de deuil lui avait paru dérisoire, et il s'était dit que *jamais* il ne s'intéresserait à une autre femme. Un an... Pour lui, c'était à peine plus long qu'une rotation complète du phare !

Et puis il avait fait la connaissance d'Olivia, une femme totalement différente d'Annie. C'est une amie, se dit-il en se balançant doucement dans la nacelle. Elle est mariée à un autre, et elle attend un enfant de lui.

Peut-être vaudrait-il mieux l'appeler à une heure moins tardive, avant de se coucher dans ce lit encore imprégné de la présence d'Annie. Peut-être vaudrait-il mieux ne plus l'appeler du tout...

22

Samedi, après la leçon, Tom Nestor aida Olivia à charger les sacs de magazines et de livres de poche dans le coffre de sa voiture. La maison de retraite de Manteo n'était guère éloignée du Foyer des femmes en détresse. Puisqu'elle y travaillait ce soir-là, elle avait décidé de mettre sa promesse à exécution.

— Encore merci de votre aide, lança Tom.

— J'aurais dû m'en occuper depuis longtemps !

Olivia se glissa derrière le volant et Tom lui donna une petite tape sur l'épaule.

— Hé, Olivia, votre vitrail est ravissant !

Elle lui sourit et baissa les yeux vers le panneau qu'elle avait achevé le matin même — un ensemble de formes géométriques aux couleurs harmonieuses. Elle comptait le suspendre à une fenêtre — l'une de celles que Paul ne risquait pas de voir s'il lui rendait visite.

Arrivée à Manteo, elle se gara en face de la maison de retraite, devant un petit magasin d'antiquités. La vitrine attira aussitôt son attention : trois poupées anciennes étaient présentées sur de vieilles chaises en osier. Voilà où Annie achetait les poupées destinées à sa fille, se dit-elle. Il faudrait signaler ce magasin à Alec.

Elle sortit de sa voiture et regarda la maison de retraite en se protégeant les yeux du soleil : une charmante bâtisse ancienne, peinte en bleu ciel, avec une décoration d'un blanc immaculé. Une large véranda courait tout autour, et plusieurs fenêtres de façade étaient ornées de panneaux de vitrail, certainement réalisés — et offerts — par sainte Anne en personne !

Elle sortit les sacs de sa Volvo et traversa en direction de la maison. A peine hors de sa voiture climatisée, elle transpirait déjà à grosses gouttes : cette journée, sans un souffle d'air, était certainement la plus torride de l'été.

Sur la véranda, étaient alignés une douzaine de solides rocking-chairs. Une vieille dame toute ratatinée, et apparemment trop âgée pour supporter une telle chaleur, occupait l'un d'eux. Sur l'autre était assise une femme aux cheveux blancs, chaussée de baskets, et tenant un journal posé sur ses genoux.

— Bonjour, jeune dame, lança-t-elle à Olivia. Vous nous apportez des magazines ?

Olivia posa les sacs sur la dernière marche. La femme qui lui parlait était assise bien droite dans son fauteuil, mais elle devait être fort vieille, à en juger par son visage buriné. Ses cheveux, harmonieusement coupés, formaient un casque argenté autour de son visage.

— Y a-t-il quelqu'un à l'intérieur ? s'enquit Olivia.

— Sandy prendra vos paquets.

— Hein ? lança l'autre femme, sortant de sa torpeur.

— Elle nous apporte des magazines, comme le faisait Annie, lui cria la femme aux baskets en se penchant vers son oreille.

Jane dodelina légèrement de la tête et s'affala de nouveau dans son fauteuil, les yeux fermés.

— Vous connaissiez Annie ? demanda Olivia en s'avançant sur la véranda.

— Pour sûr que je la connaissais ! (Elle lui tendit une longue main osseuse.) Je suis Mary Poor, la gardienne du phare de Kiss River.

Olivia sourit et lui serra la main. La vigueur de ses longs doigts minces la surprit.

— Ravie de faire votre connaissance, Mrs. Poor. Je m'appelle Olivia Simon.

— Olivia. Joli prénom, un rien désuet !

— Je pense que vous connaissez mon mari, Paul Macelli. Il vous a interviewée au sujet du phare.

Mary Poor la dévisagea d'un air surpris.

— C'est lui qui vous a chargé des anciennes corvées d'Annie ?

— Non, répondit Olivia après un silence. J'apprends à faire des vitraux avec l'homme qui partageait l'atelier d'Annie.

173

— Tom... Son nom m'échappe... Il se fait une queue de cheval, comme une fille.

— Oui, c'est bien ça. Tom Nestor. Le connaissez-vous aussi ?

Mary sourit, découvrant des dents étonnamment saines pour une femme de son âge.

— Je l'ai rencontré une ou deux fois. C'est donc lui qui vous a chargée de ce travail.

Du fauteuil voisin s'élevaient les ronflements réguliers de Jane.

— Pas exactement. J'ai vu la pile de magazines, et Tom m'a dit qu'Annie avait l'habitude de les apporter ici. Comme je travaille bénévolement au Foyer, je lui ai proposé de...

— Vous travaillez dans cet enfer ?

— Vous exagérez.

— Non, ma petite, ce n'est pas votre place. (Elle passa la main sur l'accoudoir du fauteuil vide, à côté du sien.) Asseyez-vous donc.

Olivia jeta un coup d'œil à sa montre : elle risquait d'être en retard. Mais, tant pis, cette vieille femme l'intriguait !

— Vous êtes bien jolie, reprit Mary.

— Merci.

— Vous me rappelez ma fille, Elizabeth. Elle avait vos cheveux — sombres et soyeux — et des yeux comme les vôtres, avec une expression un peu triste.

Olivia eut un mouvement de recul, elle ne voulait pas avoir l'air triste.

— En tout cas, vous ne ressemblez guère à Annie.

— Je sais, j'ai vu des photos...

— Vous n'avez sûrement aucun point commun avec elle !

Se sentant insultée, Olivia prit un air consterné. Mary se hâta d'ajouter :

— C'est mieux ainsi, ma petite. Laissez Annie tranquille et soyez vous-même ! A sa place, vous seriez-vous interposée entre une femme et son forcené de mari, prêt à lui tirer une balle dans le cœur ?

Olivia s'était déjà posé cette question.

— Je suppose que...

— L'instinct de conservation avant tout ! Vous auriez sauvé votre peau, et vous auriez eu bien raison ! (Mary pinça les lèvres et laissa errer son regard vers la rue, là où les poupées anciennes se doraient au soleil dans une vitrine.)

Annie était une femme exceptionnelle, mais il lui arrivait de faire des folies !

Ne sachant que répondre, Olivia observa le journal plié sur les genoux de Mary Poor, à la page des mots croisés. La grille était pratiquement terminée.

— Votre mari... lança Mary.

— Paul ?

— Un nerveux, non ? Donnez-lui du chou avec du sel de mer et du citron.

Olivia sourit.

— Oui, ça lui calmera les nerfs, reprit Mary. Dites-lui aussi de ne pas tarder à revenir me voir. J'ai encore beaucoup d'histoires à lui raconter, et Dieu sait combien de temps je peux encore compter sur cette vieille caboche.

— Vous me semblez tout à fait lucide, Mrs. Poor.

Olivia se leva et reprit les sacs, le dos plié sous leur poids.

— Promettez-moi de ne plus jamais nous apporter ces magazines !

— Je ne comprends pas, balbutia Olivia, les sourcils froncés. Je croyais que...

— Vous serez toujours la bienvenue ici, ma petite, mais vous ne devez pas vous charger des corvées d'Annie.

Mary se laissa aller en arrière dans son fauteuil dès qu'Olivia fut partie. Ses mots croisés ne lui disaient plus rien pour l'instant, et elle savait que Jane allait dormir jusqu'au dîner. Elle ferma les yeux avec l'intention de s'accorder un moment de répit, mais elle ne pouvait détacher sa pensée du visage de cette jeune femme. Ressemblait-elle réellement à Elizabeth ? A vrai dire, elle se rappelait à peine le visage de sa fille. Il était figé dans sa mémoire à l'âge correspondant aux rares photos qu'elle possédait. Trois, huit et quinze ans. La dernière datait de la veille de sa fugue. Par contre, elle se la rappelait dans son cercueil, deux ans plus tôt. Une femme de cinquante-huit ans, aux cheveux gris et au teint cireux. Méconnaissable !

Une amie d'Elizabeth, dans l'Ohio, lui avait écrit pour lui annoncer la nouvelle. Un malaise — sur son lieu de travail — à la suite duquel elle n'avait pas repris connaissance.

Annie l'avait conduite en voiture à l'enterrement. Un très long voyage. Elle avait dormi pendant presque tout le trajet, tandis qu'Annie chantait en écoutant la radio, avec autant d'ardeur que si elle était sur scène. Elle l'écoutait dans une semi-béatitude, en se reprochant de se sentir si bien avec Annie, alors que sa propre fille, devenue une étrangère, venait de mourir.

Elle s'était mise sous sa protection pendant ce voyage : pour une fois, elle avait plus besoin d'Annie qu'Annie n'avait besoin d'elle. Loin de Kiss River, elle sentait soudain peser sur elle le poids des ans : quatre-vingt-sept ans et demi. Cette prise de conscience de sa propre fragilité était presque aussi insupportable que la perte de sa fille. Elle se sentait désorientée et incapable de se rappeler le jour, l'heure... et même l'année. Au restaurant, elle savait à peine comment tenir sa fourchette ou couper sa viande. Pendant la nuit, elle avait réveillé Annie une demi-douzaine de fois pour lui demander où se cachait la lumière du phare.

A l'enterrement, des étrangers l'avaient traitée comme une très vieille femme. Parfois, ils ne lui adressaient même pas la parole, comme si elle n'existait plus. Annie devenait ses yeux, ses oreilles, sa mémoire. La jeune femme l'observait avec un air soucieux qu'elle ne lui connaissait pas, elle fondit en larmes pendant la cérémonie, et Mary comprit qu'elle la pleurait plus qu'elle ne pleurait Elizabeth. Elle voulut la rassurer, lui dire de ne pas s'inquiéter. Mais, en vérité, elle était une très vieille femme, loin de Kiss River...

Ce fut un soulagement de se retrouver chez elle après ce long et pénible voyage. Elle sortit tout engourdie de la voiture, et il suffit d'une bouffée d'air marin pour la revigorer. Elle aurait voulu monter tout de suite en haut du phare, Annie l'en dissuada. La jeune femme la couvait comme un enfant sans défense, et elle n'alla rejoindre sa famille qu'après lui avoir préparé son dîner.

Le lendemain de son retour, Mary fit une chute. Elle aurait aimé dire qu'un obstacle s'était trouvé sur son passage ce soir-là, en réalité elle avait brusquement perdu l'équilibre en traversant sa cuisine, et elle s'était écroulée. Une douleur aiguë lui transperçait la hanche et le bras, et elle s'était cogné la joue contre le carrelage.

Incapable de bouger ou même de se soulever, elle avait passé deux nuits sans boire ni manger. Pire encore, elle s'était salie. Quand le feu s'était éteint dans la salle de séjour, le sol était devenu aussi froid qu'à l'extérieur, elle avait sombré dans une semi-inconscience. Dans ses moments de lucidité, elle essayait de se rappeler le nom des dizaines de jeunes gens qui avaient travaillé au poste de sauvetage.

La troisième nuit, Annie arriva. Dès qu'elle entendit sa clef tourner dans la serrure de la porte d'entrée, Mary essaya de l'appeler, mais elle avait la gorge trop sèche. Annie allait d'une pièce à l'autre, de plus en plus surprise de ne pas la voir. Elle poussa un cri d'horreur en entrant enfin dans la cuisine.

Annie était-elle accompagnée ce soir-là? Oui. A genoux auprès d'elle, dans sa longue jupe dont les plis effleuraient son visage, elle avait demandé à l'étranger — resté en retrait dans l'obscurité glaciale de la salle de séjour — d'appeler une ambulance. Puis elle avait attiré sa tête sur ses genoux et elle l'avait bercée, avec les mêmes gestes que lorsque ses enfants étaient petits.

La vieille femme se souvenait encore de ses longs cheveux roux, comme un voile devant ses yeux.

— Oh! Mary, te voilà bien! avait chuchoté Annie. Maintenant, ils vont t'obliger à céder la place.

Mary aurait voulu mourir sur-le-champ. Elle ferma les yeux en souhaitant de toutes ses forces que son âme abandonne son corps au plus vite, mais elle sombra simplement dans un profond sommeil. A son réveil, l'odeur des antiseptiques ne lui laissa aucun doute : elle avait quitté Kiss River sans espoir de retour.

23

Paul était garé depuis un moment dans la rue bordée d'arbres qui longeait la maison d'Alec. Assis dans sa voiture, il avait remonté les vitres en espérant que l'air frais de la climatisation, dirigé sur son visage, l'aiderait à franchir l'obstacle. Les premières séances — déjà pénibles — du comité de défense s'étaient tenues au *Sea Tern*. Pourquoi Alec avait-il proposé inopinément de réunir le comité chez lui ?

A l'extérieur, la maison était tout à fait dans le style d'Annie — jaune, avec une décoration blanche, et entourée d'arbres aux branches moussues. Alec et elle l'avaient fait construire une dizaine d'années plus tôt, lorsque leur situation financière s'était améliorée. Deux planches à voile aux couleurs vives prenaient appui sur un mur latéral. En arrière-plan, on pouvait apercevoir un manche à air en forme de poisson, au bout de la jetée. La maison se dressait sur le bras de mer, au fond d'une petite anse, comme l'avait décrit Annie. « Les couchers de soleil, Paul. Les couleurs. Tu aurais envie d'écrire des poèmes ; tu ne pourrais pas retenir tes larmes... »

Paul sursauta en entendant un coup sec frappé à sa vitre. Il se retourna. Nola Dillard était penchée vers lui, à quelques centimètres de son visage.

— Alors, mon chou, on y va ?

Elle habitait certainement dans le voisinage, se dit Paul, car elle était à pied. Il la rejoignit aussitôt : l'odeur de son parfum masquait les senteurs marines, et le soleil couchant jouait sur l'or artificiel de ses cheveux.

— Je craignais de m'être trompé d'adresse, mentit Paul.

— Aucun risque d'erreur ! Les planches à voile sont un excellent repère.

Un berger allemand les accueillit à la porte.

— Voici Tripod, annonça Nola.

Paul caressa la tête du chien. Un chien et deux chats, lui avait dit Annie. Raisonnable, pour un vétérinaire !

L'intérieur de la maison évoquait la personnalité d'Annie plus encore que la façade. Au lieu des meubles sobres et solides en faveur dans la région, il remarqua un ensemble de sièges et de canapés recouverts de cotonnades fleuries, aux couleurs bariolées. Le sol disparaissait sous un patchwork de tapis accumulés les uns sur les autres. Il avait l'impression de se retrouver dans les bras d'Annie.

— Regardez cette vue splendide !

Nola, qui le serrait toujours de près, lui désignait une grande baie vitrée donnant sur le bras de mer. Le soleil couchant illuminait déjà le ciel, mais le mur adjacent captiva l'attention de Paul : une dizaine de petites fenêtres ovales étaient réparties sur toute sa hauteur. Chacune représentait, avec force détails, une femme drapée dans une longue robe.

L'une d'elles tenait une ombrelle, une autre promenait un lévrier, une autre encore respirait une rose de couleur écarlate.

— Oh ! mon Dieu ! (Annie ne lui avait jamais parlé de ces fenêtres.) C'est extraordinaire !

— Hum ! grommela Nola. Elle avait beaucoup de talent.

Il aurait volontiers passé le reste de la soirée devant ces fenêtres ovales, mais Nola le prit par le bras et l'entraîna dans la cuisine.

— Si nous allions saluer Alec ?

La cuisine aussi était le reflet exact d'Annie. Contrastant avec les planchers, les plans de travail et les placards blancs, les murs étaient formés d'un ensemble de fenêtres ornées de vitraux, qui plongeaient la pièce dans une douce lumière pastel.

Debout près de l'évier, Alec débouchait une bouteille de vin. Il sourit en les voyant et posa une main amicale sur l'épaule de Paul.

— Le poisson bleu était divin, susurra Nola en embrassant Alec sur la joue et en posant la main sur sa poitrine d'un geste désinvolte.

Paul frémit. Y avait-il quelque chose entre eux ? Alec pouvait-il laisser une autre femme l'approcher alors qu'il avait perdu

Annie depuis si peu de temps ? A vrai dire, Nola le couvait d'un regard adorateur qu'il ne semblait même pas remarquer. Il ne devait pas manquer d'admiratrices, avec ce regard bleu perçant et ce visage austère, qui s'illuminait au moment précis où on désespérait de le voir sourire.

Vraiment *sexy*, avait déclaré Annie au cours du premier entretien. Un avertissement, s'était figuré Paul. Elle lui laissait entendre que, cette fois-ci, il n'avait plus aucune chance. Ensuite, il s'était demandé si elle n'avait pas cherché à se convaincre elle-même.

Alec disposa des verres sur un plateau et tendit la bouteille à Paul.

— Voulez-vous verser le vin ?

— Volontiers. (Le timbre hésitant de sa voix contrastait avec l'intonation énergique d'Alec.)

Paul commença à remplir les verres, mais son regard se posa brusquement sur les rayonnages blancs, entre le plan de travail et les placards. En face de lui, venait de surgir le petit cheval bleu, jadis offert à Annie. Il répandit quelques gouttes de vin sur le plateau et posa la bouteille, en espérant que le tremblement de ses mains allait cesser.

Baby Blue. Elle l'avait gardé pendant toutes ces années !

— Pourriez-vous prendre le plateau ? demanda Alec, tandis que Nola et lui se chargeaient des chips et de la sauce mexicaine.

Avant de s'acquitter de sa mission, Paul se donna la peine d'éloigner les verres les uns des autres. Il voulait éviter qu'ils ne s'entrechoquent lorsqu'il soulèverait le plateau.

Il choisit un siège face aux fenêtres ovales, mais le jour tombait et il était trop loin pour distinguer les détails. En outre, il devait écouter attentivement, car il était devenu le centre de la conversation.

Alec avala une gorgée de vin et soupesa le dossier rassemblé par Paul sur l'histoire du phare.

— Du beau travail, Paul. Vous avez bien mérité votre place dans ce comité !

Tout le monde approuva, et Brian Cass ajouta qu'il suffirait de quelques informations complémentaires sur Mary pour clore le dossier.

— J'ai du travail pour la *Gazette*, répondit Paul, mais je compte passer à Manteo la semaine prochaine.

— Il n'y a pas d'urgence ! (Alec posa son verre avec une

longue inspiration et sortit un autre dossier.) Eh bien, mes chers amis, je devrais peut-être vous laisser boire encore un peu avant d'aborder le sujet suivant. Je crains fort que le Service des Parcs nationaux n'ait pris sa décision finale.

— Mon Dieu! gémit Sondra. Ils vont le déplacer!

Alec fit un signe de tête affirmatif et Walter Liscott leva les bras au ciel en soupirant.

— Nous t'écoutons, Alec, dit Nola.

Alec ouvrit son dossier. On allait construire une piste, lut-il. Les travaux commenceraient fin août et s'achèveraient au printemps suivant : le phare, transporté le long de la piste, serait réimplanté à l'intérieur des terres, quelque trois cents mètres plus loin.

Une obscurité absolue allait s'abattre pendant quelque temps sur Kiss River. Cette vision parut insoutenable à Paul.

— Quelle ânerie monumentale! s'écria Walter qui s'était levé brusquement.

— Impossible! lança Sondra.

Brian Cass hocha la tête.

— A mon avis, le phare perd toute sa signification historique si on le déplace.

— Et la digue? gronda Walter avec de grands gestes.

— Allons, Walter! (Alec parlait d'un ton calme et mesuré.) C'est une solution controversée. Il faut nous rendre à l'évidence!

Abasourdi, Walter regarda Alec pendant un long moment.

— Dans ce cas, je te présente ma démission! Je ne veux pas me mêler à cette histoire de fous.

Il se dirigea vers la porte, mais Nola l'empoigna par le bras.

— Des ingénieurs se penchent sur la question depuis plusieurs années, Walter. Tu te doutes bien qu'ils n'opteraient pas pour cette solution s'il y avait la moindre possibilité de...

— Des gamins, en train de jouer avec un gigantesque jeu de construction, protesta Walter. De quel droit?

Il poursuivit son chemin. Alec tenta une dernière intervention.

— Nous sommes navrés que tu nous quittes, mon vieux. Si par hasard tu remets en cause ta décision, n'hésite pas à revenir parmi nous.

Walter grommela quelques mots et franchit la porte.

La pièce sembla soudain très silencieuse. Un moteur de hors-bord résonna au loin sur le bras de mer, et le berger allemand se roula en bâillant aux pieds de son maître.

— D'autres démissions ? demanda Alec.

Sondra Carter croisa ses bras sur sa poitrine.

— J'y ai songé, mais je reste !

La réunion se poursuivit. Alec parla des interventions prévues sur les ondes. On discuta ensuite de diverses méthodes permettant de collecter des fonds, mais le cœur n'y était pas : la décision du Service des Parcs nationaux pesait sur le petit groupe comme une chape de plomb.

Le groupe se sépara brusquement à 9 heures. Paul n'avait aucune envie de partir. Il resta un moment à l'écart, s'affairant à nettoyer une tache de sauce sur la table basse et à rapporter les verres dans la cuisine. Il les déposa avec précaution dans l'évier, puis, tandis qu'Alec disait adieu à ses hôtes, il eut tout le loisir de regarder le petit cheval bleu. Après quoi, il revint se poster devant les fenêtres ovales du séjour. Mais l'obscurité ne lui permettait pas de distinguer nettement les motifs.

— Annie les a réalisés avant que la maison ne soit construite, observa Alec, debout dans l'encadrement de la porte.

— Elle a dû y passer une éternité !

— Pas réellement. Une fois qu'elle avait tracé les contours, le reste allait très vite. Venez avec moi, la nuit on les voit mieux de l'extérieur.

Ils sortirent par la porte principale et firent quelques pas côte à côte autour de la maison. Les fenêtres étaient d'une beauté à vous couper le souffle.

— Son réalisme me fascine, observa Paul. Ces femmes paraissent plus vraies que nature, avec leurs robes aux étoffes chatoyantes.

— C'était sa spécialité. Même Tom, l'artiste qui travaillait avec elle, ne maîtrise pas aussi bien cette technique.

Paul tourna les yeux vers Alec, dont les joues étaient éclaboussées d'or et de violet par un vitrail tout proche de son visage.

— Il vous est peut-être difficile de parler d'elle...

— Pas du tout, je ne demande pas mieux !

Paul promena ses doigts sur l'un des vitraux en regardant les couleurs jouer sur sa peau.

— Le soir où Olivia m'a appris la mort tragique d'Annie O'Neill... je ne pouvais pas y croire. Une femme pleine de vie, et merveilleuse à interviewer ! (Il pensa aux cassettes qu'il ne se décidait pas à réécouter.)

— J'ai eu du mal à le croire, moi aussi.

— Savez-vous que nous sommes séparés, Olivia et moi ? reprit Paul.

— Elle me l'a dit, et je sais qu'elle le regrette.

Paul observait avec attention une femme en robe blanche et aux cheveux de jais, sur le point de mordre dans une pomme.

— Tout est ma faute. Je suis entièrement responsable ! En la quittant, j'étais sûr de moi, mais maintenant... Elle me manque parfois, et pourtant je doute que nous puissions trouver une solution.

— Au moins, vous avez le choix. C'est une chance pour vous ! (Alec garda un moment les yeux fixés sur le sable, puis son regard s'anima et il se tourna vers Paul.) Il me vient une envie irrésistible de vous faire la leçon : vous avez une femme jolie, intelligente et bien vivante, et vous ne semblez pas réaliser que vous pourriez la perdre... Pardonnez-moi, je ne devrais pas me mêler de vos affaires.

— Je vous en prie, Alec. A votre place, je ferais sans doute la même chose.

Alec se donna une claque sur le bras pour chasser un moustique.

— Rentrons à l'intérieur !

— Je devrais partir, observa Paul sans conviction. (Il avait autant de mal à quitter cette maison qu'il avait été réticent à y entrer, quelques heures plus tôt.)

— Restez encore un moment, vous me tiendrez compagnie. Il n'est pas bien tard et mes enfants sont sortis.

— J'ai vu leurs photos dans l'atelier d'Annie. Votre fille est la copie conforme de sa mère !

Alec sourit bizarrement.

— Plus maintenant. Elle s'est coupé les cheveux et elle les a teints en noir.

Ils entrèrent dans une petite pièce contiguë à la salle de séjour. Un ordinateur était posé sur un bureau, face à la fenêtre, et une grande table de travail — semblable à celle de l'atelier d'Annie — occupait la moitié du côté opposé. Tous les murs étaient tapissés de photos. Des photos de famille prises sur la jetée, sur la terrasse de la maison ou sur la plage. Au milieu de sa famille, Annie montrait un visage épanoui. Paul se sentit brusquement méprisable, à l'idée du danger qu'il avait fait planer sur cet univers idyllique.

— Elle a coupé cette magnifique chevelure ? demanda-t-il en regardant une photo de Lacey.

— Passée à la tondeuse !

Paul aperçut une autre photo qui le fit sursauter : un homme bronzé, aux cheveux blancs, en tenue de tennis, debout à côté d'une femme rousse au visage ingrat.

— De qui s'agit-il ?

Il avait posé cette question bien qu'il connût déjà la réponse. A cet instant le téléphone sonna.

— Les parents d'Annie, répondit Alec en décrochant le téléphone.

De peur d'être indiscret, Paul adressa un rapide merci à son hôte et se dirigea vers la porte. Mais Alec lui fit signe de rester.

— J'arrive tout de suite, disait-il à son interlocuteur.

Après quoi, il se tourna vers Paul.

— Avez-vous le cœur bien accroché ?

— Hum ! Je pense que oui.

— Alors, suivez-moi.

Alec prit un trousseau de clefs dans un tiroir de son bureau et se dirigea vers la porte.

— Un cheval sauvage a été renversé par une voiture près de Kiss River. J'aurai peut-être besoin de votre aide.

Paul suivit Alec dans le garage. Le vétérinaire prit un fusil de chasse dans un placard verrouillé. Paul avait d'abord supposé qu'il s'agissait d'une trousse de travail.

— Vous allez... l'abattre ?

Alec lui adressa un sourire embarrassé.

— Non, c'est pour lui injecter un anesthésique. Mais je crains fort d'avoir à le piquer... s'il n'est pas mort quand nous arriverons. Les chevaux survivent très rarement à ce genre d'accident !

Paul s'assit dans la Bronco à côté d'Alec.

— Annie m'avait dit que les chevaux ont tendance à s'approcher de la route depuis que les environs de Kiss River se développent.

— Comme si l'herbe avait été plantée spécialement pour eux, répondit Alec en faisant marche arrière. Il ne reste plus que dix chevaux, peut-être neuf après ce dernier accident. Nous avons multiplié les panneaux de signalisation le long de la route, mais certaines personnes conduisent avec l'esprit ailleurs.

Qu'aurait pensé Annie, se demandait Paul, si elle avait assisté à cette scène ? Assis côte à côte dans la Bronco, comme deux bons copains, ils roulaient en silence vers Kiss River, le fusil de chasse posé entre eux.

— Vous me parliez tout à l'heure des parents d'Annie, lança Paul.

— En effet. (Alec déclencha la climatisation, car une chaleur étouffante persistait malgré l'heure tardive.) Son père est mort, mais sa mère vit toujours à Boston. Cette photo est restée accrochée dans mon bureau. Annie y tenait beaucoup. Pour ma part, je l'aurais volontiers jetée à l'eau !

Malgré l'obscurité, Paul remarqua la mâchoire crispée d'Alec.

— Elle m'avait dit que sa famille était très fortunée...

— Oui, mais ses riches parents ne nous ont pas donné un sou après notre mariage. Ils lui avaient coupé les vivres.

Paul dirigea l'air conditionné vers son visage trempé de sueur.

— Pourquoi ?

— Mes parents étaient propriétaires d'un petit pub irlandais à Arlington. Ils ne m'ont pas jugé digne de leur fille au sang bleu ! (Derrière la sérénité apparente d'Alec, Paul devinait l'ampleur de son chagrin.) Pour eux, j'étais un moins-que-rien.

Annie n'avait donc pas épousé Alec pour satisfaire ses parents, songea Paul. Elle l'avait quitté pour un homme qu'elle lui avait préféré...

— Nous arrivons au phare, dit Alec.

Paul plongea son regard dans la nuit noire, et quelques secondes plus tard le faisceau lumineux balaya l'obscurité. Si familier, si régulier...

— Mon Dieu ! soupira-t-il.

— Comment ?

— Que deviendra la lumière du phare quand ils vont le déplacer ?

Alec sourit.

— Je me suis posé la même question. Plutôt troublant, non ?

Penché en avant pour mieux sonder l'obscurité, il s'engagea sur la route étroite menant à Kiss River.

— Les voici, annonça-t-il soudain.

Paul aperçut au bord de la route deux femmes qui leur

adressaient des signaux avec leurs lampes-torches. Alec gara sa voiture sur le bas-côté sableux. Puis ils descendirent, munis du fusil, d'une trousse de travail et d'une lampe-torche.

Les deux femmes se dirigèrent vers eux.

— C'est l'un des poulains, dit l'une d'elles. Il était à terre quand nous vous avons appelé. Maintenant il est debout, mais il boite affreusement.

Elle désigna une zone boisée, en bordure de la route, et Paul aperçut la silhouette sombre de l'animal.

Alec posa sa trousse de travail et, les mains sur les hanches, tenta d'évaluer la situation.

— Où est la horde ?

— De l'autre côté de la route. (Elle se tourna vers Paul.) Je m'appelle Julie.

— Et voici Karen, dit Alec en posant la main sur l'épaule de la seconde jeune femme.

Paul se présenta à son tour.

— Il a été heurté de front par une Mercedes, précisa Karen. Le conducteur dit que le poulain lui a cassé son pare-brise en bondissant sur le capot. Il a d'ailleurs une grande entaille à l'arrière-train.

Alec regarda l'animal blessé.

— Allons, mon vieux, montre-nous comment tu marches.

Le poulain ne broncha pas, il semblait figé sur place.

Alec releva la tête pour regarder de l'autre côté de la route : un groupe de chevaux sauvages broutait l'herbe d'un air ombrageux. On les apercevait à intervalles réguliers dans le faisceau lumineux du phare. Ils semblaient gigantesques et menaçants. Paul se rappela avec un frisson les conseils d'Annie : « Ne t'approche jamais des chevaux sauvages, ils sont parfois dangereux. »

Le poulain se décida à faire quelques pas hésitants, en s'appuyant sur sa jambe avant gauche. Puis il s'immobilisa, seul dans le bosquet, et poussa un hennissement — ou plutôt un gémissement — à fendre l'âme.

Alec prit le fusil de chasse et tendit la lampe-torche à Paul.

— Pourriez-vous diriger la lumière vers le sol ? demanda-t-il, en s'agenouillant pour charger le fusil. (Puis il se leva.) Et maintenant vers lui !

Paul et les deux femmes braquèrent leurs lampes sur

l'arrière-train sanglant du poulain, tandis qu'Alec se rapprochait à pas lents.

Du coin de l'œil, Paul aperçut les chevaux menaçants, de l'autre côté de la route. Sans Alec, il se sentait plus exposé. Le vétérinaire épaula son fusil et tira. Au même instant, le poulain lança une ruade et poussa un long hennissement, auquel d'autres hennissements répondirent en écho. Julie et Karen tournèrent aussitôt les yeux en direction de la horde.

— Je les surveille, dit Karen en reculant vers la route. Alec aura besoin de votre aide à tous les deux.

En attendant que l'anesthésique agisse, ils restèrent debout de front, les yeux fixés sur le jeune poulain qui les observait d'un regard effaré.

Au bout d'une ou deux minutes, Julie rompit le silence.

— Comment vas-tu, Alec?

Cette question, apparemment anodine, était lourde de sens.

— Pas de problème pour l'instant!

Quelques minutes s'écoulèrent encore, et le poulain s'effondra brusquement, avant de rouler sur le côté.

— Allons voir de plus près, dit Alec en prenant sa trousse de travail.

Julie s'assit à terre et posa la tête du poulain sur ses genoux, tandis que Paul, toujours debout, éclairait l'animal de sa lampe-torche. Il ne pouvait s'empêcher de guetter la route du coin de l'œil : que ferait Karen pour retenir les chevaux s'ils voulaient prendre la défense d'un des leurs?

Alec examina une à une les jambes de l'animal.

— Incroyable! s'écria-t-il, après avoir observé la jambe atteinte avec une attention particulière, il n'a rien de cassé! Il risque d'avoir mal pendant quelque temps, c'est tout.

Puis il passa la main sur le poitrail du poulain.

— Pas de côtes cassées non plus, ni de lésions internes. Cette entaille est le seul problème, apparemment. Un peu plus de lumière, Paul.

Ayant jeté un dernier regard de l'autre côté de la route, Paul s'agenouilla à contrecœur. Si les chevaux se ruaient sur eux, ils n'avaient plus rien à espérer.

A la lumière de la lampe, la blessure semblait profonde, et longue d'au moins une vingtaine de centimètres. Alec la nettoya avec un antiseptique.

— Vous allez le recoudre? demanda Paul.

Alec fit un signe de tête affirmatif.

— En hiver, ça ne serait pas nécessaire. Mais avec cette chaleur, les mouches sont redoutables !

Paul eut un moment de panique : en acceptant d'accompagner Alec n'avait-il pas surestimé son endurance ?

Après avoir fouillé un moment dans sa trousse de travail, Alec lui reprit la lampe-torche, qu'il tendit à Julie.

— Je voudrais que vous teniez les bords de la blessure, d'accord, Paul ?

— Si vous me montrez comment faire, bredouilla le malheureux.

Paul suivit les explications d'Alec, en clignant des yeux tandis que celui-ci faisait les premiers points.

— Comment va ton bébé, Julie ? demanda Alec sans quitter son travail des yeux.

— Ce n'est plus un bébé ! Depuis que tu as disparu de la circulation, Alec, elle est devenue un vrai diable, impossible à maîtriser.

Julie parla du petit restaurant qu'elle dirigeait, et Alec du prochain départ de Clay pour Duke. Une conversation paisible et amicale... Alec semblait si détendu, malgré l'intervention délicate qu'il effectuait, que Paul en oublia presque la présence menaçante des chevaux de l'autre côté de la route.

— J'ai hésité à te téléphoner, dit Julie après un silence. Tu ne travailles plus en ce moment, paraît-il.

— Tu as bien fait de m'appeler.

— Je craignais de te déranger, mais tu es le seul en qui j'aie vraiment confiance dans ces cas-là.

Alec leva les yeux en souriant.

— Ce poulain va s'en tirer !

Il continua à recoudre la déchirure en silence.

Paul déplaçait ses doigts le long des bords en suivant le rythme d'Alec. Pour la première fois, il eut le sentiment de comprendre la préférence d'Annie pour cet homme tranquille : il n'y avait aucun mystère, aucune dissimulation, elle n'avait pas cédé aux exigences de ses parents ! Alec lui avait donné la tendresse et la sécurité qu'elle recherchait. Il devait satisfaire naturellement sa soif insatiable d'amour...

Le faisceau lumineux du phare semblait ralentir son rythme et s'attarder sur les mains d'Alec avant de se fondre dans l'obscurité. Paul, qui avait les yeux fixés sur lui, le vit s'immobiliser brusquement, et l'aiguille resta en suspens au-dessus de la blessure.

— Ça va toujours ? demanda Alec au moment où ils baignaient de nouveau dans la lumière.

Qu'avait donc lu Alec sur son visage ?

— Pas de problème, répondit-il en concentrant son attention sur le poulain.

« Eh bien, songea-t-il, elle vous appartenait. Ce n'était pas moi, mais vous qu'elle aimait. Vous avez joué franc jeu, Alec, et vous avez gagné ! »

24

Il était près de 11 heures lorsque Alec dit adieu à Paul et rentra seul chez lui. Le vide de la maison lui parut oppressant : Lacey et Clay n'étaient pas là, même Tripod ne prit pas la peine de descendre pour l'accueillir...

Il se versa du thé glacé dans un gobelet vert, moulé à la main — cadeau d'anniversaire de Julie à Annie quelques années plus tôt. Puis il alla s'asseoir sur le canapé du salon.

Les yeux fixés sur le téléphone, il se dit qu'il était trop tard pour appeler Olivia. Tant mieux, après tout, car il devenait un peu trop dépendant de ces coups de téléphone ! Et, de toute façon, ils se voyaient le lendemain matin : elle avait accepté de faire de la planche à voile avec lui à Rio Beach.

Allongé de tout son long sur le canapé, la tête bien calée sur un coussin, il repensa à sa soirée et à la satisfaction inattendue qu'il avait éprouvée en se remettant au travail. Il était heureux d'avoir pu changer le cours des choses, alors qu'il redoutait de trouver un animal déjà mort, ou, pire encore, mourant. C'était sans doute pour calmer cette terrible appréhension qu'il avait demandé à Paul de l'accompagner.

Paul... Un homme d'une étonnante sensibilité. Ses yeux s'étaient embués de larmes à la vue du poulain. Alec se l'imaginait avec Olivia. Une image — particulièrement lascive — d'Olivia dans les bras de Paul lui apparut soudain, et il se prit la tête dans les mains pour la chasser au plus vite de son esprit. Sa première pensée érotique depuis des mois, et lui-même en était exclu...

Mon Dieu, comme Annie lui manquait ! Il aurait voulu

s'endormir près d'elle, se réveiller près d'elle. Il se rappelait leurs rendez-vous du vendredi dans les motels : pendant ces deux heures, elle était méconnaissable. Habituellement elle aimait surtout les caresses et les mots tendres. Malgré son tempérament passionné, elle ne partageait pas son besoin d'un plaisir sexuel à l'état pur. Ils avaient accepté mutuellement leurs différences. Mais pendant ces rendez-vous clandestins, Annie vibrait de désir dès qu'il la touchait...

Il but son thé glacé jusqu'à la dernière goutte, en songeant à se verser une boisson plus corsée qui l'assommerait. Puis il ferma les yeux et se mit à respirer profondément, en se laissant bercer par l'air conditionné.

Lorsqu'il se réveilla, il lui fallut un certain temps pour retrouver ses esprits. A la lumière incertaine de la cuisine, il reconnut les dix fenêtres ovales du mur, en face de lui. Il était allongé sur le canapé, en proie à une puissante érection, mais l'objet de son inspiration — Annie — avait disparu.

Il bondit, furieux, et il projeta le coussin à terre d'un geste rageur. Au diable, le Foyer des femmes en détresse ! Au diable, Zachary Pointer ! Il prit ensuite le gobelet posé sur la table basse et il le lança de toutes ses forces sur le mur. Au diable, Annie !

Le gobelet décrivit une parabole et atterrit contre l'une des dix petites fenêtres, où il fit voler en éclats la silhouette d'une femme aux cheveux noirs sous une ombrelle. Un trou béant, de forme ovale, perçait le mur. Sidéré, Alec ferma les yeux et serra les poings en gémissant.

La cour était éclairée sous l'avant-toit. En s'avançant pieds nus sur le sable, il vit briller les petits morceaux de verre soigneusement découpés. Alors, il s'assit à même le sol pour rassembler tous les fragments.

Une voiture s'arrêta devant la maison. Il entendit des rires. Puis une porte claqua et Clay se dirigea vers lui.

— Papa, que fais-tu ici ? (Il aperçut les fragments de verre dans la main de son père.) Qui a cassé la fenêtre ?

— Un accident.

Alec vit le regard de Clay se poser sur le sable, là où était tombé le gobelet vert.

— Est-ce que Lacey...

— Non, Lacey n'a rien fait !

Clay enfouit ses mains dans les poches de son short.

— Ecoute, papa, il est tard, tu t'occuperas de cette fenêtre demain.

— Je veux ramasser les morceaux tout de suite, déclara Alec en passant ses doigts sur le sable, où il trouva le petit triangle blanc du parasol.

— Ça peut attendre ! (Clay jeta un regard circulaire comme s'il craignait que quelqu'un du voisinage assiste à cette scène.) Calme-toi, et demain je t'aiderai à retrouver les fragments manquants.

Alec leva les yeux vers son fils. Un beau jeune homme de dix-sept ans. Les cheveux noirs, le teint hâlé. Il avait sans doute passé la soirée dans les bras de Terri Hazleton. Le mois suivant, il partirait pour de bon. Il allait vivre sa vie.

— Ta mère me manque, murmura-t-il en plongeant son regard dans ses yeux bleu pâle.

— Je sais, papa, à moi aussi. (Accroupi à côté de lui et le dos appuyé contre la maison, Clay fouilla le sable de ses doigts et trouva un petit fragment rouge qu'il lui tendit.)

Alec le prit dans le creux de sa main et posa ses coudes sur ses genoux, le regard tourné vers les eaux sombres du bras de mer.

— Ils vont transplanter le phare, Clay, chuchota-t-il. Ils vont le déraciner, et jamais plus Kiss River ne sera comme avant !

25

Alec aurait pu demander à Olivia de le rejoindre chez lui. Les planches à voile étaient à leur disposition, et ils pouvaient partir directement de la petite crique derrière la maison. En roulant vers Rio Beach, il réalisa qu'il avait voulu éviter de la présenter à ses enfants. Que signifiait cette réticence ? Nola venait tout le temps le voir, et cela ne lui posait aucun problème ; mais si ses enfants rencontraient Olivia chez lui, il devrait justifier sa présence. Se rappelleraient-ils qu'ils l'avaient déjà rencontrée aux urgences, un certain soir ? En réalité, le problème était ailleurs : il ne voulait pas qu'ils le surprennent en compagnie d'une femme autre que leur mère, aussi platoniques que fussent leurs relations.

Olivia l'attendait, adossée à sa voiture, dans le petit parking adjacent à Rio Beach. Elle portait une chemise blanche sur son maillot de bain, et ses jambes étaient presque aussi pâles que son vêtement. Cette femme devait travailler plus que de raison !

Après avoir garé sa voiture à côté d'elle, il détacha la planche à voile fixée sur le toit. Elle le regardait faire, en se protégeant les yeux du soleil.

— Je vous préviens, Alec, je sais à peine nager !

— Inutile de savoir nager, répondit-il en lui tendant un gilet de sauvetage posé sur la banquette arrière. Mais un peu de crème solaire s'impose.

— J'ai mis de l'écran total. C'est ma première sortie au soleil cet été.

— La première de votre vie ! plaisanta Alec.

Olivia fit la moue et souleva l'extrémité de la planche pour aider son coéquipier à la transporter jusqu'à l'eau, à travers un fouillis de mauvaises herbes.

— Il n'y a qu'une seule planche ? s'étonna-t-elle.

— Le vent est parfait pour une débutante aujourd'hui, mais un peu insuffisant pour mon goût ; et l'eau manque de profondeur par ici. Je préfère rester avec vous et vous donner quelques conseils.

Rio Beach était une simple langue de terre en bordure de l'eau, à peine assez large pour la couverture qu'Alec y étendit. Debout, les poings sur les hanches, il balaya l'horizon du regard : le soleil scintillait sur la mer, et quelques véliplanchistes apparaissaient au loin. Mais aucun d'eux n'avait Rio Beach comme port d'attache. Il était le seul détenteur de ce précieux secret !

— Un temps idéal, murmura-t-il en se tournant vers Olivia qui se mordait les lèvres. Etes-vous prête ?

— Maintenant ou jamais.

Elle enleva sa chemise blanche, puis elle la posa sur la couverture. Son maillot de bain violet et noir, de coupe classique au niveau des cuisses, découvrait généreusement sa poitrine. Il se rappela ses fantasmes érotiques du soir précédent.

— Pourquoi souriez-vous ?

Il retira son T-shirt en riant.

— Je suis content d'être avec vous ici. Il y a bien longtemps que je n'étais pas venu !

Une longue chaînette d'or reposait doucement sur ses seins. La pâleur de sa peau lui donnait une apparence fragile, mais rien ne laissait supposer qu'elle était enceinte, pas même le léger renflement de son ventre.

Il se souvint qu'elle s'était inquiétée des risques à faire de la planche à voile dans son état.

— Votre médecin vous a rassurée ?

— Oui. Elle est elle-même une adepte de la planche à voile. A son avis, je cours le risque de... prendre du bon temps. Ce qui ne m'arrive pas tous les jours !

— Elle a vu juste, répliqua Alec en riant.

Il lui fit une petite démonstration, agrémentée de virages spectaculaires, puis il se contenta de manœuvres plus simples, avec lesquelles elle devrait se familiariser. Lui qui avait l'habitude d'une planche très courte trouvait celle-ci lourde et encombrante.

Elle pénétra dans l'eau en frissonnant. Alec retint la planche, et elle grimpa. Son visage reflétait une profonde concentration.

— Mettez vos pieds de chaque côté du mât, lui dit Alec.

— Le mât, c'est bien ça ?

— Exactement. (Il lui prit la main pour l'aider à se redresser.) Maintenant, tenez-vous à la corde, et vous allez tirer la voile de l'eau. Les jambes pliées, le dos bien droit !

Elle s'arc-bouta et la voile commença à émerger, gonflée par le vent. La planche tourna brusquement sous ses pieds, et elle tomba en arrière en faisant gicler de grandes gerbes d'eau. Alec contourna la planche pour lui venir en aide, mais elle émergeait déjà, le sourire aux lèvres.

— J'aurais dû vous prévenir ! Quand le point d'écoute sort de l'eau...

— Le point d'écoute ?

— Cette partie de la voile, lui expliqua-t-il en remontant sur la planche.

Elle passa plus de temps dans l'eau que sur la planche, mais elle avait l'esprit sportif et plus d'une fois elle rit aux larmes. Il ne lui connaissait pas ce trait de caractère, qui parut la surprendre elle-même.

Comme elle remontait gaiement sur la planche pour la centième fois au moins, sa bretelle glissa légèrement sur son épaule, découvrant une marque blanche sur sa peau.

— Vous brûlez, murmura-t-il. Sortons de l'eau !

Olivia s'assit en claquant des dents sur la couverture. Puis elle s'enroula dans le drap de bain, et il se mit à lui frictionner les épaules à travers l'épaisseur du tissu éponge. Mais il s'interrompit au bout d'un instant, frappé par l'intimité de son geste.

La chaînette en or scintillait sur la rondeur de ses seins, il détourna son regard et partit à la recherche du parasol rayé vert et blanc à l'arrière de la Bronco. Il l'installa au-dessus d'Olivia, puis il s'allongea près d'elle pour goûter la chaleur du soleil sur sa peau.

— Comment se fait-il que vous n'ayez jamais appris à nager ? (Il avait passé la plus grande partie de son enfance à faire du canoë et du ski nautique sur le Potomac.)

— J'ai toujours vécu loin de l'eau.

— Où êtes-vous née ?

— Quelque part au centre du New Jersey. Avez-vous entendu parler des Pine Barrens ?

— Cette région où les gens se marient entre eux et donnent naissance à... (il hésita sur le choix du mot) des enfants peu brillants...

Elle fit la grimace.

— C'est bien cela, en effet. Mais vous vous laissez influencer par la presse : les mariages endogamiques sont plutôt l'exception qui confirme la règle.

— Vous venez de cette région ?

— Oui, mais ne me considérez pas comme une demeurée sous prétexte que je ne sais pas nager !

Alec sourit, les yeux fixés sur le ciel clair, d'un bleu éblouissant, introuvable en dehors des Outer Banks.

— Paul est venu chez moi hier soir, à une réunion du comité.

Olivia s'assit brusquement. Sa chaîne se balança un moment et vint se reposer sur la courbe de ses seins.

— J'espère que vous n'avez rien dit !

— Non. Je vous ai donné ma parole. (Il remarqua son air soucieux.) Mais il m'a appris quelque chose qui pourrait vous intéresser.

— Comment ? Dites-moi tout sans oublier un seul mot !

Alec sourit.

— Paul me semble un garçon sympathique, mais il n'est pas le bon Dieu en personne, et il ne m'a pas semblé indispensable de prendre des notes. Je ne savais pas que vous alliez me mettre à l'épreuve !

Elle garda le silence un moment.

— Je vous ai contrarié ?

— Pas du tout. (Il mit sa main en visière sur ses yeux pour mieux la voir : les ailes de son nez étaient brûlées par le soleil.) Il dit qu'il est responsable de tout ce qui s'est passé entre vous, et qu'il a peut-être eu tort de vous quitter.

Olivia serra son poing contre ses lèvres.

— Il a dit ça ?

— Oui. Il m'a paru déprimé. Gravement préoccupé...

— Etes-vous sûr qu'il se croit dans son tort ? Quel mot a-t-il employé exactement ?

Alec soupira.

— La prochaine fois, Olivia, je vous promets de l'enregistrer.

— Vous savez, Alec, j'étais sur le point d'abandonner la partie.

Elle s'allongea à nouveau sur le sable, et il lui parla du poulain blessé.

— Paul était terriblement ému lorsqu'il m'a aidé à recoudre la plaie.

— On dirait que vous avez passé plus de la moitié de la nuit avec lui. Je suis jalouse... Et surtout ne lui dites jamais que je prends des leçons avec Tom, vous m'entendez ?

Il fronça les sourcils.

— De quoi avez-vous peur ?

— C'est trop difficile à dire ! Mais je vous supplie de garder le secret, murmura-t-elle en détournant les yeux.

Après un long silence, elle reprit d'une voix à peine audible :

— Mon amniocentèse a lieu jeudi prochain.

Alec se pencha vers elle.

— Etes-vous inquiète ?

— Non. Enfin... (Elle haussa les épaules.) Je ne crains pas l'examen, mais on n'est jamais sûr des résultats. Et, sans Paul...

— Vous savez, Olivia, interrompit Alec, l'un de nous devrait lui dire que nous sommes amis. Il réaliserait que vous n'allez pas l'attendre jusqu'à la fin de vos jours en vous tournant les pouces.

— Si, justement. Je serais capable de l'attendre jusqu'à la fin de mes jours ! (Elle poussa un profond soupir.) Et vous, Alec, sortez-vous avec quelqu'un ?

— Non. (Gêné par le soleil éblouissant, il ferma les yeux.) Il est encore trop tôt, et je ne connais personne. Pourtant, une femme a des vues sur moi, mais ça ne me dit rien.

— De qui s'agit-il ?

— Nola, une voisine. (Il passa la main dans ses cheveux déjà secs.) Elle a toujours été une amie de la famille, et Annie pensait qu'elle avait un léger béguin pour moi. Je n'en croyais pas un mot à l'époque, mais elle avait raison. Maintenant, Nola nous apporte des plats qu'elle a préparés et elle vient sans arrêt prendre de mes nouvelles.

— Vous ne vous laissez pas tenter ?

— Pas le moins du monde ! (Il s'étira, avec l'intention de changer de sujet.) J'ai une requête à vous adresser, Olivia. Samedi prochain, on me demande de parler à la radio et de participer à une réunion d'ardents supporters du phare, à Norfolk. Pourrais-je vous confier l'une de ces tâches ? Du moins, si vous êtes libre...

— Je suis libre, Alec. Mais si Paul a des regrets — enfin, d'après vous ! —, j'aimerais lui consacrer un peu de temps.

— C'est juste, répliqua Alec en essayant de cacher sa déception. (Appuyé sur son coude, il la regarda bien en face. Puis il effleura sa hanche du bout des doigts, en se reprochant l'audace de son geste.) Parlez-lui de ça… De l'enfant que vous attendez.

Elle s'assit en lissant ses cheveux qui retombaient sur son visage.

— Non. Je ne veux pas lui donner cette raison de revenir avec moi !

Alec s'assit et tendit la main vers son T-shirt posé à côté de lui.

— Eh bien, il est temps que nous continuions notre exploration des Outer Banks. Si vous êtes prête à vous accorder encore quelques distractions…

Il l'emmena à Jockey's Ridge — ces énormes dunes qu'elle avait aperçues plus d'une fois depuis la route, sans imaginer qu'il était possible de les fouler du pied. Puis elle enfila un short sur son maillot de bain, et Alec lui prêta un T-shirt. Il retrouva dans la boîte à gants de la Bronco un tube d'oxyde de zinc, d'un vert phosphorescent, dont il lui peinturlura le nez. Le vent s'était levé et les dunes se dérobaient pratiquement sous leurs pieds à mesure qu'ils avançaient. Une fois arrivés au sommet, ils s'assirent, hors d'haleine, pour regarder un groupe de jeunes gens casqués prendre une leçon de deltaplane.

Puis il l'emmena au phare de Bodie. Ils firent le tour du site en levant les yeux vers la tour rayée horizontalement de noir et blanc, tandis qu'il lui racontait l'histoire des lieux. Il se sentait un peu coupable de ne pas l'emmener à Kiss River, d'autant plus qu'il lui avait demandé d'en parler. « Trop loin », prétendit-il, tout en ayant clairement conscience de la véritable raison : il partageait ce phare avec Annie.

Annie, seule entre toutes…

Ils dînèrent de bonne heure et ils reprirent le chemin de Rio Beach où la voiture d'Olivia l'attendait. Ils étaient paisibles. Comblés aussi, pensa Alec. Mais un peu fatigués.

— Quand vous remettez-vous au travail, Alec ? demanda Olivia peu de temps avant d'arriver à destination.

— Vous m'attaquez vous aussi !

— Ce n'est pas bon de rester si longtemps inactif.

— Evidemment, vous êtes une droguée du travail !

— J'ai besoin de gagner de l'argent.

Alec gara sa voiture dans le petit parking et coupa le contact.

— Annie avait pris une assurance-vie. Une absurdité ! Trois cent mille dollars pour une femme qui en gagnait environ quinze mille par an et qui en distribuait la plus grande partie... Ou qui les consacrait à ses primes d'assurance ! J'ai eu un choc lorsque Tom a découvert ce document en rangeant les affaires de ma femme, à l'atelier.

— Pourquoi avait-elle fait ça ?

Alec suivait des yeux les planches à voile sur le bras de mer.

— J'ai deux théories sur la question. Soit elle se doutait que je serais longtemps incapable de travailler si par hasard elle mourait, soit elle s'est laissé convaincre par un agent d'assurances particulièrement éloquent. Elle avait un tel besoin d'être aimée ! C'est pour ça qu'elle donnait volontiers ses œuvres au lieu de les vendre. A cause de son sentiment d'insécurité, elle ne s'imaginait pas qu'on puisse l'aimer pour elle-même...

— On ne travaille pas uniquement pour l'argent. Votre visage s'est éclairé lorsque vous m'avez parlé du poulain blessé. Vous pourriez vous remettre à la tâche un ou deux jours par semaine !

— Ça m'effraye. Je ne suis pas en très grande forme, bien que je me sente beaucoup mieux depuis que vous m'avez donné des précisions sur les derniers moments d'Annie. (Il remarqua ses joues rouges, et l'oxyde de zinc qui avait pâli sur son nez : elle aurait sûrement des brûlures pendant la nuit.) Et puis il y a toutes ces urgences stressantes, surtout en été. Comme c'est étrange ! C'est à vous que je me plains des urgences, alors qu'il s'agit simplement de chiens et de chats.

— Ils souffrent eux aussi. Sans parler de leur propriétaire !

— C'est vrai, mais depuis la mort d'Annie...

— On dit qu'après un accident de cheval, il faut se remettre en selle immédiatement : plus on attend, plus c'est difficile ! Quand je vois des choses terribles aux urgences, je m'oblige à retravailler le plus vite possible, même si ça n'était pas prévu. Après la mort d'Annie, je me suis remise à la tâche dès le lendemain...

— Vous n'épargnez pas vos forces, Olivia !

— Ne changez pas de sujet. Je vous suggère de travailler un jour par semaine pour commencer.

Alec sourit.

— Oui, à condition que vous téléphoniez à Paul pour lui donner rendez-vous ce week-end.

Paul pensait qu'il avait eu tort de la quitter...

Olivia reprit sa voiture à Rio Beach et alla se garer devant le petit magasin — à côté de l'atelier d'Annie — où elle acheta le berceau qu'elle avait repéré depuis plusieurs semaines. Après avoir chargé la boîte dans le coffre de sa Volvo avec l'aide du vendeur, elle prit le chemin du retour. Une sensation presque oubliée d'espoir et de bien-être l'envahit, tandis que son coup de soleil commençait à la brûler terriblement.

Elle traîna la boîte dans la maison et la fit rouler sur le côté jusqu'à la petite pièce qu'elle comptait transformer en chambre d'enfant. Puis elle la poussa contre le mur en s'interdisant de monter le berceau : il ne fallait pas tenter le sort en se montrant trop optimiste.

Elle appellerait Paul le soir même. Elle demanderait à le voir, à lui parler... Tout en songeant à ce qu'elle lui dirait, elle sortit prendre son courrier. Un petit mot, griffonné au dos d'une enveloppe usagée, l'attendait dans sa boîte à lettres :

« Suis passé te voir. En route pour Washington... Y resterai une semaine pour me documenter sur la question des forages de puits de pétrole au large des Outer Banks. Je t'appelle dès mon retour. »

Hébétée, elle regardait l'enveloppe et l'écriture si familière. Elle la tourna et la retourna, regarda à l'intérieur, puis elle en fit une boulette qu'elle écrasa dans son poing. Elle avait envie de courir à sa poursuite, de l'appeler à son hôtel, de lui hurler : « N'as-tu pas dit à Alec O'Neill que tu étais dans ton tort ? »

Mais elle ne pouvait pas agir ainsi. Elle préféra rentrer chez elle et soigner ses brûlures. Puis elle téléphona à Alec pour lui annoncer qu'elle serait heureuse de l'accompagner à Norfolk le samedi suivant.

26

L'anniversaire de Jonathan Cramer tombait ce mercredi-là. Olivia accepta de le remplacer pendant le service de nuit, pour essayer d'oublier l'amniocentèse prévue le lendemain matin. Vers 6 heures, Alec vint lui déposer un dossier contenant des informations sur le phare, qui lui seraient utiles pendant l'interview. La salle d'attente était bondée et ils eurent à peine le temps d'échanger quelques mots au bureau d'accueil.

— Vous finissez à quelle heure ?

— A minuit. (Elle lui rendit son regard désolé : ils devraient renoncer à leur coup de téléphone rituel.)

Vers 11 heures, un adolescent arriva aux urgences, conduit par des copains. Olivia l'entendit avant même de le voir.

— J'vais me payer une crise cardiaque si ça continue, criait-il, tandis que Kathy et Lynn l'emmenaient sur un brancard dans l'une des salles de soins.

Olivia les rejoignit et commença son interrogatoire. C'était un joli garçon, aux cheveux blonds décolorés par le soleil. Il avait dix-sept ans, et il avait un peu bu, paraît-il, à une soirée. Ensuite, son cœur s'était mis à battre si fort qu'il n'entendait plus que ses battements. Il sentait l'alcool et ses yeux bleus vitreux avaient un air égaré.

— Mets-le sous monitoring, dit Olivia à Kathy. (Puis, à l'intention du gamin :) As-tu pris autre chose que de l'alcool ?

— Rien ! Seulement quelques bières.

Il mentait... Sa nervosité et les palpitations de son cœur ne laissaient aucun doute sur ce point.

— Tu ne me dis pas tout. J'ai besoin de savoir, pour te soigner correctement.

— Mon cœur va éclater si ça continue !

Olivia jeta un coup d'œil à Kathy.

— Ses amis sont ici ?

— Dans la salle d'attente. Je leur ai demandé ce qu'il avait pris. Ils prétendent qu'il a eu des palpitations après avoir bu de l'alcool.

Olivia laissa le jeune garçon sous la garde de Kathy et se dirigea vers la salle d'attente. Deux filles et un garçon étaient assis sur le canapé de vinyle bleu, le visage figé et d'une pâleur de cire. Ils s'étaient sans doute mis d'accord sur les réponses à donner aux questions des médecins. En s'approchant, Olivia sentit leur crainte presque palpable derrière leurs traits durcis.

Elle prit une chaise, en constatant avec plaisir que ces jeunes gens étaient seuls dans la salle.

— Je suis le docteur Simon, annonça-t-elle, et j'ai des questions à vous poser au sujet de votre ami.

Ils la regardaient, bouche bée.

Le garçon avait de longs cheveux et les pieds nus. La jeune fille blonde portait un jean moulant et un T-shirt effrangé aux manches et à la taille ; son amie, un pull décolleté et une mini-jupe bleu clair. Olivia éprouva une telle surprise à la vue de sa petite culotte à fleurs qu'elle resta un moment interdite avant de remarquer ses cheveux. Des cheveux de couleur sombre, qui semblaient avoir été tondus… Elle sut tout de suite à qui elle avait affaire : cette gamine avait tenté de se débarrasser des cheveux roux de sa mère, mais ses taches de rousseur, ses fossettes et ses yeux bleus lui collaient à la peau !

— Lacey ? demanda Olivia.

— Elle connaît ton nom ? s'étonna la jeune fille blonde.

Lacey cherchait à éviter le regard d'Olivia.

— J'ai besoin de savoir ce qu'a pris ton copain.

Le jeune homme lui jeta un regard de défi.

— De la bière !

— Non, répliqua Olivia, je n'y crois pas. Sa vie est en danger, et je dois savoir la vérité.

— Du crack, murmura Lacey.

Son copain bondit sur place, en levant les bras au ciel d'un air affolé.

Olivia serra la main de Lacey.

— Merci, Lacey, je vous tiendrai au courant, tes copains et toi. En attendant, donne à la réceptionniste le numéro de téléphone de ses parents.

Dans la salle de soins, le jeune homme était allongé, les yeux fermés et, apparemment, plus calme. Sur l'écran, ses battements de cœur semblaient rapides mais réguliers. Au bout d'une demi-heure, Olivia eut la certitude qu'il était hors de danger ; elle alla aussitôt annoncer la nouvelle dans la salle d'attente.

Les deux filles n'avaient pas bougé du canapé ; le garçon fumait une cigarette, adossé au mur.

— Ça va aller, dit Olivia. (Aucun des jeunes gens ne manifesta la moindre émotion.) Lacey, je souhaiterais te parler un moment dans mon bureau.

La jeune fille jeta un regard en coin à son copain avant de se lever, et elle suivit Olivia sans un mot.

Olivia lui indiqua un siège et s'assit elle-même, un rien troublée par l'odeur d'alcool et de tabac qui envahit la pièce.

Lacey la regardait d'un air inquisiteur. Sans ses boucles rousses, elle paraissait plus dure, presque arrogante.

— Comment m'avez-vous reconnue ?

— Je me souvenais parfaitement de toi : une nuit pareille ne s'oublie pas ! (Depuis, elle avait appris que Lacey était avec sa mère au moment où la balle avait été tirée.) Tu dois trouver très pénible d'être ici, aux urgences, Lacey.

— Ça va, grommela l'adolescente en haussant les épaules.

— Ton ami aurait pu avoir de gros ennuis. Il compromet sa santé, et si la police s'en était mêlée... Tu risques de te trouver un jour dans la même situation.

— Pas moi ! Je ne touche pas à cette saleté, et mes amis non plus. Ce type est un copain de Bobby ; il vient de Richmond et je le vois aujourd'hui pour la première fois. Il a apporté le crack. Personne d'autre n'en a pris !

— Eh bien, tant mieux ! (Olivia réfléchit en martelant du bout des doigts un dossier bleu que lui avait apporté Alec.) Comment es-tu venue aux urgences ?

— Avec Bobby.

— Il me semble que Bobby a un peu trop bu pour te raccompagner chez toi ce soir. Tu pourrais demander à ton père de venir te chercher.

— Non ! (Lacey perdit soudain son air buté et ses yeux s'emplirent de larmes.) Je vous en supplie !

Olivia fixa son regard sur le dossier posé devant elle. L'idée de prévenir Alec lui semblait raisonnable, mais il n'apprécierait guère de trouver sa fille dans une telle situation, et celle-ci semblait terrifiée à cette idée.

— Et ton frère ? suggéra Olivia.

Lacey hocha la tête, yeux baissés.

— Eh bien, allons parler à tes amis et voyons quelle est la meilleure solution.

Olivia se leva. Lacey bondit aussitôt vers la porte, apparemment soulagée d'avoir retrouvé sa liberté. Avant de l'accompagner, la jeune femme la suivit des yeux un moment en se demandant ce qu'il y avait au monde de plus fragile qu'une adolescente de quatorze ans.

27

Paul avait oublié les étés torrides de Washington. Il n'était que 7 heures du matin, et déjà son T-shirt trempé de sueur lui collait à la peau. Il traversait Rock Creek Park par une allée qu'il avait parcourue plusieurs fois par semaine avec Olivia, et il croyait sentir encore sa présence. Il y avait ce chêne centenaire, au tronc massif, qu'elle préférait à tous les autres et devant lequel elle poussait des cris admiratifs. Et l'endroit où elle avait découvert un œuf de rouge-gorge au bord du chemin ; elle avait déposé l'œuf dans un mouchoir et il avait dû grimper à l'arbre pour le remettre dans le nid. Chaque pas évoquait le souvenir d'Olivia.

Les branches des arbres ployaient sous leurs feuilles. A perte de vue, il ne voyait que du vert — une couleur apaisante, par cette chaleur. Voilà ce qui lui manquait depuis qu'il avait quitté Washington : cette verdure, cette luxuriance... L'eau, le sable et le ciel bleu ne lui suffisaient plus.

Les recherches qu'il venait effectuer à Washington n'étaient pas du tout à son goût ! Il avait décidé d'éviter désormais ce genre de corvée, mais, dans un petit journal comme la *Gazette*, ses possibilités de choix étaient limitées. Le *Post* lui manquait. Tout ce qu'il n'avait plus lui manquait...

Au bout de l'allée, il traversa la rue vers la cafétéria qu'il fréquentait avec Olivia. Une odeur d'oignons, d'ail et de cannelle — forte et rassurante — le prit à la gorge quand il entra.

A cette heure matinale, il n'y avait que deux autres clients au fond de la salle.

— Mr. Simon !

Paul sourit en reconnaissant un homme joufflu, au crâne dégarni, debout derrière le comptoir. C'était Joe, le patron de la cafétéria. Il avait connu Olivia bien avant Paul, et il lui semblait naturel de l'appeler Mr. Simon puisqu'il était son mari. Olivia et lui n'avaient jamais pris la peine de rectifier cette erreur.

— Je ne vous ai pas vu depuis des mois ! s'exclama Joe en grimaçant un sourire.

Paul s'approcha du comptoir.

— Salut, Joe ! Nous nous sommes installés en Caroline du Nord, Olivia et moi. Du côté des Outer Banks.

— Ah, c'est beau par là ! Mais le climat est rude.

— Un peu.

— Asseyez-vous donc. Vous prendrez un petit pain aux oignons, fromage et saumon ?

— Quelle mémoire !

— Il y a des gens qu'on n'oublie pas, vous savez !

Il avait déposé une tasse de café sur le comptoir. Paul l'emporta à la table la plus proche.

— Alors, comment va le Dr Simon ? reprit Joe en préparant le petit pain de Paul. Elle exerce toujours la médecine, j'espère !

— Elle travaille là-bas dans un service d'urgences, et je suis à Washington pour affaires. (Le moment allait venir de lui annoncer leur séparation, il se figurait déjà le chagrin et la déception qu'il lirait dans les yeux de Joe.)

— Elle prenait des petits pains aux raisins et à la cannelle, non ?

— C'est ça !

Joe hocha la tête en déposant l'assiette devant Paul.

— Vous lui ferez mes amitiés, reprit-il en s'essuyant les mains sur son tablier. (Après avoir extrait son portefeuille de sa poche de pantalon, il jeta un coup d'œil en direction de la porte et il s'assit en face de son client.) Savez-vous qui c'est ?

Une fillette aux cheveux noirs, d'environ cinq ans, souriait sur une photo.

— L'une de vos petites-filles ?

— Oui, Lindsay ! Elle ne serait plus là sans votre chère femme.

Paul regarda la photo de plus près.

— Mon Dieu, j'avais oublié.

— Une coïncidence incroyable ! Vous déjeuniez avec le

Dr Simon à cette même place, et son bip s'est déclenché, comme toujours... Elle a foncé vers la sortie sans finir son petit pain, et on a protesté vous et moi parce qu'elle n'avait jamais le temps de manger tranquille. Vous vous souvenez?

Paul fit un signe de tête affirmatif.

— Mais c'était justement pour Lindsay que le service des urgences l'avait appelée. Noyée dans sa baignoire! L'ambulancier la croyait perdue jusqu'au moment où votre femme est arrivée.

Paul se rappelait parfaitement cette matinée, ainsi que le lendemain matin : toute la famille de Joe était venue saluer Olivia à la cafétéria, et les petits pains avaient été offerts par la maison. Il se sentait fier de son épouse!

— Vous montrerez cette photo au Dr Simon, insista Joe. Comme ça, elle saura qu'elle n'a pas perdu son temps ce jour-là.

— D'accord! répondit Paul, très ému, en rangeant la photo dans son portefeuille. Elle sera ravie.

Il y eut un soudain afflux de clients, et Joe reprit sa place derrière le comptoir.

Paul enveloppa son petit pain dans une serviette en papier : il avait la gorge trop serrée pour avaler une seule bouchée. Quand il sortit, après avoir adressé un signe d'adieu à Joe, il reçut la chaleur humide de l'air en plein visage. A grands pas, il traversa la rue, en direction du parc. Il savait exactement où il souhaitait terminer son petit déjeuner : dans l'herbe verdoyante, sous le chêne préféré d'Olivia.

28

— Comment s'est passée l'amniocentèse ? demanda Alec.
Le combiné contre l'oreille, Olivia roula sur le côté. Elle avait
remonté sa chemise de nuit sur ses hanches et sa main reposait
sur le pansement adhésif, placé au-dessous du nombril.

— Aujourd'hui, pas de problème ! Je n'ai plus qu'à attendre
le résultat.

Elle était soulagée d'entendre la voix d'Alec et de parler à
quelqu'un qui n'ignorait rien de sa situation, car jamais elle ne
s'était sentie aussi seule depuis le départ de Paul ! Elle avait
pleuré sur la route interminable menant à Chesapeake, et
pendant le chemin du retour. Puis elle s'était couchée plus tôt
que d'habitude — à 9 h 30 — pour n'avoir plus qu'à attendre le
coup de téléphone d'Alec.

— J'ai pensé à vous, toute seule sur la route. Je regrette de ne
pas vous avoir accompagnée !

Olivia sourit. Il était si sensible, si prévenant... Il avait une
voix ensommeillée, et chaude — comme la lumière du clair de
lune dont un triangle se projetait sur son lit, ses jambes, et son
ventre. La chambre d'Alec devait baigner dans cette même
lumière, qui éclairait ses yeux, ou peut-être son torse... Elle
imagina des reflets chatoyants sur son torse couvert d'une
fourrure bouclée. A la plage de Rio Beach, elle avait à peine
prêté attention au corps d'Alec, et maintenant elle se rappelait le
moindre détail avec une netteté surprenante.

— Olivia ?

— Oui ?

— Je vous trouve bien silencieuse. Comment vous sentez-vous ?

Elle souleva sa main posée sur son ventre. Les brillants de son alliance scintillaient au clair de lune.

— Mon lit me semble plus vide que jamais, ce soir.

— Vous devriez appeler Paul. Savez-vous où le joindre ?

— Ces temps-ci, vous êtes beaucoup plus accessible que lui !

— Oui, mais votre lit reste vide.

Elle eut un mouvement de recul, avant de s'allonger de nouveau sur le dos.

— Où nous mène cette conversation, Alec ?

— Si nous changions de sujet ?

— Ce sujet me préoccupe beaucoup actuellement. Surtout depuis que j'ai appris, grâce à vous, que Paul admet ses torts ! J'ai repensé à lui, j'ai eu envie d'être avec lui — et c'est à ce moment précis qu'il a décidé de partir pour Washington.

— Attendez son retour.

— Peut-être. Mais vous, Alec... (Elle s'efforça de trouver le mot exact.) Comment vous adaptez-vous au célibat ?

Alec se mit à rire.

— Une question bien personnelle, docteur Simon.

— Désolée d'être indiscrète.

— Dans sa sagesse infinie, la nature apporte une réponse à ce genre de problème, murmura Alec avec un soupir. La mort d'un conjoint supprime, semble-t-il, les pulsions sexuelles — en tout cas, temporairement. Pour une séparation, je suppose que c'est différent, non ?

— En effet !

— Avez-vous continué les massages ?

— Rien à voir ! grommela-t-elle d'un ton maussade.

Alec resta un moment silencieux.

— Et si vous alliez rejoindre Paul dans sa chambre d'hôtel ?

— Je craindrais une humiliation.

— Il tient encore à vous, j'en suis sûr.

La main d'Olivia s'était dirigée presque involontairement vers le delta brûlant de son pubis. Elle écarta un peu les jambes. Tout en écoutant la voix d'Alec, elle pourrait...

— Oh, mon Dieu ! (Elle s'assit brusquement et tira sa chemise de nuit jusqu'aux genoux.)

— Qu'y a-t-il ?

— Ce genre de conversation ne mène à rien, Alec.

La tête bien calée sur l'oreiller, elle prit le dossier bleu sur sa table de nuit et elle le déposa devant elle.

— Interrogez-moi plutôt sur le phare !

Mike Shelley entra dans le bureau d'Olivia à la fin de l'après-midi.

— As-tu une minute ?

Elle reposa le document qu'elle était en train de lire. Souriant, malgré son air fatigué, il s'installa en face d'elle dans un fauteuil.

— Je voulais te prévenir que je quitte les urgences en septembre.

— Non ! (Olivia était réellement navrée car elle appréciait la tranquille assurance avec laquelle Mike dirigeait son service.)

— Mes parents se sont retirés en Floride. Ils ont eu des ennuis de santé l'année dernière, et j'ai trouvé un job qui me permet de me rapprocher d'eux. (Il resta un moment silencieux.) Mon poste devenant vacant, tu es en bonne place pour me succéder, en concurrence avec Jonathan et deux candidats extérieurs.

Olivia sentit renaître son ambition, momentanément inhibée depuis qu'elle avait accepté ce poste dans un modeste service d'urgences.

— Je suis flattée d'être sur les rangs, murmura-t-elle en souriant.

— A vrai dire, Olivia, tu es ma favorite. Jonathan est bon sur le plan clinique, mais tu as une expérience bien supérieure, et tu gardes ton sang-froid quoi qu'il arrive ! Malgré tout, la partie est loin d'être gagnée car tu es la dernière arrivée dans mon service. (Il se leva en soupirant.) Jonathan rêve d'obtenir ce poste, il risque d'être difficile à vivre pendant un certain temps.

Olivia sourit. Elle avait cru percevoir un avertissement dans la voix de Mike.

Dès qu'elle fut seule dans son bureau, elle composa le numéro de téléphone de Paul, mais elle n'obtint que son répondeur. Elle avait oublié qu'il était à Washington. Sa voix, enregistrée sur la cassette, devait résonner dans sa petite villa et faire vibrer les images colorées des vitraux d'Annie.

Sans prendre la peine de laisser un message, elle appela Alec, qui l'invita aussitôt à dîner pour célébrer l'événement.

— Volontiers, répondit-elle, mais il n'y a encore rien à

célébrer. (Mike lui avait conseillé de ne pas se monter la tête, et déjà elle se voyait installée à sa place !)

— Mais si, insista Alec avec un entrain inhabituel. Plus que vous ne pensez.

— Je ne comprends pas.

— Un peu de patience, je vous expliquerai tout à l'heure.

Il vint la chercher aux urgences après son service et ils allèrent dîner dans un petit restaurant qu'elle ne connaissait pas — coincé entre un parc d'attractions d'un côté et un terrain de camping de l'autre. Dans une semi-obscurité, des tables drapées de nappes mauves étaient éclairées aux chandelles. Un endroit chaleureux et accueillant, et étonnamment romantique !

Ils commandèrent le repas. Par égard pour l'état d'Olivia, Alec ne prit pas de vin. Dès que le garçon eut tourné le dos, Olivia le questionna.

— Vous me devez une explication !

Alec posa sa serviette sur ses genoux et sourit.

— Je me suis remis au travail aujourd'hui.

— Oh, Alec, vraiment ? Et ça s'est bien passé ?

— Très bien tant que je n'ai pas eu d'animaux dans mon cabinet.

Olivia le regarda avec compassion avant de comprendre qu'il plaisantait.

— En réalité, j'ai surmonté l'épreuve sans peine, reprit-il. Merci de m'avoir convaincu ! Pour l'instant, je travaillerai trois jours par semaine.

— On dirait que cette expérience vous réussit.

Alec avait le sourire aux lèvres depuis qu'ils s'étaient assis. Olivia reconnaissait à peine l'homme hagard qu'elle avait rencontré la première fois à l'atelier !

Ils emplirent leurs assiettes au bar à salades.

— Vous a-t-on fait un sonogramme, hier, en même temps que l'amniocentèse ? demanda Alec lorsqu'ils regagnèrent leur table.

— Oui. Pourquoi ?

— Pas de jumeaux ?

Elle se rassit à son tour.

— Seulement un fœtus incroyablement petit. De sexe indéterminé.

— Parlez-moi de votre frère jumeau. (Alec trancha net une

tomate-cerise dans son assiette.) Vous deviez être très proche de lui.

— Nous nous sentions très proches quand nous étions petits, mais sans doute pas comme vous l'imaginez. Je suis née la première. Ma mère n'avait pas été suivie sur le plan médical pendant sa grossesse. La sage-femme ne s'attendait pas à la naissance de jumeaux, et le cordon ombilical est resté enroulé un long moment autour du cou de Clint avant qu'elle réalise sa présence. Il a eu des lésions cérébrales.

— Vraiment ?

— De légères lésions. Il était un peu attardé, et il avait une santé fragile. (Elle revoyait Clint enfant : sa pâleur, et cette peau diaphane qui laissait transparaître les veines au niveau des tempes.) Il a toujours été petit pour son âge. Un enfant asthmatique et chétif. Je devais le protéger. Voilà pourquoi je n'ai pas eu l'expérience classique des jumeaux.

Elle veillait Clint lorsqu'il avait ses crises d'asthme au milieu de la nuit ; elle s'attaquait aux gamins qui se moquaient de lui. Elle faisait même ses devoirs à sa place, jusqu'au jour où l'un de ses professeurs lui avait dit qu'elle ne pourrait pas le protéger éternellement. « Tu dois penser à toi en priorité, Livie », lui avait conseillé cette femme avisée. C'est pourquoi elle avait fini par quitter sa famille. Sa rupture avait été nette et définitive. Au début de son mariage, Paul l'avait incitée à reprendre contact avec Clint. Et pourtant, même avec son soutien, elle s'était sentie incapable de donner le coup de téléphone ou d'écrire la lettre qui lui aurait permis de renouer le fil rompu.

— Comment est-il mort ?

— Des problèmes respiratoires, et une complication au niveau du foie. Ma mère est décédée quelques mois après mon départ. Clint et mon frère aîné, Avery, sont restés ensemble dans les Pine Barrens. Clint idolâtrait Avery, mais Avery était quelqu'un de dangereux.

Le garçon déposa les plats sur la table et Olivia goûta une bouchée d'un saumon délicieusement cuisiné.

— Pensez-vous que votre attirance pour la médecine s'explique par votre enfance aux côtés de Clint ?

Olivia hocha la tête.

— Non, je ne pense pas. Lorsque j'étais élève à Penn State, la médecine ne m'intéressait pas encore, mais j'habitais chez une femme médecin. La sœur de...

Elle s'interrompit, craignant de se noyer dans les détails.

— C'est un peu embrouillé. Elle était la sœur du professeur qui m'a recueillie quand j'ai quitté ma famille. Les femmes de mon entourage m'ont beaucoup influencée lorsque j'étais adolescente. Ma mère était loin d'être un exemple pour moi, et j'avais du mal à accepter ma féminité. Pendant toute mon enfance, mes frères avaient été le centre du monde, et, jusqu'à douze ans, je m'étais battue avec les garçons dans la cour de récréation. Ensuite, j'ai réalisé que ce n'était pas une conduite idéale pour une fille et j'ai cherché des modèles féminins auxquels me conformer. Cette femme est devenue un modèle pour moi... Voilà pourquoi j'ai été tentée par la médecine.

— On dirait que vous avez fait le bon choix !

Un silence paisible s'installa entre eux, puis Alec se mit à parler de Clay et de Lacey. Olivia revit en un éclair le visage buté de la jeune fille, quelques jours plus tôt aux urgences : son père aurait fort à faire avec elle, mais peut-être qu'avec l'aide des grands-parents...

— Vos parents sont-ils toujours en vie ? demanda-t-elle.

— Ils sont morts avant la naissance de mes enfants.

— Et du côté d'Annie ?

— Mes enfants n'ont jamais connu leurs grands-parents maternels.

— Dommage !

Alec posa sa fourchette avec une moue amère.

— Les parents d'Annie avaient planifié la vie de leur fille de A jusqu'à Z — pensionnat huppé, bal de débutantes, mariage avec un homme de leur choix... Lorsqu'elle m'a épousé, ils ont totalement rompu avec elle. Sur le plan affectif comme sur le plan financier ! J'ai essayé plusieurs fois de leur téléphoner, ils ne m'ont même pas répondu. Les lettres que je leur ai envoyées sont restées sans réponse. Pour finir, j'ai mis au point une tactique qui me semblait imparable !

Le coude posé sur la table, il se pencha vers Olivia.

— C'était il y a cinq ans. Annie passait par une de ses périodes de cafard. J'avais toujours supposé qu'elles étaient liées à ses problèmes familiaux. Armé des photos d'Annie et des enfants, je suis donc parti pour Boston et j'ai pris rendez-vous avec le père d'Annie, qui était cardiologue.

— Un rendez-vous médical ?

Alec se mit à rire.

— Une idée fabuleuse, non ? Vous n'imaginez pas sa salle d'attente ! Des copies voyantes de meubles anciens, le grand chic. Je me sentais mal, mais j'ai attendu. Puis une infirmière m'a fait entrer dans la salle d'examen. Je me suis plaint de douleurs dans la poitrine. Elle m'a fait enlever ma chemise pour un électrocardiogramme. Je n'avais pas prévu d'être à moitié nu le jour où je rencontrerais mon beau-père pour la première fois.

Olivia sourit en se rappelant Alec, torse nu, sur la plage.

— Ensuite, l'infirmière a laissé la place au Dr Chase en personne. Il m'a demandé quel était mon problème. J'ai répondu : « Aucun problème médical, je suis votre gendre. »

— Qu'a-t-il dit ?

— Il est devenu violet et il m'a ordonné en termes clairs et nets de déguerpir au plus vite. Puis il est parti en claquant la porte, et j'ai fait de même. Mais avant de sortir, j'ai remis à l'infirmière l'enveloppe contenant les photos et je l'ai priée de la lui donner.

— Alors, avez-vous eu de ses nouvelles ?

Alec promena sa fourchette dans la chair de crabe qui emplissait son assiette.

— Nous avons appris un mois plus tard qu'il était mort d'une crise cardiaque. Annie a reçu une lettre d'une de ses amies, et j'ai réalisé que l'événement avait eu lieu le lendemain de ma visite.

— Oh, mon Dieu ! s'écria Olivia en reculant sur sa chaise.

— Voilà pourquoi je n'ai jamais raconté à Annie ce que j'avais fait. Elle était bouleversée d'avoir appris la nouvelle trop tard pour aller à l'enterrement. Sa mère a eu l'audace de venir assister au sien. Je ne lui ai fait aucun reproche, mais j'en avais lourd sur le cœur !

Elle lui sourit et il lui rendit son sourire.

— Assez parlé d'Annie ! Olivia, êtes-vous prête à faire demain vos débuts de spécialiste du phare de Kiss River ?

— Je pense que oui.

— Je passe vous prendre vers 10 heures.

Le garçon débarrassa leur table et ils commandèrent les cafés. Alec laissa tomber deux sucres dans sa tasse en souriant intérieurement.

— Alec ?

— Oui ?

— Je vous trouve changé ce soir.

214

— En mieux ou en pire ?

— C'est extraordinaire : vous avez l'air heureux. Même lorsque vous abordez des sujets pénibles, comme les parents d'Annie, on dirait que vous avez émergé de votre tristesse.

Il approuva d'un signe de tête.

— Je me sens mieux. J'ai l'impression de progresser de jour en jour ! (La lueur de la chandelle vacilla dans ses yeux pâles.) Je vous dois beaucoup : vous m'avez laissé parler, et pleurer sur votre épaule, ou en tout cas dans votre cuisine. En me remettant au travail aujourd'hui, j'ai fait encore un pas en avant. Merci.

Elle sentit ses genoux frôler les siens sous la table, et, pour une fois, elle ne jugea pas nécessaire de reculer.

A l'extérieur, les cris et la musique du parc d'attractions faisaient un vacarme assourdissant. Le ciel était illuminé par des enseignes au néon. Alec posa doucement la main sur l'épaule d'Olivia tandis qu'ils traversaient le parking en direction de sa Bronco. Sous la pression de ses doigts, elle éprouvait une sensation délicieuse.

Trois adolescents se dirigeaient vers eux : ils prenaient sans doute le plus court chemin pour se rendre au parc d'attractions. Olivia reconnut Lacey, en compagnie des amis qu'elle avait déjà vus aux urgences.

— Papa ! s'écria-t-elle, figée sur place à quelques mètres.

Alec se crispa et retira aussitôt sa main posée sur l'épaule d'Olivia.

— Bonjour, Lace. Bonjour, Jessica.

Il dévisageait le jeune homme debout entre les deux adolescentes, tandis que Lacey pâlissait d'effroi en reconnaissant à son tour Olivia.

Celle-ci rompit le silence.

— J'aime bien ta coiffure, Lacey. Tu n'as plus du tout la même tête qu'en décembre ! (Elle plongea son regard dans celui de la jeune fille pour lui faire comprendre qu'elle n'avait rien dit à Alec de sa visite aux urgences.)

— Te souviens-tu d'Olivia Simon ? demanda Alec en reculant d'un pas.

Lacey fit un petit signe de tête qu'il ne sembla pas remarquer, et il tendit la main au jeune homme.

— Je suis le père de Lacey.

— Et moi, Bobby, répondit celui-ci en lui serrant la main.

— Où allez-vous, les enfants ?

— Au parc d'attractions.

— Amusez-vous bien, leur cria Alec tandis qu'ils s'éloignaient.

Il jeta un coup d'œil à Olivia, et ils poursuivirent leur chemin, à bonne distance l'un de l'autre. Elle avait l'impression que des kilomètres les séparaient...

Alec se mit au volant sans desserrer les dents. Tandis qu'il faisait marche arrière pour se dégager, Olivia remarqua, à la lumière éblouissante du parc d'attractions, la pâleur de ses mains crispées. Il prit ensuite la direction de Kill Devil Hills.

Sa présence devait lui peser, se dit Olivia, et il se serait volontiers passé de la raccompagner aux urgences avant de rentrer chez lui.

Après un long silence, elle finit par lui adresser la parole.

— Vous craignez de vous montrer devant Lacey en compagnie d'une femme ? Ou bien étiez-vous gêné parce que c'est moi qui n'ai pas pu sauver la vie de sa mère ?

Alec la fixa intensément, puis tourna à nouveau son regard vers la route.

— Mes enfants ne m'ont jamais vu avec une femme autre que leur mère, voilà pourquoi je me suis senti mal à l'aise. Si Lacey s'imagine qu'il y a quelque chose entre nous, elle aura l'impression que je trahis Annie !

— Nous sommes amis, Alec. N'avez-vous pas le droit d'avoir des amis ?

Il ne sembla pas l'entendre.

— Ce garçon qui l'accompagnait m'a l'air beaucoup trop âgé pour elle.

— Il faudrait peut-être la surveiller un peu plus, suggéra Olivia en jouant avec son alliance.

Alec hocha la tête.

— Pas question ! Annie n'admettait pas les contraintes.

— Annie n'est plus là, observa Olivia en pesant soigneusement ses mots. La situation présente n'a rien à voir avec celle que vous avez connue tous les deux. Nul ne sait ce qu'elle aurait fait de son vivant.

Alec gara sa Bronco dans le parking des urgences.

— Vous aurez bientôt un enfant que vous pourrez élever comme bon vous semble ! Cela dit, Lacey ne m'a jamais posé de problème depuis sa naissance, et je ne changerai mes habitudes sous aucun prétexte...

Après avoir coupé le contact, il fit le tour de la voiture pour lui ouvrir la porte. Elle leva vers lui des yeux noyés de larmes.

— Je comprends que ma présence vous ait gêné lorsque nous avons rencontré Lacey, mais il ne faut pas m'en vouloir, Alec.

Il semblait abasourdi.

— Pardon, murmura-t-il d'une voix à peine audible.

Et ce fut tout, car ils étaient exposés à la lumière trop vive du parking... Elle se mit au volant et démarra aussitôt, mais elle l'aperçut dans son rétroviseur : il la regardait s'éloigner.

A son retour, quatre messages attendaient Olivia sur son répondeur. Tous provenaient d'une même journaliste — fort impatiente, semblait-il — de la *Gazette*. Chaque message semblait plus impératif que le précédent et le dernier, dans lequel la jeune femme précisait la raison de son appel, avait un ton presque menaçant : « Il faut absolument que je vous parle avant ce soir, docteur Simon. Il s'agit d'Annie O'Neill ! »

Irritée, Olivia effaça les messages. Il n'y avait pas d'urgence, à son avis, et elle ne souhaitait nullement parler d'Annie pour le moment ! Connaissant bien les journalistes, elle supposa que celle-ci ne la laisserait pas en paix tant qu'elle ne l'aurait pas eue au bout du fil.

Elle suivit le fil du téléphone jusqu'au mur afin de le débrancher. Puis elle fit de même dans la cuisine et dans sa chambre, sachant qu'Alec n'aurait plus aucun moyen de la joindre ce soir-là. Après tout, cela valait mieux. S'il n'essayait pas de l'appeler, elle aimait autant ne pas le savoir...

29

— C'est le médecin qui a tué maman, grommela Lacey en versant son lait sur ses céréales.

Alec, assis de l'autre côté de la table, regarda sa fille en fronçant les sourcils.

— Non, elle a essayé de sauver la vie de ta mère...

Lacey leva les yeux.

— Maman n'avait qu'une petite tache de sang sur sa chemise, rien de plus. Elle s'est mise à saigner à mort quand cette femme est intervenue !

La lèvre inférieure de Lacey tremblait et elle ne parvenait pas à maîtriser son émotion. Elle pencha la tête vers son bol, laissant apparaître un soupçon de roux à la racine de ses cheveux.

— Lace, regarde-moi.

Le regard de Lacey croisa le sien pendant un très bref instant, puis elle se tourna vers la fenêtre.

— Ma chérie... (Il posa la main sur son poignet.) Nous n'avons jamais parlé ensemble de ce qui s'est passé ce soir-là...

Elle dégagea son poignet.

— Ça n'a plus d'importance. Elle est morte.

— Si, ça a de l'importance ! Je me suis posé une foule de questions, et toi aussi probablement. Voilà pourquoi j'ai rencontré le Dr Simon. Elle prend des leçons avec Tom, à l'atelier. Je l'ai longuement interrogée sur ce qui s'est passé lorsque maman est morte.

Lacey le dévisagea, le nez rouge.

— Est-ce que tu... sors avec elle ?

— Non.

— Alors que faisiez-vous ensemble l'autre soir ?

— Je la considère comme une amie.

— Tu avais ton bras sur son épaule !

Il ne sut que répondre. Lui-même ne s'expliquait pas clairement ce qui s'était passé.

— Elle est mariée, Lace. Pour l'instant son mari l'a quittée, mais ça ne durera sans doute pas. Il est le journaliste qui a écrit cet article sur maman dans *Seascape*. Te souviens-tu ?

Elle fronça le nez.

— Il s'est trompé à propos de mon âge !

— Ah bon ?

— Il a écrit que j'avais douze ans. Alors que j'en avais *treize et demi*.

Alec sourit de son emportement.

— Ce genre d'erreur est courant !

Lacey plongea à nouveau sa cuillère dans son bol, sans avaler une seule bouchée de céréales.

— Alors, de quoi parliez-vous tous les deux quand je vous ai rencontrés ?

— Du phare. Elle va être interviewée à la radio. Son expérience nous sera précieuse ! D'ailleurs, je vais à Norfolk avec elle ce matin.

Lacey roula des yeux éberlués et alla déposer son bol dans l'évier.

— Tu ne manges pas ?

— J'ai perdu l'appétit.

Elle fit couler de l'eau dans son bol.

— Qui est Bobby ?

— Un ami. (Elle lui tourna le dos pour déposer le bol dans le lave-vaisselle.)

— Demande-lui de passer un de ces jours. Je serais ravi de faire sa connaissance !

Lacey fit volte-face, les sourcils froncés.

— Papa, ne te mêle pas de mes affaires !

Sur ces mots, elle s'essuya les mains à un Kleenex et disparut de la cuisine.

Alec s'engagea dans l'allée d'Olivia, le sourire aux lèvres. Elle l'attendait devant la maison, vêtue d'un tailleur abricot clair, incongru sur une terrasse rustique, mais qui serait parfaitement dans la note au moment de l'interview. Lui-même portait un costume.

Il fit le tour de la Bronco pour lui ouvrir la porte. Son sourire avenant la rassura, après leur légère discorde de la veille.

— Vous êtes belle et élégante, déclara-t-il en se rasseyant derrière le volant.

— Vous êtes très chic aussi ! La cravate vous va à ravir.

Alec la questionna rapidement sur le phare tandis qu'ils franchissaient le pont menant à l'intérieur des terres. Ils étaient déjà en Virginie quand il osa faire allusion au sujet qui lui brûlait les lèvres.

— J'ai agi d'une manière ridicule lorsque nous avons rencontré Lacey. Etes-vous encore fâchée ?

— Non. J'ai compris votre embarras.

— Je voulais vous présenter mes excuses par téléphone, mais vous n'avez pas répondu. (Il avait composé son numéro plusieurs fois, et, à 11 heures, il avait fini par renoncer.)

— J'avais débranché l'appareil.

Alec fronça les sourcils.

— Pour m'empêcher de vous appeler ?

— Non, Alec. (La crête de son nez, pelée par le soleil, lui donnait un air juvénile.) Une journaliste de la *Gazette* essayait de me joindre et je n'avais aucune envie de lui parler.

— Que voulait-elle ?

Olivia haussa les épaules et regarda par la fenêtre une grange en ruine, au milieu d'un pré vert jade.

— Aucune idée, grommela-t-elle.

Une fois arrivés à Norfolk, peu après midi, ils déjeunèrent dans un restaurant proche de la station de radio où aurait lieu l'interview.

— On dirait que la nervosité vous met en appétit, observa ce dernier en riant.

— Souvenez-vous que je mange pour deux ! (Elle semblait sur la défensive.) Et je ne suis absolument pas nerveuse.

Il l'accompagna à son rendez-vous, en se reprochant de la laisser attendre l'interview toute seule pendant trois quarts d'heure. Puis il se rendit à la bibliothèque publique où se réunissait le Club des amis des phares.

Tout en s'adressant à un auditoire enthousiaste d'une trentaine de personnes, il se dit qu'il s'était réservé la tâche la plus facile. Avant la fin de son allocution, les chèques commencèrent à pleuvoir, et il partit après avoir répondu à quelques brèves questions. De retour dans sa Bronco, il alluma aussitôt la radio pour capter les dix dernières minutes de l'interview d'Olivia. Elle riait avec Rob McCain qui la mettait sur le gril ; la partie était donc gagnée.

— Evidemment, disait-elle, les caprices de la nature ne représentent qu'une faible part de nos problèmes. Toute décision concernant le phare a des implications politiques, technologiques et économiques.

Alec s'arrêta à un feu rouge et sourit, impressionné.

— Mais l'idée de construire une digue bénéficiait d'un important soutien, insistait Rob McCain. Cette solution s'appuyait-elle sur des motivations politiques ?

— Pas plus qu'une autre ! La volonté de sauver le phare de Kiss River transcende les querelles partisanes, et notre collecte de fonds a un caractère totalement apolitique. Nous avons reçu des dons de jeunes écoliers et de vénérables grand-mères, d'hommes d'affaires et de politiciens. De tous ceux qui désirent sauver notre patrimoine !

Il aimait l'entendre dire *nous* à propos du comité de défense, malgré l'attitude excessivement possessive qu'il avait d'habitude vis-à-vis de ce petit groupe. Dorénavant, Olivia y méritait bien sa place...

Debout sur le trottoir, devant la station de radio, Olivia guettait l'arrivée de la Bronco. Grâce aux documents fournis par Alec et aux lectures complémentaires qu'elle avait faites, elle s'était sentie parfaitement calme et confiante. L'interview s'était passée à merveille.

La Bronco apparut au coin de la rue. Elle s'installa en souriant à côté d'Alec.

— J'ai entendu la fin de l'interview. Vous étiez parfaite !

— Merci. C'était un plaisir pour moi.

Il faisait chaud dans la voiture. Si seulement elle avait pu enlever sa veste de tailleur ! Il n'en était pas question, car, en s'habillant ce matin-là, elle avait dû fermer la ceinture de sa jupe — devenue trop étroite — avec une épingle double.

— On dirait que l'air conditionné commence à faire des siennes, observa Alec.

Elle abaissa sa vitre pour laisser passer un filet d'air, puis elle se tourna vers lui.

— Comment s'est passée votre allocution ?

— Très bien. Le public était enthousiaste, mais j'aimerais vous confier désormais toutes les interventions extérieures. Comment osez-vous prétendre que vous manquez de confiance en dehors de vos activités professionnelles, Olivia ? Vous avez une assurance innée !

— Le professeur chez qui j'ai habité après m'être sauvée de chez moi dirigeait l'équipe d'entraînement au débat de l'école secondaire.

Alec resta un moment silencieux.

— Vous vous êtes sauvée, mais pourquoi, Olivia ? Je croyais que vous étiez simplement partie... (Il semblait surpris, mais son ton n'avait rien d'agressif.)

Olivia se mordit les lèvres en se demandant comment lui répondre. Alec la regardait d'un air inquisiteur.

— Vous avez le choix entre la version abrégée et l'intégrale.

— Je préfère l'intégrale : la route est longue !

Elle prit une profonde inspiration et laissa reposer sa tête sur le dossier de son siège.

— J'ai quitté ma famille — je me suis enfuie — le jour où j'ai été violée. Ensuite, je n'ai jamais osé revenir.

Les yeux fixés sur la route, Alec fronçait les sourcils.

— Expliquez-moi pourquoi.

Elle réfléchit un moment, incapable de trouver ses mots.

— Vous tenez à savoir ?

— Oui.

— Alors, je vais essayer. Mais il fait trop chaud, reprit-elle avec une intonation soudain infantile.

Alec tourna le bouton de l'air conditionné défaillant. Un souffle prometteur rafraîchit l'atmosphère. Ils traversaient Chesapeake : une succession de fast-foods. Et l'hôpital auquel elle avait postulé lorsqu'elle avait quitté Washington General, mais l'offre des Outer Banks était arrivée la première.

— L'appartement que nous habitions était un véritable trou à rats, commença-t-elle d'une voix grave. Une seule chambre à coucher que je partageais avec mes deux frères. Ma mère dormait dans la salle de séjour. Elle ne s'est jamais remariée après la mort de mon père. C'était une femme plutôt...

corpulente, et elle disait que Jack Daniels était le seul homme qui pouvait tenir avec elle sur le canapé.

Olivia ébaucha un sourire tandis qu'Alec restait imperturbable. Elle reprit :

— Un soir d'hiver, je suis rentrée tard de l'école. Il faisait déjà nuit dehors. Le fils des voisins, Nathaniel, un garçon de dix-sept ans, attendait dans ma chambre avec mes frères. C'était un véritable mastodonte avec ses cent kilos et ses deux mètres de haut. Son passe-temps favori consistait à chasser les chiens et les chats avec un fusil à plombs, et sa simple présence me mettait mal à l'aise. Quand je suis entrée, ils se sont tus, et j'ai tout de suite compris qu'ils préparaient un mauvais coup. J'ai voulu partir, mais Avery a bloqué la porte et Nathaniel s'est mis à tourner autour de moi en disant que je lui plaisais, que je m'étais bien *remplumée* — c'était son expression. Il me touchait du bout des doigts, comme ça. (Elle posa un instant la main sur l'épaule d'Alec.) En m'effleurant à peine, mais sur tout mon corps. De plus en plus effrayée, je me suis jetée sur Avery pour ouvrir la porte. Quelque temps avant, j'aurais été capable de le battre ; mais il avait maintenant dix-sept ans et il était plus fort que moi. Il a ricané, et puis quelqu'un a dit une chose — dont je ne me souviens plus — et j'ai réalisé que j'étais l'enjeu d'un marché. Nathaniel leur avait rendu un service quelconque et j'étais le prix qu'ils payaient.

— Mon Dieu ! s'exclama Alec.

L'air conditionné avait faibli à nouveau et l'air était irrespirable. Elle baissa la vitre un peu plus, mais le bruit et la chaleur étaient si intenses qu'elle la remonta aussitôt.

— Tout à coup, Avery m'a attrapée par les deux bras et Nathaniel a déchiré ma chemise d'un geste brutal. (Elle entendait encore le cliquetis des boutons roulant sur le plancher, entre les lits et la commode.) Je me débattais comme une folle en lui donnant des coups de pied, mais il ne semblait rien sentir. Il a remonté mon soutien-gorge. Imaginez ma honte : depuis peu j'avais pris l'habitude de m'habiller en me cachant derrière la porte du placard !

— Olivia ! Ne m'en dites pas plus. Je ne vous questionnerai plus.

— Je veux que vous me questionniez ! (Elle souhaitait tout lui dire, une fois pour toutes.) Je veux vous expliquer...

— Entendu !

— Nathaniel s'est mis à toucher mes seins. Une vraie brute !

J'ai appelé ma mère au secours, mais je savais qu'il ne fallait pas compter sur elle. J'ai appelé Clint, qui restait assis sur le lit, les yeux baissés. Ensuite, je me suis retrouvée allongée à terre. Avery a tiré sur ma chemise de manière à bloquer mes bras. (Elle frissonna.) C'était horrible de ne pouvoir utiliser ni mes bras ni mes mains. Encore maintenant, je ne supporte pas de me sentir coincée. Un jour, Paul m'a tenu les bras pendant que nous faisions l'amour — il ne cherchait pas à m'effrayer, mais je me suis mise à hurler. Le pauvre, il est tombé des nues !

Mal à l'aise sur son siège, elle laissa sa tempe reposer sur la vitre trop chaude de la voiture. Puis elle réalisa qu'il lui faudrait bientôt des toilettes : sa vessie semblait constamment pleine ces derniers temps !

— Ensuite Nathaniel m'a arraché ma jupe, et mon slip, qu'il m'a fourré dans la bouche pour m'empêcher de crier. J'avais l'impression d'étouffer. Je donnais des coups de pied si violents à Nathaniel qu'Avery a fini par demander à Clint de venir les aider. Je suis navrée pour lui quand je me rappelle cette scène. (Elle revoyait le visage bouleversé de son jumeau, incapable de choisir entre son frère et sa sœur. L'année d'avant, Olivia aurait eu sa préférence, mais, à quatorze ans, le désir de plaire à son aîné surpassait tout le reste.) Il pleurait lui aussi, mais il est venu me tenir une jambe tandis qu'Avery tirait sur l'autre.

Nathaniel se dressait au-dessus d'elle comme un géant. Elle revoyait au ralenti sa main grasse fouiller sa braguette et brandir son pénis aussi menaçant qu'un poignard.

— Alors, reprit-elle, les cent kilos de Nathaniel se sont abattus sur moi, mais il ne parvenait pas à me pénétrer. (Il martelait sa chair qui refusait de céder, et son visage devenait violet de frustration.) Je l'entends encore dire : « C'est pire que baiser un mur de briques. » Je priais Dieu de me délivrer, je gémissais, mais je ne pouvais faire usage de mes mains. Il était si lourd ! J'étouffais sous son poids ! A un moment, Clint a dit : « Tu devrais arrêter, Nat. » Je crois qu'il n'a même pas entendu. Pour finir, j'ai eu l'impression qu'il me transperçait... La douleur était telle que je suis tombée dans les pommes. Quand je suis revenue à moi, ma jupe et mes jambes étaient tachées de sang. Même la poignée de la porte était souillée !

Alec glissa ses doigts dans la paume d'Olivia et caressa du pouce le dos de sa main. Elle referma ses doigts avec reconnaissance sur les siens.

224

— Je me suis réfugiée chez Ellen Davidson, mon professeur de sciences naturelles. Je ne lui ai jamais raconté ce qui s'était passé, mais elle a dû s'en douter. On aurait dit qu'elle m'attendait. Dans la chambre d'amis, le lit était déjà fait ! Une fois chez elle, je suis allée dans une autre école et je n'ai plus jamais revu ma famille.

— Quelle horreur, Olivia !

— Je me faisais du souci pour mon jumeau, mais je devais penser à moi en priorité. Quand j'ai appris la mort de ma mère, après ma première année d'université, j'ai eu trop peur d'Avery pour aller voir Clint... Si j'étais revenue à la maison, après tous ces efforts pour me libérer, je risquais de me laisser prendre au piège. De redevenir l'adolescente craintive que j'étais autrefois. C'est ridicule, mais...

Alec l'interrompit.

— Vous vous préoccupiez encore de Clint malgré ce qu'il vous avait fait ?

— Il n'est pas vraiment coupable.

— Comment ! Il vous a tenue pendant qu'un autre vous violait et il n'est pas coupable !

— Oui, mais...

— Un débile léger ne peut pas faire la différence entre le bien et le mal ?

— Si, mais... Paul me disait de lui donner une chance de se racheter, parce qu'il était bien jeune à l'époque...

— Non ! (Alec serra fortement sa main.) Ce qu'il a fait est impardonnable.

— Annie n'aurait jamais tourné le dos à son frère, quoi qu'il arrive !

— Annie s'est parfois montrée stupide au nom de la charité.

— Et pourtant, Clint avait besoin de moi. Une fois sortie de ce cauchemar, j'aurais dû essayer de le revoir. Ni Avery ni ma mère n'ont été capables de s'occuper de lui ! Nous vivions dans la fange, et je l'ai laissé pourrir. (Elle retira sa main de celle d'Alec pour dégager les mèches qui lui tombaient sur le front.) Il y a deux ans, une lettre d'Ellen m'a annoncé sa mort. Il était sans doute alcoolique comme ma mère. Personne ne lui a jamais appris que l'alcool peut tuer. Si je l'avais aidé, il serait sans doute encore en vie. Je l'ai abandonné.

— Pour survivre ! Vous n'aviez pas le choix...

Elle ferma les yeux pour se pénétrer de ses paroles. L'émotion aidant, une petite pause lui semblait de plus en plus urgente. Le miroir de courtoisie lui renvoyait l'image de son nez rouge et de longues traces de mascara fondu sur ses joues.

— Nous nous arrêterons à la prochaine station-service, proposa Alec.

Il l'attendit dans le parking d'une petite station-service. Après avoir nettoyé le pare-brise de sa Bronco, il ôta sa veste et sa cravate avant de se glisser de nouveau derrière le volant. L'air conditionné laissait vraiment à désirer !

L'image des frères d'Olivia la maintenant au sol pendant qu'un Léviathan de dix-sept ans la violait restait ancrée dans son esprit. Mais c'était sa propre fille qu'il imaginait à sa place. Olivia avait sans doute vu juste lorsqu'elle lui avait conseillé de mieux la surveiller. Il ne savait absolument pas où Lacey passait ses soirées, ni avec qui elle sortait. Il ne l'aidait guère plus que la mère d'Olivia lorsqu'elle était ivre morte sur son canapé !

Olivia revint dans la voiture, le visage démaquillé. Son hâle récent avait déjà disparu et elle était d'une pâleur anémique. Ses yeux verts et ses sourcils sombres contrastaient étrangement avec la blancheur de sa peau. Mais elle était tout de même jolie, peut-être encore plus...

— Ça va ? demanda Alec tandis qu'elle attachait sa ceinture.

Elle transpirait et sa frange lui collait au front.

— Vous devriez enlever votre veste, Olivia. On meurt de chaleur ici.

— Je ne peux pas. Ma jupe est retenue par une épingle.

Il se mit à rire, et soudain il se sentit plus détendu, mais Olivia ne sourit pas.

— Quelle importance ? Enlevez donc cette veste !

Il l'aida à glisser ses bras hors des manches et il plia la veste sur la banquette arrière.

— Ça va mieux ?

Elle lui fit signe que oui, et ils restèrent un long moment silencieux.

Soudain, il réalisa qu'elle pleurait en silence, le visage tourné vers la vitre. Il arrêta la voiture sur le bord de la route et coupa le contact.

— Olivia...

Après avoir détaché sa ceinture de sécurité et celle de sa

passagère, il la prit dans ses bras. Pendant un moment, elle s'abandonna contre lui, et il sentit la moiteur de sa peau sous la fine étoffe de sa chemise blanche.

— Pardon, dit-elle, lorsqu'elle put enfin trouver ses mots. (Elle se détacha légèrement de lui et sa tête baissée effleura les lèvres d'Alec. Il les laissa reposer sur la soie tiède de ses cheveux.) Je n'en avais pas parlé depuis si longtemps !

Elle leva les yeux vers lui, des larmes scintillaient comme des perles sur ses cils.

— Merci de m'avoir dit que je ne pouvais rien faire pour Clint. Je me suis toujours reproché de n'avoir pas pris des distances par rapport au passé. J'aurais dû l'aider, mais...

— Si vous l'aviez aidé, vous n'auriez eu aucune chance de sauver votre peau !

Elle hocha la tête.

— En somme, j'ai de la chance : ce viol m'a permis de survivre !

— Non, Olivia, vous auriez trouvé d'autres moyens !

— Je ne sais pas. (Elle laissa errer son regard un long moment sur le paysage.) J'ai payé très cher pour m'en sortir... Ce viol m'a donné une peur panique des hommes et du sexe, et j'ai perdu le peu de confiance que j'avais en moi.

Alec observa la ligne inflexible de son profil.

— Vous avez surmonté tout cela, je suppose.

— Paul m'a beaucoup aidée. Il a eu une patience d'ange !

Paul était certainement un homme patient, songea Alec. Olivia lui sourit, le regard toujours perdu à l'horizon.

— J'étais si angoissée... Il me semblait que ce viol m'avait laissé une marque indélébile. J'appréhendais mes réactions — sur le plan physique et émotionnel —, le jour où un homme oserait m'approcher ou voudrait faire l'amour avec moi. Paul est le premier à m'avoir inspiré confiance. J'avais une telle envie de faire l'amour, mais il a bien fallu quatre ou cinq nuits pour que nous... consommions l'acte. Il a dû me pénétrer très lentement pour que je ne le repousse pas. (Elle se tourna vers lui, les joues écarlates.) Mes paroles vous embarrassent ?

— Non, répondit-il dans un souffle. J'aime vous écouter parler, et vous faites bien de me rappeler l'existence de Paul. Quand je suis avec vous, j'ai parfois tendance à l'oublier.

Elle soutint son regard un moment avant de poursuivre son récit.

— Il écrivait chaque jour un nouveau poème, relatant nos progrès. (Parfois des poèmes tendres et émouvants, parfois des métaphores — comme celle d'un chasseur dirigeant sa lance sur sa proie.) Nos efforts ont été couronnés de succès. J'avais vingt-sept ans quand j'ai eu ce premier orgasme, et sa... puissance m'a surprise.

— Vous avez éprouvé du plaisir dès la première fois? (Il craignit d'avoir manqué de tact en posant cette question, mais Olivia resta imperturbable.)

— Oui, j'éprouve facilement du plaisir. Ne pas jouir me demanderait presque un effort!

— Ce n'était pas le cas d'Annie... (Alec hésita : il ne pouvait pas parler aussi crûment qu'Olivia.) Elle n'a pas eu votre chance... Mais j'ai vite compris que cela ne lui posait pas de problème. Elle avait besoin de mon amour et de mes caresses. Le sexe ne comptait pas beaucoup pour elle. Elle disait que la tendresse était le meilleur remède contre la solitude, et que la jouissance n'était qu'un bénéfice secondaire.

Olivia fronça les sourcils.

— Pendant toutes ces années de vie conjugale vous avez dû refréner vos pulsions sexuelles?

— Non, Olivia. Vous oubliez que j'étais marié à la plus généreuse des femmes. Je n'ai jamais éprouvé de frustration! (Il se reprocha tout à coup de parler trop librement d'Annie.) Nous avons d'étranges sujets de conversation, reprit-il avec un léger sourire.

Olivia lui rendit son sourire en étirant les bras devant elle.

— Si nous dînions? Je meurs de faim, et il me semble qu'un peu d'air conditionné ne nous ferait pas de mal.

Pendant le dîner ils se cantonnèrent dans un terrain plus sûr : le phare et les prochaines interventions en public. Une fois revenue dans la Bronco, Olivia s'endormit, la tête nichée entre le dossier de son siège et la vitre. Il la réveilla en traversant le pont de Kitty Hawk : un splendide coucher de soleil inondait le ciel de pourpre et d'or. Ils baissèrent les vitres, et la Bronco s'emplit de l'air humide du soir et de senteurs marines. Après avoir détaché sa ceinture, Olivia se mit à genoux pour regarder à travers la vitre arrière. Son collant filé sur le mollet et sa chemise froissée — qui laissait apparaître l'épingle double retenant sa jupe — émurent subitement Alec, qui tendit le bras pour effleurer du bout des doigts ses cheveux ébouriffés.

Elle se rassit lorsqu'ils traversèrent Kitty Hawk, et Alec s'engagea sur Croatan Highway pour la ramener chez elle.

— Supporterez-vous de rester seule ce soir ?

Elle fouilla dans son sac, à la recherche de ses clefs.

— Certainement. Dès que vous m'avez réveillée et que j'ai respiré une bouffée d'air des Outer Banks, je me suis sentie mieux. (Elle laissa aller sa tête en arrière sur son siège et tourna les yeux vers lui.) Bien que je n'aie qu'un seul ami — vous, en l'occurrence —, je me sens chez moi ici.

Alec lui sourit. Au croisement suivant, il décida soudain de faire demi-tour.

— Où allez-vous ?

— Je vous emmène à un endroit que... vous méritez de connaître.

— Au phare ! s'écria-t-elle lorsqu'ils tournèrent en direction de Kiss River.

La route était plongée dans l'obscurité et les arbres formaient un tunnel de verdure sombre au-dessus de la Bronco. Alec se gara dans le petit parking entouré de lauriers. Un faisceau lumineux illumina le visage livide d'Olivia lorsqu'elle sortit de la Bronco dans la nuit noire.

Pas une lumière n'éclairait la maison du gardien et ils ne croisèrent pas âme qui vive sur leur chemin.

— Ça me donne le frisson, murmura Olivia en se dévissant le cou pour apercevoir le sommet du phare. Soixante-cinq mètres !

Alec introduisit une clef de son trousseau dans la serrure et ouvrit la porte.

— Je ne suis pas censé posséder cette clef... Mary Poor l'a donnée à Annie, il y a bien longtemps.

En tâtonnant dans l'obscurité, il trouva le commutateur électrique.

— Oh, mon Dieu ! s'écria Olivia devant l'entrée et l'escalier circulaire illuminés.

— Deux cent soixante-dix marches... Vous seriez plus à l'aise pieds nus, suggéra Alec avant de s'engager dans l'escalier. (Il attendit qu'elle ait retiré ses chaussures à talon.) J'espère que vous n'avez pas le vertige !

Sa voix résonnait sur les parois de briques blanches. Olivia considéra l'interminable escalier en colimaçon.

— C'est ce que nous allons voir !

Ils s'arrêtèrent au troisième niveau pour qu'elle reprenne son souffle. Par l'étroite fenêtre, on ne distinguait que les contours de la maison du gardien, plongée dans les ténèbres.

L'escalier devenait de plus en plus raide et on n'entendait plus que leur respiration haletante.

— On y est presque, annonça enfin Alec.

Arrivé au dernier palier, il déverrouilla la porte menant à la galerie et il recula d'un pas pour laisser Olivia passer la première.

— Quelle merveille! s'exclama-t-elle lorsqu'un vent tiède balaya son visage. Regardez comme nous sommes près des étoiles!

Ils étaient juste au-dessous de la lentille du phare. Olivia sursauta lorsque le faisceau lumineux passa au-dessus de sa tête. Alec éclata de rire et s'accouda à la balustrade pour contempler l'océan. La lune illuminait les flots et des vagues argentées semblaient prendre d'assaut le rivage.

— Nous avons passé une nuit enfermés ici, Annie et moi. J'avais laissé tomber la clef par-dessus la balustrade.

— Volontairement?

— Oui. (Il sourit en songeant qu'il avait été capable d'un geste aussi fou.) Nous avons dû attendre que Mary Poor vienne nous délivrer le lendemain matin.

Il se sentait soudain si proche d'Annie... Si Olivia n'avait pas été là, il se serait mis certainement à lui parler.

— Merci de m'avoir amenée ici, chuchota la jeune femme accoudée à côté de lui. Je sais que vous considérez ce phare comme votre domaine et celui d'Annie.

Il fit un petit signe de tête indiquant qu'elle avait vu juste. Pendant un moment ils regardèrent les lumières des bateaux scintiller à l'horizon, puis Alec emplit une dernière fois ses poumons de l'air marin.

— Prête à partir?

Olivia acquiesça. Au moment où elle allait franchir la porte, quelque chose sembla attirer l'attention d'Alec.

— Une seconde, Olivia.

Il fit le tour de la galerie et s'agrippa à la rampe de métal glacé pour plonger son regard dans la nuit, entre la maison de la gardienne et les bois. Au passage du faisceau lumineux, il aperçut, dans sa clarté éblouissante, un bulldozer et deux profondes entailles fraîchement creusées dans la terre.

Il raccompagna Olivia jusqu'à sa porte et elle s'abandonna un instant dans ses bras, puis il l'embrassa du bout des lèvres sur la tempe.

— Encore merci de votre aide, dit-il.

Elle recula d'un pas en souriant.

— Et merci à vous ! Je crains d'avoir abusé de votre patience. (Elle ouvrit la porte et tourna le visage vers lui.) Inutile de m'appeler ce soir, Alec.

— Voulez-vous dire que ma présence vous a suffi pour la journée ?

— Non. (Elle sembla hésiter.) Je me suis sentie si proche de vous aujourd'hui... Ce n'est peut-être pas souhaitable.

Il sentit son cœur battre un peu plus fort avant de penser à Annie. « Attendras-tu un an ? » lui avait-elle demandé.

— Alors, on se parle demain.

Il trouva sa maison vide. Après avoir réchauffé une tranche de pizza dans le four à micro-ondes, il s'assit à la table de cuisine, la *Beach Gazette* du matin déployée devant lui. En haut et à droite de la première page, la photo d'Annie lui sauta aux yeux. Il reposa sa fourchette et saisit le journal à pleines mains. Le titre de l'article était imprimé en caractères monumentaux : LE SERVICE D'URGENCES DE KILL DEVIL HILLS ACCUSÉ DE DISSIMULATION AU SUJET DE LA MORT D'ANNIE O'NEILL.

Après avoir lu l'article par deux fois, d'un bout à l'autre, il prit les clefs de sa voiture et sortit de chez lui comme un ouragan.

30

Olivia retira avec soulagement son tailleur et ses collants. Une douche bienfaisante l'aida à se libérer de ses derniers souvenirs pénibles, puis elle se versa une tasse de thé après avoir enfilé son peignoir. Assise à sa table de cuisine, elle recouvrait d'une feuille de cuivre le bord des vitraux découpés à l'atelier, quand un coup violent frappé à la porte la fit sursauter.

Elle posa le fragment sur lequel elle travaillait et traversa la salle de séjour obscure. Seule une flaque de lumière provenant de la cuisine éclairait le tapis. Elle s'approcha calmement de la fenêtre la plus proche de la porte : Alec lui apparut à la lumière de la véranda. Vêtu d'un short blanc et d'un T-shirt bleu marine, il levait le poing pour frapper à nouveau.

Elle resserra la ceinture de son peignoir et ouvrit la porte.

— Alec ?

Il entra dans la salle de séjour en brandissant son exemplaire de la *Gazette*.

— Avez-vous vu cela ?

Il paraissait furieux. Elle prit le journal et recula d'un pas, surprise par la flamme inhabituelle qui brillait dans son regard. Le gros titre lui apparut alors en pleine lumière.

Elle fronça les sourcils.

— Je n'ai pas la moindre idée de ce qu'ils entendent par là !

— On dirait que vous avez omis de me raconter certains détails concernant la mort d'Annie, lança-t-il en reprenant son journal.

Malgré son calme apparent, la colère faisait vibrer sa voix. Olivia se serra frileusement dans son peignoir en se remémorant les messages laissés par la journaliste sur son répondeur : elle comprenait maintenant ce qui se cachait derrière ce titre accrocheur.

Il n'y avait eu aucune « dissimulation » au sujet des soins apportés à Annie, mais toutes les personnes concernées avaient évité de discuter l'affaire en public, et certains membres du personnel des urgences avaient jugé bien téméraire sa tentative pour sauver Annie. Avec les connaissances médicales dont il disposait, Alec aurait dû faire la part des choses.

Pour l'instant, il fixait sur elle ce regard accusateur qu'il avait sur la photo de l'atelier d'Annie. Que pouvait-elle lui dire pour lui rendre son calme et son sourire ? L'amitié d'Alec, sa confiance, étaient un atout précieux qu'elle n'accepterait de perdre pour rien au monde.

— Si je vous faisais la lecture ? proposa-t-il, et il se mit à lire sans attendre sa réponse. « Olivia Simon — l'un des médecins aspirant au poste de directeur des urgences médicales de Kill Devil Hills — s'est rendue coupable de dissimulation à l'occasion de la mort d'Annie Chase O'Neill, l'une de nos plus chères concitoyennes. C'est ce qu'affirme le Dr Jonathan Cramer, un autre médecin du service, candidat à ce même poste. " Le Dr Simon a commis de graves erreurs de jugement ", a déclaré Cramer hier. " Elle se comporte en général comme si personne d'autre n'avait son mot à dire. Dans le cas d'Annie O'Neill — blessée par balle alors qu'elle assumait une tâche bénévole au Foyer de Manteo —, il était souhaitable de stabiliser la patiente, puis de la transférer en hélicoptère au service de traumatologie d'Emerson Memorial. Nous ne sommes pas équipés ici pour ce genre de problème. J'ai tenté de faire valoir mon point de vue, mais le Dr Simon s'est opposée au transfert de la blessée. Annie O'Neill n'avait dès lors aucune chance de survie. " »

— Mais c'est de la folie, Alec ! s'indigna Olivia. (Elle n'avait nul besoin d'en apprendre davantage pour savoir qu'elle avait perdu toutes ses chances d'accéder à la direction du service.)

Alec poursuivit sa lecture.

— « Le Dr Simon a été employée pendant dix ans aux urgences de Washington General avant son arrivée ici. " Habituée à de tout autres conditions de travail, précise Cramer, elle n'a pas conscience des limites d'une petite installation comme la nôtre. " Michael Shelley, l'actuel directeur du service des urgences de Kill Devil Hills, récuse ce témoignage et considère que toute l'histoire a été montée en épingle. Le Dr Simon reste, pour sa part, impossible à joindre. » En effet, nous savons tous qu'elle avait débranché son téléphone...

Après cette remarque sarcastique, Alec posa le journal sur la table basse et dévisagea Olivia.

— J'ignorais que vous aviez fait ce choix. Pourquoi m'avez-vous caché la vérité ?

Olivia s'effondra, à bout de forces, dans un fauteuil qui lui tendait les bras. Alec se tenait debout au milieu de la pièce, comme un acteur sous la lumière des projecteurs. Elle leva les yeux vers lui.

— Alec, il n'y a pas eu la moindre dissimulation. J'ai agi en mon âme et conscience, sans douter un seul instant de mon choix ! Jonathan Cramer me déteste et il ne supporte pas d'être en concurrence avec moi pour ce poste de directeur. Il cherche à me nuire...

— Je me moque de ses intentions à votre égard. Une seule chose m'intéresse : ce qui est arrivé à ma femme !

— Je vous l'ai expliqué.

— Vous avez prétendu qu'il y avait une seule option.

— J'ai opté pour la seule option valable !

Il marchait de long en large, disparaissant dans l'ombre et réapparaissant à intervalles réguliers.

— L'idée qu'un seul médecin puisse pratiquer — avec ou sans les instruments nécessaires — une opération à cœur ouvert m'a toujours paru aberrante ! J'essayais de ne plus y penser, mais cet article... Pourquoi ne pas l'avoir transférée à Emerson ?

Comme ça vous risquez d'avoir du sang sur les mains, avait bien dit Mike Shelley.

— Elle n'aurait pas tenu le choc.

Il fit un grand geste en direction du journal.

— Ce type pensait évidemment le contraire, et il était plus ancien que vous dans le service. N'avez-vous pas supposé un seul instant qu'il avait peut-être raison ?

— J'estimais qu'une intervention chirurgicale...

— Vous n'en aviez pas les moyens, Olivia, c'est évident ! Il suffisait de l'intuber, d'installer des perfusions et de la transférer dans les plus brefs délais. (Debout à côté d'elle, il élevait la voix d'une manière déplaisante.) Si vous l'aviez envoyée à Emerson, elle aurait eu une chance de survivre et elle serait peut-être encore parmi nous.

Olivia leva vers Alec des yeux noyés de larmes.

— Jonathan n'avait jamais vu ce type de blessure et il était dépassé par les événements. Alec, je vous en supplie, réfléchissez bien : elle avait *deux* trous dans le cœur, il ne le mentionne pas dans sa déclaration à la presse ! Comment voulez-vous stabiliser quelqu'un qui a deux trous dans le cœur ? Je devais opérer, coûte que coûte. Elle perdait tout son sang... Je vous assure qu'elle serait morte dans l'hélicoptère !

Olivia s'interrompit. Le regard furieux d'Alec pesait toujours sur elle. Il n'avait pas retrouvé son calme mais il l'écoutait attentivement.

— Lorsque j'ai décidé d'opérer, Jonathan a refusé de m'aider. J'avais conscience de prendre un risque, d'autant plus que j'étais seule ! Juridiquement et médicalement, j'étais sur le fil du rasoir, mais d'un point de vue éthique je n'avais aucun doute. (Elle essuya sa joue trempée de larmes du revers de la main.) En transférant Annie à Emerson j'aurais dégagé ma responsabilité, mais elle serait morte avant d'arriver. J'ai agi selon ma conscience. Si nous avions pu boucher ce trou à l'arrière de son cœur, elle aurait survécu ! (A l'évocation de ce souvenir, ses doigts se mirent à trembler.) Je n'ai jamais fait un choix aussi difficile, conclut-elle, les yeux levés vers Alec.

Il respirait bruyamment, mais son regard s'était adouci à mesure qu'elle parlait. Il posa les mains sur ses épaules et l'attira en pleine lumière, dans ses bras.

— Vous ne vous doutez pas de l'épreuve que ça a représenté pour moi, murmura-t-elle, la tête blottie contre son épaule.

— Pardon, Olivia. (Il l'embrassa sur les cheveux.) Je suis vraiment désolé. J'ai lu cet article et... j'ai perdu la tête. J'ai supposé que vous m'aviez menti, que vous m'aviez dissimulé certains points. On dirait que j'ai encore besoin d'un bouc émissaire.

Elle releva la tête pour le regarder dans les yeux.

— Allez interroger Mike Shelley et les infirmières qui étaient de garde ce soir-là, Alec. Je veux que vous ayez confiance en moi.

— J'ai confiance en vous, Olivia, Je vous crois...

Il l'attira de nouveau contre son épaule et la garda ainsi pendant un long moment. Les yeux fermés, elle se laissait aller au rythme de sa respiration. Doucement, il prit son visage entre ses mains et déposa un baiser sur sa tempe, puis sur ses yeux et ses joues trempées de larmes ; elle tourna un peu le visage pour recevoir le suivant sur ses lèvres.

Sa colère avait disparu, seule demeurait l'excitation. Il glissa ses mains entre Olivia et lui, dénouant la ceinture de son peignoir qui s'entrouvrit à peine. Après avoir reculé d'un pas, il promena lentement ses doigts sur ses seins, en suivant la ligne d'or de sa chaîne.

Il retira son T-shirt et fit glisser la soie du peignoir : elle apparut en pleine lumière, attirée vers lui comme par un aimant. Le peignoir, tombé à terre, formait une boule brillante à ses pieds.

Elle avait l'impression de fondre, de se liquéfier. Sa main se posa en hésitant sur le short d'Alec et elle sentit à travers le tissu la force de son érection. Lorsqu'elle referma sa paume sur son sexe, il frissonna de tout son corps. Il laissait maintenant glisser ses mains, et elle entrouvrit les jambes pour recevoir ses caresses. Mais ses doigts semblèrent se glacer sur la courbe de son ventre. Toute son ardeur avait soudain disparu... Olivia le serra plus étroitement ; il recula et prit sa main dans la sienne. Elle vit alors scintiller son alliance sous la lumière blanche de la cuisine.

Il la regarda droit dans les yeux.

— Que faisons-nous, Olivia ? Tu es mariée, et moi j'ai l'impression de l'être encore. J'ai de l'amitié pour ton mari. Et pour comble, tu vas avoir un bébé.

Ses cheveux effleurèrent la cuisse d'Olivia lorsqu'il se baissa pour ramasser son peignoir. Il le déposa sur ses épaules et l'aida à le croiser sur sa poitrine, puis il noua sa ceinture. Elle se laissa faire, rouge d'embarras : Alec avait écouté la voix de la raison alors qu'elle s'offrait à lui sans remords, consentante et brûlant de désir...

Les bras croisés, elle observait ce visage sérieux et austère qui l'avait impressionnée lorsqu'elle l'avait vu pour la première fois.

— Il vaudrait mieux cesser de nous voir pendant quelque temps, murmura-t-il. Nous sommes allés trop loin aujourd'hui, trop loin pour des amis... Tu es vulnérable, moi aussi. Je travaille avec ton mari... Mais parle, Olivia, je t'en prie.

Elle gardait les yeux baissés et les bras croisés sur sa poitrine. *Mon mari a fait l'amour avec ta femme*, songeait-elle. Elle aurait voulu lui expliquer pourquoi cette nuit aux urgences avait été si pénible et lui faire partager son épreuve. Les mots étaient au bord de ses lèvres, mais elle devait se taire.

— Très bien, murmura-t-elle enfin.

Incapable d'affronter son regard, elle se baissa et lui tendit son T-shirt. Il le prit et passa sa tête dans l'encolure.

— Je ferais mieux de partir !

Elle le suivit jusqu'à la porte, les jambes tremblantes et un grand creux dans la poitrine, avec une étrange sensation d'écœurement... Sous la lumière de la véranda, il tourna vers elle ses yeux bleu pâle.

— Tu devrais venir à nos réunions concernant le phare, pour que je vous voie ensemble, Paul et toi. Ça me serait utile, et je crois que vous y gagneriez aussi. On dit toujours que des intérêts communs...

— Non ! s'écria-t-elle, horrifiée à cette idée.

En se retournant, elle aperçut le journal oublié sur la table basse, au fond de la salle de séjour obscure.

— Veux-tu ton journal ?

— Tu peux le jeter. Ou l'utiliser pour la litière de Sylvie, grommela-t-il en esquissant un vague sourire.

Elle aurait dû lui résister... Mais non, se dit-il, il ne fallait pas trop lui en demander ! Par ailleurs, s'il n'avait pas retrouvé la raison en sentant sous sa paume la douce sphère fécondée par un autre, il n'aurait pas hésité à satisfaire son désir. Et à la réunion suivante, il aurait été incapable de regarder Paul dans les yeux.

Il tripota les boutons de la radio, dans l'espoir de trouver un air qui l'aiderait à mettre de l'ordre dans ses idées. Mais il n'y avait sur les ondes que des annonces publicitaires ou des chansons qu'il ne connaissait pas.

Rentré chez lui, il prit une douche glacée. Une fois sec, il gardait encore le souvenir de la main d'Olivia le caressant à travers son short. Il aurait voulu anéantir toute sensation, vider sa tête de ses pensées... Après avoir fouillé l'office de fond en comble, il trouva ce qu'il cherchait — une bouteille de tequila. Elle avait servi à préparer des *margaritas* l'été précédent, à l'occasion d'une soirée donnée avec Annie. Il la déboucha et but une gorgée au goulot. Un vrai poison ! Il s'obligea à avaler une seconde gorgée, puis il monta se coucher, sans lâcher sa bouteille.

Il se rappelait cette soirée. Annie préparait des grillades, pendant que lui-même s'occupait des cocktails. Tom Nestor s'était soûlé plus que jamais ; ce type devenait bizarrement dépressif dès qu'il buvait un verre de trop. Il se plaignait ce soir-là d'une femme avec qui il s'était disputé, ses gémissements démoralisaient tous les invités. Annie, soucieuse, avait mêlé de l'eau à ses boissons. Elle l'avait incité à se calmer, car il regrettait ses paroles dès qu'il redevenait sobre. Malgré son intervention, Tom avait continué à se lamenter jusqu'à l'aube. Comme il était incapable de conduire sa voiture, elle l'avait installé dans la chambre d'amis, mais le lendemain matin, ils l'avaient retrouvé roulé en boule à même le sol, sous les vitraux ovales de la salle de séjour.

Immobile sur son lit, Alec laissait ses souvenirs défiler dans sa tête. L'alcool, qui n'avait pas calmé son érection, troublait ses pensées et lui faisait perdre le contrôle des images qui affluaient dans son esprit : les seins d'Olivia, leur blancheur, la ligne sinueuse de sa chaînette d'or, la fermeté de ses mamelons sous ses doigts. Il ingurgita une nouvelle dose de tequila, dans l'espoir de chasser de sa mémoire cette image obsédante, mais en vain. Résigné, il glissa sa main sous son drap. Plus rien ne comptait sauf la chaleur d'Olivia, la douceur de son corps...

Sa jouissance fut explosive, et il murmura au milieu de ses larmes : « Annie, je ne peux plus supporter la solitude ! »

Puis il sombra dans un profond sommeil. Il rêvait qu'on transplantait le phare. Une vingtaine d'hommes au moins le soulevaient et l'emportaient, grinçant et vacillant. Il sentait son cœur battre à tout rompre, mais les gens applaudissaient autour de lui. Maintenue par un système de cordes et de poulies, la noble tour blanche commençait son long voyage à l'intérieur des terres. Il fut le premier à entendre un craquement et à voir le mortier s'effriter entre les briques. Il agitait les bras et criait aux hommes de s'arrêter, mais ils ne l'entendaient pas à cause des vivats de la foule. D'énormes fragments se détachaient et tombaient lentement sur le sol. Il voulait se précipiter vers eux, mais Annie le retenait. Il ne pouvait pas l'entendre, mais il la voyait articuler ces mots : « Laisse tomber, Alec. »

Non ! Il s'assit dans son lit, en sueur et la respiration haletante.

— Papa ?

La voix de Lacey... Elle devait être derrière la porte. Il se passa la main sur le visage pour effacer son rêve.

— Oui ? répondit-il d'une voix si faible qu'il craignit de ne pas se faire entendre.

— Je peux entrer ?

On aurait dit une enfant. S'il ouvrait la porte, elle serait là, avec ses boucles rousses de petite fille !

Il avait des élancements dans la tête. Dans l'obscurité de la chambre, il lut 2 : 07 sur la pendule à affichage numérique. Le matelas à côté de lui était marqué d'un cercle humide et froid. Avait-il trop bu et mouillé son lit ? Tout à coup, il se souvint... Sa chambre sentait la tequila, la sueur et le sperme. Il ne pouvait pas laisser sa fille entrer.

— Papa, s'il te plaît, j'ai besoin de te parler !

— Un instant, Lace, j'arrive.

Il sortit de son lit et enfila son short. La tête lourde, il arriva dans la salle de bains à temps pour vomir deux fois de suite, puis il s'assit par terre, le dos appuyé au mur. La fraîcheur du carrelage l'apaisa, et il attendit quelques minutes que sa tête cesse de tourner.

Lorsqu'il se releva, il tenait à peine sur ses jambes. Après avoir retrouvé son T-shirt, il se brossa les dents et se sentit mieux. La pendule indiquait 3 : 15. Il avait dû somnoler... Quand il ouvrit la porte, la lumière du couloir était éteinte. Il marcha dans l'obscurité jusqu'à la chambre de Lacey, l'un des chats le frôla au passage et le fit sursauter. Puis il frappa à la porte de sa fille. N'obtenant pas de réponse, il ouvrit : la lampe de chevet était allumée, mais elle dormait tout habillée sur son couvre-lit, et elle serrait dans ses bras l'une de ses poupées au visage de porcelaine. Elle empestait la bière comme si elle en était imprégnée.

Alec prit une couverture dans le placard et la déposa sur elle en la bordant autour des épaules. Puis il s'assit au bord du lit pour lui secouer doucement le bras.

— Lacey ?

Elle garda les yeux fermés. Sa respiration était lente et profonde. Il avait raté une occasion unique de communiquer avec sa fille, alors qu'elle avait besoin (selon ses propres termes) de lui parler. Elle l'avait même appelé *papa*, et il n'avait pas répondu à sa demande...

Il avait maintenant la certitude qu'elle avait bu. Comment ferait-il pour lui parler sans que la discussion tourne au pugilat ? Par chance, elle dormait. Il aurait donc le temps de réfléchir à la conduite à tenir. Surtout ne pas l'accabler de reproches et ne pas se mettre en colère ! Agir à la manière d'Annie, et lui dire avant tout combien il l'aimait.

En se penchant en avant pour ébouriffer les mèches sombres de Lacey, il remarqua, au niveau du crâne, la ligne rousse des racines. Puis il alla éteindre. Sa fille resta seule dans sa chambre, le visage contre la joue froide de sa poupée de porcelaine.

31

Un coup de téléphone de Nola réveilla Alec le lendemain matin.

— As-tu jeté un coup d'œil sur la *Gazette* d'hier, mon chou ?

Il se retourna sur lui-même pour voir la pendule et fit la grimace en apercevant la bouteille de tequila contre sa poitrine. Déjà 9 h 30, et il avait un marteau piqueur dans la tête !

— Oui, j'ai vu, grommela-t-il.

— C'est terrible, Alec. J'imagine ce que tu as ressenti en lisant cet article. Vas-tu engager une action en justice ?

Excédé, il leva les yeux au plafond.

— J'ai discuté avec Olivia Simon. Elle a agi en son âme et conscience, et je suis persuadé qu'elle a bien fait. A propos, sais-tu qui elle est ?

— Olivia Simon ?

— Oui. Elle est la femme de Paul Macelli.

— Tu plaisantes ! Je le croyais célibataire.

Il crut déceler une certaine déception dans la voix de Nola : peut-être avait-elle des vues sur Paul.

— Ils sont séparés. Au moins temporairement. (Il prit une profonde inspiration pour se préparer à une réaction qu'il redoutait.) Elle m'a accompagné à Norfolk hier.

Nola resta silencieuse si longtemps qu'il se demanda si elle était encore en ligne.

— Ah, vraiment ?

— Comme elle a l'habitude de prendre la parole en public, je lui ai confié l'interview à la radio.

Nola hésita un instant.

— J'aurais pu m'en charger, Alec.

A vrai dire, il n'avait pas envisagé un seul instant de s'adresser à Nola — de peur de passer de trop longues heures en tête à tête avec elle.

— Tu travailles le samedi !

— Oui, mais crois-tu que ton Olivia Simon s'intéresse vraiment au phare ? Avec tous ces bruits qui courent au sujet de la mort d'Annie, tu vas donner l'impression de pactiser avec l'ennemi.

— Nola, tu exagères !

— Cet article va entraîner des réactions. Des tas de gens se sont émus depuis hier et j'ai reçu de nombreux coups de téléphone à ce sujet.

Alec soupira.

— Essaye de calmer l'opinion, Nola. Annie est morte, et rien ne la ressuscitera.

Quand Alec descendit dans la cuisine, il réprima un haut-le-cœur en voyant Clay attablé devant un demi-cantaloup empli de fromage blanc. Puis il se versa une tasse de café noir et mit deux tranches de pain à griller avant de s'asseoir en face de lui.

— Lacey est levée ?

— Tu as l'air de sortir d'une décharge de produits toxiques, marmonna Clay en le dévisageant.

Alec se passa la main sur le menton : dans son impatience de voir Lacey, il ne s'était pas rasé et il n'avait pas encore pris sa douche.

— Merci quand même !

Clay planta sa cuillère verticalement dans son melon.

— J'ai pris une décision, papa. Je ne vais pas au collège[1] cette année.

— Comment ? (Un toast avait surgi du grille-pain, mais Alec ne tendit pas la main.)

— Je vais passer une année à la maison. Des tas de jeunes le font.

— Avec les résultats que tu as obtenus et une bourse d'études à Duke, je ne peux pas croire que tu comptes sérieusement vendre des planches à voile pendant une année entière !

1. Aux Etats-Unis, établissement correspondant au premier cycle de l'enseignement supérieur.

— Je pense que tu as besoin de moi à la maison, et Lacey aussi.

— Vous vous entendez comme chien et chat ! protesta Alec en riant.

— Ce n'est pas une raison pour que je me désintéresse de son sort. Si je pars, j'ai peur de la retrouver enceinte ou droguée à mon retour.

Alec tendit la main et la posa sur l'épaule de son fils.

— Clay, que se passe-t-il ? As-tu peur de quitter la maison ?

— Oui, j'ai peur, mais ce n'est pas pour moi, murmura Clay en dégageant son épaule.

— Va au collège sans crainte ! Je suis capable de m'occuper d'une adolescente de quatorze ans.

Alec croisa le regard de Clay : il était au bord des larmes, lui qui avait pleuré une seule fois depuis sa petite enfance, le soir de la mort d'Annie...

— Papa, tu étais un père formidable, mais je doute que tu sois encore capable de t'occuper d'une adolescente de quatorze ans. Je doute même que tu sois capable de t'occuper de toi ! (Clay se pencha en avant, les coudes sur la table.) Tu m'écoutes, papa ? Hier soir, des copains qui revenaient d'une soirée m'ont dit qu'ils avaient vu Lacey. Elle était ivre, complètement ivre... Pendant qu'ils étaient là-bas, elle a suivi un garçon dans une chambre, et ensuite un autre.

Alec sentit son café lui brûler l'estomac. Incapable de prononcer un mot, il gardait les yeux rivés sur son fils.

— Si j'avais pu les retrouver je leur aurais cassé la figure !

— Eh bien, merci de m'avoir prévenu. Maintenant c'est mon problème, et je m'en charge ! (Il prit son toast en pensant à Annie : elle n'aurait jamais envoyé Clay à Duke contre son gré.) En ce qui concerne le collège, le choix t'appartient, Clay. Mais, surtout, ne reste pas à cause de Lacey.

Il écouta sur son répondeur les messages laissés par des amis et connaissances, mal informés, qui s'indignaient de la manière dont Annie avait été traitée aux urgences. Puis il alla se doucher et se raser, dans l'espoir de reprendre le dessus. Mais l'image de Lacey, victime d'abus sexuels, restait ancrée dans son esprit.

A midi, il la réveilla. Elle avait le visage pâle et bouffi, et elle gémit en ouvrant les yeux. Il laissa la lampe de chevet éteinte, mais le peu de lumière qui filtrait à travers les stores la fit cligner des yeux. Elle s'assit lentement et appuya la tête au dosseret du lit. Sa poupée de porcelaine était à côté d'elle.

— Tu voulais me parler hier soir, lui dit-il en prenant garde à ne pas l'appeler Annie.

Elle grommela de la voix bougonne qu'elle avait adoptée depuis peu :

— J'me rappelle pas. (L'encolure de son T-shirt laissait entrevoir une série de suçons encore rouges.)

— Il faut que nous parlions.

— Pas maintenant. J'me sens pas bien.

— Tu as la gueule de bois. Je voudrais justement t'en parler... A ton âge, tu ne devrais pas boire !

Il se mordit les lèvres : n'avait-il pas décidé d'engager la conversation en lui rappelant qu'il l'aimait ?

— J'ai bu une seule bière.

Il faillit lui répondre qu'elle mentait, mais il se contenta de prendre la poupée et de la poser sur ses genoux ; ses yeux peints en brun fixaient le plafond d'un air ébahi.

— Je pensais hier soir, Lacey, que je ne t'ai pas dit depuis bien longtemps combien je t'aime.

Elle tira nerveusement le bord effiloché de sa couverture. En coupant ses cheveux, elle avait commis une erreur stratégique — ils n'étaient plus assez longs pour lui cacher les yeux.

— Tu es ma fille chérie, Lace, et je m'inquiète beaucoup à ton sujet. Clay m'a dit que des copains t'avaient vue... aller dans une chambre avec deux types différents, hier soir.

Le visage de Lacey se ferma. Une lueur d'inquiétude brillait dans son regard, mais elle fit semblant de rire.

— Ce n'était pas moi, ils se sont trompés !

— Tu es une fille sensée, Lace. Pourtant, l'alcool te fait perdre ton discernement. Tu te comportes d'une manière qui ne te ressemble pas, et tes copains en profitent. Tu ne devrais pas...

— Je n'ai *rien* fait ! Mais j'aurais bien le droit de faire comme maman...

— C'est vrai qu'elle a commencé très jeune, par manque d'amour. Tu sais comment étaient ses parents — elle ne s'est jamais sentie aimée. Mais toi, Lacey, tu n'as pas besoin de te jeter dans les bras des garçons pour te faire aimer !

— Je ne me jette pas dans leurs bras !

Le regard d'Alec se posa sur une affiche, au-dessus de la tête de Lacey : un musicien à longs cheveux, moulé dans un pantalon de cuir d'une étroitesse indécente, lui souriait d'un air narquois.

— Nous devrions aborder le problème de la contraception.

Lacey s'empourpra. Ses joues avaient la même couleur que les zébrures de son cou.

— Papa, tais-toi !

— Je peux te prendre un rendez-vous avec un médecin, si tu veux.

— Non !

La poupée était restée sur les genoux d'Alec. Il effleura du doigt ses minuscules dents de porcelaine.

— Tu n'as peut-être pas le choix. Si tu... couches avec des garçons, tu ne peux pas te passer de contraception.

Elle le regarda d'un air incrédule.

— Maman n'aurait jamais dit ça !

— Ecoute, Lacey, si tu agis comme une adulte, tu dois prendre tes responsabilités...

— Maman ne m'aurait jamais traitée de cette manière non plus ! Elle me croyait toujours, elle me faisait confiance !

Incapable de maîtriser plus longtemps sa colère, il jeta la poupée durement sur le lit.

— Je suis ton père, et ta mère n'est plus là ! Elle nous a laissés seuls parce qu'elle s'est sacrifiée pour un tas de malheureuses créatures !

Lacey repoussa sa couverture et bondit hors du lit.

— Tu aurais préféré que Zachary Pointer me tue à sa place, non ? Je parie que tu te réveilles parfois la nuit en te disant : pourquoi Annie, alors que ça aurait pu être Lacey ?

Muet de stupeur, Alec la regarda se précipiter vers la porte. Puis il entendit des pas rapides dans le couloir, et la porte de la salle de bains claqua si fort qu'il tressaillit.

Il resta immobile quelques minutes avant de se résoudre à refaire le lit. Il plia nettement le drap sur la couverture, borda le couvre-lit sous l'oreiller, et cala pour finir la poupée contre le dosseret. Après quoi, il descendit dans son bureau pour se plonger jusqu'au soir dans ses documents concernant le phare.

32

Pendant quelques jours, elle ne vit que des touristes : les gens du cru faisaient les difficiles et refusaient d'être reçus aux urgences par le médecin qui leur avait pris Annie O'Neill.

Le mardi suivant l'article fielleux de la *Gazette*, Mike Shelley demanda à la voir. Il était au téléphone lorsqu'elle entra dans son bureau, et il lui fit signe de s'asseoir. Le pli soucieux qui barrait son front tandis qu'il parlait à son interlocuteur n'annonçait rien de bon.

Elle s'était sentie très seule depuis quelques jours, malgré la sympathie discrète de l'ensemble du personnel des urgences. « Nous sommes de tout cœur avec toi », lui avait dit Kathy Brash. « Nous savons ce que tu as enduré, cette nuit-là », avait ajouté Lynn Wilkes. Mais elles semblaient chuchoter, de peur de manifester publiquement leur soutien. Jonathan avait aussi des alliés qui guettaient chacune des initiatives d'Olivia, dans l'espoir qu'elle commette une erreur.

Paul n'avait pas réapparu depuis son départ pour Washington. Alec non plus ne lui avait pas fait signe depuis le soir où elle s'était retrouvée, nue et consentante, dans ses bras. A ce souvenir, elle avait envie de rentrer sous terre. Chaque soir, après avoir attendu vainement la sonnerie du téléphone, elle finissait par s'endormir après 10 h 30. Le lendemain matin, à son réveil, elle réalisait qu'il n'avait pas appelé. Manifestement, il cherchait à l'éviter. Peut-être même la jugeait-il coupable...

Mike raccrocha et lui sourit d'un air las.

— Regarde ce que j'ai reçu ce matin, grommela-t-il, en lui tendant une feuille de papier qu'il avait tirée d'une grande enveloppe. Une pétition... Trois cents personnes demandent ta démission. Ou plutôt me prient d'exiger ta démission.

En haut de la première feuille jaune, quelques lignes étaient tapées à la machine. *En raison de sa conduite inadmissible face à l'urgence médicale qui a entraîné la mort de leur chère concitoyenne, Annie O'Neill, les personnes suivantes exigent la démission immédiate du Dr Olivia Simon.*

Elle parcourut des yeux les signatures alignées sur trois pages en se demandant si celle d'Alec y figurait, mais sa vue se troubla devant cette multitude de noms.

— Je n'ai pas l'intention de céder, Olivia, mais je voulais te mettre au courant, déclara Mike qu'elle interrogeait du regard. Cette affaire a pris des proportions regrettables!

Mike avait fait plusieurs déclarations à la presse. Tout en niant avec véhémence la moindre tentative de dissimulation, il avait soigneusement pesé ses mots, et Olivia comprenait sa prudence. Sa position, sur le plan politique comme sur le plan médical, lui interdisait de s'aliéner l'opinion publique. D'ailleurs, les gens n'entendaient que ce qu'ils voulaient entendre : plusieurs mois après la mort de leur bien-aimée sainte Anne, ils cherchaient encore un bouc émissaire.

— Sais-tu quel est le point de vue de son mari? demanda Olivia.

— Je ne pense pas qu'il soit l'instigateur de cette pétition. Espérons qu'il ne va pas consulter un avocat.

— Désolée, Mike.

— Tu n'as rien à te faire pardonner! Ta décision était risquée sur le plan juridique, mais réellement courageuse. A ta place, je n'aurais sans doute pas osé en faire autant.

Elle se leva et il la suivit jusqu'à la porte.

— Garde la tête haute. (Il lui montra du doigt la pétition restée sur son bureau.) Je vais réfléchir à ce problème. En attendant, tu peux continuer à travailler comme si de rien n'était.

Le soir même, elle s'arrêta à l'atelier pour montrer à Tom le dessin d'un nouveau vitrail — des ballons de toutes les couleurs au-dessus d'un pré verdoyant. Un projet quelque peu ambitieux. Elle l'imaginait déjà à la fenêtre de la chambre d'enfants...

Tom leva la tête en la voyant entrer. Elle sortit le papier

calque de son sac, qu'elle déposa sur la chaise vide, à côté de la table.

— Ça va, Tom ?

— Comme ci, comme ça. (Il parlait du bout des lèvres, les bras croisés.)

— Que se passe-t-il ?

— J'ai bien réfléchi, Olivia. Vous ne pourrez plus prendre de leçons avec moi.

Elle le regarda, éberluée, en se demandant si sa signature figurait sur la pétition.

— A cause des accusations de Jonathan Cramer ?

— Je ne sais que penser, mais j'ai l'impression que vous avez pris un risque qui a coûté la vie à une amie très chère. Une précieuse amie... (Ses yeux s'emplirent de larmes, prêtes à déferler sur ses cils pâles.)

— J'ai fait le maximum pour elle, protesta Olivia hors d'elle, et je n'ai rien à me reprocher ! Les gens me blâment parce qu'ils ne peuvent pas s'en prendre directement à Zachary Pointer. Je suis devenue leur bouc émissaire, mais je vous jure, Tom, que j'ai agi en mon âme et conscience.

— C'est possible, Olivia, je ne vous juge pas ! Et pourtant, je ne peux pas vous laisser venir ici chaque semaine à la place d'Annie, utiliser ses outils, et...

— Très bien, j'ai compris.

— Je pourrais vous donner le nom de quelques artistes susceptibles de vous aider, mais vous savez que notre petite communauté est très solidaire. Je doute qu'ils acceptent de vous donner des leçons pour le moment.

Olivia glissa le papier calque dans son sac et quitta l'atelier sans un mot. Des passants se retournèrent en l'entendant claquer violemment la porte. Savaient-ils qui elle était ? Tout le monde lui semblait au courant... Elle monta dans sa voiture, mais, de crainte d'être observée, elle attendit d'être engagée dans la rue pour s'abandonner à ses larmes.

Elle avait presque terminé son service aux urgences, le lendemain, lorsqu'une collision fut annoncée sur la grand-route. L'un des conducteurs s'en tirait avec quelques contusions, mais l'autre — une jeune femme d'une vingtaine d'années — était plus sérieusement atteint. L'ambulance était en route.

— Il nous faut un second médecin, déclara Olivia en préparant la salle de soins.

— Je sais, répondit Kathy d'une voix hésitante, mais c'est le tour de Jonathan.

— Appelle-le tout de même!

La blessée et Jonathan arrivèrent en même temps. Jonathan fit irruption en aboyant des ordres et avec l'assurance d'un futur directeur. La jeune blessée était allongée sur un brancard et portait une minerve. Son abdomen était couvert d'ecchymoses d'un bleu sombre. Elle semblait à peine consciente et gémissait de douleur.

— Elle n'avait pas mis sa ceinture de sécurité, dit l'aide-soignant. Une chance que le volant l'ait retenue, sinon elle passait par la fenêtre!

Olivia s'adressa à Kathy.

— Une ponction lombaire, s'il te plaît. Numération, hématocrite et groupe sanguin, et aussi un taux d'alcoolémie, pendant que tu y es! (L'haleine de la jeune femme empestait l'alcool.)

Jonathan installa une perfusion.

— L'hélicoptère est en route? (Lynn Wilkes lui adressa un signe de tête affirmatif.) Dès qu'elle sera stabilisée, nous l'enverrons à Emerson.

D'une voix sarcastique, il ajouta, en se tournant vers Olivia :

— Sauf si tu as l'intention de jouer au docteur avec elle?

Olivia ne réagit pas. Elle se demandait quelle était la meilleure conduite à tenir avec la blessée. Sa tension très basse était-elle normale chez elle, ou le symptôme de problèmes plus inquiétants?

— Le pouls est à 110, annonça Kathy en jetant un coup d'œil à Olivia.

Olivia palpa avec précaution l'abdomen de la blessée. Comme elle promenait ses doigts sur son côté gauche, celle-ci se rétracta brusquement en gémissant. Etait-elle gênée par la pression sur ses ecchymoses, ou s'agissait-il d'une rupture de la rate?

— Percutons son abdomen, dit Olivia.

— Pas le temps! gronda Jonathan. Veux-tu avoir une seconde mort sur la conscience?

Docilement, elle aida Jonathan à préparer la blessée en vue du transfert. Puis elle assista à son départ, la tête bourdonnante, et elle tituba jusqu'à son bureau — où elle s'effondra dans son fauteuil, les yeux fermés. Elle se sentait lâche... Pourquoi s'était-elle laissé intimider par Jonathan ?

Il aurait fallu se battre, mais elle était terrifiée. Non par Jonathan, ni par la crainte de perdre son poste, mais par son propre jugement. Si on lui avait demandé à ce moment précis — où elle était assise plus morte que vive devant son bureau — si elle avait fait le bon choix concernant Annie, elle aurait été incapable de répondre...

Quand elle appela Emerson Memorial un peu plus tard, on lui apprit que la blessée présentait en effet une rupture de la rate. Jonathan avait eu raison : le temps passé à percuter son abdomen aurait pu lui coûter la vie ! Elle se mit à pleurer — de soulagement, parce que la femme avait survécu, mais aussi de dépit, parce qu'elle doutait maintenant de sa capacité à prendre des décisions pertinentes.

Ce soir-là, elle alla se coucher avec le sentiment d'être absolument seule au monde. A minuit et demi, elle prit son téléphone sur sa table de nuit pour composer le numéro d'Alec. Quand il lui répondit d'une voix profondément ensommeillée, elle préféra raccrocher sans dire un mot.

33

Août 1991

Paul traversa Connecticut Avenue en inspirant avec peine l'air humide et visqueux du District de Columbia. Par un temps pareil, des branchies n'auraient pas été inutiles ! L'enseigne au néon de Donovan's Books surgit au bord d'un immeuble, à quelques mètres devant lui, et il accéléra le pas.

A l'intérieur du magasin, il resta un moment debout près de la porte pour s'éponger le front et s'imprégner de la splendeur sans égale de sa librairie favorite. L'époque où il habitait là lui manquait. Olivia elle-même commençait à lui manquer...

Il était 9 h 30, et la librairie était bondée ! A cette heure tardive, tout était déjà fermé sur les Outer Banks, sauf peut-être les magasins d'articles de pêche.

Il traversa lentement le magasin en effleurant les livres du bout des doigts. Il se souvenait de ses lectures de poésie, le dimanche et le lundi soir, devant un public éclectique et toujours enthousiaste.

Après avoir gravi l'escalier, au fond du magasin, il alla commander au comptoir une eau minérale et une part de gâteau au fromage blanc. Il se mit en quête d'une place vide au milieu des petites tables noires de monde. L'une d'elles était en train de se libérer près de la balustrade. La vue plongeante sur l'ensemble de la librairie lui rappela que cette table était celle qu'Olivia et lui avaient toujours préférée : pendant deux ans, après leur mariage, ils avaient habité un appartement de l'autre côté de la rue ; et même après avoir acheté une maison à

251

Kensington, ils avaient gardé l'habitude de se retrouver plusieurs fois par semaine à cette même table. A cette époque, ils travaillaient ensemble à la rédaction de *L'Accident du Potomac*. Il avait adoré écrire ce livre avec Olivia !

Il était à Washington General pour « couvrir » la maladie d'un sénateur lorsqu'il avait entendu dire qu'un train venait de plonger dans le Potomac. Arrivé avant les autres journalistes au service des urgences où régnait encore la panique, il avait été entièrement livré à lui-même pendant plusieurs heures.

Lorsqu'il vit Olivia pour la première fois, elle accueillait à l'entrée du service une victime de l'accident, allongée sur un brancard. Pour ne pas être gênée par ses longs cheveux bruns, elle les avait relevés avec un élastique en une bizarre queue de cheval un peu décentrée. Puis, elle avait emmené la blessée dans la salle de traumatologie en lui parlant doucement et en tamponnant avec de la gaze sa plaie ensanglantée. L'hôpital était une véritable ruche où s'affairaient médecins et infirmières, mais, pendant les jours suivants, toute l'attention de Paul s'était concentrée sur Olivia. Il l'observait tandis qu'elle annonçait aux familles que des êtres chers étaient entre la vie et la mort, ou quand elle prenait les blessés dans ses bras pour les rassurer. A la fin de ces quelques journées d'enfer, ses cheveux pendaient dans son dos, sa frange collait à son front en sueur, des cernes sombres marquaient sa peau d'albâtre autour des yeux, et sa blouse verte était maculée de sang. Pour lui, elle incarnait la beauté...

Ne se sentant pas encore assez mûr pour un nouvel attachement, il savait que l'étonnante générosité d'Olivia l'avait séduit : elle lui rappelait Annie. Une comparaison absurde ! Avec son inexactitude et son manque d'organisation, Annie aurait semé la panique dans une salle d'urgences. Olivia le fascinait au contraire par son calme exceptionnel et sa rigoureuse efficacité. Au bout d'un certain temps, il avait fini par comprendre qu'elle n'avait aucun point commun avec Annie, mais il était déjà réellement amoureux...

Combien de soirées avaient-ils passé ensemble à cette table, feuilletant des livres qu'Olivia choisissait sur les rayons du magasin ? En général des ouvrages sur la nature et la médecine. Pendant la période qui avait suivi leur rencontre, elle avait lu un maximum de livres sur le sexe. Après avoir banni pendant si longtemps la sexualité de sa vie, elle souhaitait rattraper le temps perdu. Comme un enfant qui découvre un nouveau jeu, elle avait appris à en maîtriser parfaitement les règles et elle ne se lassait pas de jouer. Très bien, d'ailleurs...

Les livres qu'elle rapportait à leur table ces dernières années contenaient des informations — rassurantes ou non — sur la stérilité.

Paul laissa fondre la dernière bouchée de gâteau dans sa bouche, les yeux fixés sur l'alliance qui brillait à son doigt. Il l'avait remise le matin même, après avoir cessé de la porter depuis des mois, et sa présence le rassurait. Olivia et lui n'en seraient jamais arrivés là s'ils avaient pu fonder une famille. Il s'était senti floué lorsqu'il avait appris qu'elle ne pourrait pas avoir d'enfants, mais il avait tenté de dissimuler sa déception : Olivia n'y pouvait rien, et elle était navrée comme lui ! Au moment précis où il commençait à retrouver ses esprits, elle avait reçu l'offre d'un poste dans les Outer Banks.

Sachant qu'Annie y vivait avec son mari et ses enfants, il avait éprouvé un étrange sentiment d'excitation et de terreur. Il avait conseillé à Olivia de refuser, mais après avoir passé un entretien, elle était revenue plus enthousiaste que jamais. Un véritable exil, loin de ma famille et de nos amis, avait-il objecté. Rétrospectivement, il se rendait compte qu'il n'avait pas insisté outre mesure, car l'idée de revoir Annie le mettait en transes. Il s'imaginait la rencontrant par hasard chez l'épicier ou à la plage. Plus il se laissait aller à ses fantasmes, plus il s'éloignait d'Olivia. Il devenait silencieux, et il prenait un ton cassant quand par hasard il lui adressait la parole. Pourquoi diable l'avait-elle placé dans une situation impossible ?

Après avoir emménagé, il avait attendu une semaine pour chercher O'Neill dans l'annuaire téléphonique. Le numéro personnel d'Annie et celui de son atelier y figuraient. Le lendemain, il passait en voiture devant l'atelier, et le surlendemain il y entrait.

Elle était seule, en train de fixer une photo sur le mur du fond. Son regard n'aurait pas été plus horrifié si elle avait vu apparaître un monstre à deux têtes !

— Calme-toi, Annie, lui dit-il aussitôt en lui faisant signe de l'écouter. Je ne viens pas pour t'ennuyer. Je suis marié moi aussi, et heureux en ménage. Ma femme est médecin aux urgences de Kill Devil Hills. (Il parlait d'Olivia à la fois pour rompre le silence et pour persuader Annie qu'elle ne courait aucun risque.)

Adossée au mur couvert de photos, elle avait croisé les bras sur sa poitrine comme pour se protéger. Il remarqua ses mains crispées et la blancheur de ses articulations.

Elle lui parut splendide. Ses formes s'étaient légèrement épanouies depuis la dernière fois qu'ils s'étaient vus. Elle avait maintenant un corps de femme. Sa chevelure semblait à peine moins sauvage, et quelques fils d'argent adoucissaient son roux flamboyant. Elle avait gardé la peau laiteuse qu'il lui avait toujours connue.

— Dis à ta femme que vous ne pouvez pas rester, répliqua Annie dès qu'il se tut. Si tu vis ici, on risque de se rencontrer à chaque instant. Paul, je t'en prie !

Ses paroles eurent pour seul effet d'enflammer son imagination : pourquoi aurait-elle craint sa présence si elle n'avait plus été attirée par lui ?

— Crois-moi, Annie, je ne voulais pas venir ici. J'ai essayé de dissuader Olivia, mais elle tenait particulièrement à ce poste !

— Lui as-tu parlé de moi ?

Paul hocha la tête.

— Elle ne sait même pas que j'ai passé un été ici. Un jour, j'ai commencé à lui parler de toi, mais Olivia est une femme pour qui le passé est le passé.

Le passé d'Olivia était si pesant et si pénible qu'il avait absorbé presque toute leur énergie pendant les premiers temps de leur liaison : il fallait d'abord la libérer du poids trop lourd qu'elle devait porter... Ensuite, il n'en avait plus été question. Elle savait seulement qu'il avait eu une longue liaison avant de la rencontrer, et elle ne souhaitait pas en apprendre davantage.

Il s'approcha du mur pour examiner de plus près ses merveilleux vitraux.

— C'est magnifique, Annie, tu as beaucoup progressé !

— J'ai changé, tu sais. Je n'ai plus rien de commun avec la femme que tu as connue. Maintenant, tout est fini entre nous.

— Une simple amitié...

— Tu plaisantes ? (Elle baissa la voix car quelqu'un d'autre était certainement dans l'atelier.) Après ce que nous avons vécu, nous ne pouvons pas être simplement amis.

Il était assez près d'elle pour apercevoir de légères rides

autour de ses yeux et aux commissures de ses lèvres. Comme il aurait aimé entendre son rire résonner sur les vitraux !

— Je travaille à la *Gazette*, et aussi en free-lance. Je souhaiterais écrire un article sur toi dans *Seascape Magazine*.

— Non.

— J'en ai déjà parlé au rédacteur en chef. Annie, tu pourrais m'aider à me faire connaître !

Il entendit une porte grincer derrière lui. Sur le qui-vive, il se retourna aussitôt : un homme de grande taille, coiffé d'une queue de cheval, sortait, lui sembla-t-il, d'une chambre noire. Annie s'approcha de lui.

— Tom, je te présente Paul Macelli, un journaliste qui veut écrire un article sur moi dans *Seascape*.

Il serra la main de Tom et résolut de jouer le jeu d'Annie : si elle le souhaitait, il prétendrait ne pas la connaître.

— Vous avez fait le bon choix, observa Tom. Annie est un véritable Maître Jacques : elle participe à tout ce qui se passe dans la communauté, et vous pouvez juger par vous-même de son talent.

Il lui donna une foule de précieux détails sur le travail d'Annie, dont il prit note sur son calepin. Assise à sa table de travail, la jeune femme laissait courir son regard de l'un à l'autre, d'un air résigné et sans un sourire.

Les entretiens commencèrent. Il la laissa parler de son fils, de sa fille et d'Alec. Ces rencontres nourrissaient son obsession. Il envoya le photographe de *Seascape* à l'atelier pour prendre des dizaines de photos (bien plus qu'il n'en fallait pour son article !), avec l'intention de les garder. Le sourire qu'elle arborait sur ces photos lui était destiné, pensait-il, car son visage s'éclairait rarement dans la vie quotidienne. Elle brûlait de se jeter dans ses bras ; il en avait la certitude ! Autrement, pourquoi aurait-elle redouté à ce point sa présence dans le voisinage ?

Il n'avait pas d'amis. De nombreuses relations, mais personne à qui se confier et il avait de plus en plus de peine à garder le silence. Seule Olivia pouvait l'écouter.

Olivia… Comment l'avait-elle supporté pendant les semaines, les mois, où il lui parlait sans cesse d'Annie ?

Cette obsession était pathologique, il s'en rendait compte rétrospectivement. Annie lui avait fait perdre son sommeil, sa dignité et son bonheur conjugal. Quelques jours avant, Gabe lui avait téléphoné à l'hôtel pour lui parler de l'article de la *Gazette*, dans lequel Jonathan Cramer accusait Olivia. Après une nuit blanche, il avait conclu que Cramer mentait. Olivia méritait une confiance absolue, et il aurait remis sans hésiter sa propre vie et celle de tous ceux qu'il aimait entre ses mains. Sous la responsabilité d'Olivia, Annie avait eu plus de chances de survivre qu'avec n'importe quel autre médecin à des kilomètres à la ronde. Il en était convaincu aussi profondément qu'il ressentait la présence d'Olivia dans cette librairie. Pendant les années qu'ils avaient passées ensemble à Washington, il s'était senti comblé : elle avait fait de lui un homme équilibré et capable de vaincre ses démons. Il lui devait une infinie reconnaissance...

Comment l'avait-il remerciée du mal qu'elle s'était donné ? En se montrant cruel et indifférent. Maintenant que le journal pour lequel il travaillait s'attaquait à elle, il avait l'impression de continuer à la détruire, même en son absence.

Il jeta un coup d'œil à sa montre. A condition de partir immédiatement, il pourrait encore l'appeler en arrivant dans sa chambre d'hôtel. Il paya l'addition et s'en alla à grands pas dans la nuit torride.

34

Le téléphone sonna à 10 h 35. Olivia se savonnait les cheveux sous la douche. Enroulée dans sa serviette de bains, elle courut jusqu'à sa chambre pour répondre avant le déclenchement du répondeur.

En entendant la voix de Paul au lieu de celle d'Alec, elle éprouva un court instant de déception.

— Tu es rentré ?

— Non. Je suis à l'hôtel. Je quitte Washington demain.

Il avait une voix fatiguée, légèrement tendue.

— Comment vas-tu, Paul ?

Après un silence, elle l'entendit rire bizarrement, ou peut-être tousser.

— Physiquement, je vais bien. Mais, sur le plan émotionnel, je me rends compte que j'ai dû perdre la tête !

— Que dis-tu ?

Le shampooing commençait à couler le long du dos d'Olivia. Elle tira le fil du téléphone jusqu'au placard du couloir, pour attraper une serviette qu'elle enroula autour de son cou.

— Gabe m'a parlé de l'article au sujet d'Annie. Désolé, Olivia, je ne croyais pas la *Gazette* capable de diffamation. Si j'avais été là, j'aurais sans doute pu limiter les dégâts !

Elle revint dans sa chambre et s'assit sur son lit.

— As-tu jamais douté de mon innocence ?

— Non, Liv, je te connais trop bien pour avoir eu de véritables doutes. Je me suis juste demandé comment tu as pu la prendre en charge alors que je t'avais rendu la vie impossible avec mon idée fixe. Mais j'ai toujours su que tu as fait de ton mieux, et je te demande pardon s'il m'est arrivé de me montrer agressif.

— Tes paroles me font du bien.

— J'ai beaucoup réfléchi ici, reprit Paul au bout d'un moment. Je retrouve partout des souvenirs de toi — de nous deux. Ce soir, j'étais à Donovan's Books...

— Oh! (Elle se rappela soudain la librairie, ses bruits familiers et son odeur de café chaud.)

— Nous n'aurions jamais dû quitter Washington. Tout allait bien pour nous à l'époque.

— Mais nous ne voulions pas fonder une famille là-bas, qu'il s'agisse de nos enfants ou d'enfants adoptifs...

— Oui, je sais.

Elle l'entendit soupirer.

— Pourrais-je te voir à mon retour, Olivia ?

— Bien sûr.

— Prenons rendez-vous et passons la soirée ensemble. Nous pourrons refaire connaissance.

— Une excellente idée !

— Je pense arriver vers 5 heures.

— Je travaille jusqu'à 7 heures, observa-t-elle timidement en se reprochant de laisser son travail faire obstacle à ses retrouvailles avec Paul.

— Entendu pour 7 heures. (Il marqua un temps d'hésitation.) Liv ? Je m'étonne que tu n'aies pas réagi aux accusations de Cramer. Ce n'est pas dans tes habitudes.

Il avait raison : en général, elle faisait face à ses adversaires, comme à tous les obstacles qu'elle avait rencontrés dans sa vie, et elle avait gain de cause.

— Mon seul recours serait de demander une commission d'enquête, mais je ne suis pas sûre d'en avoir le courage pour l'instant.

— Lance-toi, Liv. Tu peux compter sur mon soutien. Je te donne ma parole !

Elle le remercia, tout en restant sur ses gardes et quelque peu sceptique devant ses promesses. Mais, après avoir raccroché, elle appela aussitôt Mike Shelley malgré l'heure tardive.

Mike l'écouta attentivement exposer ses projets. Elle devinait sa pensée : une commission d'enquête mettrait son service sur la sellette tout autant qu'Olivia.

— Je te conseille d'attendre un jour ou deux avant d'entreprendre quoi que ce soit, lui conseilla-t-il enfin. Je vais réfléchir.

Après cette discussion, elle se sentit nettement mieux qu'une demi-heure plus tôt. La grande glace de son placard lui renvoyait l'image de ses cheveux blanchis par la mousse de savon. Elle laissa glisser sa serviette de bain sur le tapis : de profil, le léger renflement de son ventre ne laissait aucun doute sur son état. Si Paul la touchait, il comprendrait tout de suite, d'ailleurs ce contact avait suffi à éloigner Alec.

Au lieu de revêtir sa chemise de nuit, elle enfila un T-shirt et le seul jean dont elle pouvait encore remonter la fermeture Eclair. Puis elle alla chercher dehors, dans l'appentis, les tournevis et la clef anglaise, rangés dans la petite trousse à outils que lui avait laissée Paul. Elle emporta le tout dans la chambre d'enfant, et, munie d'une radio ainsi que d'un verre de ginger ale, elle se lança avec joie dans l'assemblage du berceau.

Le lendemain soir, au moment de la relève des équipes, Mike Shelley convoqua Olivia et Jonathan dans son bureau. Ce dernier s'assit près de la fenêtre, avec le petit sourire narquois qu'il affectionnait depuis quelque temps. Olivia prit le siège le plus proche de la porte.

Mike se pencha en avant, les coudes sur la table.

— Jonathan, je te demande de revenir sur tes accusations concernant Olivia.

— J'ai dit la vérité. Un point, c'est tout !

Mike hocha la tête.

— Olivia a l'intention de demander la création d'une commission d'enquête. Dans ce cas, j'exposerai franchement mon point de vue. Je considère, en effet, que vous avez eu raison *l'un et l'autre* dans l'affaire O'Neill. (Il parlait lentement comme s'il craignait que Jonathan ne suive pas sa pensée.) La décision d'Olivia se justifie car elle avait assez de connaissances et d'expérience pour réaliser ce type d'opération. On pourrait l'accuser d'une faute professionnelle si elle n'avait pas tenté de sauver par cette méthode la vie de la blessée. Mais tu as eu raison, toi aussi, Jonathan. Sais-tu pourquoi ? Parce que tes connaissances et ton expérience ne te permettaient pas d'agir comme Olivia. Il aurait été présomptueux de ta part de tenter une intervention chirurgicale. Voilà ! conclut Mike en se calant dans son siège, les yeux fixés sur Jonathan. Souhaites-tu que ce genre de déposition soit rendue publique ?

Jonathan le regarda en clignant des yeux. Une goutte de sueur perlait à sa lèvre supérieure.

— Tu déformes la...

— Je ne déforme rien du tout ! gronda Mike avec une force qui surprit ses deux interlocuteurs. Tu te rétractes, ou bien Olivia réclame une commission d'enquête pour sauver sa réputation. Et tu risques de ne pas sortir grandi de cette épreuve !

Elle sentit le regard brûlant et incisif de Jonathan la transpercer.

— Puisque c'est comme ça, dit-il en se levant, je démissionne sur-le-champ. Tu pourras percuter des abdomens autant que tu voudras. C'est ton affaire, après tout !

Il retira son stéthoscope qu'il plaqua d'un geste théâtral sur le bureau, avant de sortir en coup de vent de la pièce.

Olivia eut l'impression que Mike esquissait un sourire, puis il leva les yeux vers elle.

— Excuse-moi de ne pas avoir pris cette initiative immédiatement, grommela-t-il. Une commission d'enquête ne s'impose plus pour l'instant, mais j'appelle tout de suite la *Gazette* pour leur annoncer la nouvelle.

Elle se changea au vestiaire en prévision de son rendez-vous avec Paul, sans prêter l'oreille aux rumeurs qui circulaient déjà dans le service. Puis, revêtue d'une jupe bleue qui dissimulait ses formes arrondies et d'un sweater blanc à manches courtes, elle entra dans la salle d'attente. Paul était déjà là. Une émotion inattendue la saisit en le voyant.

Il lui apportait une rose aux teintes délicates, dans un petit vase argenté. Sa gorge se serra lorsqu'elle reconnut l'espèce rare qu'elle cultivait dans le jardin de leur vieille maison, à Kensington.

— Je l'ai coupée ce matin, lui dit-il en se dirigeant vers sa voiture. Je me suis introduit dans la cour, avant le lever du soleil...

Son espièglerie la fit sourire. Après avoir démarré, il attendit d'être sur la route pour la regarder du coin de l'œil.

— Tu as l'air en forme, Olivia.

— Merci.

Elle avait remarqué qu'il portait à nouveau son alliance. Ses regrets et son désir de la retrouver étaient donc sérieux. Elle observa son profil : il avait un menton délicat, avec une fossette à peine esquissée, et un nez droit. Mais il lui sembla mal en point. Son teint cireux, ses traits tirés et sa maigreur lui donnaient un air pitoyable.

Elle lui raconta son entrevue avec Jonathan et Mike, en le remerciant de ses encouragements qui lui avaient permis de sortir de sa torpeur.

— Que s'est-il passé après la parution de l'article dans la *Gazette* ? demanda Paul.

Des lettres médisantes étaient parues dans les deux derniers numéros, lui confia-t-elle. L'animosité croissante à son égard l'avait humiliée : elle se sentait mal à l'aise dans ses fonctions, et elle avait perdu confiance en son propre jugement. Elle lui parla même de la pétition en s'étonnant de lui ouvrir son cœur si facilement.

— Je m'attendais à voir ton nom, lui dit-elle. Je pensais que si tu avais été là, tu aurais figuré en tête de liste !

Il posa la main sur son épaule.

— Je te demande pardon d'avoir supposé un instant que tu n'avais pas fait le maximum pour la sauver. Vraiment, Liv, je ne supporte pas de voir ton nom traîné dans la boue !

Au feu rouge suivant, il lui tendit la photo de la petite fille de Joe Gallo. Puis il lui raconta leur conversation, sans cacher sa fierté et son émotion. Elle l'écoutait distraitement.

Comment lui annoncer qu'elle avait accompagné Alec à Norfolk et parlé à la radio ? Il l'apprendrait certainement à la prochaine réunion du comité de défense, il valait donc mieux lui annoncer elle-même la nouvelle. Mais le moment ne semblait guère opportun : elle ne voulait pas rompre le charme de leur tête-à-tête !

Lorsqu'il gara sa voiture dans le parking du restaurant, elle se retourna pour déposer son sweater sur la banquette arrière, et elle aperçut le petit vitrail ovale fixé à la vitre. Dans l'obscurité, elle distinguait à peine le dessin, mais le style d'Annie était unique en son genre ! Les illusions dont elle se berçait depuis vingt-quatre heures se dissipèrent brusquement.

Au restaurant, elle mit la rose à la place de l'œillet qui trônait sur leur table. Lorsqu'on leur servit à boire, elle posa les mains devant elle et prit une profonde inspiration.

— J'ai été interviewée à la radio, samedi dernier. Au sujet du phare...

— Comment? (Paul la regardait avec des yeux ronds, derrière ses lunettes.) Je ne comprends pas.

— Alec O'Neill m'a téléphoné. On lui avait demandé deux interventions le même jour à Norfolk. Comme j'ai l'habitude de parler en public, il m'a proposé de parler à sa place à la radio.

— Quelle absurdité! Tu ne sais rien du phare.

— Plus maintenant!

Paul agitait nerveusement sa paille dans son verre.

— Avez-vous fait la route ensemble, Alec et toi?

— Oui.

— Que lui as-tu dit, Olivia? (Il inspira profondément en se passant la main sur le menton.) Sait-il pourquoi nous nous sommes séparés?

— Il ignore tout de tes sentiments pour Annie.

— Alors de quoi avez-vous parlé pendant les deux heures que vous avez passées en tête à tête dans la voiture?

Elle se remémora sa conversation avec Alec et les confidences qu'elle lui avait faites au sujet de son passé.

— A l'aller, nous avons préparé notre intervention, et au retour nous avons commenté les résultats. C'est tout!

Paul se cala dans son siège en hochant la tête.

— Je n'y comprends rien. Pourquoi toi? Pourquoi t'intéresses-tu à ce point au phare?

— Et toi?

Il s'empourpra un instant.

— Les phares m'ont toujours fasciné. Tu ne t'en étais jamais aperçue parce qu'il y avait peu de phares dans les environs lorsque nous habitions Washington! (Il continuait à s'acharner sur sa paille.) Je trouve déplaisant que tu parles à O'Neill. As-tu prévu d'autres interventions à la radio?

— Non.

— J'espère qu'il n'y en aura plus!

— Si j'en ai le temps et l'envie, Paul, tu n'as pas le droit de m'en empêcher.

La femme assise à la table voisine les dévisagea, et Paul baissa la voix.

— Inutile de gâcher notre soirée, nous y reviendrons une autre fois. Parlons plutôt de Washington.

— Très bien.

Elle se pencha légèrement en arrière, tandis que la serveuse posait son assiette de salade sur la table.

— Je me sentais bien là-bas, reprit Paul. Je ne m'étais pas senti si bien depuis longtemps. Il m'a suffi de quelques heures ici pour redevenir tendu. Les Outer Banks me rappellent sans cesse Annie. Où que j'aille, je pense à elle. Même l'odeur de l'air évoque son souvenir !

— J'aime cette odeur, répliqua-t-elle en se reprochant de le provoquer.

L'odeur de l'air lui rappelait Alec et la soirée qu'ils avaient passée sur la galerie du phare. Quand elle sortait, elle avait pris l'habitude d'inspirer à pleins poumons cet air revigorant.

Paul baissa les yeux.

— Si un jour nous nous réconcilions, nous devrons quitter ces lieux !

— C'est ici que je veux vivre, Paul, bien que la moitié de la population ait envie de me lyncher ! Lorsque les gens se seront calmés, c'est ici que j'aimerais fonder une famille.

— Quelle famille ? (Leur voisine leur jeta de nouveau un regard insistant.) Tu as trente-sept ans, et tes chances d'avoir un enfant ne sont que de vingt pour cent après l'intervention chirurgicale. C'est bien peu !

Olivia se pencha vers lui pour se mettre à l'abri des oreilles indiscrètes.

— Je suis plus optimiste que toi, Paul. Et si je ne peux pas avoir un enfant, nous avons envisagé l'adoption. L'as-tu oublié ?

— Bien des choses ont changé depuis notre dernière discussion !

La serveuse apporta les plats, et Paul attendit, les mâchoires serrées, qu'elle s'éloigne.

— Tu ne comprends pas, reprit-il. Je dois partir, avec ou sans toi. Il n'y a pas d'autre solution ! Je suis revenu de Washington en pleine forme et impatient de te revoir, mais aussitôt franchi le pont de Kitty Hawk, ce nuage noir s'est abattu sur moi. En traversant l'île, je me suis senti de plus en plus mélancolique, et dès que je suis arrivé chez moi... Je la sens présente ici. Plus encore que lorsqu'elle était vivante !

Olivia craignit de perdre patience.

— Evidemment, Paul ! Ta maison est un véritable sanctuaire, rempli de souvenirs d'Annie. Si tu essayais de te débarrasser de tes icônes, tu parviendrais peut-être à l'oublier.

Il lui jeta un regard furieux qui lui fit prendre conscience de sa propre animosité : elle n'était pas prête à lui pardonner.

— Je souhaite de tout mon cœur que nous revivions ensemble, mais je refuse de rester dans l'ombre d'Annie.

— Dans ce cas, partons !

— Je ne quitterai pas un endroit que j'aime moi aussi sans avoir une preuve de ta lucidité. Débarrasse-toi des vitraux, réduis-les en miettes !

Elle le vit frémir.

— Paul, reprit-elle en posant sa serviette chiffonnée à côté de son assiette, tu n'es pas prêt, il me semble.

— Non, je ne me sens pas capable de briser les vitraux d'Annie !

Ses yeux rougis clignaient derrière ses lunettes et il paraissait épuisé. Annie apparut soudain à Olivia tel un démon venant la nuit vider Paul de ses forces. Elle était peut-être encore plus dangereuse pour lui que pour elle…

Après le dîner, il la reconduisit au parking des urgences où stationnait sa voiture. Une chance qu'il ne l'ait pas ramenée chez elle ! Il aurait risqué de voir le berceau sur lequel elle avait peiné jusqu'à une heure avancée de la nuit. La main dans la main, ils marchèrent jusqu'à sa Volvo. Il l'embrassa légèrement sur les lèvres et elle se détourna aussitôt pour ouvrir la portière : elle ne voulait pas lui donner l'occasion de la toucher — et de découvrir son secret.

Chez elle, un message de Clark Chapman, le directeur d'Emerson Memorial, l'attendait sur son répondeur. Elle fronça les sourcils en entendant sa voix profonde et bien timbrée. Il lui donnait son numéro de téléphone, en la priant de l'appeler avant 11 heures. Ce qu'elle fit aussitôt.

— Comment allez-vous, docteur Simon ?

Il semblait ravi de l'entendre, comme s'ils étaient de vieux amis. Elle se demanda un instant si par hasard elle l'avait déjà rencontré.

— Je vais bien, merci.

— Vous vous demandez la raison de mon appel.

— Oui, en effet.

— Eh bien, j'aurais préféré vous rencontrer en personne, mais le temps presse. J'ai suivi votre affaire, docteur Simon. Non par simple curiosité, mais parce que la blessée — Mrs. O'Neill — aurait été transférée dans notre service de traumatologie si vous l'aviez souhaité.

— Exactement.

— Et nous savons, vous et moi, qu'elle était intransportable.

Soulagée et reconnaissante, Olivia sentit ses yeux s'emplir de larmes. Elle avait la larme facile, ces derniers temps !

— Nous sommes seuls vous et moi à en avoir la certitude.

— J'ai parlé de vous à des collègues de Washington General. Ils se sont tous portés garants de votre compétence et de votre sûreté de jugement. Vous avez opté pour la solution la plus courageuse, sans craindre de mettre votre réputation en péril. (Sa voix se faisait de plus en plus chaleureuse.) Vous vous demandez où je veux en venir ?

— Oui...

— Je vous offre un poste. Voulez-vous devenir directeur adjoint de notre service de traumatologie ? Nous avons une excellente équipe, qui a déjà la plus haute opinion de vous !

Tout allait s'arranger pour le mieux. Par un heureux hasard, Paul et elle pourraient s'installer dans une ville moins agitée que Washington, mais à l'abri des souvenirs d'Annie ! Pourtant, bien qu'apaisée par les paroles de Chapman, elle éprouvait un enthousiasme mitigé.

— Vous me flattez, mais je ne me sens pas prête à quitter les Outer Banks. Je ne dois pas fuir les problèmes que je rencontre ici ! (Ce n'était pas l'absolue vérité, mais son interlocuteur sembla s'en contenter.)

— Notre invitation reste ouverte, docteur Simon. Venez nous voir quand vous voudrez. (Il lui donna son numéro de téléphone professionnel, qu'elle nota sur son carnet de rendez-vous.) Ce poste serait créé spécialement pour vous. Il n'existe pas encore, mais nous avons des crédits supplémentaires. Le choix vous appartient !

Elle raccrocha avec un étrange sentiment de lassitude et de perplexité. Comment osait-elle faire des projets d'avenir sans avoir la certitude que Paul suivrait le même chemin ? Mais il était revenu, et elle lui avait manqué, apparemment. Elle pouvait donc se permettre d'espérer.

Pourtant, une fois couchée, lorsqu'elle chercha le sommeil, l'image obsédante du vitrail ovale dans la voiture de Paul resta un long moment devant ses yeux...

35

Paul Macelli était de retour, encore plus nerveux que la première fois, si c'était possible. Mary, qui l'attendait depuis des semaines, craignait de ne plus jamais le revoir : il s'était sans doute découragé après sa première visite... Elle avait horreur d'attendre, car, à quatre-vingt-dix ans, il lui semblait parfois que sa vie n'avait été qu'une longue attente.

Après avoir ajusté ses lunettes, Paul sortit son magnétophone de son porte-documents et le posa sur l'accoudoir du rocking-chair. Puis il appuya sur la touche d'enregistrement.

— J'aimerais que vous me parliez de vous, aujourd'hui. On vous appelait l'Ange de la Lumière, c'est bien ça ?

— C'est vrai, acquiesça Mary, légèrement surprise, mais contente. Que voulez-vous savoir ?

— Vous m'avez dit que vous avez connu votre mari à Deweytown. Y êtes-vous née ?

— Oui. C'était une ville vraiment cosmopolite, comparée aux Outer Banks, je vous assure ! Mon père était propriétaire d'une petite épicerie. Caleb avait peur que je ne veuille pas partir, mais j'avais beaucoup de cran à l'époque. Je considérais la vie à Kiss River comme une aventure.

— Etait-ce bien cela ?

Mary lui sourit pensivement.

— Parfois, oui. Dans d'autres circonstances... Enfin, j'ai toujours eu des trésors d'imagination et je savais comment m'occuper, même quand je n'avais rien d'autre à faire que regarder tourner le signal lumineux du phare.

Mary pinça les lèvres, car elle préférait ne pas trop en dire.

Face à elle, Paul rajustait ses lunettes en agitant une jambe de haut en bas, ce qui faisait vibrer désagréablement le plancher de la véranda.

— Eh bien, dites-moi pourquoi vous avez reçu ce surnom d'Ange de la Lumière.

Mary tourna son regard vers la rue.

— J'ai toujours été sociable, il me semble. Quand on vit à Kiss River, on est assoiffé de compagnie… Alors, quand il y avait des malades au village, je leur apportais toujours à manger et je m'arrangeais pour qu'ils ne manquent de rien. Parfois je les emmenais chez le médecin, à Deweytown, sur notre petit bateau. On a dû penser que j'avais bon cœur.

Elle accéléra le mouvement de son rocking-chair. Les gens l'avaient surestimée, pensait-elle. Ils ne la connaissaient pas réellement !

Ses yeux se tournèrent vers Paul.

— Nous formions une bonne équipe, Caleb et moi. Nous n'avions pas peur du travail et le phare était toute notre vie. Dès que j'apercevais un bateau, je sortais sur la galerie pour lui faire signe. Je pense que ça a contribué à ma réputation : les marins avaient pris l'habitude de guetter le salut amical de Mary Poor quand ils passaient.

Elle ferma un moment les yeux pour se remémorer l'image de la haute tour blanche du phare.

— Je faisais la cuisine aussi. (Elle rouvrit les yeux en souriant.) Mes gâteaux et mes puddings aux kakis m'avaient rendue célèbre. Vous avez sans doute eu l'occasion d'y goûter.

— Heu ! (Paul laissa tomber son stylo et se baissa pour le ramasser.) Je ne me souviens plus, grommela-t-il en se relevant.

— Je pourrais encore en faire aujourd'hui, mais on n'a pas le droit de cuisiner ici. Et surtout pas de boire ou de fumer. A propos, vous n'auriez pas une cigarette ?

— Désolé, je ne fume pas. (Il rapprocha légèrement le magnétophone de Mary.) Parlez-moi de votre participation à l'équipe de sauvetage.

Mary se sentit rougir. Elle espéra que Paul n'avait rien vu.

— C'est une des raisons qui m'ont valu ce surnom. Une raison plus sérieuse. J'étais vigoureuse, vous savez. Je nageais mieux que beaucoup d'hommes, à force de m'entraîner chaque jour dans l'océan. Mes bras étaient durs comme de la pierre, et mes jambes aussi — à force de gravir les marches du phare. Je rêvais de travailler avec l'équipe de sauvetage. Nous connaissions la plupart des gars, et je leur demandais souvent de m'emmener avec eux. Ils me riaient au nez ! Mais, en 1927, l'occasion a fini par se présenter. Nous avions longé la plage sur un bon kilomètre, Caleb et moi, parce que nous savions qu'un bateau s'était échoué sur un banc de sable. Lorsque nous sommes arrivés, on venait d'envoyer un canot de sauvetage à son secours. Le vent soufflait en rafales, ce jour-là, et le canot s'est fracassé sur les brisants. Il n'y avait plus que quelques hommes sur la plage avec un vieux rafiot. Dès qu'ils ont pris la mer, j'ai sauté dans leur bateau, tout habillée ! Ils étaient trop peu nombreux — et trop bouleversés — pour refuser mon aide. La rame, ça me connaissait ! Nous avons chargé à bord les hommes du canot de sauvetage sans aucune difficulté. J'ai eu les épaules engourdies pendant quelques jours, mais je m'en fichais. Ensuite, l'équipe de sauvetage a fait appel à moi de temps en temps — officieusement — quand elle avait besoin de renfort.

Mary laissa reposer sa tête sur le dossier du fauteuil. Elle se sentait lasse après avoir longtemps parlé.

— Nous pourrons continuer une autre fois, proposa Paul.

Mary hocha la tête.

— Je n'ai pas encore fini.

Elle avait une dernière histoire à raconter — une histoire plus fictive que réelle... Mais elle la racontait depuis si longtemps de cette manière qu'elle ne savait plus exactement où était la vérité.

— Voyez-vous, reprit-elle enfin, c'est mon courage (ou peut-être mon inconscience) qui a coûté la vie à mon mari. En juillet 1964, j'ai aperçu du haut du phare un homme qui s'éloignait à la nage de Kiss River. Il semblait en difficulté. J'ai couru jusqu'à la plage, et quand je l'ai rejoint, il avait déjà perdu conscience. Il était trop lourd pour moi... J'ai eu des crampes, puis j'ai commencé à couler. Caleb, qui nous avait aperçus, nous a sauvé la vie à tous les deux. Mais il avait déjà soixante-quatre ans : cet effort l'a tué. Il s'est écroulé sur la plage, son cœur avait cessé de battre.

— Quelle manière tragique de perdre un être cher !

— Eh oui ! (Mary resta un moment le regard dans le vague, puis elle laissa ses mains retomber sur ses genoux.) Ça sera tout pour aujourd'hui, je pense.

— Naturellement. Encore merci de votre aide, murmura Paul après avoir éteint son magnétophone.

Mary le regarda s'éloigner. Les histoires qu'elle venait de raconter évoquaient pour elle des souvenirs pénibles... Elles lui rappelaient aussi la nuit où elle avait raconté ces mêmes histoires à Annie.

C'était il y a bien longtemps. Elle la connaissait depuis quelques mois seulement, mais elle trouvait déjà auprès d'elle un réconfort qu'elle n'avait jamais connu auprès d'un être humain — homme ou femme. Elle avait pour la première fois une amie intime à qui elle pouvait faire confiance et dire toute la vérité.

Annie était venue lui tenir compagnie pendant cette froide soirée de janvier. A cette époque, Alec cherchait à se créer une clientèle, mais les Outer Banks étaient si peu peuplés qu'il passait le plus clair de son temps sur le continent. Il était souvent appelé la nuit dans des fermes pour aider des vaches à mettre bas ou soigner les coliques des chevaux.

Selon son habitude, Annie avait emmené Clay avec elle ce soir-là. L'enfant explorait la maison en titubant, baragouinait quelques phrases et touchait à tout. Annie l'allongeait ensuite dans la petite chambre du premier étage, avec des oreillers autour du lit pour l'empêcher de tomber, et elle lui chantait des berceuses. Sa voix étrange et rauque brisait le cœur de Mary lorsqu'elle l'écoutait au coin du feu : elle s'imaginait la chambre — celle de Caleb enfant — illuminée par le phare à intervalles réguliers. Annie avait beau fermer les volets et tirer les rideaux, la lumière pénétrait. Clay tombait bientôt sous son charme hypnotique : jamais il ne s'endormait aussi vite chez lui !

Au bout d'un moment, Annie venait la rejoindre. Le feu crépitait et elle avait déjà versé le cognac. Pour la première fois en dix ans, Mary nouait un lien avec un autre être humain.

Elle passait en général la soirée à écouter Annie, dont l'étrange accent l'amusait. La jeune femme lui parlait d'Alec qu'elle adorait, de Clay, de ses vitraux. Parfois de ses parents, qu'elle n'avait pas revus depuis son mariage. Ils ne la rappelaient jamais quand elle leur téléphonait, et ses lettres lui étaient retournées sans être ouvertes. Elle avait même pris l'avion jusqu'à Boston, en espérant qu'ils ne rateraient pas cette occasion de voir leur unique petit-fils. La femme de chambre lui avait annoncé, sur le pas de la porte, que Mr. et Mrs. Chase ne souhaitaient pas la recevoir.

Elle s'inquiétait pour son mari qui conduisait par tous les

temps et allait soigner des animaux peu rassurants. Il avait presque toujours les mains gercées et râpeuses. Les violentes contractions d'une vache en train de mettre bas lui avaient un jour cassé un bras. Plusieurs fois, elle l'avait accompagné dans la nuit noire, au milieu de la tempête. Mais il estimait que ce n'était pas sa place — et encore moins celle de Clay. Finalement, elle passait la plupart de ses soirées en compagnie de Mary.

Ce n'était pas la voix d'Annie mais celle de Mary qui résonnait doucement, ce soir-là, dans la petite salle de séjour. Le feu crépitait et l'océan rugissait non loin de là, mais elle parlait avec le plus grand calme. Pourquoi se confiait-elle à Annie ? Pourquoi lui révélait-elle cet aspect d'elle-même qu'elle n'avait encore dévoilé à personne ? Le silence d'Annie et son regard affectueux la stimulaient sans doute.

Elle lui avait raconté les mêmes anecdotes qu'à Paul Macelli. Les gestes généreux qui lui avaient valu le surnom d'Ange de la Lumière...

— Nous nous ressemblons sur certains points, dit-elle à Annie : tu as un cœur d'or et tu remues ciel et terre pour rendre service aux gens. (Elle avala une gorgée de cognac pour se donner du courage.) Mais la comparaison s'arrête là. Tu es une femme bien meilleure que moi ! Oui, bien meilleure !

Annie, les joues rougies par la chaleur du feu, se pencha vers Mary.

— Pourquoi dis-tu cela ?

Mary haussa les épaules d'un air décidé, en regardant Annie droit dans les yeux.

— J'ai une face cachée, dont personne ne se doute. Mon mari, vois-tu, avait un cœur d'or. Patient, énergique, la bonté même ! Mais ça ne m'a jamais suffi. Peut-être à cause de l'isolement, je ne sais pas. J'ai toujours voulu... (Elle pinça les lèvres et détourna les yeux vers les flammes orange qui flamboyaient dans l'âtre.) J'ai toujours été attirée par d'autres hommes...

— Oh ! dit Annie. Et comment as-tu satisfait tes envies ?

— Seulement dans mon imagination. Mais c'était mon désir le plus fou. J'ose à peine en parler.

— N'aie surtout pas honte, Mary, de nombreuses femmes éprouvent...

D'un geste péremptoire, Mary balaya tous ses arguments.

270

— Pas comme moi ! Dans les bras de Caleb, la nuit, je m'imaginais qu'il était un autre. Je rêvais, tout éveillée, qu'un autre homme me... Parfois, je montais en haut du phare pour faire briller la lentille, et, au lieu de travailler, j'adressais des signes aux marins. Je rêvais qu'ils accostaient la nuit sur la plage pour me rencontrer. J'avais pensé qu'un chiffon rouge, accroché à la balustrade, me permettrait de leur indiquer les moments où Caleb s'absentait et où j'étais... disponible. J'ai même acheté ce chiffon rouge !

Les joues écarlates, Mary se sentait ridicule. Comment une femme de soixante-treize ans pouvait-elle parler de la sorte ?

— Mais il n'a jamais servi ?

— Non, jamais.

— Tu as dû beaucoup souffrir...

Mary esquissa un sourire. Annie l'avait comprise.

— Tu devines maintenant pourquoi j'ai voulu travailler avec l'équipe de sauvetage. J'avais la possibilité d'être avec des hommes et leur contact m'excitait. Mais je retrouvais la raison chaque fois que j'étais sur le point de passer à l'acte ! Comment pouvais-je me permettre d'être si insatisfaite, si exigeante ?

Mary tapotait son verre du bout des doigts. Elle avait envie d'une cigarette, mais elle savait qu'Annie serait navrée de la voir fumer.

— Parfois je m'obligeais à ne plus penser aux hommes. Mais j'avais l'impression de me couper un bras ou une jambe ; ma nature reprenait toujours le dessus. Même à l'église, je me laissais entraîner par mon imagination ! Peut-être que Caleb n'était pas à la hauteur... Un brave homme, marié à la charmante jeune femme que j'étais à l'époque... (Elle hocha la tête.) Non, c'est faux ! Caleb valait mille fois mieux que moi.

Annie se pencha vers elle, et le feu illumina ses longs cheveux roux.

— Tu te juges bien durement, Mary.

La vieille femme avala une gorgée de cognac qui lui réchauffa la gorge.

— C'est ma folie qui a tué Caleb ! murmura-t-elle en levant les yeux vers Annie.

— Comment ?

— A soixante-trois ans, j'avais encore la tête pleine de ces bêtises d'écolière. Personne ne connaît la vérité sur la mort de Caleb. Pourrais-tu garder un secret, ma petite ?

D'un signe de tête, Annie la rassura.

— Eh bien, il y avait un pêcheur qui avait le béguin pour moi depuis que j'avais la trentaine. Nous bavardions de longues heures ensemble et il disait, pour me taquiner, qu'un jour quelque chose devrait se passer entre nous. Il a fini par me convaincre : je n'étais plus bien jeune et j'ai pensé que c'était le moment ou jamais. Nous avons décidé de nous retrouver une nuit où Caleb devait s'absenter. Mais mon mari est resté à la maison. Je suis donc allée sur la plage pour prévenir Chester. Il a cru que je lui mentais. Il s'est précipité sur moi pour m'embrasser et je me suis débattue, car Caleb risquait d'être en haut du phare. Il y était, en effet, et il a tout vu ! Croyant que Chester m'agressait, il a foncé dans l'escalier et il l'a attaqué à coups de poing. Deux hommes grisonnants qui se tapaient dessus comme de jeunes Indiens, au milieu des vagues. Ce n'était plus de leur âge ! Quand Caleb est sorti de l'eau, à bout de souffle, il s'est effondré à mes pieds.

Mary cligna des yeux : elle se rappelait son désarroi, puis sa honte lorsqu'elle avait réalisé qu'il était mort.

— Quelques semaines après l'enterrement de Caleb, Chester a eu l'audace de me demander en mariage. Evidemment, j'ai refusé. J'étais enfin guérie de mes mauvais instincts. Mais à quel prix !

Mary parla encore un moment. Il lui semblait percevoir une réserve inhabituelle de la part d'Annie : drapée dans son châle, elle regardait les flammes en silence. Soudain, un léger grognement leur parvint de l'étage au-dessus.

— Clay est réveillé.

— Tu devrais rentrer chez toi.

Annie laissa glisser son châle en se levant. Elle monta calmement les marches, et Mary l'entendit rassurer l'enfant par de doux roucoulements.

Elle réapparut bientôt avec le petit Clay qu'elle déposa sur les genoux de la vieille femme.

— Je vais attiser le feu avant de partir, dit-elle selon son habitude.

Mary la regarda faire, et au bout de quelques minutes elle vit les flammes renaître dans l'âtre.

Quand Annie se releva, les joues écarlates et le visage ruisselant de sueur, elle prit Clay dans ses bras. Pourquoi détournait-elle les yeux ? se demanda Mary, en regrettant de lui avoir parlé si librement. Ses confidences risquaient de lui avoir fait perdre une précieuse amie...

Elle accompagna Annie jusqu'à la porte. Son bébé serré contre sa poitrine pour le protéger du vent, la jeune femme plongea son regard dans le sien.

— Tes rêves... tes désirs... n'ont pas fait de toi une mauvaise femme.

— Peut-être, acquiesça Mary en poussant un long soupir.

Annie s'éloigna dans la nuit noire, mais à quelques pas de sa voiture, elle se retourna pour murmurer d'une voix que le bruit des vagues rendait à peine audible :

— Mary, nous avons plus de points communs que tu ne crois.

Pendant un instant, le faisceau lumineux du phare balaya ses joues rouges et son menton où reposait la main potelée de son enfant, puis ce fut à nouveau la nuit.

36

Ce jeudi-là, lorsque Olivia rentra chez elle après sa journée de travail, la voiture de Paul était garée dans l'allée. Un curieux mélange de joie et de colère l'envahit. Avait-il encore le droit d'aller et venir librement dans la maison ? Et si par hasard il avait découvert le berceau, déjà installé dans la future chambre d'enfant !

A l'intérieur, la maison embaumait l'ail, l'huile d'olive et le vin — des odeurs caractéristiques de la cuisine de Paul. Debout devant la cuisinière, il lui sourit en la voyant. Un vieux tablier rouge autour des hanches, il se penchait sur le poêlon en brandissant une fourchette, comme la baguette d'un chef d'orchestre.

— Je voulais te faire une surprise. Des scampi. (Elle lui avait dit, il y a bien longtemps, que les scampi étaient un aphrodisiaque.)

Elle posa son sac sur la table.

— A l'avenir, j'aimerais que tu me préviennes quand tu viens ici. Je trouve injuste que tu entres dans cette maison comme dans un moulin...

Il s'attendait à des exclamations de joie, cette remarque peu aimable le surprit.

— Mais je rembourse toujours ma part des emprunts !

— Ce n'est pas une question d'argent. Puisque tu m'as quittée, je pense avoir droit à une vie privée. (Elle eut envie de vérifier que la rondeur de son ventre ne la trahissait pas.)

Il se tourna vers elle, après avoir posé sa fourchette.

— Je n'avais pas réfléchi... Je croyais te faire plaisir, mais si tu souhaites que je m'en aille...

— Non, Paul, tu peux rester, reprit-elle avec une assurance tranquille qui les surprit l'un et l'autre. Je vais aller me changer.

Dans sa chambre à coucher, elle enfila le seul jean qui lui allait encore et le plus ample de ses T-shirts. Elle devrait bientôt se résigner à acheter des vêtements de grossesse. Alors, tout le monde saurait. Paul saurait...

Elle revint dans la cuisine.

— Je peux t'aider ?

— C'est prêt, assieds-toi, déclara-t-il en lui montrant du doigt la table de cuisine. (Elle n'avait pas encore remplacé celle de la salle à manger.)

Il posa devant elle un plat couvert d'énormes crevettes embaumant l'ail. Son sens inné de la cuisine lui permettait de confectionner d'étonnants repas sans même ouvrir un livre de cuisine. Comme il était plus attiré qu'elle par les activités ménagères, il avait dit un jour qu'il resterait au foyer pour élever les enfants tandis qu'elle travaillerait à l'extérieur...

Il inclina la bouteille de vin au-dessus de son verre, mais elle la retint.

— Non, merci.

— Tu ne bois pas ?

— J'ai décidé d'arrêter pour le moment.

— Pourquoi ?

Il aurait été plus adroit de le laisser verser le vin et de ne pas y toucher, se dit-elle.

— Une petite pause ne peut pas faire de mal.

— Moi qui espérais te faire boire pour te séduire !

En rougissant, elle baissa les yeux vers son assiette. Paul, assis en face d'elle, posa la main sur son bras.

— Tu m'en veux toujours ?

— J'ai du mal à oublier certaines choses...

— Je comprends tes raisons, murmura-t-il en se versant à boire, mais devine ce que j'ai fait aujourd'hui ? J'ai donné deux des vitraux d'Annie à la bibliothèque.

— Vraiment ?

Il avala une gorgée de vin.

— J'ai besoin de prendre mon temps, Liv, mais je fais de mon mieux. Les deux scènes sous-marines et le petit vitrail ovale de ma voiture... La bibliothécaire était enchantée : ces panneaux ont certainement pris de la valeur depuis... sa mort. (Il pinça un instant les lèvres comme s'il ne supportait pas encore l'évidence de la mort d'Annie.) Je me débarrasserai des autres dès que je saurai à qui les donner.

— Très bien, Paul. (Elle esquissa un sourire.) Que nous reprenions ou non la vie commune, tu dois vraiment tirer un trait sur cette histoire.

Ii s'empourpra.

— Tu es sans pitié, Olivia. Quel jeu joues-tu ?

— Je ne joue aucun jeu, mais je ne sais comment me comporter avec toi ! J'ai peur d'abaisser ma garde et de te faire confiance, alors que je doute encore de tes sentiments.

— Jusqu'à maintenant tu m'as toujours fait confiance. Tout ira bien si nous partons !

Après avoir avalé quelques bouchées en silence, elle leva les yeux vers lui.

— On m'a proposé un poste... à Emerson Memorial.

Elle lui raconta sa conversation avec Clark Chapman. Le visage de Paul s'éclaira d'un sourire, et il se pencha au-dessus de la table pour lui prendre la main.

— C'est un heureux présage, tu ne crois pas ? Nous nous installerons à Norfolk et nous repartirons à zéro. Appelle Chapman dès ce soir, Liv, pour lui dire que tu acceptes.

Elle hocha la tête, en laissant sa main dans la sienne.

— Pas si vite ! J'ai besoin de réfléchir.

Paul servit ensuite les mousses à la fraise dans la salle de séjour. Elle était assise à une extrémité du canapé, lui à une autre. Les jambes allongées après avoir retiré ses chaussures, il n'avait nullement l'intention de s'en aller. Comment pourrait-elle l'inciter à partir avant qu'il n'essaye de la toucher ? se demandait Olivia.

— J'ai relu *L'Accident du Potomac*, dit-il enfin.

— Pourquoi ?

— Pour me sentir plus proche de toi. Pour me rappeler l'époque où je suis tombé amoureux en te voyant chaque jour aux urgences. C'était merveilleux !

Elle rit avec amertume.

— Absolument merveilleux... Quarante-deux morts. C'était sublime ! (Elle regretta aussitôt son ton sarcastique, car Paul avait pâli.)

— Je ne te reconnais pas, murmura-t-il. Tu deviens... insensible.

— J'ai surtout peur de mes sentiments pour toi.

— Que dois-je faire, Liv ?

— Tu pourrais d'abord te débarrasser du reste des vitraux.

— Très bien. Dès demain !

Un éclair d'angoisse la traversa à l'idée que, même s'il renonçait à tous ses souvenirs tangibles d'Annie O'Neill, elle n'était peut-être pas prête à l'accepter tel qu'il était.

— Tu as fait l'amour avec elle, murmura-t-elle doucement. C'est ce qui me bouleverse le plus. Si tu me prends dans tes bras, j'aurai toujours l'impression que tu me compares avec elle ou que tu t'imagines qu'elle est à ma place.

Il parut stupéfait.

— Oh non, Liv ! Je t'aime. (Il s'approcha d'elle pour l'enlacer.) J'ai perdu la tête un moment, c'est tout !

Il lui renversa la tête en arrière et elle se laissa embrasser en espérant éprouver un sentiment de tendresse pour lui.

Le mordre jusqu'au sang, voilà ce qu'elle souhaitait... Elle détacha ses lèvres des siennes, en croisant les bras sur son ventre pour se protéger. Il recula légèrement.

— Tu n'as pas envie que je passe la nuit ici, il me semble.

Elle hocha la tête.

— Olivia, tu me manques.

— Tu me manques, toi aussi. Tu ne te doutes pas à quel point tu m'as manqué, reprit-elle en le regardant dans les yeux. Mais j'ai besoin d'être sûre de toi. Fais-moi signe quand tu en auras fini avec Annie — à cent pour cent.

Il remit lentement ses chaussures. Puis il se pencha vers elle et posa la main sur son genou, sans dire un mot, sans la regarder. Elle sentit qu'il était au bord des larmes et qu'il céderait à son chagrin dès qu'il aurait franchi la porte.

Une fois seule, elle ouvrit la fermeture Eclair de son jean avec un soupir de soulagement. La main sur la douce sphère de son ventre, elle tourna soudain les yeux vers le téléphone. Il était 10 h 30, et il n'avait pas encore téléphoné !

Alec.

Elle devait regarder la vérité en face : enceinte de quatre mois d'un homme qu'elle n'était plus sûre d'aimer, elle aimait un homme encore amoureux de sa défunte épouse...

37

Son enfant venait de bouger.

Olivia resta immobile. Derrière la fenêtre de sa chambre, les premières lueurs de l'aube teintaient le ciel au-dessus du bras de mer.

De nouveau, un battement d'ailes d'oiseau...

Le mouvement cessa, et elle ferma les yeux. Etait-ce un rêve ? Non, il n'y avait aucun doute. L'enfant de Paul...

Quand elle rouvrit les yeux, le soleil illuminait le ciel et sa chambre rayonnait de lumière. Aux aguets, elle attendit un moment, mais rien ne vint.

C'était un jour de repos. Une demi-heure plus tard, toujours en peignoir, elle alla chercher la *Beach Gazette* devant la porte d'entrée. Depuis quelque temps, elle ne l'ouvrait qu'avec réticence, mais ce numéro devait annoncer le revirement de Jonathan !

La nouvelle figurait en première page. Jonathan Cramer avait brusquement donné sa démission, indiquait l'article sans autre commentaire. Un bref rappel des événements laissait les lecteurs tirer eux-mêmes leurs conclusions. Insuffisant, se dit-elle avec amertume.

En grignotant son muffin aux myrtilles, elle en arriva au courrier des lecteurs. Pour une fois, elle s'épargnerait la lecture de ces lettres férocement agressives à son égard. Au moment de tourner la page, la signature de la dernière lettre attira son attention : Alec O'Neill. Elle déploya soigneusement la page pour la lire :

« Je tiens à exprimer ma consternation devant le déchaînement d'hostilité — orchestré par la presse — à l'encontre du médecin des urgences de Kill Devil Hills qui a tenté de sauver la vie de mon épouse, Annie Chase O'Neill. En tant que vétérinaire, j'ai bien conscience du fait que tout être humain est faillible, surtout lorsqu'il s'agit d'une décision prise dans des conditions aussi dramatiques. J'ai néanmoins la conviction que le Dr Simon a pris les mesures qui s'imposaient pour sauver la vie d'Annie. Je comprends parfaitement que notre communauté éprouve le besoin de trouver un bouc émissaire, car j'ai eu une réaction semblable, ces derniers mois. Mais tous ceux qui ont bien connu le caractère généreux d'Annie savent qu'elle n'aurait jamais accepté de calomnier quelqu'un ou de nuire à sa carrière. Toutes les activités bénévoles d'Annie aux Outer Banks — depuis son soutien à Mary Poor, la gardienne du phare de Kiss River, jusqu'à son dernier combat pour qu'un enfant atteint du sida poursuive sa scolarité — avaient un seul et unique but : venir en aide à autrui. Attaquer la personne qui a mis sa réputation en jeu pour lui sauver la vie n'est certainement pas le meilleur moyen d'honorer sa mémoire !

» Il est absurde d'imaginer qu'après avoir reçu deux balles dans le cœur, ma femme aurait pu supporter les quarante-cinq minutes d'hélicoptère jusqu'au centre de traumatologie le plus proche. Le Dr Simon a fait plus que son devoir en essayant d'intervenir immédiatement, au lieu d'envoyer Annie à Emerson, avec la certitude qu'elle succomberait en cours de route. Elle mérite notre soutien, et non point nos critiques. »

Olivia relut la lettre en oubliant son muffin. Puis elle appela Alec chez lui, et raccrocha en entendant le répondeur se déclencher. A son cabinet, la standardiste lui annonça qu'il était occupé.

— Je m'inquiète pour mon chat, répondit-elle après un instant de panique. (Elle réalisa, tout en parlant, qu'elle utilisait la même ruse qu'Alec lorsqu'il s'était présenté à la consultation de son beau-père.) Pourrais-je voir le Dr O'Neill aujourd'hui ?

— A quel sujet ?

— Un problème de dermatologie. (Elle jeta un coup d'œil vers Sylvie, roulée en boule avec volupté sur le fauteuil en rotin.) Des démangeaisons depuis plusieurs jours...

— Je vous propose de passer vers 4 h 30.

— Entendu.

— Quel est votre nom ?

— Macelli, répondit-elle de peur qu'Olivia Simon soit un nom trop significatif pour cette jeune femme.

Il y avait plusieurs chiens dans la salle d'attente, et la malheureuse Sylvie tremblait dans les bras d'Olivia, mais elle se calma dès qu'on les introduisit dans la petite salle d'examen. Olivia se reprochait sa ruse : à la place d'Alec, elle n'aurait pas supporté d'être dérangée dans son travail. Prête à repartir, elle avait la main sur le loquet de la porte lorsqu'il apparut à l'autre bout de la pièce.

— Olivia ? (Il semblait contrarié, mais en excellente forme. Elle ne l'avait pas vu depuis une semaine, et son bronzage contrastait étrangement avec sa blouse blanche.) Sylvie te donne des inquiétudes ?

— Pas du tout. (Elle lui sourit d'un air égaré.) Pardon, Alec, je voulais simplement te remercier pour ta lettre à la *Gazette*. Personne ne répondait chez toi, et je n'ai pas supporté d'attendre.

Il sourit et tendit les bras à Sylvie, qui vint se blottir contre sa poitrine.

— Tu n'as pas besoin d'inventer des prétextes pour me voir.

— Ta lettre m'a apporté un grand réconfort, murmura-t-elle en rougissant comme une adolescente.

— Tu ne méritais pas d'être traînée dans la boue !

— Quelles que soient les suites de ta lettre, je voulais te faire part de ma reconnaissance. Je te remercie d'avoir exposé ton point de vue...

Alec se pencha vers Sylvie qui ronronnait en se frottant les pattes sur la poche de sa blouse blanche.

— Désolé de ne pas t'avoir appelée ces derniers temps. Mon soutien n'aurait sans doute pas été inutile, marmonna Alec.

— Ne t'excuse pas, je ne suis pas venue pour ça !

— Notre situation devenait un peu... délicate.

— Tu dois m'en vouloir de l'avoir laissée évoluer jusqu'à ce point.

— Pas le moins du monde ! Toi sans ton mari, et moi sans Annie, nous... Es-tu contrariée ?

— Embarrassée.

— Il n'y a vraiment pas de quoi, Olivia !

— Eh bien, je vais m'en aller pour que tu puisses recevoir tes vrais patients.

Elle tendit les bras pour reprendre Sylvie, mais Alec se retourna pour garder le chat contre sa poitrine.

— Pas si vite ! Donne-moi d'abord de tes nouvelles.

Les nouvelles de la semaine précédente affluèrent dans son esprit : Paul était de retour, Paul avait des remords... Elle préféra n'en rien dire à Alec.

— J'avais un nouveau projet de vitrail, mais Tom a décidé de mettre fin à ses leçons.

— Rien à voir avec Annie, j'espère !

— Si, justement.

— Je vais lui parler, maugréa Alec.

— Non, je t'en prie. Tu risques d'aggraver les choses.

— Alors tu renonces aux vitraux ?

— Je trouverai une solution.

— J'ai un tas d'anciens outils d'Annie à la maison. S'ils peuvent t'être utiles...

Elle éprouva un soulagement tout à fait disproportionné avec l'offre qu'il venait de lui faire.

— Avait-elle un broyeur ?

Alec hocha la tête.

— Passe chez moi ce soir. (Il lui rendit Sylvie et ses doigts effleurèrent légèrement sa poitrine.) Mes enfants seront sans doute à la maison, comme ça ils nous chaperonneront !

Elle posa la main sur le bouton de porte, sans se décider à partir, puis elle leva les yeux vers lui.

— J'ai senti mon bébé bouger pour la première fois ce matin.

Il cligna des yeux avec un air indéchiffrable. Elle regretta aussitôt ses paroles.

— J'avais besoin d'en parler à quelqu'un, reprit-elle en ouvrant la porte.

— Olivia ! (Elle se retourna vers lui.) C'est à Paul qu'il faut le dire.

38

Il prit la trousse à outils d'Annie et sa broyeuse dans le placard de l'entrée (d'où elles n'avaient pas bougé depuis sept mois), et il les apporta dans le bureau. La vue de cette trousse, d'un cuir brun et souple, maintenant poussiéreuse, lui serra le cœur. Il l'épousseta avec un Kleenex avant de la dérouler sur l'ancienne table de travail d'Annie, puis il recula vers la porte pour se protéger d'une odeur familière, à la fois métallique et savonneuse — celle d'Annie et de ses outils.

Ceux-ci n'étaient pas rangés à leur place, mais dispersés au hasard, tels qu'elle les avait laissés : un amalgame de pinces, de cutters, de rouleaux de métal cuivré et de ciseaux à trois lames. Annie et son phénoménal désordre... Il était un peu gêné à l'idée de montrer cela à Olivia. En même temps, il revoyait Annie, à sa table, toujours en lutte contre ses cheveux qui l'empêchaient de travailler. D'un geste machinal qu'il avait remarqué dès le soir de leur première rencontre, elle les attrapait d'une main et elle les rejetait derrière son épaule en les tordant légèrement. Après tout, il était content de donner certains de ces outils à Olivia : grâce à elle, ils reprendraient vie...

— Pourquoi as-tu sorti les outils de maman ?

Lacey se tenait debout sur le pas de la porte. En repoussant, ses cheveux étaient devenus curieusement bicolores : noirs et rouges.

— Olivia Simon va en emprunter quelques-uns, répliqua aussitôt Alec.

— Elle peut utiliser ceux de Tom, non ?

— Tom ne lui donne plus de leçons et elle a besoin de travailler chez elle. Je lui ai proposé de venir jeter un coup d'œil sur les outils de maman.

Lacey ouvrit des yeux effarés.

— Elle va venir ici ? Je croyais que tu ne sortais plus avec elle...

— Je ne suis jamais *sorti* avec elle, Lace. C'est une amie, je te l'ai déjà dit.

Il se demanda s'il avait commis une erreur en proposant à Olivia de passer chez lui. Il aurait pu lui apporter les outils, mais il avait des souvenirs trop cuisants de sa dernière visite chez elle ! Non, il aurait dû simplement les déposer aux urgences...

La sonnette retentit. Clay dévala aussitôt l'escalier pour aller ouvrir. Il avait adressé un sourire complice à son père en apprenant la visite d'Olivia.

Alec entendait maintenant la voix de la jeune femme, à laquelle répondait le rire de Clay

— Je vais faire mes devoirs, grommela Lacey.

Elle emprunta la porte menant à la cuisine pour éviter de croiser Olivia dans la salle de séjour. Au même instant, Clay et Olivia entraient dans le bureau.

— Je sors, papa, lança Clay.

Avec leva les yeux.

— Très bien. Passe une bonne soirée !

Olivia portait une robe rayée rose et blanc, à taille basse, idéale en matière de camouflage : personne n'aurait pu deviner qu'elle était enceinte... Elle avait posé son sac sur une chaise, à côté de la table de travail.

— Ton fils te ressemble étrangement !

Alec était penché sur la trousse à outils.

— C'est un peu en désordre, mais je suis sûr qu'Annie t'aurait trouvé sans peine ce dont tu as besoin.

— Je me débrouillerai...

A travers la porte entrebâillée du bureau, elle venait d'apercevoir les fenêtres ovales de la salle de séjour.

— Quelle beauté ! murmura-t-elle en se levant pour aller admirer de plus près ces teintes merveilleuses, avivées par les derniers feux du soleil.

Alec s'était approché d'elle.

— Ton mari les a admirées lui aussi.

— Ça ne m'étonne pas... Pourquoi la vitre du milieu est-elle incolore ?

— Elle ne l'était pas. Je l'ai cassée il y a quelques semaines en lançant un gobelet.

— Je ne te croyais pas si violent !

— Habituellement, je ne le suis pas.

— Visais-tu quelqu'un ?

— Dieu, je suppose. (Il posa la main sur le bras d'Olivia en riant.) Tom va essayer de recoller les morceaux.

Elle le suivit dans la cuisine.

— Un peu de thé glacé ?

— Avec plaisir.

Il sortit la cruche de thé du réfrigérateur et deux verres du placard.

— Alors, que devient Olivia ? Nous nous sommes à peine parlé depuis notre journée à Norfolk !

Elle prit le verre qu'il avait rempli et s'accouda au comptoir.

— Olivia se sent un peu... déboussolée. (Lorsqu'elle baissait les yeux, la frange sombre de ses sourcils contrastait avec la pâleur de sa joue.) Il s'est passé bien des choses depuis quelque temps. Entre autres, je suis devenue le médecin le plus impopulaire des Outer Banks.

Il hocha la tête.

— Je suis vraiment navré !

— Mais j'ai reçu l'autre jour une offre du directeur d'Emerson Memorial. Il me propose un poste dans son service de traumatologie.

Alec, un peu déconcerté, posa son verre sur le comptoir.

— Vas-tu accepter ?

— Je ne sais pas encore. Je me plais ici, et je me plairai plus encore si je retrouve ma crédibilité en tant que médecin. Mais ce n'est pas tout... (Elle avala une gorgée de thé en regardant Alec par-dessus son verre.) Paul est revenu de Washington totalement différent. Il se montre très attentionné.

Le sourire d'Alec se figea.

— Parfait, Olivia. Il a fini par se guérir de sa... dulcinée ?

— Il n'a fait qu'une partie du chemin, mais il cherche à l'oublier. Comme les Outer Banks évoquent trop de mauvais souvenirs pour lui, il souhaite que nous partions.

— Ce poste à Norfolk serait donc une aubaine !

Il saisit son verre de thé et se dirigea vers son bureau.

— Je t'avais bien dit que c'était une question de temps. (Il aurait souhaité en savoir plus, par exemple, avaient-ils fait l'amour ?) Et le bébé, tu lui en as parlé ?

— Pas encore.

— Qu'attends-tu, Olivia ? Paul est un romantique. Dès qu'il saura la nouvelle...

— C'est encore trop tôt pour moi !

— Il ne tardera pas à deviner, tu ne crois pas ?

Elle regarda en coin les rayures roses et blanches de sa robe qui s'élargissaient sur son ventre.

— Ça se voit déjà ?

— Non. Mais, étant ton mari, je suppose que... (Il se sentit rougir et Olivia lui sourit.)

— Je ne l'autorise pas encore à m'approcher de si près !

— Ah ! je vois. Assieds-toi, suggéra-t-il, en déposant sur la table le sac qu'elle avait laissé sur la chaise.

A cet instant, le téléphone sonna : la standardiste lui annonçait une urgence — un chien blessé à l'œil...

Après avoir raccroché, il décrivit la situation à Olivia.

— C'est toi qui as voulu me remettre au travail, conclut-il en souriant. Prends ton temps avec les outils et ne te crois pas obligée de m'attendre si mon absence s'éternise. Au cas où tu voudrais quelque chose, Lacey est ici.

Il monta au premier étage prévenir sa fille. Assise sur son lit, au milieu d'un amoncellement de livres et de papiers, elle écoutait à la radio une musique discordante.

— J'ai une urgence, lui dit-il. Olivia jette un coup d'œil sur les outils de maman. Je reviens dès que possible.

— Papa ! gémit-elle. Si tu t'en vas, demande-lui de partir !

— Elle vient d'arriver, Lace ! Si je prends vraiment du retard, je téléphonerai.

Il quitta la pièce sans écouter ses objections. Après avoir descendu l'escalier, il s'arrêta un instant devant la porte du bureau : Olivia, une paire de ciseaux d'Annie à la main, se penchait d'un air pensif sur une feuille de papier calque posée sur ses genoux. Il ne voulut pas la déranger.

Dehors, l'air humide et salé l'enveloppa de ses vapeurs. La Volvo d'Olivia était recouverte d'une fine buée, luisant sous la lumière rose du crépuscule. Il passa la main sur son flanc tiède et lisse avant de se diriger vers sa Bronco garée un peu plus loin.

Lacey surgit soudain à la porte du bureau. Elle paraissait beaucoup plus que quatorze ans.

— Comment vas-tu, Lacey ? demanda Olivia, surprise.

— Ça va, répondit la jeune fille en se glissant dans la pièce.

Elle tira le fauteuil de son père jusqu'à la table de travail, puis elle s'assit, ses pieds nus posés sur le siège et ses genoux serrés contre sa poitrine. On pouvait difficilement regarder ses cheveux sans perdre son sérieux...

— Que faites-vous ?

Olivia réfléchit un instant. Pouvait-elle lui dire qu'elle faisait un panneau pour une chambre d'enfants — en d'autres termes, qu'elle était enceinte — avant d'avoir prévenu son mari ?

— Un vitrail pour une chambre à coucher.

— Avez-vous un modèle ? Maman travaillait toujours avec un modèle.

— Oui.

Olivia déposa sur la table le papier calque qu'elle gardait sur ses genoux. Ses ballons de couleur devaient paraître naïfs à Lacey, comparés aux créations de sa mère, mais elle sourit.

— C'est joli, observa-t-elle avec une sincérité apparente. Vous n'avez jamais dit à mon père que vous m'avez vue aux urgences ?

Olivia prit un rouleau de métal cuivré dans la trousse.

— Non.

— Pourquoi ?

— Le secret professionnel ! A propos, comment va ton ami ? Le garçon qui avait pris du crack ?

Lacey fronça le nez.

— Ce n'était pas mon ami. Il est reparti à Richmond, cet imbécile !

— En tout cas, il mettait sa vie en danger.

— Il y a des gens si paumés que ça leur est bien égal...

Lacey se mit à jouer avec la baguette de soudure. Elle avait les ongles sauvagement rongés et plusieurs phalanges rouges et meurtries. Une petite fille inquiète se cachait derrière cette façade énergique.

— Ton père m'a dit que tu as une collection de poupées anciennes.

— Ouais, fit Lacey sans lever le nez. Ma mère me les offrait pour mon anniversaire.

— Je peux les voir ?

Lacey se leva en haussant les épaules et Olivia la suivit dans l'escalier. Elle aperçut au passage la chambre à coucher d'Alec, où trônait un lit majestueux à quatre colonnes. Quand la jeune fille ouvrit la porte de sa chambre, elle ne put retenir un éclat de rire.

— C'est extraordinaire, Lacey !

Une étagère garnie de poupées courait autour de la pièce — de délicates poupées de porcelaine, aux jupes bouffantes et à l'air compassé. Au-dessus et au-dessous étaient fixées des affiches de groupes de rock sur lesquelles se pavanaient des jeunes gens torse nu, en pantalon de cuir, avec de longs cheveux, des boucles d'oreilles, et un air insolent...

Lacey sourit pensivement.

— Cette chambre correspond à ta personnalité ?

— Que voulez-vous dire ?

— Mi-ange, mi-démon.

— Aux trois quarts démon, je suppose.

Olivia remarqua les livres de classe posés sur le lit.

— Tu es en train d'étudier ?

— Oui, la biologie et l'algèbre.

Olivia prit le manuel de biologie et le parcourut en se souvenant de sa passion pour cette discipline lorsqu'elle allait en classe. Dès la première semaine, elle avait lu son livre de la première à la dernière ligne.

— Où en es-tu ?

— J'étudie des trucs de génétique. (Lacey prit une feuille de papier sur son lit.) Voilà mes devoirs. C'est *affreux*, je dois faire une sorte de tableau, et je n'y comprends rien.

Olivia parcourut les notes de Lacey.

— Je peux t'aider si tu veux.

— Rien ne vous y oblige, marmonna Lacey en rougissant.

— Ça me ferait plaisir.

Après s'être débarrassée de ses chaussures, Olivia s'assit sur le lit défait.

— Allons-y, dit-elle en faisant signe à Lacey de s'installer à ses côtés.

Elle lui parla des lois de Mendel et des caractères dominants ou récessifs, jusqu'au moment où ses explications portèrent leurs fruits. Elles étaient en train de comparer leurs lobes d'oreilles lorsque Tripod se mit à aboyer à l'étage inférieur.

— Il y a quelqu'un ? demandait une voix féminine, dans la cuisine.

— Je suis là-haut, Nola, s'exclama Lacey en haussant le ton à l'intention de la visiteuse.

Elles entendirent des pas dans l'escalier, puis une élégante jeune femme blonde, vêtue d'un tailleur bleu marine, apparut dans l'encadrement de la porte. Elle tenait un plat à bout de bras.

— Excuse-moi, Lacey, je te croyais seule.

Olivia tendit la main à Nola.

— Je suis Olivia Simon.

— Une amie de papa, précisa Lacey.

— J'aidais Lacey à apprendre son cours de biologie, dit Olivia comme si elle devait se justifier. Alec a été appelé en urgence.

Nola semblait légèrement embarrassée. Elle repoussa une mèche de cheveux blonds derrière son oreille.

— Je lui ai apporté cette tourte. Tu le préviendras, Lacey ?

— Bien sûr.

— Je la pose sur le comptoir de la cuisine. C'est sa préférée : fraise-rhubarbe.

Nola repartit, et elles restèrent silencieuses jusqu'au moment où elles entendirent la porte de la maison se refermer.

— C'était la meilleure amie de ma mère, et j'ai l'impression qu'elle ne demande qu'à la remplacer, commenta Lacey.

— Tu veux dire... à épouser ton père ?

— Exactement.

— Ça te plairait ?

— Autant que d'être écrasée par un troupeau d'éléphants.

Olivia se mit à rire.

Lacey dessinait des lignes concentriques dans un coin de sa feuille de travail.

— Je pense que mon père ne se remariera pas.

— Non ?

Lacey hocha la tête.

— Il aimait trop maman.

Olivia leva les yeux vers les poupées qui la toisaient d'un air énigmatique.

— Elles doivent te rappeler ta maman. Laquelle préfères-tu ?

Lacey alla chercher sur l'étagère, de l'autre côté de la pièce, un bébé de porcelaine aux cheveux noirs, puis elle s'affala de nouveau sur son lit. Au moment où elle déposait sa favorite sur les genoux d'Olivia, un bruit de moteur parvint à leurs oreilles.

— Papa est là, dit Lacey sans bouger.

— Olivia ? appela Alec du bureau.

— Nous sommes en haut, répondirent-elles en chœur, dans un éclat de rire.

Quand il entra dans la pièce, il ne put masquer sa surprise en les voyant ensemble comme deux amies intimes : Lacey tenait à la main son livre de biologie et Olivia avait sur les genoux la poupée aux cheveux d'ébène.

— Eh bien... Bonjour !

— Comment va le chien ? demanda Olivia en se levant.

— Tiré d'affaire !

— Olivia m'a aidée à faire mes devoirs.

— Et Nola a déposé une tourte pour toi, ajouta Olivia. Fraise-rhubarbe, ta préférée, paraît-il. (Debout, pieds nus dans la chambre de Lacey, elle avait l'étrange sensation de « faire partie » de la maison.)

— Elle avait les doigts tout rouges, papa, après avoir décortiqué toutes ces fraises pour toi.

— Ne sois pas ironique, répliqua Alec en souriant malgré lui. (Il se tourna vers Olivia.) Si nous goûtions cette tourte ?

Lacey bondit hors de son lit.

— Oui ! Je vais la découper !

Alec regarda sa fille filer comme l'éclair vers l'escalier, puis il se tourna vers Olivia.

— Elle est redevenue humaine, murmura-t-il en prenant un instant sa main dans la sienne. Comment as-tu fait ?

Olivia rentra chez elle le cœur léger : elle chantonnait en s'engageant dans l'allée et elle monta les marches, le sourire aux lèvres. Mais elle faillit trébucher, devant sa porte, sur un magnifique arrangement floral, dont le parfum embaumait l'air du soir. Elle se pencha et lut sur la carte fixée au vase :

En regrettant ton absence qui m'a empêché de te remettre ces fleurs en mains propres. Je t'aime, Liv.

Paul.

39

La réunion du comité avait lieu chez Alec. Paul aurait préféré qu'elle se tînt n'importe où ailleurs, mais c'était une occasion de voir s'il était capable d'entrer dans cette maison sans succomber à ses souvenirs. Il s'était séparé de deux nouveaux vitraux le matin même. Seuls restaient un grand dans sa chambre et plusieurs petits, dispersés dans la maison.

Il n'avait sans doute jamais rien fait d'aussi éprouvant dans sa vie, mais le moment était venu de se reprendre en main. Maintenant ou jamais...

Olivia était passée aux actualités télévisées la veille. Un journaliste l'interviewait devant le service des urgences : il était question du revirement de l'opinion publique depuis la démission de Jonathan Cramer et la publication de la lettre d'Alec dans la *Gazette*.

« Le cas d'Annie O'Neill nous fait prendre conscience de la nécessité d'améliorer l'organisation des urgences aux Outer Banks. Le futur directeur du service de Kill Devil Hills devra se fixer cet objectif », disait Olivia.

Particulièrement jolie et sexy dans sa blouse blanche, elle répondait avec esprit et une parfaite maîtrise d'elle-même. Comme autrefois, sa vue lui avait inspiré un poème — qu'il avait déposé dans sa boîte à lettres en allant à la réunion.

Debout dans la cuisine d'Alec, il avait l'impression de revivre une scène familière. Son hôte déposait des bretzels et du pop-corn dans des corbeilles, tandis que lui-même remplissait des verres posés sur un plateau. Mais, cette fois-ci, il détourna son regard du cheval bleu en cloisonné posé sur une étagère.

— Olivia m'a dit que vous avez pris la parole tous les deux à Norfolk la semaine dernière, lança-t-il.

— Oui, répliqua Alec en sortant une pile de serviettes du placard au-dessus de l'évier. Elle a été parfaite.

— Merci d'avoir écrit cette lettre à la *Gazette*. Vous lui avez rendu un précieux service.

— Je ne pouvais pas faire moins !

Paul remplit un autre verre.

— Ces derniers mois ont été un enfer pour Olivia et je n'ai pas été d'un grand secours pour elle.

Alec, qui se dirigeait vers la salle de séjour avec les corbeilles et les serviettes, s'arrêta un instant en souriant.

— Surtout, veillez bien sur elle, Paul.

Une adolescente se tenait devant la porte de la cuisine.

— Je vous présente Lacey, ma fille, reprit Alec. Lacey, voici Paul Macelli, le mari du Dr Simon.

Alec les laissa seuls et Paul sourit à cette grande jeune fille au teint clair, avec les yeux bleus d'Annie mais des cheveux moitié noirs, moitié roux. Elle l'observait tandis qu'il prenait une poignée de bretzels dans un sac en papier posé sur le comptoir.

— C'est vous qui vous êtes trompé sur mon âge, grommela-t-elle, adossée contre le placard.

— Comment ? s'étonna-t-il en posant la bouteille. (Il trouvait cette gamine absolument ridicule.)

— Dans cet article sur ma mère, dans *Seascape*, vous avez écrit que j'avais *douze* ans, au lieu de treize, et maintenant quatorze !

Paul fronça les sourcils.

— Votre mère m'avait dit que vous aviez douze ans ; parole d'honneur !

— Tout le monde s'est moqué de moi, reprit-elle en grignotant une poignée de bretzels. *Douze* ans, quelle idée !

Elle lui tourna le dos après lui avoir jeté un regard mécontent, et elle disparut en criant à la cantonade :

— Papa, je sors !

Paul la suivit des yeux. Il aurait juré sur tous les vitraux d'Annie qu'elle avait bien dit *douze* ans.

Pendant toute la réunion il se sentit anxieux. Alec parla de l'évolution des travaux : la piste était déjà en construction et le site envahi d'ingénieurs et d'experts.

Incapable de concentrer son attention, Paul songeait que les mères sont habituellement imbattables sur l'âge de leur progéniture. Sa propre mère pouvait réciter par cœur les âges de ses six enfants sans la moindre erreur! Une seule raison pouvait expliquer ce mensonge d'Annie au sujet de l'âge de sa fille...

Après la réunion et les remerciements d'usage, il regagna sa voiture en courant et prit le volant, presque en transes. Une fois chez lui, il se mit à fouiller dans la boîte où s'empilaient ses cassettes : trois d'entre elles contenaient l'interview d'Annie. Il les emporta dans sa chambre avec son magnétophone. Quand il eut retrouvé le passage litigieux à l'aide de la touche d'accélération rapide, il poussa un profond soupir et s'adossa au mur pour écouter.

Il reconnut les bruits de couverts venant d'une autre table du restaurant puis sa question :

— Et tes enfants? Peux-tu m'en parler?

— Eh bien... (La voix d'Annie, rauque et un peu haletante, qu'il n'avait pas entendue depuis si longtemps... Il comprenait maintenant pourquoi elle parlait avec une certaine appréhension.) Que souhaites-tu savoir?

— Tout! Je suppose que tu ne les as pas appelés Rosa et Guido.

Paul tressaillit, et il crut revoir le regard furieux d'Annie lorsqu'il lui avait posé cette question.

— Tu avais promis d'éviter...

— Oh, pardon! Clay et...

— Lacey.

— Quel âge ont-ils?

— Clay a dix-sept ans, et Lacey douze.

Il appuya sur la touche pour l'entendre répéter le chiffre *douze*, puis il éteignit son magnétophone. Annie avait menti et lui seul savait pourquoi. Il repensait à cette fille — avec les yeux d'Annie et des racines rousses sous ses cheveux noirs — qu'il avait vue dans la cuisine. Pendant toute la soirée, elle ne quitta pas son esprit.

Sa maîtrise de communication en poche à vingt-quatre ans, il se trouvait à la croisée des chemins. Il éprouvait un besoin poignant de revoir Annie, dont il n'avait plus de nouvelles depuis leur brusque séparation à Boston. Avant de se lancer dans une carrière et de choisir sa voie, il voulait tenter sa chance une dernière fois !

A la fin du printemps, il alla s'installer à Nag's Head, dans un studio tout près de la mer. Il avait passé une audition et obtenu sans difficulté un rôle dans *The Lost Colony*, une pièce sur l'histoire des Outer Banks, jouée tous les étés à Manteo. Il trouva le numéro de téléphone d'Annie et d'Alec, mais, au lieu de téléphoner, il se rendit à l'adresse indiquée : une petite villa sur le bras de mer de Kitty Hawk. Un matin, à la première heure, il avait garé sa voiture au coin d'une rue toute proche pour guetter les allées et venues. Vers 7 heures, un homme élancé, aux cheveux bruns, sortit de la maison et monta dans un break garé dans l'allée. Alec... Paul le regarda s'éloigner avec un mélange de haine et d'envie. Après avoir attendu une quinzaine de minutes pour s'assurer qu'il ne risquait pas de revenir inopinément, il redémarra et franchit la distance qui le séparait de la villa, en s'observant du coin de l'œil dans le rétroviseur. Depuis quatre ans, il n'avait guère changé : il portait les mêmes lunettes à monture métallique et il coupait ses cheveux un peu plus court. Voilà tout !

Il sortit de sa voiture et marcha d'un bon pas jusqu'à la porte d'entrée, puis il frappa sans se laisser le temps de changer d'avis.

Annie lui ouvrit. D'abord, elle ne sembla pas le reconnaître. Puis elle poussa un cri de joie en se jetant dans ses bras, et il l'enlaça avec un soupir de soulagement. Un jeune enfant, assis dans son parc, les observait d'un air placide. Même à cette distance, Paul put remarquer ses yeux bleu pâle... qu'il tenait de son père.

Il la garda enlacée une seconde de trop, et elle se dégagea, le visage cramoisi.

— Oh, Paul, murmura-t-elle en serrant l'une de ses mains dans les siennes, je regrette la manière dont j'ai rompu avec toi ! J'ai eu des remords, tu sais... Quelle chance de pouvoir enfin te l'avouer ! (Elle le fit entrer dans la pièce et elle recula d'un pas pour l'observer à loisir.) Tu as l'air en forme, Paul.

— Toi aussi. (Il la trouvait éblouissante.)

— Je te présente Clay.

Elle prit dans ses bras le petit garçon qui jouait dans son parc. Paul posa la main sur celle de l'enfant.

— Guido...

D'abord embarrassée, Annie se mit à rire.

— J'avais oublié. Et Rosa, n'est-ce pas ?

— Oui, répondit-il avec une profonde tristesse, *Roseu*.

Elle se pencha vers son fils.

— Tu dis bonjour, mon chéri ?

L'enfant se contenta d'enfouir sa tête dans la gorge généreuse de sa mère.

— Il a sommeil.

Après avoir remis Clay dans son parc, elle déposa sur lui une légère couverture de laine, puis elle s'affala sur le canapé.

— Que fais-tu ici, Paul ? Es-tu en vacances ? Avec qui ? (Elle n'attendit pas sa réponse.) J'aimerais que tu rencontres Alec si ça n'est pas trop difficile pour toi. Encore pardon, Paul, d'avoir si mal agı ! Mais j'étais complètement déboussolée... Et mon père était malade.

— Je sais. (Il s'assit à côté d'elle et lui prit la main.) Je passe tout l'été ici.

— Tout l'été.

Il y avait dans son sourire une fêlure qu'il préféra ignorer.

— Oui, j'ai un rôle dans *The Lost Colony*.

— C'est merveilleux, lança-t-elle après un instant d'hésitation.

— J'habite un petit studio à Nag's Head.

— Tu es seul ?

— Oui.

Et soudain, revenant à la réalité :

— Paul, pourquoi ici ? Pourquoi ?

— A ton avis ?

Elle hocha la tête et retira sa main de la sienne.

— Je suis mariée, Paul !

— Et heureuse ?

— Très heureuse. J'ai beaucoup changé. Je suis devenue beaucoup plus... calme. Une épouse et une mère responsables.

— Nous pourrons nous voir de temps en temps, déjeuner ensemble comme de vieux amis.

— A condition que tu n'attendes rien d'autre de moi.

— Je me contenterai de ce que tu me donneras, Annie. Même si tu acceptes de déjeuner avec moi une seule fois pendant tout l'été !

Il griffonna son numéro de téléphone sur un bloc-notes, puis il la serra à nouveau dans ses bras avant de la quitter. Il avait décidé d'attendre une bonne semaine avant de chercher à la revoir.

Il jouait un rôle difficile qui lui permit de garder le moral. L'ambiance amicale des répétitions le distrayait pendant la journée, mais la nuit, son imagination le faisait souffrir : il imaginait Annie blottie dans les bras de ce grand brun aux yeux clairs...

La première de la pièce eut lieu par une nuit torride qui rendait les lourds costumes intolérables, mais le public de touristes manifesta son enthousiasme. Pendant l'entracte, Paul s'apprêtait à boire dans les vestiaires un Coca-Cola donné par un machiniste, lorsqu'il aperçut Annie qui le dévisageait. L'un des acteurs toucha une mèche de ses cheveux en passant à côté d'elle, d'un sourire elle lui donna son absolution, comme si elle comprenait qu'il n'avait pas pu retenir son geste.

Paul s'approcha d'elle.

— Je suis content de te voir, Annie.

— Tu étais irrésistible, Paul. Ces collants te vont à merveille.

Elle effleura sa hanche, et une décharge électrique le secoua de la tête aux pieds. Il plongea son regard dans le sien : elle savait exactement ce qu'elle venait de faire.

— Annie...

— Chut ! murmura-t-elle avec un sourire, en posant un doigt sur ses lèvres. Après la pièce... Nous pouvons aller chez une amie. Tu n'auras qu'à me suivre. J'ai une Volkswagen rouge, décapotable.

Elle l'attendait dans le parking, assise, les jambes croisées, sur le capot de sa Volkswagen. Au lieu d'aller fêter la première de la pièce avec le reste de la troupe, il la suivit au volant de sa voiture, hypnotisé par la manière dont le vent gonflait ses cheveux roux dans la nuit. Elle prit le pont menant à South Nag's Head, tourna dans Croatan Highway, puis il roula derrière elle pendant encore une bonne vingtaine de kilomètres. Où diable l'emmenait-elle ? Elle se gara enfin dans une petite rue déserte.

— Tu peux stationner ici. Ensuite, rejoins-moi dans ma voiture, lui cria-t-elle.

Il obtempéra. Dès qu'il eut claqué la portière, elle fit demi-tour et reprit la route.

— Où habite ton amie ?

— Tu verras.

Elle parcourut des kilomètres au milieu des dunes ténébreuses. Ses phares traçaient un sillage lumineux dans la nuit noire.

— Où est Alec ce soir ? vociféra Paul dans le vent.

— Il travaille sur le continent. On l'appelle souvent dans les fermes, ces temps-ci.

— Et ton petit garçon ?

— Chez une voisine.

La voiture rebondit dans une ornière et il se retint à l'accoudoir.

— Bon Dieu, Annie, où allons-nous ?

Elle tendit le doigt dans l'obscurité. Il aperçut alors un faisceau lumineux.

— Un phare ?

— Le phare de Kiss River. Nous rendons visite à la gardienne.

Il renonça à la questionner...

Ils empruntèrent un chemin de terre menant à une clairière. Après quelques minutes de cahots, Annie se gara sur un terrain sablonneux, à proximité du phare et d'une grande maison blanche. Paul sortit de la voiture : au moment où il levait les yeux vers la tour vertigineuse, le faisceau lumineux passa devant ses yeux.

— C'est spectaculaire, murmura-t-il.

Annie le prit par la main et ils longèrent un chemin de brique jusqu'à la maison. Plusieurs fenêtres étaient éclairées au rez-de-chaussée, mais il ne put rien voir à l'intérieur. Quand elle eut frappé un coup sec à la porte, une femme âgée, vêtue d'une longue jupe noire et d'un chemisier blanc, vint leur ouvrir.

— Entre, Annie, dit-elle en s'effaçant pour la laisser passer.

— Je te présente Paul Macelli, Mary. Paul, voici Mary Poor, la gardienne de cet incroyable phare de Kiss River.

Paul s'inclina solennellement devant Mary. Que comptait faire Annie ? Allaient-ils passer la soirée à bavarder avec une vieille femme ?

Annie embrassa Mary sur la joue.

— Tu n'as besoin de rien ?

— Non, non, répondit Mary en hochant la tête. Montez vite !

Annie entraîna Paul au premier étage dans une petite chambre avec un lit à deux places, recouvert d'un plaid. Elle ferma la porte et se jeta dans ses bras.

— Oh ! Paul, tu étais si beau sur scène. J'avais oublié ! (Elle lui déboutonnait sa chemise, mais il lui prit les mains.)

— Annie, je ne comprends pas...

— Chut ! (Elle retira sa chemise, en la passant par-dessus sa tête sans la déboutonner, et son soutien-gorge.) Serre-moi contre toi, lui ordonna-t-elle.

Il retrouvait avec un plaisir indicible l'odeur ensoleillée de ses cheveux et la tiédeur de sa peau sous ses mains. A intervalles réguliers la lumière du phare inondait la pièce : l'éclat de sa chevelure pourpre et sa peau laiteuse apparaissaient un instant, puis tout replongeait dans l'ombre.

— Touche-moi, lui souffla-t-elle. *Partout.*

Après avoir à son tour retiré ses vêtements, il l'allongea sur le lit pour satisfaire à ses exigences. Son corps était animé d'une vie qu'il ne lui connaissait pas et il se demanda à contrecœur si elle devait cette nouvelle ferveur à son mari. Enfin, elle noua ses jambes autour de lui.

— Paul, je te veux encore plus près de moi !

Quand il la pénétra, il remarqua les grincements du lit. La vieille femme devait les entendre, mais elle était sûrement au courant. Il décida d'oublier le bruit et de ne penser qu'à Annie. Il était avec elle, en elle, après une si longue attente...

Leurs corps oscillaient au même rythme. Il la caressa longuement et il lui donna du plaisir. Au bout d'un moment, il se laissa rouler au bord du lit, mais elle le retint.

— Non, Paul, reste près de moi.

— Je t'aime, Annie.

— Serre-moi dans tes bras.

— Mais oui, Annie, je suis là ! (Il resserra son étreinte pour apaiser son corps encore tremblant, puis il prit un léger recul pour bien voir son visage.) Je ne comprends pas bien, Annie. Cette vieille femme...

— Mary... Je lui rends souvent visite quand Alec travaille. Je lui ai parlé de toi. Elle sait tout...

— Pouvons-nous nous revoir ?

— Bien sûr. Plutôt l'après-midi, si tu es libre.

— Dans mon studio ?

— Non, Paul, les gens risquent de me reconnaître s'ils nous voient ensemble. Ici, je me sens en sécurité.

Ce fut un été merveilleux, peut-être aussi merveilleux que celui qu'ils avaient passé ensemble à New Hope. Elle lui annonçait le matin, en nouant une écharpe rouge à la petite terrasse de l'atelier, s'ils pouvaient ou non se rencontrer dans la journée. Il était prié de ne jamais franchir la porte de l'atelier, pour éviter d'attirer l'attention de Tom Nestor. Plusieurs fois, il l'aperçut au loin avec Alec, en train de faire des courses chez l'épicier, ou de jouer au frisbee sur la plage. Elle semblait beaucoup rire avec son mari, et ses joues se creusaient de fossettes. Tant qu'il ne l'avait pas revue, cette vision le hantait.

L'écharpe rouge était presque toujours là. Paul rejoignait Annie dans la maison de Mary. Ils passaient l'après-midi ensemble dans la chambre d'en haut, parlant souvent du passé, mais jamais de l'avenir. Il s'efforçait de modérer ses exigences vis-à-vis d'elle... Cependant, vers le milieu de l'été, le caractère clandestin de leurs relations lui devint insupportable.

— Je crois qu'il serait temps que tu quittes Alec, lui déclara-t-il un après-midi, après avoir fait l'amour.

Annie, qui était blottie contre lui, releva la tête d'un air abasourdi.

— Je ne le quitterai jamais, Paul. *Jamais.*

— Pourquoi pas ? Je subviendrai mieux que lui à tes besoins. Et Clay... Je pourrais adopter Clay.

— Veux-tu te taire ! (Elle s'assit dans le lit.) Tu avais dit que tu étais prêt à accepter ce que je pourrais te donner.

— Mais je t'aime.

— Et moi j'aime Alec.

Pour la première fois, il se sentait hors de lui. D'un bond, il se releva, mais elle le retint par le bras.

— Oh, pardon, pardon, pardon ! Je ne voulais pas dire ça !

— Tu ne le vois presque jamais. Il te laisse seule avec un bébé et tu...

— Il a des soucis d'argent. Si nous voulons vivre ici, il n'a pas le choix. En ville, il n'aurait pas besoin de travailler aussi dur, mais c'est le prix que nous devons payer pour rester ici.

— Et tu trompes ta solitude avec moi !

— Non !

— Je te permets de satisfaire tes désirs quand Alec est absent. Ce bon vieux Paul !

— Ne dis pas ça !

Elle lui tendit les bras en pleurant et il renonça à discuter avec elle. Ce soir-là, elle lui prit la main en le raccompagnant à sa voiture et elle murmura :

— Je ne quitterai jamais Alec, Paul. Si tu acceptes mes conditions, nous pourrons continuer à nous voir. Sinon, ne reviens plus jamais ici !

Evidemment, il revint. Il supportait en silence les hochements de tête complices de Mary Poor et les grincements indiscrets du lit. Il espérait qu'Annie finirait par changer d'avis. Quand les représentations cessèrent, le premier lundi de septembre, il trouva un emploi de garçon de café à Manteo. Ce n'était pas l'idéal, mais il n'avait pas le courage de partir. Et brusquement, tout changea.

Pendant plusieurs jours d'affilée, le foulard rouge disparut. Etait-elle malade, ou fâchée contre lui ? Il avait décidé de lui téléphoner lorsqu'il aperçut de nouveau le foulard. Il prit ce jour-là la route de Kiss River avec soulagement.

— Elle est là-haut, lui annonça Mary Poor en lui ouvrant la porte. (Paul n'avait jamais osé la regarder en face car il la sentait hostile. C'est à peine si la vieille femme tolérait sa présence.) Elle se sent mal...

Annie avait le visage défait. Il remarqua ses cheveux tirés en arrière, ses yeux bouffis, et des rides aux commissures de ses lèvres qu'il ne lui connaissait pas.

— Que se passe-t-il ? (Il posa sa main sur son front, mais elle n'avait pas de fièvre.) Ma pauvre Annie !

Quand il chercha à l'attirer dans ses bras, elle recula aussitôt, puis elle s'assit sur le lit.

— Nous ne pouvons pas faire l'amour, Paul.

— Sûrement pas, quand tu es si mal en point.

— Paul, j'ai besoin de te parler.

C'était donc ça ! Alec avait découvert leur liaison et tout allait se dénouer dans les minutes suivantes. Avait-il gagné ou perdu ? se demandait Paul.

Annie croisa les mains sur ses genoux.

— On ne peut pas continuer comme ça !

— Comment ? Alec est au courant ?

— Non, je suis écœurée par... ma conduite.

Tout en parlant, elle avait bondi hors du lit et couru jusqu'à la petite salle de bains du premier étage. Il l'entendit vomir. Il se souvint alors qu'elle refusait les préservatifs par égard pour lui, et qu'elle se croyait parfaitement en sécurité avec un diaphragme.

Elle revint dans la chambre, le teint blafard et la peau moite. Il la prit de force dans ses bras et elle se serra contre lui en pleurant.

— Es-tu enceinte ? (Il parlait doucement, les lèvres contre ses cheveux.)

Folle de rage, elle s'arracha à lui.

— Non ! Paul, je te prie de quitter les Outer Banks et de ne jamais revenir.

— Je ne bougerai pas tant que tu ne m'auras pas dit ce qui ne va pas.

— Je t'en prie !

Elle se mit à sangloter et à le supplier de s'en aller, tout en s'accrochant à son bras. Puis il entendit Mary Poor monter l'escalier d'un pas lent. Il saisit les mains d'Annie pour l'apaiser, mais la porte s'ouvrit à cet instant.

Mary fit irruption dans la pièce. Cette femme de haute stature, au regard fulgurant, n'avait rien de commun avec la vieille gardienne qu'il croyait connaître.

— Filez tout de suite, et arrêtez de la faire souffrir !

Assise sur le lit, elle avait attiré la tête d'Annie contre son épaule.

— Allons, Annie, tu vas te rendre malade ! Partez, maintenant, reprit-elle sans acrimonie.

— N'ai-je pas le droit de savoir pourquoi ? répondit-il, au bord des larmes.

— Non, partez !

Annie s'agrippait de toutes ses forces à Mary, en se recroquevillant sur elle-même, comme pour se mettre à l'abri d'un danger. Que faire, sinon partir ? Il rentra chez lui, fit ses bagages et dit adieu le soir même aux Outer Banks, après avoir scotché sur la porte de l'atelier l'adresse et le numéro de téléphone de sa famille à Philadelphie.

Douze ans, avait-elle dit. Evidemment, elle était enceinte ! Sa conduite mystérieuse et sa volonté soudaine de rompre s'expliquaient ainsi. Si elle lui avait appris, au cours des entretiens, que Lacey avait treize ans, il lui aurait suffi de compter sur ses doigts pour deviner.

Il sortit du tiroir de sa table de nuit une liasse de photos prises chez Annie par le photographe de la *Gazette*. L'une d'elles — sur laquelle figuraient Lacey et Clay — n'avait pas été publiée dans le journal. Un long moment, il garda les yeux fixés sur le visage de la jeune fille : le sosie d'Annie... Il voulait la revoir et chercher sur son visage d'éventuelles ressemblances avec lui et ses sœurs. Il voulait surtout en avoir le cœur net. Une seule personne au monde pourrait lui dire la vérité...

Il inséra une autre cassette dans son magnétophone, et, les yeux fermés, il s'appuya contre le dosseret du lit pour se perdre une fois de plus dans la voix d'Annie.

40

Le poème de Paul avait ému Olivia. Il lui rappelait les poèmes qu'il avait écrits à son sujet dans *Sublime éveil*. Elle imaginait Paul lui faisant la lecture de cette voix qu'il réservait à la poésie — une voix qui pouvait imposer le silence dans une salle bondée et attirer tous les regards sur lui. Elle se souvenait avec fierté de ses lectures de poésie et de l'amour qu'il lui inspirait alors. Il n'avait pas tort de regretter Washington, car il avait là-bas un public capable d'apprécier ses dons.

Le secrétariat de son médecin l'avait appelée le matin même pour lui annoncer que les résultats de l'amniocentèse étaient parfaitement normaux. Elle était enceinte d'un garçon... Le soulagement qu'elle éprouvait maintenant lui donnait la mesure de l'angoisse avec laquelle elle avait attendu les résultats. Le bébé occupait toutes ses pensées.

Elle parcourut le poème plusieurs fois; mais elle avait compris dès la première lecture que Paul — son mari, l'homme de sa vie — avait retrouvé sa lucidité. Il était temps de le mettre au courant, d'envisager son retour, et si possible de lui pardonner, pour ne plus songer qu'à l'avenir.

Elle composa son numéro de téléphone, mais n'obtint que le répondeur. Il avait fait allusion à une réunion concernant le phare; sans doute y était-il. « Je t'aime, Paul », murmura-t-elle après avoir entendu le signal sonore. Et elle ajouta, une main posée sur son ventre : « Appelle-moi dès ton retour, j'ai quelque chose à te dire. »

Elle travailla à son vitrail, dans la cuisine, en attendant vainement son appel... Quand le téléphone sonna enfin, elle était déjà couchée : avant de répondre, elle avait compris qu'Alec — et non Paul — serait au bout du fil.

— Paul était-il à la réunion ce soir ? lui demanda-t-elle après avoir bavardé un moment à bâtons rompus.

— Oui, mais il semblait pressé. Il est parti le premier.

— Il m'a écrit un poème qu'il a déposé dans ma boîte à lettres. On dirait qu'il est vraiment prêt à prendre un nouveau départ.

— Tu as raison, répliqua Alec après un court silence. Il me semble qu'il se reproche la vie d'enfer que tu mènes à cause de lui.

— Il a dit ça ?

— Approximativement.

Olivia sourit.

— Je vais lui parler du bébé.

— Il est temps !

— C'est un garçon, Alec. J'ai eu les résultats de l'amniocentèse, et tout va bien.

— Une excellente nouvelle ! répliqua Alec d'une voix étrangement neutre.

— Paul a toujours eu envie d'avoir un fils, lui qui a été élevé au milieu de femmes. Mais l'idée de lui annoncer la nouvelle me donne le trac : ensuite, je ne pourrai plus revenir en arrière... Je lui ai laissé un message sur son répondeur pour qu'il m'appelle à son retour.

— Alors, je te quitte.

— Non, Alec, pas tout de suite ! (Elle se mordit les lèvres pendant le silence qui suivit.)

— J'ai parlé à Tom, dit enfin Alec. Il te fait dire qu'il regrette sa conduite et qu'il voudrait te donner de nouveau des leçons.

— Merci, c'est merveilleux !

— As-tu maintenant tous les outils dont tu as besoin ?

— Il me faudrait peut-être un fer à souder. Annie en avait un ?

— Plusieurs.

— Mon Dieu, Paul va en faire, une tête, quand il s'apercevra que je m'initie aux vitraux.

— Pourquoi ?

Sa main se crispa sur le téléphone : elle venait de commettre une gaffe inouïe, en oubliant qu'Alec ne connaissait pas toute l'histoire.

— Je n'ai pas un tempérament d'artiste, et il estimera que je perds mon temps.

— Un violon d'Ingres n'est jamais une perte de temps !

A nouveau, Alec laissa planer un silence.

— Si tu ne vois pas Paul demain soir, reprit-il enfin, tu es la bienvenue chez moi : je te prête un fer à souder et tout ce dont tu auras besoin.

Elle le remercia, mais elle savait qu'elle verrait Paul. Elle devait voir Paul. Elle eut brusquement envie de se scinder en deux personnes différentes.

— Alec, murmura-t-elle, ton amitié m'a été extrêmement précieuse.

— Tu parles comme si nous ne devions plus nous revoir.

— Non, pas du tout !

Et pourtant, elle savait qu'il faudrait rompre les ponts avec Alec pour ne pas se mettre dans une situation périlleuse. Elle avait confiance en lui alors qu'elle doutait de Paul, et si elle se risquait à les comparer, Paul n'aurait pas nécessairement l'avantage. Tôt ou tard, elle devrait renoncer à Alec, mais elle avait encore le temps...

— Alec, tu es couché ?

— Oui.

— Dans quelle tenue ?

Il se mit à rire.

— Adieu, Olivia. Il vaut mieux que ton mari s'occupe de toi.

Il raccrocha sans un mot de plus, et Olivia resta éveillée un moment en espérant que Paul finirait par appeler. Mais rien ne vint.

Paul n'appela pas non plus le lendemain. Même s'il avait perdu son numéro de téléphone aux urgences, il pouvait facilement retrouver sa trace, se dit-elle. En fin d'après-midi, elle lui laissa un autre message sur son répondeur, au cas où le premier n'aurait pas été enregistré. Elle essaya ensuite de l'appeler au bureau : la standardiste lui annonça qu'il avait pris une journée de congé.

Toujours sans nouvelles de lui à 7 heures du soir, elle décida de faire un saut chez Alec.

— Il est peut-être en voyage, suggéra ce dernier.

Assis à son bureau, il triait des diapositives du phare pour une conférence prévue la semaine suivante, tandis qu'Olivia étudiait la notice du fer à souder.

— Salut, Olivia.

Lacey était debout sur le pas de la porte. Elle portait un short et un débardeur moulant, qui laissait son nombril exposé à tous les regards.

— Bonjour, Lacey. Tu as eu une bonne note à ton devoir de biologie ?

— J'ai eu A. Plutôt, *vous* avez eu A.

— Absolument pas ! Tu as fait le devoir toi-même, je t'ai seulement indiqué la marche à suivre.

— Je sors, fit Lacey en regardant son père.

Alec s'arracha un instant à ses diapositives.

— Amuse-toi bien !

Lacey s'en alla, sa croupe arrondie moulée dans la toile de son short.

— A quelle heure doit-elle rentrer ? demanda Olivia dès qu'elle eut franchi la porte.

Alec haussa les épaules.

— Elle rentre quand elle a cessé de s'amuser !

— Et s'il est 5 heures du matin ?

— Ça m'étonnerait ; elle connaît ses limites.

— Mais comment sais-tu où elle en est ? Je veux dire que tu vois les choses un peu simplement.

— Nous avons déjà abordé ce sujet, me semble-t-il. Lacey a l'habitude de faire ses choix et de prendre ses responsabilités.

— J'ai l'impression d'entendre Annie parler ! (Olivia se reprocha aussitôt d'avoir outrepassé ses droits). Désolé, Alec, reprit-elle en soupirant, ça ne me regarde pas !

Il alla prendre un livre dans sa bibliothèque et frôla légèrement son épaule avant de se rasseoir.

— Tu ne peux pas comprendre, Olivia. Quelqu'un qui n'a pas connu Annie ne peut pas comprendre !

Le lendemain fut assez calme aux urgences, et Olivia eut tout le loisir de consulter son répondeur : il n'y avait toujours pas de message de Paul. A son bureau, la standardiste lui annonça qu'il s'était fait porter malade. Un peu inquiète, elle l'appela chez lui et n'obtint aucune réponse, mais elle ne pouvait rien faire avant d'avoir terminé sa journée de travail.

Elle venait de recoudre le sourcil d'une novice du deltaplane lorsque Kathy lui annonça qu'une jeune fille désirait la voir.

Lacey, dans la salle d'attente, parcourait un magazine. Dès qu'elle l'aperçut, elle se redressa, le sourire aux lèvres et les bras en croix.

— Lacey ! s'exclama Olivia.

— Vous voyez, dit-elle, je suis toujours vivante et en pleine forme ! Papa m'a dit que vous vous faisiez du souci à mon sujet, alors je tenais à vous rassurer.

— Comment es-tu venue ici, Lacey ?

— A bicyclette.

— Où est ton casque ?

Lacey roula des yeux ébahis.

— Enfin quoi, vous êtes obsédée par tous ces problèmes de sécurité !

— Veux-tu un café ?

— Un café ? J'ai quatorze ans, Olivia, vous n'avez pas peur que... Je ne sais pas, moi... que ça ralentisse ma croissance ?

Olivia l'emmena dans son bureau, puis elle emplit deux tasses de café après avoir refermé la porte.

— Alors, dit-elle en regardant Lacey vider trois sachets de sucre en poudre consécutifs, as-tu passé une bonne soirée ?

— Plus ou moins, grommela Lacey, le nez dans sa tasse.

— A quelle heure es-tu rentrée ?

— Aucune idée. (Elle leva le bras gauche.) J'ai pas de montre. Ma mère n'y croyait pas.

— Comment peut-on ne pas « croire » en une montre ?

— Ma mère vous l'aurait expliqué !

— Comment fais-tu pour arriver à l'heure en classe ?

— Pas de problème ! Ma mère disait qu'on finit par avoir une horloge interne, et c'est vrai. Quand par hasard j'étais en retard, mes professeurs ne me disaient rien : ils connaissaient Annie O'Neill ! (Elle déversa un quatrième sachet de sucre en poudre dans sa tasse et leva les yeux vers Olivia.) Mon père doit conduire Clay à Duke vendredi prochain. Il y passera la nuit et il voudrait que je dorme chez Nola. Alors je me demande, reprit-elle en fronçant le nez, si par hasard... Enfin, si ça ne vous ennuie pas, je préférerais passer la nuit chez vous.

Olivia se sentit décontenancée.

— Mais tu me connais à peine !

— C'est vrai, répondit Lacey en s'empourprant. Mais je vous

trouve sympathique. Et puis mon père serait sans doute d'accord : vous ne risquez pas de me laisser traîner dans la rue jusqu'à l'aube, hein ?

Lacey souriait et Olivia lui rendit de bon cœur son sourire. Ce projet risquait de l'empêcher de voir Paul, mais comment aurait-elle refusé de rendre service à une gamine de quatorze ans qui avait besoin d'elle ?

— Je serai ravie de t'inviter chez moi, Lacey, si ton père est d'accord.

— Je lui dirai.

— Tu lui demanderas la permission !

Lacey sourit.

— Dis-lui que ça sera un plaisir pour moi, conclut Olivia.

Après son travail, elle fila immédiatement chez Paul. Sa voiture était dans l'allée, mais personne ne répondit lorsqu'elle frappa. Alarmée, elle tourna la poignée ; la porte s'ouvrit sans difficulté.

Elle la referma soigneusement derrière elle avant de pénétrer dans la salle de séjour. La maison était silencieuse.

— Paul ?

Aucune réaction... La pièce paraissait plus grande sans les vitraux et elle se sentit émue en apercevant à travers les vitres le bleu sombre de l'océan, dans le lointain.

De plus en plus inquiète, elle entra dans la cuisine et appela de nouveau. Où était-il ? Elle se dirigea vers les chambres à coucher en se demandant laquelle il occupait et en appréhendant un peu ce qu'elle allait découvrir.

Dès qu'elle pénétra dans la première chambre, un flot de couleurs la submergea : un vitrail d'Annie représentant deux poissons tropicaux aux couleurs vives était encore accroché à l'une des fenêtres. Elle aperçut le grand lit à demi défait, les draps et le couvre-lit roulés en boule, et deux oreillers posés contre le dosseret. Une odeur bizarre régnait dans la pièce. Un carton de nourriture chinoise traînait sur la table de nuit, à côté d'un verre de vin renversé et d'une bouteille vide de chardonnay. Par terre, au milieu de la pièce, une assiette et une fourchette sales étaient posées sur un carton de pizza.

Olivia sentit son pouls s'accélérer. De toute évidence, quelque chose n'allait pas. Paul était un homme minutieux : à l'exception du vitrail, cette chambre ne semblait pas être la sienne. L'avait-il louée à quelqu'un ?

Alors, elle remarqua les photos d'Annie éparpillées sur le lit. Elle s'approcha en fronçant les sourcils : elle ne supportait plus cette chevelure rousse, ce nez mutin et cette peau laiteuse, couverte de taches de rousseur. Parmi les photos reposait un magnétophone. Il était chargé d'une cassette et il y en avait deux autres à côté. Elle lut l'étiquette de l'une d'elles : *Entretien avec A.C.O. nº 1.* Elle hocha la tête : trois cassettes et des douzaines de photos pour un simple reportage dans un magazine ! Elle appuya sur la touche de mise en route. Après un rire et un silence de quelques secondes, elle reconnut la voix de Paul :

— Le phare est-il une source d'inspiration ?

— Kiss River ? répliquait Annie d'une voix profonde et rauque qui surprit Olivia. Oui, parfois. Cet endroit compte beaucoup pour moi ; c'est là que j'ai fait la connaissance d'Alec.

Olivia entendit Paul prendre une profonde inspiration.

— Je ne savais pas.

— C'est pourtant vrai.

— Enfin, Annie, comment est-ce...

— Ça suffit, Paul !

La porte d'entrée de la maison venait de s'ouvrir. Olivia sursauta et arrêta aussitôt le magnétophone. Debout à côté du lit, elle entendit des pas se rapprocher. Paul avait dû voir sa voiture, sa présence ne serait donc pas une surprise pour lui.

Il apparut dans l'encadrement de la porte, la mine défaite et les cheveux collés au front. Il portait un T-shirt froissé et taché. La lumière du soleil qui filtrait à travers le vitrail lui donnait un teint jaunâtre, et elle se demanda de quoi elle-même avait l'air dans cet étrange bain de lumière.

Après l'avoir dévisagée un long moment, il jeta les yeux sur son lit. Olivia dut se justifier.

— Ta voiture était ici, mais personne n'a répondu quand j'ai frappé, dit Olivia. La standardiste de la *Gazette* m'a dit que tu es malade, alors je me suis inquiétée quand tu n'es pas venu ouvrir.

Il s'éclaircit la voix.

— Je marchais sur la plage.

— Tu étais plongé dans tes souvenirs, apparemment.

Olivia remarqua un léger frémissement sur ses lèvres, mais il ne répondit pas.

— Tu n'en as pas encore fini avec elle, reprit-elle d'une voix lasse. Tu n'en auras *jamais* fini...

— Il faut me laisser encore un peu de temps !

Olivia courut sans reprendre son souffle jusqu'à sa voiture. Elle mit le contact précipitamment et fit grincer ses pneus en prenant le virage, mais, une fois sur la route, elle ralentit. Elle venait de se rappeler qu'un petit garçon parfaitement sain — son fils — reposait en elle.

41

Lacey était bavarde comme une pie tandis qu'elle aidait Olivia à faire son lit dans la chambre d'amis, et sans doute un peu nerveuse aussi.

Alec avait téléphoné la veille — au moment où Olivia revenait de chez Paul — pour la prier d'excuser l'audace de sa fille. « Tu as sans doute l'intention de passer ta soirée avec ton mari. » Au bord des larmes, elle lui avait raconté sa dernière épreuve :

— Il se vautre dans ses souvenirs ! Il se fait même livrer des plats à domicile pour passer des heures à contempler ses photos, sans sortir de chez lui...

— Olivia ? interrompit Alec.

— Comment ?

— S'il te plaît, permets-moi de lui parler.

— Non !

— Je pense qu'il a besoin d'être aidé.

— Peut-être, mais il refusera.

— Et si je passais simplement chez lui sous prétexte de parler du phare ?

— Non, Alec, je t'en prie.

Alec avait fini par céder, non sans souhaiter que les choses s'arrangent entre Paul et elle. « Dans mon intérêt, sinon dans le tien », avait-il ajouté d'une voix grave et solennelle.

Lacey bordait la couverture au pied du lit.

— J'ai l'intention de me faire percer le nez, annonça-t-elle à Olivia d'un air provocant, en secouant ses cheveux noirs et rouges qui commençaient à avoir l'air d'un damier. Qu'en pensez-vous ?

Olivia prit le couvre-lit posé sur le fauteuil.

— Ça me paraît absurde. Ton père te donnerait l'autorisation ?

— Mon père me laisse faire ce que je veux, vous avez bien dû vous en apercevoir !

Le lit était fait.

— Si nous allions dîner ? proposa Olivia. Je te laisse le choix du restaurant.

Lacey opta pour l'*Italian Palace*, un restaurant plutôt familial où les pâtes semblèrent étonnamment savoureuses à Olivia.

— C'est mon restaurant préféré. (Lacey, les yeux mi-clos, savourait ses lasagnes d'un air inspiré.) Mon père m'a donné de l'argent pour payer, lança-t-elle quand elle revint à la réalité.

— C'est gentil de sa part, mais je t'invite.

— Non, il m'a dit d'insister.

— D'accord. Eh bien, portons un toast à la santé de ton père !

Lacey sourit en choquant son verre de Coca-Cola contre le verre d'eau d'Olivia.

— Je prends une leçon avec Tom, demain, veux-tu m'accompagner ? proposa Olivia.

— Pourquoi pas ? Mais Tom ne m'a pas encore vue avec mes cheveux courts. Il va en faire une maladie.

— De quel droit pourrait-il te critiquer ?

— C'est vrai ! (Elle avala une gorgée de Coca-Cola.) Dites-moi, reprit-elle, quel est votre signe ?

Surprise, Olivia fronça un instant les sourcils.

— Mon signe ? Oh ! Verseau, je crois.

— *Excellent* ! Moi, je suis Cancer. Un signe d'eau, comme vous. C'était les signes préférés de ma mère. Vous allez tout à fait bien avec ma famille. Mon père est Poisson. (Comme Paul, songea Olivia.) Ma mère était Verseau, elle aussi, mais sûrement avec un ascendant différent du vôtre ; on ne dirait pas que vous êtes nées toutes les deux sous le même signe ! Ce pauvre Clay est Scorpion, je me demande pourquoi. Quand maman a appris qu'elle m'attendait et que je serais Cancer, elle a fêté la nouvelle en prenant un bain de mer ! Pourtant c'était presque l'hiver et l'eau était vraiment froide.

Lacey s'interrompit pour avaler une bouchée de son plat italien. Olivia sourit : cette gamine lui semblait en veine de confidences.

— Ma mère aurait voulu plus de deux enfants, mais elle pensait que la surpopulation est un danger pour l'environnement. Si les gens se reproduisent trop vite, on manquera d'eau et de nourriture ! Mes parents ont envisagé d'adopter des enfants handicapés. Heureusement, ils ne l'ont pas fait ! Vous savez, je suis très différente de ma mère. Une vraie égoïste ! Je n'aurais pas supporté un autre enfant à la maison... C'était déjà assez difficile de partager mes parents avec Clay.

— Comment t'entends-tu avec Clay ?

— J'essaye de l'ignorer. Cet été, il m'a rendu la vie impossible parce que je vais maintenant à des soirées comme lui, et il n'aime pas m'avoir dans les pattes.

— Tu es peut-être un peu jeune pour sortir avec des élèves bientôt diplômés !

— Des élèves bientôt diplômés ! grimaça Lacey en imitant la voix d'Olivia. Vous parlez quelquefois comme une vieille dame...

— Pourtant, Clay est bien cela, non ? A quelle heure se terminent ces soirées ?

— Que dites-vous ?

— Tu n'as pas d'heure limite, il me semble. Alors je te demande à quelle heure tu rentres chez toi habituellement.

— Une ou deux heures du matin.

— A ton âge, Lacey ! Tu n'as que quatorze ans.

Lacey lui sourit d'un air un peu condescendant.

— C'est l'été, Olivia, je n'ai plus de cours et rien ne m'oblige à me lever tôt le matin.

— Tu sortais déjà si tard le soir quand ta mère était encore en vie ?

Lacey plongea sa fourchette dans ses lasagnes.

— Je... non, c'était pas la peine, grommela-t-elle en se mordant les lèvres. Mais elle ne m'aurait fait aucun reproche si je l'avais fait.

— Pourquoi dis-tu que ce n'était pas la peine ?

— J'aimais être à la maison. Mes parents étaient sympa, et tous mes copains les adoraient. Ils passaient leur vie chez moi. Et puis mon père avait toujours des bonnes idées ! Une fois, il nous a tous réveillés au milieu de la nuit pour aller à Jockey's Ridge : on a escaladé les dunes en pleine nuit, et puis on s'est allongés par terre pour regarder les étoiles. Je faisais des tas de choses avec lui ! Il m'emmenait à Norfolk pour assister à des concerts avec mes amis. Aucun autre père n'était aussi *cool*. (Elle regarda par la fenêtre le parking plongé dans la nuit.) Il a tellement changé ! Si je rentre tard le soir, c'est surtout parce que je n'aime pas être avec lui. Quand je le vois, ça me fait penser à toute cette merde. (Elle chercha Olivia des yeux.) Pardonnez-moi, je suis grossière !

Olivia recula sa chaise, pensive.

— Je vais te faire un cadeau, Lacey.

— Quel cadeau ?

— Une montre.

— Vous plaisantez ? s'exclama Lacey avec un sourire interrogateur.

— Pas du tout ! A ton âge, on a besoin d'une montre.

— Ma mère... (Lacey s'interrompit.) Je pourrai la choisir ?

— Oui, mais à une condition. En échange de la montre, je te demanderai quelque chose.

Lacey parut intriguée.

— Quoi donc ?

— Tu devras me téléphoner tous les soirs à minuit, où que tu sois, pour me dire si tu vas bien.

— Quelle idée !

— J'y tiens beaucoup. (Olivia avait le sentiment d'aller contre la volonté d'Alec, mais sans doute le fallait-il.)

— Je vous réveillerai, objecta Lacey en s'esclaffant.

— Probablement, mais je me rendormirai en sachant que tu vas bien.

Lacey la dévisagea d'un air solennel.

— Ça a vraiment de l'importance pour vous de savoir que je vais bien ?

— Je crois que tu me rappelles un peu l'adolescente que j'étais à ton âge, murmura Olivia en détournant le regard de ses raviolis, auxquels elle avait à peine goûté.

Lacey posa sa fourchette d'un air décidé.

— Bon, d'accord, mais à une condition.

— Laquelle ?

— Je vous téléphonerai si vous cessez de travailler au Foyer des femmes en détresse.

Emue, Olivia hocha la tête.

— Ne te fais pas de souci à mon sujet, Lacey. Je suis tout à fait différente de ta mère, et je ne pense pas avoir le courage de risquer ma vie pour sauver quelqu'un d'autre.

Au retour, elles s'arrêtèrent au drugstore. Lacey essaya six ou sept montres en éliminant sans hésiter les plus chères. Celle qu'elle choisit avait un cadran argenté et un bracelet noir, orné d'étoiles d'argent.

Après avoir acheté un carton de crème glacée, elles rentrèrent chez Olivia pour se confectionner d'énormes banana-splits, qu'elles dégustèrent dans la salle de séjour, assises en tailleur sur le tapis. Sylvie vint se blottir en ronronnant sur les genoux de Lacey. La jeune fille regardait l'heure toutes les deux minutes à son poignet.

— J'ai du mal à croire que tu portes ta première montre à quatorze ans, observa Olivia.

— Si ma mère était enterrée, elle se retournerait dans sa tombe en l'apprenant !

Olivia trancha une rondelle de banane avec sa cuillère.

— A-t-elle été incinérée ?

— Naturellement ! On a fait don de tout ce qui pouvait être utilisé, et le reste, vous savez... (Elle agita une main dans les airs.) Mon père et Clay ont jeté ses cendres dans l'océan, à Kiss River.

Olivia frissonna en imaginant cette scène à peine supportable.

— Je ne suis pas allée aux obsèques.

— Pourquoi ?

— Je voulais me la rappeler vivante. (Le visage de Lacey s'assombrit soudain.) Pourquoi y a-t-il des méchants qui vivent jusqu'à cent ans, alors qu'une personne aussi bonne que ma mère a pu mourir si jeune ? Elle avait horreur de... Comment dit-on quand on envoie des gens sur la chaise électrique ?

— La peine capitale ?

— Ouais. Elle y était opposée ! Mais moi, si je trouvais le type qui l'a tuée, je le débiterais en tranches avec un couteau. (Elle serrait les poings tout en parlant, et Sylvie jeta un regard concupiscent sur la coupe de crème glacée posée en face d'elle.) Vraiment, je le tuerais sans aucun remords !

Olivia hocha la tête, avec la certitude que Lacey parlait sérieusement.

— Je m'imagine sans arrêt ce qu'elle a senti quand il lui a tiré cette balle dans le cœur.

— Ton père m'a dit que tu étais à côté d'elle. Ça a dû être terrible pour toi !

Lacey replongea sa cuillère dans sa glace.

— Je me tenais à sa droite. Elle servait les haricots verts, et moi la salade. Cet homme est arrivé brusquement et il a injurié sa femme qui était dans la file d'attente. Ma mère se mêlait toujours de tout ! Elle s'est interposée et elle a dit : « Posez cette arme, je vous en prie, c'est aujourd'hui Noël. » Et bang, il a tiré ! (Lacey frissonna de tout son corps.) Je revois son visage comme si j'y étais. Le soir, quand je me couche, cette image ne me quitte pas. Elle a ouvert des yeux épouvantés et elle a poussé comme un petit cri de surprise, et puis la balle a traversé sa blouse, et il y a eu une petite tache de sang. Longtemps je vous en ai voulu, reprit-elle en regardant Olivia dans les yeux. Je ne pensais pas qu'elle allait mourir et il m'a semblé que tout s'est aggravé à cause de vous. Mais papa dit que c'est faux et que vous avez fait le maximum pour la sauver.

— Il a raison, j'ai fait de mon mieux !

Lacey avala quelques bouchées supplémentaires de sa glace en regardant du coin de l'œil Olivia, à l'abri de ses mèches bicolores.

— Vous trouvez mon père sympathique, Olivia ?

— Très sympathique.

Lacey baissa les yeux.

— Il va un petit peu mieux depuis qu'il… est devenu votre ami. Avant, on aurait dit un somnambule. Il ne mangeait plus rien, et il s'en fichait que ses vêtements soient devenus deux fois trop grands. Un véritable épouvantail ! Il passait des heures à regarder ces stupides photos du phare, c'est tout ce qu'il faisait. La nuit, il dormait avec un vieux sweater de ma mère.

Olivia se sentit gênée par cette incursion dans la vie privée d'Alec. Elle regarda Lacey avaler une dernière rondelle de banane et agiter sa cuillère dans le chocolat fondu, avec ses doigts courts, aux ongles rongés jusqu'à l'os.

— L'autre soir, j'ai vu votre mari à la réunion pour le phare. Un peu vieux jeu, à mon avis. Sans vouloir vous vexer…

Un homme de quarante ans, aux lunettes cerclées de métal et à l'air intellectuel, devait probablement sembler « vieux jeu » à une gamine de quatorze ans.

— Tu ne me vexes pas.

— Vous trouvez mon père bel homme ?

Olivia ne voulait pas s'aventurer sur un terrain dangereux.

— Certainement, répondit-elle d'un ton évasif.

— Ma mère disait qu'il avait le « sang chaud ». Ils étaient

follement amoureux ! (Lacey balançait son poignet d'avant en arrière et sa montre scintillait sous la lumière de la lampe.) Nola rêve de coucher avec lui...

— Je n'aime pas ton vocabulaire, Lacey.

L'adolescente lui grimaça un sourire.

— Vous êtes bien trop prude ! Je veux dire que si mon père vous plaît, vous vous demandez sans doute comment ça serait de coucher avec lui.

Olivia dut faire un effort pour garder un visage impassible.

— Ce que nous pensons, ton père, Nola ou moi à ce sujet, est une question personnelle, qui ne te regarde en aucune manière ! répondit-elle d'une voix neutre en se penchant vers la jeune fille.

Soudain, les yeux de Lacey s'emplirent de larmes, des plaques rouges apparurent sur sa gorge et ses joues, puis sa lèvre inférieure se mit à trembler. Bouleversée par cette réaction imprévisible, Olivia posa à son tour sa coupe de glace devant elle pour prendre Lacey dans ses bras. Elle la serra contre son cœur tandis que ses frêles épaules étaient secouées de sanglots.

— Tout va bien, lui souffla-t-elle en lui caressant les cheveux.

Elle se souvenait qu'Ellen Davidson l'avait tenue dans ses bras de cette manière, il y avait fort longtemps. Jamais elle ne lui posait de questions sur son corps meurtri. Elle ne lui suggérait pas non plus de retourner chez sa mère. Ellen lui avait apporté un immense réconfort et la possibilité de se décharger d'un fardeau trop lourd pour elle.

— Mon père me hait, murmura Lacey entre deux sanglots.

— Mais non, ma chérie, il t'aime de tout son cœur !

— Il n'y avait qu'une goutte de sang sur sa chemise, alors je lui ai dit que ça n'était pas grave. Il avait l'air épouvanté. Je n'avais pas l'habitude — c'était un homme qui n'avait jamais peur — et je lui ai répété de ne pas s'inquiéter. Il m'a cru. Maintenant il m'en veut parce que je lui ai donné un faux espoir.

Olivia sentait les doigts de Lacey agrippés à son chemisier, se serrant et se desserrant tour à tour.

— Ça aurait pu être moi, dit Lacey. Si je m'étais interposée à la place de ma mère, peut-être qu'il n'aurait pas osé tuer une gamine de mon âge. Alors, il n'y aurait pas eu de problème. Je suis sûre que mon père aurait préféré que je sois tuée à la place de maman. Pendant longtemps, après sa mort, il ne m'a plus parlé, il évitait même de me regarder, et il m'appelait souvent Annie. (Olivia sentit Lacey se raidir dans ses bras.) Je le hais. Il a oublié mon anniversaire. Il est en admiration devant Clay, parce qu'il est brillant et qu'il a eu une bourse à Duke, alors que moi j'ai dû m'inscrire à la session de rattrapage. Il a envie que je parte. Ça lui serait bien égal que je découche, et même que je m'en aille pour toujours !

Olivia sentit ses larmes couler sur les cheveux de Lacey. C'est à son père que Lacey aurait dû parler et confier ses angoisses. C'était à lui de répondre qu'il ferait son possible pour l'aider à reprendre goût à la vie.

Mais Alec n'était pas là, et il ne parviendrait sans doute pas à apaiser des angoisses à ce point semblables aux siennes. Olivia serra Lacey tendrement dans ses bras : elle ne la lâcherait pas tant qu'elle n'aurait pas le sentiment de l'avoir rassurée.

42

Chaque fois qu'Alec se regardait dans le rétroviseur, il remarquait les rides qui barraient son front et les pattes d'oie de plus en plus profondes autour de ses yeux. Avait-il abusé du soleil pendant les étés précédents, ou était-ce déjà un signe de vieillissement ?

Il avait quitté Clay quelques heures plus tôt avec le cœur gros, en osant à peine le serrer dans ses bras devant les autres étudiants de la résidence universitaire. Leurs adieux avaient été rapides : une lueur d'excitation brillait déjà dans les yeux du jeune étudiant, qu'une vie nouvelle attendait à Duke.

Son fils allait lui manquer, se dit Alec, mais la réciproque n'était pas certaine...

Il quitta la grande route et traversa Manteo sous une pluie fine. En passant devant la maison de retraite, il décida d'appeler prochainement Mary Poor pour organiser une visite de la maison du gardien. Mais, se ravisant, il fit demi-tour : pourquoi ne pas aller la voir tout de suite ?

En sortant de sa voiture, il aperçut de l'autre côté de la rue le magasin d'antiquités, avec ses poupées anciennes exposées sur de petites chaises rustiques. Une femme aux cheveux grisonnants était en train de les mettre à l'abri de la pluie. Olivia avait raison : c'était sûrement là qu'Annie avait trouvé les poupées de Lacey.

Il n'y avait personne sur la vaste véranda de la maison de retraite. Il sonna. Une jeune femme blonde vint lui ouvrir.

— Je voudrais voir Mary Poor.

Son interlocutrice s'effaça pour le laisser passer.

— Entrez donc. Elle est dans la salle de séjour, en train de faire ses mots croisés.

Elle le mena dans une pièce où plusieurs femmes d'un âge avancé regardaient la télévision. Mary Poor était assise légèrement à l'écart, dans une bergère, et elle tenait son journal plié sous la lumière d'un lampadaire.

— Une visite pour vous, Mary !

Mary posa le journal sur ses genoux et fixa sur Alec son regard bleu, étonnamment aigu.

Il lui tendit la main.

— Mrs. Poor ? Je ne sais pas si vous me reconnaissez. Je suis Alec O'Neill, le mari d'Annie.

— C'est bien vous, c'est bien vous... murmura Mary après l'avoir observé un bon moment.

Alec s'assit dans une autre bergère, non sans avoir remarqué avec admiration qu'elle faisait les mots croisés au stylo.

— J'avais une requête à vous adresser : pourriez-vous faire visiter la maison du gardien à quelques-uns des membres du comité de défense ? Vous savez sans doute que nous rédigeons une brochure sur le phare. Paul Macelli vous a interviewée et son travail est en bonne voie, mais je pense qu'il devrait voir la maison de ses propres yeux pour la décrire. Quant à moi, j'aimerais prendre quelques photos. (Tout en parlant, il avait remarqué la fine ossature des mains de Mary et leur peau transparente, veinée de bleu.) Accepteriez-vous de vous déplacer ?

— Sans doute, sans doute. Quand souhaitez-vous faire cette visite ?

— Dans les prochaines semaines, pour que Paul ait le temps de finir son texte et moi de développer mes photos avant d'apporter le tout à l'imprimeur.

— Il suffit de me téléphoner. L'une des jeunes filles me conduira.

— Parfait ! Je vous remercie beaucoup. (Le regard d'Alec allait et venait entre la télévision et le visage de Mary.) Que puis-je faire pour vous aider ? Je sais qu'Annie vous apportait certaines choses.

La vieille femme sourit. Elle avait encore de belles dents, se dit Alec, si toutefois ces dents étaient vraiment les siennes.

— Elle m'en a fait des cadeaux, cette petite ! Vous savez qu'elle me manque, soupira-t-elle en pointant un doigt vers la fenêtre.

Alec tourna la tête : un magnifique vitrail représentait le phare de Kiss River, dans une aura lumineuse, sur le fond bleu marine d'un ciel nocturne. Son absolue simplicité le laissa un moment sans voix.

— Je ne le connaissais pas. Il est beau !

— Elle me l'a donné il y a bien des années, et je n'ai pas voulu m'en séparer quand je suis venue ici.

Il se leva pour admirer de plus près l'œuvre d'Annie : dans cette luminosité, il lui semblait découvrir une dimension de son talent qu'il avait ignorée...

— Alors, j'attends votre appel, reprit Mary qui avait suivi son regard.

— Oui, je vous tiens au courant.

Il alla ensuite chercher Lacey chez Olivia. En les regardant s'embrasser longuement avant de se quitter, il éprouva un étrange sentiment d'exclusion.

— Merci, Olivia, dit Lacey en prenant son sac de voyage.

— Je vous remercie moi aussi, insista Alec. Des nouvelles de Paul ?

Olivia hocha la tête.

— La compagnie de Lacey m'a fait le plus grand plaisir.

Dès que la Bronco eut démarré, Lacey appuya sur les touches de la radio et fixa son choix sur une abrutissante cacophonie.

— Ça s'est bien passé ?

Elle marmonna un son inaudible tout en se tapant les paumes sur les cuisses au rythme de la musique. C'est alors qu'il remarqua sa montre.

— Qu'est-ce que c'est ? demanda-t-il en posant la main sur son poignet.

Lacey leva le bras pour regarder de plus près le cadran scintillant.

— Un cadeau d'Olivia. Je suis censée l'appeler à minuit quand je sors le soir.

Alec fronça les sourcils.

— Pour quoi faire ?

— Simplement pour lui dire que je vais bien.

— C'est de la folie ! Tu vas la réveiller.

— Nous avons conclu un marché : elle ne m'achetait une montre que si j'étais d'accord pour l'appeler.

320

— Pourquoi veux-tu une montre subitement? Tu n'en as jamais eu besoin.

— Et alors? *Tu* en as bien une.

Il gara sa voiture dans l'allée et coupa le contact.

— Cette montre te va bien, dit-il en prenant son poignet dans sa main.

— Ça ne veut rien dire! grogna-t-elle en se libérant d'un geste brusque.

Elle attrapa son sac de voyage sur la banquette arrière de la Bronco, puis elle se dirigea vers la maison d'un pas assuré.

— Lace...

Elle fit volte-face en lui lançant un regard de défi.

— Maintenant que nous sommes seuls toi et moi, Lacey, essayons de repartir du bon pied...

— C'est ta faute. J'écoutais tranquillement la radio, et tu as voulu me parler. (Elle gravit les quelques marches du perron et disparut dans la maison.)

Trop contrarié pour attendre jusqu'à 10 h 30, Alec appela Olivia de son bureau en rentrant.

— Je suis ennuyé à cause de cette montre.

— Elle ne m'a pas coûté cher.

— Ce n'est pas une question d'argent. (Il se passa la main dans les cheveux.) En réalité, il ne s'agit pas réellement de la montre. Tu lui as demandé de te téléphoner à minuit, Olivia, comme si j'étais incapable de m'occuper d'elle!

Olivia resta un moment silencieuse.

— Elle a besoin de... points de repère, Alec. Elle a besoin de savoir que tu l'aimes assez pour te faire du souci à son sujet.

— Je sais bien que tu as du mal à comprendre notre mode de vie, répliqua-t-il en hochant la tête, mais je n'ai pas l'intention d'en changer. Si je modifiais maintenant la règle du jeu, Lacey ne le supporterait pas. Il ne faut pas toucher aux structures qu'elle a connues du vivant d'Annie!

— Quelles structures? Vous la laissiez agir selon son bon plaisir. C'est une enfant, Alec. Elle a besoin d'une autorité parentale.

— Que tu assumes toi-même! Sous prétexte qu'elle a passé une nuit chez toi, tu te prends pour sa mère.

Il y eut un silence, et Alec regretta aussitôt ses paroles.

Pourquoi se sentait-il jaloux de cette soudaine intimité entre Olivia et sa fille ?

— Je vais raccrocher, dit Olivia.

— Mais non, je...

— Cette conversation a assez duré, il me semble. Au revoir.

43

Lacey appela Olivia à minuit quatre fois de suite — deux fois de chez son père, et deux fois de l'extérieur. Olivia se sentait un peu nauséeuse et elle avait du mal à retrouver ses esprits quand la sonnerie du téléphone la réveillait, mais elle se félicitait de cet arrangement.

Le premier soir, Lacey était chez une amie ; des rires et une musique bruyante résonnaient à l'arrière-plan. Elle déclara d'un ton provocant :

— Mon père dit que rien ne m'oblige à vous appeler.

— Il a raison, tu es libre. Mais j'aimerais que tu le fasses pour me rassurer.

— D'accord, vous pouvez compter sur moi !

Alec avait téléphoné à Olivia plusieurs fois depuis leur dispute au sujet de la montre. Il lui avait présenté des excuses et elle ne lui gardait pas rancune. Mais cet épisode avait créé un climat peu propice à leur intimité.

La cinquième nuit, Olivia se réveilla automatiquement à minuit et tendit la main vers le téléphone avant de réaliser qu'il n'avait pas sonné. Lacey était sans doute dans son lit, en train de dormir profondément, mais elle garda les yeux fixés sur les chiffres au néon de son réveil. A minuit trente, le téléphone sonna.

Lacey sanglotait au bout du fil en bredouillant des mots incompréhensibles. Olivia s'assit dans son lit pour mieux se concentrer.

— J'ai l'impression que tu as trop bu, Lacey.

Lacey pleurait toujours, dans un brouhaha de rires.

— J'ai peur...

— De quoi as-tu peur ?

— Je n'ai pas eu mes règles, bégaya Lacey après un silence interminable.

— Depuis combien de temps ?

— Je n'en sais rien.

— Où es-tu ? Je vais venir te chercher.

Sans se faire prier, Lacey lui indiqua un itinéraire confus menant à une maison près de Kiss River. Elle attendrait devant la porte.

La route était presque déserte et Olivia fut soulagée lorsqu'elle distingua le faisceau lumineux du phare dans les ténèbres. Elle conduisait lentement, car il pouvait y avoir des chevaux sauvages à proximité. Au carrefour indiqué par Lacey, elle s'engagea sur un chemin de terre en espérant que sa voiture n'allait pas s'enliser. Que ferait-elle, en plein milieu de la nuit, dans ce coin perdu ?

Au bout d'une centaine de mètres, elle entendit de la musique et elle se laissa guider jusqu'à une maisonnette blanche. Lacey était assise, seule sur la véranda. Elle leva les yeux tandis que la voiture se garait dans une allée envahie de mauvaises herbes.

Visiblement, elle était ivre et ses vêtements sentaient la bière et le tabac. Elle s'y reprit à trois fois pour entrer dans la voiture, puis elle s'affala sur la banquette, les yeux fermés et la tête renversée en arrière.

Olivia se pencha pour boucler sa ceinture de sécurité.

— As-tu bu autre chose que de la bière ?

— Hum !

— As-tu vomi ?

Lacey ouvrit à demi les yeux.

— Trois fois, souffla-t-elle.

— Dis-moi si tu te sens mal, pour que je puisse m'arrêter.

Lacey avait déjà refermé les yeux et elle sombra dans un profond sommeil pendant tout le trajet. Une fois chez elle, Olivia l'installa dans la chambre d'amis sans chercher à en savoir plus, et elle appela aussitôt Alec.

— Désolée de te réveiller, c'est Olivia...

Il lui répondit d'une voix ensommeillée.

— Y a-t-il un problème ?

— Lacey est chez moi.

— Pourquoi ?

324

— Elle est allée à une soirée où elle a beaucoup trop bu. Elle m'a appelée pour demander mon aide, alors je suis allée la chercher et je l'ai ramenée ici.

Alec respirait bruyamment. Elle l'imaginait assis au bord de son lit, en train de se frotter les yeux pour y voir clair.

— J'arrive tout de suite.

— Non, elle dort. Je te la ramènerai demain matin.

— Je ne veux pas t'imposer cette corvée.

— Ce n'est rien, demain je suis libre. Dors tranquille, nous en reparlerons plus tard.

Le lendemain matin, au petit déjeuner, Lacey avait le teint blafard et les yeux rougis. Après avoir enfilé son jean et un T-shirt crasseux, elle déversait des cuillerées de sucre en poudre dans son café d'un air solennel. Olivia lui apporta une assiette de toasts et s'assit de l'autre côté de la table.

— Au téléphone, cette nuit, tu m'as dit que tu t'inquiétais d'un retard de tes règles.

— Je vous ai dit ça ?

Olivia hocha la tête.

— Je ne peux pas croire que je vous en ai parlé.

— Sais-tu quand tu aurais dû les avoir ?

Lacey ferma les yeux et resta muette.

— Dis-moi si tu as eu des rapports sexuels depuis tes dernières règles.

— Ça ne vous regarde pas, grommela-t-elle, les joues écarlates.

— Je voudrais savoir si tu risques d'être enceinte.

Elle fit signe que oui.

— Nous irons ce matin aux urgences faire un test.

Lacey ouvrit les yeux et plongea son regard dans celui d'Olivia.

— Mon Dieu, Olivia ! Si je suis enceinte, je devrai me faire avorter, et jamais je ne le supporterai. Ma mère m'aurait tuée ! Elle était contre l'avortement. Elle disait que c'est un meurtre.

— Ta mère et toi vous êtes deux personnes différentes !

Cette idée sembla la surprendre, mais elle répéta en hochant la tête :

— Jamais je ne le supporterai !

— Attendons d'avoir les résultats et ne nous faisons pas de souci prématurément.

Elles attendirent les résultats du test dans le bureau d'Olivia. Lacey jouait avec le cordon des stores sans dire un mot. Elle sursauta en entendant la sonnerie du téléphone.

Olivia décrocha le combiné.

— Négatif, dit Kathy.

Olivia la remercia et se tourna vers Lacey.

— Tu n'es pas enceinte.

La jeune fille se prit le visage dans les mains et fondit en larmes.

— J'ai eu si peur, gémissait-elle entre deux sanglots. Je ne pensais plus qu'à ça, mais je n'osais pas en parler. Vous m'auriez prise pour une putain.

— Ça n'a rien à voir ! Regarde-moi, Lacey.

Les mains posées sur les genoux, Lacey plongea son regard dans celui d'Olivia.

— Tu dois le dire à ton père.

— Lui dire *quoi* ?

— Que tu craignais d'être enceinte.

— Mais je ne le suis pas ! Pourquoi l'inquiéter sans raison ? (Elle écarquillait ses yeux rougis de larmes.)

— Il y a une très bonne raison : il est ton père et il doit savoir quels sont tes problèmes.

— Et si je ne lui en parle pas ?

— Je m'en chargerai.

Lacey bondit de son siège.

— Dire que je vous ai fait confiance !

— Je t'assure que j'agis uniquement pour ton bien.

— Vous êtes une *salope* ! (Lacey se laissa retomber sur son siège en sanglotant.) Il me tuera, Olivia. Il me...

Olivia se leva et prit les clefs de sa voiture dans son sac.

— Il doit savoir, Lacey. Maintenant, allons-y.

Lacey la suivit d'un air résigné. Pendant tout le trajet elle regarda par la fenêtre, en jetant de temps à autre des regards mauvais du côté d'Olivia.

— Je ne suis même pas enceinte, grommelait-elle. J'ai eu tort de vous faire confiance !

Lacey entra la première dans la maison et disparut dans sa chambre, sans adresser la parole à son père.

Alec regardait Olivia d'un air interrogateur.

— Si nous allions dans ton bureau ?

Il lui fit signe de la suivre, puis il s'installa à sa place habituelle, et elle s'assit à la table de travail.

— Ta fille craignait d'être enceinte...

— Oh non ! murmura Alec d'un air interdit.

— Rassure-toi, elle ne l'est pas. Je lui ai fait faire un test ce matin aux urgences. Elle sait que j'ai l'intention de te parler. Ça ne lui plaît pas, mais j'estime qu'il le faut.

— Mon Dieu ! (Il levait les yeux au ciel, et sa voix vibrait de colère.) Et maintenant, *Annie*, qu'allons-nous faire ?

Olivia se leva.

— Cesse de te demander ce qu'Annie aurait dit ou comment elle aurait réagi ! Elle n'était pas infaillible... (Olivia prit son sac posé sur la table et marcha jusqu'à la porte.) Ta fille de quatorze ans, qui n'a jamais été soumise à aucune autorité, se demande si elle est enceinte, lança-t-elle en se retournant brusquement. Oublie un moment Annie ; c'est de toi que Lacey a besoin. De toi, Alec !

Elle se précipita vers la porte de la maison et faillit heurter Tripod dans sa hâte de partir. Une fois dans sa voiture, elle leva les yeux vers la chambre de Lacey en se demandant si elle venait de perdre à la fois le père et la fille.

Alec resta assis un long moment dans son bureau. La maison lui semblait d'un calme inhabituel. « Elle craint de rester en tête à tête avec vous après le départ de son frère », lui avait dit la psychologue scolaire. Il se leva brusquement et monta quatre à quatre les marches de l'escalier.

Après avoir frappé à la porte, il entra dans la chambre de sa fille. Assise les jambes croisées sur son lit, elle serrait sur son cœur une poupée de porcelaine aux cheveux noirs. Avec sa tignasse bicolore et ses joues ruisselantes de larmes, elle offrait un spectacle inquiétant.

— Pardon, papa.

Il s'assit sur son lit et l'attira dans ses bras. Pour la première fois depuis longtemps, elle ne lui opposait aucune résistance. Le dos tremblant, elle se mit à pleurer sur son épaule tandis qu'il lui caressait les cheveux en silence.

Au bout d'un moment, il s'éloigna légèrement et prit un Kleenex dans une boîte posée sur sa table de nuit.

— Mouche-toi.

Elle obéit, puis elle leva vers lui les yeux bleus d'Annie, d'un air interrogateur.

— Tu as dû être terrifiée à l'idée que tu étais enceinte.

Elle acquiesça d'un signe de tête et il vit des larmes rouler sur ses longs cils.

— Ce Bobby que tu fréquentes aurait-il été le père ?

— Je n'en sais rien, murmura-t-elle sans lever la tête.

Alec sentit un poids dans sa poitrine et il eut du mal à garder son calme.

— Oh, Lace ! dit-il en la serrant à nouveau contre lui. (Il attendit qu'elle ait fini de pleurer pour préciser sa pensée.) Nous allons changer certaines de nos habitudes.

— Que veux-tu dire ?

— Tu rentreras au plus tard à minuit le vendredi et le samedi soir, et à dix heures en semaine.

Elle recula, offusquée.

— Papa, on est en été !

— Ça ne change rien à ma décision. Tu me diras où tu vas. Tu me donneras des numéros de téléphone et tu me feras rencontrer les garçons avec qui tu sors.

— Je m'en doutais, tu vas me traiter comme une prisonnière. Tu ne peux pas m'empêcher d'avoir des relations sexuelles !

— Je sais, mais je préférerais que tu t'en abstiennes. Voyons, Lacey, comment feras-tu la différence quand tu rencontreras quelqu'un que tu aimes vraiment ?

— Maman a commencé très jeune, et pourtant ça a été différent avec toi. Elle s'en est tout de suite rendu compte, il paraît.

Alec soupira. Il lui semblait qu'Annie, avec sa manie de trop parler, faisait obstacle à toutes ses initiatives face à Lacey.

— Si tu as des relations sexuelles, dit-il en se levant, j'aimerais que tu agisses de manière responsable. Mais tu es bien jeune pour prendre la pilule ; et dans ce cas tu devrais arrêter de fumer... Bon Dieu, Lacey, tu n'as que quatorze ans ! Pourquoi fais-tu ça ? Pour imiter Jessica ?

— Non.

— Tu as peur de déplaire aux garçons si tu refuses ?

— Je ne sais pas pourquoi je fais ça.

Lacey parlait d'un ton qui attrista profondément Alec. Il se rapprocha du lit et déposa un baiser sur ses cheveux.

— Tu devrais réfléchir un peu, Lace. (Il marcha jusqu'à la porte, puis il se retourna vers elle.) Tu peux recourir à des méthodes contraceptives autant que tu voudras, mais prends d'abord le temps d'y penser. Ta vie est trop précieuse pour que tu la gaspilles sans scrupules !

44

Paul n'avait pas le choix, il devrait parler à Mary Poor ! Son travail commençait à s'en ressentir : Sal Bennett, le rédacteur en chef de la *Gazette*, lui reprochait un retard pour un article, des inexactitudes pour un autre...

« Avez-vous des problèmes personnels ? » lui avait-il demandé, et Paul avait compris que son obsession se lisait sur son visage. Il ne parvenait pas à détourner sa pensée d'Annie et de cette adolescente qu'il considérait de plus en plus comme sa fille.

Il avait essayé plusieurs fois de l'approcher. Rôdant autour d'elle comme un satyre, il l'avait suivie à la plage, et même au cinéma. Le garçon qui l'accompagnait avait glissé sa main sous sa chemise dès la première heure du film, et il avait senti s'éveiller en lui une fureur paternelle.

Il remettait à plus tard le moment d'aller voir Mary, en espérant que quelque signe caractéristique chez Lacey, quelque intonation familière de sa voix, lui donneraient la certitude qu'il recherchait. Pour interroger Mary, il lui faudrait un courage hors du commun ; mais puisque sa vie professionnelle et sa santé mentale étaient menacées, il ne pouvait plus reculer.

Mary était assise selon son habitude dans l'un des rocking-chairs, sur la véranda de la maison de retraite. Son journal replié était posé sur l'accoudoir. Elle leva les yeux lorsqu'il s'assit à côté d'elle.

— Où est votre magnétophone ?

— Je ne l'ai pas pris aujourd'hui, répondit Paul en tapotant l'accoudoir du fauteuil. Ce n'est pas une interview. Je voulais simplement éclaircir certains points.

Mary posa son journal sur ses genoux.

— Lesquels ?

— J'aimerais savoir exactement quels souvenirs vous avez gardés de moi. (Il baissa la voix.) Vous vous rappelez sans doute que j'étais... l'ami d'Annie, il y a fort longtemps.

— J'oublie parfois ce qui s'est passé la veille, mais je me souviens assez bien de ce que j'ai vécu il y a quinze ans !

— Alors... vous souvenez-vous de ma dernière rencontre avec Annie, à Kiss River, le jour où vous m'avez chassé ?

— Oui.

Assis au bord de son siège, Paul tourna le visage vers elle.

— Je voudrais savoir si elle était enceinte. Est-ce pour cela qu'elle a voulu me quitter ? Lacey a quatorze ans maintenant. Suis-je son père ?

— Où est la différence ? C'est le mari d'Annie qui l'a élevée.

— La différence est essentielle pour moi. Je n'aurai peut-être jamais d'autre enfant... Elle doit savoir qui est son véritable père. (Il plongea son regard dans les yeux bleu pâle de Mary.) Elle est de moi, n'est-ce pas ?

Mary reprit son journal.

— C'est à vous d'en juger, déclara-t-elle en se replongeant dans ses mots croisés.

Paul l'observa un moment avant de repartir. Quand elle releva enfin les yeux, il murmura doucement :

— Je n'arrive pas à oublier Annie. Elle me rend la vie impossible...

45

Mary regarda la voiture de Paul Macelli s'éloigner. Il allait revenir sous peu, se dit-elle, car il ne connaîtrait pas de repos tant qu'il n'aurait pas appris la vérité. Et peut-être devrait-elle un jour la lui révéler...

Elle savait ce que pouvait représenter une fille. Le sentiment qu'elle-même avait éprouvé pour Annie l'avait amenée à être sa complice d'une manière qu'elle avait fini par regretter. « Tu es ma providence, Mary », lui avait dit plus d'une fois Annie. A vrai dire, elle pensait lui avoir fait plus de mal que de bien.

Elle se rappelait clairement le jour où elle avait chassé Paul de Kiss River, et mieux encore les événements qui avaient suivi son départ.

A cette époque, on avait annoncé une violente tempête, et de nombreux habitants des Outer Banks s'étaient déjà réfugiés à l'intérieur des terres avec leurs biens les plus précieux. Elle avait passé la journée à écouter la radio, et, au petit matin, la nouvelle avait été démentie : « Il semble que la tempête nous sera épargnée », avait dit le spécialiste de la météo, avec un mélange de soulagement et de déception dans la voix.

Mary avait jeté un regard écœuré à son poste de radio et mis la bouilloire sur le feu. Pourquoi perdait-elle son temps à écouter les nouvelles ? Elle ouvrit la porte du fond et sortit. Au-dessus des dunes, le ciel était blanc, sans une mouette, un pélican ou une oie sauvage, et les roseaux étaient droits comme des piquets dans l'air lourd et immobile. L'océan semblait menaçant, et l'eau presque noire s'enflait en vagues qui venaient se briser au loin sur la plage. Elle huma l'air marin et hocha la tête : ils étaient fous, tous autant les uns que les autres ! Demain ils se trouveraient des excuses, ils prétendraient qu'il n'y avait aucun indice et que les tempêtes sont imprévisibles...

Une fois rentrée chez elle, Mary se fit du thé et commença ses préparatifs. Caleb lui avait expliqué la conduite à tenir, de même qu'il lui avait appris à interpréter les messages de l'eau et du vent. Elle déposa les lampes à pétrole sur la table de la cuisine. Puis elle prit trois pichets dans le placard et elle monta au premier étage. Après les avoir emplis d'eau, elle les posa sur la commode de sa chambre. Elle plaça le vieux bouchon de caoutchouc sur le tuyau d'écoulement de la baignoire à pieds griffus et elle tourna le robinet, sans cesser un instant de penser à Annie. Lorsqu'elle avait ouvert sa fenêtre en se réveillant, elle avait senti que la tempête approchait et elle lui avait téléphoné pour l'avertir.

— N'y va pas. La tempête va éclater quand tu seras sur le chemin du retour.

— La radio est plutôt rassurante, avait répondu Annie d'une voix douce et légèrement craintive. Je dois y aller tant que j'en ai le courage.

Ce n'était pas la tempête qu'elle redoutait, se dit Mary. Annie avait refusé en riant quand elle lui avait proposé de l'accompagner, et elle n'avait pas insisté, car une vieille femme de soixante-dix-sept ans risque d'être un fardeau. En pensant à l'état dans lequel serait Annie à son retour, elle regrettait maintenant d'avoir cédé si facilement.

La pluie se mit à tomber vers 4 heures, au moment où Mary clouait des planches sur les fenêtres. Elle s'était acquittée toute seule de cette tâche depuis la mort de Caleb, mais elle avait moins de forces qu'autrefois et le contreplaqué allait lui manquer. Il suffirait d'obturer les fenêtres du rez-de-chaussée, face à l'océan, se dit-elle. Elle rentra aussi les plantes vertes suspendues devant la maison et elle monta dans sa chambre le vieil album de photos. Comme elle vérifiait une à une toutes les fenêtres — dont certaines se lézardaient —, elle crut entendre la voix de Caleb lui disant, la première année de leur mariage : « Les maisons explosent parfois pendant un ouragan. » Il lui avait raconté toutes sortes d'histoires à ce sujet...

Elle fit un dernier tour dans la cour pour s'assurer que tout était en ordre, et elle rentra chez elle. Après avoir soigneusement refermé la porte, elle s'assit en face de la cheminée, dans son rocking-chair, puis elle attendit.

Au bout d'un moment, elle tourna le bouton de la radio : l'homme de la météo admettait son erreur et conseillait aux habitants des Outer Banks d'évacuer les lieux. Elle sourit ironiquement en l'entendant, mais son sourire se figea à la pensée d'Annie. Si elle avait entendu les informations, elle passerait peut-être la nuit sur le continent. Mais c'était peu probable : lorsqu'elle lui avait suggéré de prendre une chambre en ville, la jeune femme avait protesté qu'elle préférait rentrer chez elle. « Ça ne posera pas de problème, je raconterai que j'ai mal au ventre et je resterai couchée pendant un ou deux jours. Beaucoup de femmes font ça ! »

Mary connaissait bien Annie. Elle la savait plus vulnérable au moral qu'au physique...

Le vent se leva brusquement. Il y eut un sifflement, et la pluie se mit à marteler les fenêtres. Les lumières vacillèrent à l'intérieur de la maison, sans s'éteindre. Debout devant la fenêtre, près de la cheminée, Mary vit le monde s'assombrir en quelques secondes. Comme au crépuscule, le faisceau lumineux du phare balaya l'obscurité. D'énormes vagues écumeuses se rapprochaient du phare et montaient à l'assaut des dunes.

Elle aperçut alors les feux d'un véhicule fonçant sous la pluie vers la maison. La voiture se gara à quelques mètres de la porte d'entrée : c'était celle d'Annie. Après avoir attrapé sa cape suspendue au portemanteau, Mary ouvrit la porte en s'arc-boutant. Le vent la lui arracha des mains et la plaqua bruyamment contre le mur. Elle dut s'agripper à la rampe pour ne pas perdre l'équilibre.

Annie était en larmes. Quand Mary eut ouvert la portière de la voiture, elle déposa la cape sur les épaules de la jeune femme éplorée, puis elle rabattit le capuchon sur sa tête en courant avec elle vers la maison. A bout de souffle, elle referma la porte d'un coup d'épaule. Lorsqu'elle se retourna, Annie était assise sur le canapé, le dos rond et la tête enfouie dans les mains. Elle sanglotait. Mary s'éloigna un instant pour mettre la bouilloire sur le feu. Au moment où elle sortait deux tasses du placard, la lumière s'éteignit et la maison fut plongée dans l'obscurité.

— Mary ? appela Annie d'une voix craintive.

— J'allume les lampes à pétrole, répondit Mary qui cherchait les allumettes sur la table de la cuisine. Je reviens tout de suite.

Elle laissa une lampe dans la cuisine et déposa la seconde dans la salle de séjour. Elle regarda par la fenêtre mais elle ne put rien distinguer : même le faisceau lumineux du phare ne lui disait pas jusqu'où montait l'eau et quand il faudrait se réfugier au premier étage.

— Je n'ai pas pu rentrer chez moi. (A la lueur de la lanterne, son visage était gris et elle claquait des dents tandis que Mary l'aidait à enlever la cape.) Je n'aurais pas osé regarder Alec en face !

— Laisse-moi l'appeler pour lui dire que tout va bien.

— Je vais lui parler moi-même : il s'étonnerait de ne pas m'entendre.

Mary rapprocha le téléphone posé sur le bureau, et elle composa elle-même le numéro car les mains d'Annie tremblaient.

— Alec ? Je suis passée voir Mary pour être sûre qu'elle n'a besoin de rien. Il fait si mauvais que je ferais mieux de passer la nuit ici.

Sa voix ne la trahissait pas, mais un immense chagrin se lisait dans ses yeux. Mary se dit qu'Alec aurait immédiatement deviné la vérité en la voyant. Elle avait eu bien raison de ne pas rentrer chez elle.

— Pourrais-tu me passer Clay ? demanda Annie. Ah bon, très bien... Il va sans doute dormir jusqu'au matin. Sans se réveiller... Oui, ça va, nous buvons tranquillement une tasse de thé. (Elle rit, mais ses joues ruisselaient de larmes qu'elle essuyait du revers de la main. Mary, très émue elle aussi, prit une profonde inspiration pour garder son calme.) Alec ? reprit Annie en enroulant le fil du téléphone autour de ses doigts. Tu sais comme je t'aime...

Elle raccrocha, puis elle vint se pelotonner dans un coin du canapé. Comme elle tremblait de tout son corps, Mary l'enveloppa d'une couverture de laine ; elle lui apporta du thé qu'elle lui fit boire en lui tenant la tasse.

— Te rends-tu compte, Mary, de ce que j'ai fait ?

Mary s'assit près d'elle.

— Nous devons peut-être en tirer une leçon, toi et moi ! Je

t'ai facilité la tâche pour vivre mes propres rêves par personne interposée. Je suis aussi coupable que toi.

— Chut, Mary, ne dis pas ça ! chuchota Annie, le visage livide. J'ai eu si mal, tu sais ! On m'avait dit de ne pas m'inquiéter, mais c'était effroyable. Et je méritais chacune des souffrances que j'ai endurées.

— Non, tu ne méritais pas cela...

Quelque chose se fracassa contre le mur de la maison, et Annie sursauta.

— J'ai peur, dit-elle en serrant la couverture contre ses épaules, tandis que le vent soufflait d'une manière inquiétante dans la pièce.

— Montons au premier étage.

Annie gravit lentement l'escalier : elle semblait en proie à des douleurs particulièrement aiguës. Mary l'installa dans la petite chambre qu'elle considérait maintenant comme sa chambre. Tremblant toujours, la jeune femme se coucha tout habillée et enfouit sa tête sous la couverture pour ne pas entendre les mugissements du vent. Puis elle se mit à prononcer des paroles indistinctes. Comme elle avait la peau brûlante, Mary lui humecta le visage et les mains avec de l'eau fraîche, et elle versa quelques gouttes d'un remontant dans sa tasse de thé.

— C'est fini, dit soudain Annie en s'asseyant dans le lit.

Il ne pleuvait plus, et le vent s'était calmé. Des étoiles brillaient de nouveau dans le ciel.

— Oui, répondit Mary qui tremblait elle aussi. (Elle ne voulait pas détromper Annie, mais elle savait parfaitement que c'était « l'œil » du cyclone. Tout allait bientôt recommencer...)

Entre-temps, Annie s'était endormie Mary la veilla toute la nuit, en écoutant la maison vibrer sur ses fondations.

Le lendemain matin, Annie avait retrouvé ses couleurs et sa fièvre était tombée. La vieille gardienne n'attendit pas son réveil pour faire le bilan de la situation. La pluie s'était infiltrée sous les portes et à travers les fenêtres lézardées, mais il n'y avait pas d'autres dégâts à l'intérieur. L'électricité n'était pas revenue et le téléphone était en panne. Dehors, elle trouva un couvercle de poubelle cabossé devant sa porte. La forme de la plage avait changé : l'eau montait plus près des roseaux et la pente était plus raide. Le phare semblait indemne, mais elle devrait vérifier plus tard que la lanterne n'avait pas été atteinte.

Quand elle revint, Annie était dans la cuisine, en train d'éponger l'eau de pluie sur le carrelage.

— Non, dit Mary en lui prenant la serpillière, tu ne dois pas faire ça !

— J'ai rêvé que l'enfant était d'Alec, murmura Annie en s'asseyant à la table de cuisine, ses mains blanches posées sur ses genoux.

— Tu croyais pourtant qu'il était de Paul !

Annie ferma les yeux, pensive.

— Je n'y connais pas grand-chose, reprit Mary, la serpillière à la main, mais il me semble que ce diaphragme que tu utilises n'est pas assez sûr pour... (Elle hésita, à la recherche du mot juste.) Pour quelqu'un comme toi.

— Je veux avoir un autre enfant le plus vite possible, dit Annie sans lui prêter attention.

— Ça ne remplacera pas celui dont tu n'as pas voulu.

— Je sais. (Annie parlait d'une voix à peine audible.) Mais je vais essayer, et cet enfant sera celui d'Alec, sans aucun doute possible.

Peut-être avait-elle aperçu une lueur incrédule dans les yeux de Mary, car elle ajouta :

— Je le jure, Mary. Cet enfant sera le sien.

Ses mots croisés avaient glissé à terre, mais Mary ne prit pas la peine de les ramasser. Elle pensait à Paul Macelli, toujours accablé par le fardeau du passé. Elle pensait aussi à elle-même et à Annie : pourquoi n'avaient-elles pas tiré de ces événements la leçon qui s'imposait ?

46

Le vendredi matin, un bouquet d'une douzaine de roses jaunes attendait Olivia aux urgences lorsqu'elle vint prendre son service.

— De la part de Paul ? lui demanda Kathy tandis qu'elle ouvrait l'enveloppe.

« Tu avais raison, et j'avais tort. Alec. »

— Non, répondit Olivia en souriant, et elle glissa la carte dans la poche de sa blouse blanche.

Il s'était passé exactement vingt-quatre heures depuis qu'elle avait laissé Alec et sa fille face à leurs problèmes. Alec ne l'ayant pas appelée la veille, elle supposait qu'une scène pénible avait eu lieu ou qu'il n'avait pas apprécié sa tirade. Ses deux hypothèses se révélaient donc inexactes !

En fin d'après-midi, un coup de téléphone de Mike Shelley la surprit : il l'invitait à dîner le soir même.

— Ce n'est pas un rendez-vous galant, précisa-t-il en riant. Ma femme est à côté de moi, prête à bondir ! J'ai besoin de te parler. A 7 heures, si tu es d'accord.

Olivia accepta, en se demandant à quoi elle s'engageait.

Il l'emmena à Kitty Hawk, dans un petit restaurant de fruits de mer, et il attendit les hors-d'œuvre pour satisfaire sa curiosité.

— Le comité du personnel a pris sa décision.

— Oh ! (Elle n'aurait su dire, au son de sa voix, si elle devait se réjouir ou non.)

— Ça n'a pas toujours été facile, mais je pense que chacun de nous savait au fond de lui-même ce qu'il souhaitait. Nous avons donc différé notre verdict jusqu'à ce que l'affaire O'Neill se soit apaisée. Nous sommes tous impressionnés, Olivia, par la manière dont tu as fait face à cette situation. Comme dit Pat Robbins — l'un des membres du comité —, Olivia Simon sait garder son sang-froid, aussi bien aux urgences qu'à l'extérieur.

— Tu veux dire que le poste est pour moi si je le souhaite ?

— Oui. (Il la regarda d'un air ironique.) Hésiterais-tu à accepter ?

— J'ai beaucoup apprécié le soutien que tu m'as apporté, Mike, répondit Olivia en baissant les yeux. Cette proposition me ravit, mais en même temps, je...

— Comment ?

— Il s'agit de mon mari. Il ne veut pas rester ici.

— Je vous croyais... séparés.

— Oui, mais j'espère toujours. (Elle haussa les épaules.) Ça sera sans doute l'épreuve décisive. Je lui parlerai de ton offre, et nous verrons ce qui se passera. Il faudra faire un choix. Tu me laisses quelques jours pour me décider ?

— Absolument. Pour un homme comme pour une femme, je sais qu'il est parfois difficile de choisir entre famille et carrière. Dans tous les cas, je t'approuverai.

— Merci, Mike.

— Cela dit, les urgences ont besoin de toi. Elles vont se développer — il est temps — et il nous faut une personne capable de prendre des responsabilités.

Elle se sentit tentée : il y avait là un défi à relever, et elle aurait aimé accepter sans plus attendre.

— Mike, dit-elle, tu ne sais pas tout.

— Explique-toi !

— Je suis enceinte, et j'accouche en janvier.

Mike ouvrit des yeux ronds.

— Excellente nouvelle !

— Si tout va bien, je n'ai pas l'intention de m'absenter longtemps. Je regrette de ne pas t'avoir prévenu plus tôt, mais...

— Ça ne change rien à mon offre.

— Tant mieux, répondit Olivia avec un soupir de soulagement.

— Eh bien, je propose que tu viennes prendre le dessert à la maison ; c'est une idée de mon épouse.

— Volontiers !

Pour la première fois, Paul attendit avec impatience la réunion chez Alec : c'était une excellente occasion de mieux voir Lacey. Elle buvait un Coca-Cola dans la cuisine en compagnie de son père et de Nola lorsqu'il arriva. Il eut l'impression qu'elle le dévisageait avec un certain intérêt. Etait-elle par hasard au courant ? Se pouvait-il qu'Annie lui ait dit quelque chose ?

Il les salua tous les trois en gardant, malgré lui, les yeux fixés sur Lacey. Il se l'imaginait sans sa chevelure de carnaval. Elle était la copie conforme d'Annie. Aucune autre ressemblance ne lui venait à l'esprit ; en tout cas elle n'avait rien de commun avec Alec.

— Le vin est déjà dans la salle de séjour, Paul, dit Alec en passant à côté de lui avec Nola sur ses talons.

— Je prends un verre d'eau et j'arrive.

Paul tendit la main vers le placard au-dessus de l'évier et regarda Lacey qui s'était hissée sur le comptoir. Elle était pieds nus et portait un court T-shirt rose vif, avec un short blanc.

— Les verres sont ici ?

— La porte de droite.

Il emplit son verre et but une grande gorgée d'eau, puis il s'accouda au comptoir.

— J'ai vérifié mes notes, Lacey. Quand je l'ai interrogée, ta maman avait bien dit *douze ans*.

Lacey fronça le nez.

— C'est vraiment bizarre.

— Elle était peut-être nerveuse à cause de l'interview.

— Elle n'était jamais nerveuse ! rétorqua Lacey en lançant ses jambes nues devant elle pour scruter ses orteils vernis de rose. J'aime beaucoup votre femme, vous savez.

— Ma femme ? Comment la connais-tu ? (Puis il se ravisa.) Bien sûr, tu l'as vue à l'hôpital, le soir de l'accident.

— Oui, mais ce n'est pas vraiment pour ça que je la connais. (Elle s'interrompit pour boire une interminable gorgée de soda et elle reprit avec une mine coquette :) En fait, je lui parle tous les soirs.

— A Olivia ?

— Oui. Elle a insisté... Voilà, j'ai passé la nuit chez elle, et...

— La nuit chez elle ?

— Oui, oui. Et alors elle m'a demandé de lui téléphoner tous les soirs à minuit. Elle a conseillé à mon père de m'imposer toutes ces règles qui me rendent la vie impossible. Mais c'est difficile de lui en vouloir longtemps ! (Elle tendit son poignet pour lui faire admirer une montre noir et argent.) Un cadeau d'Olivia !

Alec l'appelait de la salle de séjour : la réunion allait commencer.

— J'arrive tout de suite, répondit-il sans faire un pas vers la porte.

L'essentiel était de parler à Lacey.

— Pourquoi as-tu passé la nuit chez elle ?

— Mon père allait conduire mon frère au collège et il partait pour toute la nuit. Olivia est une grande amie de papa. Elle a proposé de m'inviter chez elle.

— Je ne savais pas qu'ils étaient amis... (Paul gardait les yeux fixés sur le petit cheval en cloisonné, à l'autre bout de la pièce.) Il me semble qu'elle a accepté des interviews au sujet du phare pour lui rendre service...

— Oui, une fois seulement. (Elle but son soda jusqu'à la dernière goutte.) Ils sortent quelquefois ensemble. Ils vont dîner dehors, ou elle passe à la maison pour emprunter le matériel de ma mère.

— Quel matériel ? questionna Paul qui semblait tomber des nues.

Lacey poussa un soupir exaspéré.

— Son matériel pour les vitraux. Ses outils, quoi !

Des rires fusaient depuis la salle de séjour. Paul reposa d'une main tremblante son verre dans l'évier et tourna vers Lacey un visage impénétrable — du moins le croyait-il.

— Mais Olivia ne fait pas de vitraux !

— Bon Dieu, depuis combien de temps vous ne l'avez pas vue ? Tous les samedis matin, elle prend des leçons à l'atelier de ma mère avec Tom Nestor. C'est le type qui...

— Oui, je sais.

Il imaginait Olivia dans l'atelier, à la table de travail d'Annie. Il l'imaginait dînant dehors avec Alec, riant avec lui, et parlant... De quoi lui parlait-elle ? Elle était venue chez Alec, dans cette maison, et elle jouait à la maman avec la fille d'Annie !

— Paul ? (Nola l'appelait d'une voix légèrement contrariée.)

— Je dois y aller !

341

— Et surtout pas un mot à Nola Dillard, dit Lacey avec un clin d'œil complice.

Il s'affala sur le canapé avec la certitude qu'il ne pourrait pas rester. Sa confusion tournait à la colère. Quel jeu pouvait bien jouer Olivia ?

Alec parlait de la visite à la maison du gardien, prévue le mardi suivant. Paul se leva et l'interrompit. Tous les yeux se tournèrent vers lui.

— Alec, je suis désolé, mais je ne peux pas rester. Je ne me sens pas bien...

— Voulez-vous vous allonger un moment ?

Sondra Carter lui offrit de l'aspirine et Nola supposa qu'il avait des problèmes de digestion.

— Tout ira mieux dès que j'aurai respiré un peu d'air frais.

Rouge de confusion, il se dirigea vers la porte. Tout le monde s'était tu, mais qu'allait-on dire après son départ ? La réunion continuerait sans doute comme si de rien n'était, et Alec l'appellerait plus tard pour prendre de ses nouvelles. Alec, un homme dévoué... Paul se demandait quelle sorte de sympathie et de compréhension il avait offert ces derniers mois à Olivia.

Il roula vers Kitty Hawk en se moquant des limitations de vitesse. Qu'allait-il dire à Olivia lorsqu'il serait face à elle ? A coup sûr, il ne pourrait pas garder son calme.

Quand il arriva, les lumières étaient éteintes et il ne vit pas sa voiture. Tant pis, il attendrait : il fallait qu'il s'explique avec elle.

Il s'assit devant la porte. Où était-elle ? Avec qui ? Peut-être au Foyer des femmes en détresse... Pourquoi ne pas y jeter un coup d'œil ? Plus d'un mari furieux était déjà venu y faire scandale...

Au bout d'une heure, il se résigna à rentrer chez lui et à attendre jusqu'au lendemain : grâce à Lacey, il savait où trouver Olivia le samedi matin.

Olivia arriva chez elle vers 10 heures. Un instant, elle songea à appeler Paul pour lui annoncer l'offre de Mike. Mais il valait mieux prendre le temps de réfléchir, et d'ailleurs elle n'avait pas vraiment envie de lui parler.

Elle venait de se coucher lorsque le téléphone sonna. Alec était au bout du fil.

— Tes roses sont magnifiques. Merci.

— Je te dois une immense reconnaissance au sujet de Lacey. Tout a changé du jour au lendemain. Elle m'adresse de nouveau la parole, et j'ai l'impression d'avoir un rôle à jouer dans sa vie.

— Ta fille a de grandes qualités.

— Je sais. Elle m'a dit ce matin qu'elle se passerait de contraception et qu'elle allait arrêter d'avoir des relations sexuelles pendant quelque temps. (Il soupira.) Je me demande si elle est réaliste : quand une gamine a franchi ce pas, peut-elle revenir en arrière ?

— Si elle se sent plus proche de toi, elle cherchera peut-être moins à draguer les garçons dans les soirées.

— Je l'espère !

Il resta un moment silencieux. Olivia crut l'entendre s'étirer et se retourner dans son lit.

— Et toi, dit-il enfin, comment vas-tu ?

— On m'a proposé ce soir le poste de directeur.

— Fantastique, Olivia ! Et tu n'as pas bondi sur ton téléphone pour m'annoncer la nouvelle ?

Allongée sur son lit, elle apercevait la pleine lune dans le ciel étoilé.

— J'ai peur d'en parler à Paul. Nous arrivons à un point critique…

— Il n'est pas resté à la réunion ce soir.

— Comment ?

— Au bout de quelques minutes, il nous a quittés en disant qu'il ne se sentait pas bien.

— C'est tout ?

— Il n'a pas donné d'autres explications. Quand vas-tu lui parler du poste ?

— Demain, dans la journée. J'attends d'avoir les idées plus claires pour discuter avec lui.

Il y eut un silence et Olivia entendit Alec prendre une profonde inspiration.

— J'espère que tu accepteras cette offre. Olivia, es-tu couchée ?

— Oui.

— Tu sais, j'ai parfois envie de te dire des choses que je ferais sans doute mieux de ne pas dire…

— Par exemple ?

— Eh bien, que je t'apprécie et que je t'admire. Que tu me

manques quand je ne t'ai pas vue depuis... (Le bip d'Olivia se déclencha, et Alec s'interrompit brusquement.) J'ai entendu, reprit-il. Je te laisse.

Olivia ferma les yeux.

— Désolée, Alec.

— Je passe à l'atelier demain matin pour prendre le vitrail ovale et faire un agrandissement d'une photo. Nous pourrions déjeuner ensemble après ta leçon.

— Alors à demain !

Après avoir raccroché, elle appela les urgences. Il y avait eu un incendie dans une villa de Kitty Hawk, et trois des victimes étaient attendues dans une dizaine de minutes.

Elle sauta du lit, enfila sa robe de jersey rayé, puis elle se brossa les dents et passa rapidement un peigne dans ses cheveux. Une fois au volant de sa voiture, elle s'autorisa à penser à Alec. Elle aurait tant aimé connaître la fin de sa phrase !

Mais elle attendrait jusqu'au lendemain. Le lendemain, à midi.

47

A travers la porte de l'atelier, Olivia aperçut Alec et Tom debout à côté de la table de travail. Tom scotchait le petit panneau ovale entre deux morceaux de carton, et Alec riait. Ils levèrent les yeux lorsqu'elle entra.

— Bonjour, Olivia, dit Tom en posant le paquet sur la table. Je vais donner un coup de main à Alec dans la chambre noire. Installez-vous en attendant, je reviens dans une minute.

Alec ne dit mot, mais la chaleur de son sourire était éloquente.

Olivia s'assit et sortit de son sac le vitrail auquel elle travaillait. L'aide de Tom serait la bienvenue car elle en avait déjà brisé deux en essayant de réaliser son projet. Elle découpa une forme en papier, et elle venait de la coller sur son panneau lorsque Tom réapparut. Il s'assit à côté d'elle et rit de bon cœur lorsqu'elle lui exposa son problème.

— Ce que vous voulez faire est absolument impossible, lui dit-il en prenant un morceau de verre pour lui expliquer une méthode particulière.

Elle essayait de mettre en pratique ses conseils lorsque la porte de l'atelier s'ouvrit violemment. Paul marcha vers elle au pas de charge, le visage rouge et les yeux brillants de colère.

— On m'avait dit que tu venais ici, lança-t-il d'une voix tonitruante, mais je ne pouvais pas y croire !

Olivia se retourna vers la chambre noire. Alec avait dû entendre la voix de Paul, car il entrouvrit la porte, les sourcils froncés.

— Et maintenant des vitraux, Olivia ? (Les mains appuyées

sur la table de travail, Paul se penchait vers elle, son visage à quelques centimètres du sien.) Le Foyer des femmes en détresse ne te suffisait pas ? Et tu t'occupes aussi de la fille d'Annie ! Essayerais-tu par hasard de te substituer à elle ?

— Paul...

Olivia s'était levée. Elle cherchait les mots qui le feraient taire, qui gommeraient les paroles qu'il avait déjà prononcées, mais elle avait perdu la voix. Tout semblait figé dans la pièce : Tom avait pâli, et Alec, appuyé au chambranle de la porte, gardait la main sur le loquet.

— Il paraît que tu es la grande amie de son mari, Olivia. Couches-tu aussi avec lui ? Dans le lit d'Annie ?

— Arrête, Paul, chuchota Olivia. Tu n'as pas le droit...

Il se dirigea d'un air digne vers la sortie.

— Tu me trouves ridicule, lança-t-il en la foudroyant du regard, mais c'est toi qui es folle, Olivia. Folle à lier !

Il claqua si fort la porte en sortant que le vitrail qui y était fixé se balança un moment dans le vide, avant de se briser en éclats.

Elle se rassit. Un silence absolu régnait dans l'atelier. Un silence si profond qu'elle crut entendre le frottement de son alliance contre sa peau quand elle se mit à la tourner sur son doigt.

Alec ouvrit grand la porte de la chambre noire et entra à son tour dans l'atelier.

— C'était Annie, dit-il, l'autre femme... l'idée fixe de Paul ?

— Oui, murmura Olivia en levant les yeux vers lui.

— Tu m'as dit que tu essayais de ressembler... à cette femme. Tu t'es moquée de moi, Olivia.

Elle fit non de la tête.

— Et Paul aussi s'est moqué de moi ! s'exclama Alec en tapant du poing sur la table. Il voulait voir la maison d'Annie, les vitraux ovales, les photos dans le bureau... Il m'a volé le souvenir d'Annie, tout comme toi. (Il haussa sa voix d'un octave pour l'imiter.) « Alec, dites-moi comment elle était vraiment ! » Je t'ai fait des tas de confidences !

— Tu as cette impression, mais...

— Ecoute-moi bien, Olivia, reprit Alec en la foudroyant du regard. Si tu voulais ressembler à Annie, tu as échoué du tout au tout. Tu n'as aucun point commun avec elle, et je ne parle pas seulement de ton incapacité sur le plan artistique ! (Il prit le papier calque sur lequel elle avait dessiné les ballons de couleur et il le froissa rageusement.) Tu es menteuse et manipulatrice. Annie était la franchise et l'honnêteté même. Jamais un mensonge n'est sorti de sa bouche !

Les yeux d'Alec lançaient des éclairs. Il prit sur la table le vitrail ovale dans son emballage en carton et il se tourna vers Tom.

— Je ne peux pas rester ici une seconde de plus. A demain, je reviendrai pour l'agrandissement !

Olivia le regarda partir. Après son départ, elle fut reconnaissante à Tom de rompre le silence.

— Vous savez, dit-il d'une voix calme, j'avais compris que Paul s'intéressait d'une manière particulière à Annie. Il m'arrivait d'être là quand il venait lui parler. Ça crevait les yeux ! Elle disait que je me faisais des idées, mais... (Il passa une main sur son visage avec une soudaine lassitude.) Disons que je compatissais avec Paul.

Il tira une cigarette d'un paquet qu'il gardait dans sa poche et reprit :

— Après sa mort, il a dépensé une fortune en vitraux. J'ai essayé de le modérer, mais il n'avait qu'Annie en tête ! Je ne vous savais pas au courant, voilà pourquoi je ne vous ai rien dit. (Il inhala une bouffée de fumée.) Alec est dans une colère noire, je ne l'ai jamais vu comme ça. Je devrais lui rappeler que c'est lui qui vous a invitée à déjeuner la première fois. Je suis témoin...

La voix de Tom était apaisante, et l'odeur du tabac dans ses cheveux et dans ses vêtements réconforta soudain Olivia. Pour un peu, elle aurait posé sa tête sur son épaule et fermé les yeux.

Il se leva pour défroisser le papier calque qu'Alec avait jeté à terre.

— Alors, dit-il en se rasseyant et en étalant le papier sur la table, toujours intéressée par les vitraux, ou était-ce seulement pour imiter Annie ?

Olivia détourna les yeux du motif qu'elle avait dessiné : on aurait dit une page d'un livre à colorier ! Elle se leva pour rassembler ses affaires.

— Ça m'intéressait vraiment, mais je crains de ne pas être très douée.

— Il était en colère, observa Tom en se levant à son tour. Même Annie a dû commencer par le commencement !

Elle fonça jusqu'à la maison d'Alec au volant de sa voiture. La

Bronco était garée dans l'allée. Etait-ce une chance ? Elle n'aurait su le dire. Lacey vint lui ouvrir la porte en souriant.

— J'aimerais voir ton père.

— Pas une très bonne idée. Il est d'une humeur effroyable !

— Je sais, mais il faut absolument que je lui parle.

— Il est dehors, en train de réparer la fenêtre.

Après avoir remercié Lacey, elle dut faire le tour de la maison pour rejoindre Alec. Il leva à peine les yeux en l'entendant approcher et il ne dit pas un mot pour lui faciliter la tâche. La veille, il lui avait avoué qu'il l'admirait et qu'elle lui manquait. Il avait même failli aller plus loin... Après une telle déclaration, il devait se sentir ridicule.

— J'aimerais te parler, lui dit-elle, debout sur le sable à côté de lui.

Il était en train de fixer au mastic le petit panneau ovale et il ne se laissa pas distraire.

— Alec, je t'en prie, ne sois pas furieux contre moi.

— On le serait à moins !

— Je voudrais t'expliquer, mais c'est si compliqué...

— Inutile de te donner du mal, je ne croirai pas un mot de ce que tu me diras, bougonna-t-il en passant un doigt sur le mastic.

— Je n'ai pas pu t'en parler, Alec. Au début, il n'y avait pas de raison. Je ne voulais pas... t'inquiéter. Ensuite, tu as commencé à collaborer avec Paul. Que pouvais-je faire alors ? (Comme il restait muet, elle poursuivit ses explications.) Oui, je voulais apprendre à mieux connaître Annie. Paul l'idolâtrait, tu l'aimais. Tom Nestor aussi la mettait sur un piédestal, et au Foyer tout le monde l'adorait ! Qu'avait-elle de si extraordinaire pour que Paul oublie tout à coup mon existence, après une dizaine d'années de bonne entente conjugale ?

Alec regardait en direction du bras de mer, où une silhouette glissait doucement sur des skis nautiques, près de la jetée. Puis il prit un chiffon dans une poche de son jean pour essuyer une traînée de mastic sur la partie jaune du vitrail.

— Annie devait être une femme merveilleuse, reprit Olivia en espérant attirer l'attention d'Alec. J'aurais voulu lui ressembler. Etre aussi généreuse et aussi douée... Voilà pourquoi je suis allée travailler au Foyer, et maintenant cette tâche me tient à cœur. J'ai appris à faire des vitraux, et je me suis prise au jeu, même si je ne réalise pas des chefs-d'œuvre ! (Elle montra du doigt le petit vitrail ovale, puis elle laissa retomber sa main d'un air las.) Je n'avais jamais eu de violon d'Ingres jusque-là, je n'avais jamais pris le temps de... Comprends-tu, Alec, je ne me suis jamais moquée de toi, je n'ai jamais eu cette intention ! D'ailleurs tu es venu à moi le premier, te rappelles-tu ? Et Paul aussi était sincère : le phare de Kiss River l'a toujours fasciné. Il a failli démissionner quand il a su que tu présidais le comité.

Alec se leva brusquement et la regarda droit dans les yeux.

— Tu m'as raconté des mensonges scandaleux, Olivia. Tu m'avais dit que la femme qu'aimait Paul était partie en Californie.

— Qu'aurais-je pu te dire ?

Il s'essuya les mains sur son chiffon.

— La vérité, si tu en étais capable ! Le soir où Annie est arrivée aux urgences... (Il ferma les yeux et de profondes rides barrèrent son front. Elle posa la main sur son épaule, mais il la repoussa d'un geste brusque.) Ce soir-là, savais-tu qui elle était ? Pendant que tu t'occupais d'elle, savais-tu qu'elle était la cause du départ de Paul ?

— Je savais qui elle était. Mais Paul ne m'avait pas encore quittée. Quand je lui ai annoncé sa mort, il a perdu la tête.

— Et tu n'as pas éprouvé une certaine joie en réalisant qu'elle était morte ?

C'était le coup de grâce pour Olivia. Toutes les larmes qu'elle retenait depuis plusieurs heures se répandirent sur ses joues.

— Pour qui me prends-tu ?

Elle se tourna pour partir, mais il l'attrapa par le poignet.

— Après tout, je ne te connais pas !

— Si, Alec, tu me connais. Je t'ai confié des secrets que Paul, seul, partageait avec moi. Je me suis sentie proche de toi, attirée par toi... (Elle s'essuya la joue du revers de la main.) Paul m'a dit un jour que ses sentiments pour Annie étaient sans espoir parce qu'elle aimait trop son mari. Eh bien, si je ne sais pas encore pourquoi il est tombé amoureux d'Annie, je comprends mieux pourquoi Annie t'aimait. Je comprends vraiment.

Elle fit mine de partir, et, cette fois-ci, il ne la retint pas.

Elle s'était couchée à 10 heures, mais elle ne trouvait pas le sommeil. Le bébé lui semblait aussi agité qu'elle : ses effleurements d'une légèreté de plume devenaient frénétiques et il exprimait son déplaisir chaque fois qu'elle changeait de position dans son lit.

Paul ne lui avait pas donné signe de vie et elle n'était pas encore prête à prendre elle-même l'initiative d'une conversation. Mais Alec... A moins de le faire souffrir en lui apprenant la brève liaison entre Paul et Annie, comment pourrait-elle lui en dire plus ? Dix heures trente sonnèrent, et elle souleva le combiné du téléphone pour s'assurer que la ligne fonctionnait.

A 10 h 45, elle entendit frapper. Après avoir enfilé son peignoir sur sa chemise de nuit, elle descendit dans la salle de séjour obscure et silencieuse. Puis elle alluma la lumière extérieure : Alec attendait, les mains dans les poches. Elle lui ouvrit.

— J'allais te téléphoner, mais il m'a semblé qu'il valait mieux venir ici, dit-il avec un sourire hésitant.

Elle s'effaça pour le laisser passer et elle s'adossa à la porte en resserrant la ceinture de son peignoir.

— Je me suis laissé emporter ce matin, Olivia. Excuse-moi.

La pièce était si sombre qu'elle n'apercevait que le blanc de ses yeux et les rayures claires de sa chemise de rugby, mais elle ne voulait pas allumer de crainte qu'il ne lise ses sentiments sur son visage.

— J'ai eu tort de ne pas tout te dire, Alec. J'étais sur le fil du rasoir entre Paul et toi, et j'ai omis certains détails quand je te parlais. J'en ai fait autant avec lui. Et puis, brusquement, tout s'est emballé. Mais je ne suis pas une menteuse, Alec !

— Oui, je sais.

Comme les yeux d'Olivia s'habituaient à l'obscurité, elle aperçut un sourire amer sur les lèvres d'Alec.

— Qui a mis Paul au courant de mes activités ?

— Lacey, je suppose. Ils ont parlé ensemble l'autre jour, avant la réunion. C'est sans doute la raison de son départ précipité. Pauvre Annie ! Elle était si abattue pendant les mois qui ont précédé sa mort. Je me demande si Paul y était pour quelque chose. Il la harcelait sans doute.

Olivia se mordit les lèvres.

— C'est possible, en effet.

— Tu penses qu'il a essayé de coucher avec elle ?

— Lui seul pourrait te répondre, balbutia Olivia en détournant son regard.

Alec se dirigea vers la fenêtre donnant sur la rue. Il parlait pour lui-même, de plus en plus fort, en oubliant le reste du monde.

— Elle aurait dû se confier à moi! Je lui ai demandé maintes fois ce qui n'allait pas. C'était effrayant quand elle était comme ça. Elle avait l'air si... désemparée. Je voulais l'aider, je l'ai suppliée de... (Il s'interrompit d'un air las.) A quoi bon? Tout cela n'a plus d'importance maintenant!

— Tu devrais t'asseoir, proposa Olivia, appuyée au dossier du fauteuil en rotin.

— Je n'ai aucune envie de m'asseoir.

Il fit quelques pas vers elle et il l'enlaça en attirant sa tête contre son épaule. Elle reconnut l'odeur familière de son after-shave. Ils restèrent ainsi un long moment... Les yeux fermés, elle éprouvait un léger vertige, et soudain sa tête se mit à tourner si fort qu'elle dut s'agripper à lui pour garder l'équilibre.

Les mains d'Alec glissèrent le long de ses hanches et il l'attira contre sa poitrine. Sentant la dureté de pierre de son érection, elle fut tentée d'y répondre par des caresses, mais elle croisa les doigts derrière son dos pour résister à l'envie de tendre la main vers sa ceinture.

— Cette pièce doit être ensorcelée, murmura-t-il à son oreille. On dirait qu'elle a toujours cet effet sur moi.

Elle dénoua son peignoir, et quand elle se serra de nouveau contre lui, elle se sentit vibrer de tout son corps. Devait-elle parler? Lui dire à quel point elle le désirait? Annie avait certainement été une piètre amoureuse...

— Olivia, où est ta chambre?

Elle entraîna Alec par la main, à travers l'escalier et le couloir, dans l'obscurité de sa chambre. Incapable de se contrôler, elle s'assit au bord du lit. Puis elle se tourna vers lui pour ouvrir la fermeture Eclair de son jean. D'un geste rapide, elle saisit son pénis en érection, qu'elle porta à ses lèvres.

— Mon Dieu, chuchota Alec en retenant son souffle.

Ses doigts se promenaient sur ses cheveux et le long de sa nuque tandis qu'elle s'acquittait fiévreusement de sa tâche. Elle l'entendit à peine lui demander de cesser, d'une voix douce, presque polie; il réitéra alors sa demande en se dégageant doucement.

Tremblant d'avoir commis une erreur, Olivia pensa qu'il

allait la quitter de nouveau. Ils étaient trop vulnérables l'un et l'autre, dirait-il, avant de franchir la porte.

— Ça ne va pas ? demanda-t-elle.

Il s'assit près d'elle sur le lit, un bras passé autour de ses épaules.

— Tout va bien, mais je ne m'attendais pas à... ça. Si tu continues ce que tu fais là, tout sera consommé dans quelques secondes. Je préférerais que nous prenions notre temps. (Il laissa glisser ses doigts sur sa joue humide.) Pourquoi pleures-tu ?

— Je ne sais pas, souffla-t-elle, les yeux noyés de larmes.

Alec se pencha pour l'embrasser, lentement — avec une infinie douceur qui lui parut intolérable. Elle lui rendit un baiser brûlant en s'asseyant à califourchon sur sa cuisse.

Il passa les mains sous sa chemise de nuit, remonta le long de ses hanches ; puis il recula pour mieux la voir.

— Es-tu toujours ainsi ?

— *Toujours*, répondit-elle en tirant sur sa chemise de rugby rentrée dans son jean.

Il la repoussa en riant, puis il se leva et elle le regarda se déshabiller. Les rideaux laissaient pénétrer la lumière du clair de lune et elle put observer les détails de son corps. Il avait un ventre plat et musclé, et elle devina la forme de son pénis, encore excité par ses caresses.

A genoux sur son lit, elle retira son peignoir ; il posa sa main sur la sienne au moment où elle soulevait le bord de sa chemise de nuit.

— Garde-la, lui dit-il en refermant ses deux bras autour d'elle.

Il ne voulait donc pas voir son corps, se dit-elle, et elle imagina la rondeur de son ventre sous la lumière irisée du clair de lune. Mais il s'était penché vers elle, et il soulevait maintenant sa chemise de nuit de ses propres mains. Ses paumes se promenaient lentement le long de ses cuisses et de ses hanches, tandis que l'étoffe frôlait ses seins et passait au-dessus de sa tête, la laissant nue et consentante comme elle l'avait été une semaine plus tôt.

Il se mit à l'embrasser d'une bouche brûlante qu'elle accueillit avec joie. En même temps, il couvrait son corps de caresses, et elle sentit ses doigts se glisser en elle avec une douceur qui lui arracha des gémissements. Avide de jouissance, elle faisait pression sur sa main pour l'encourager.

— Assieds-toi, murmura-t-il.

Il l'allongea ensuite sur la couverture. Lui-même s'agenouilla au pied du lit et l'aida à passer ses jambes au-dessus de ses épaules, tandis que sa bouche achevait l'œuvre ébauchée par ses mains. Elle comprit immédiatement ce qu'il avait voulu dire lorsqu'il craignait d'aller trop vite : un orgasme d'une intensité insoutenable la fit frémir, et elle céda à une nouvelle crise de larmes.

L'instant suivant, il la pénétrait. Immobilisée sous lui, elle éprouva un étrange sentiment de panique : était-il furieux contre elle ? Non, son corps se mouvait à un rythme soutenu, mais contrôlé, et elle se sentait bien. Délicieusement bien... Elle n'était pas habituée à cette pression profonde et rapide et son plaisir se prolongea dans les larmes, tandis que ses jambes se nouaient autour du corps d'Alec.

Après ces moments tumultueux, le calme de la chambre semblait presque angoissant. Olivia essaya d'étouffer ses sanglots : elle ne voulait pas qu'il l'entende pleurer. Il l'avait caressée, il avait exploré le moindre recoin de son corps, à une exception près : son ventre. Ce ventre, fécondé par un autre...

Il se dégagea avant qu'elle ne soit prête à le laisser partir et ses lèvres effleurèrent rapidement son front, puis il se laissa retomber sur le dos. Elle sentit sur sa peau la fraîcheur humide de sa semence qui avait suinté sur la couverture.

— Alec, murmura-t-elle en frissonnant.

Il lui prit la main dans l'obscurité et la posa sur son torse.

— Lacey n'est pas prévenue. Il vaudrait mieux que je parte.

Olivia ferma les yeux en entendant cette voix neutre, ce ton amer... La gorge serrée, elle parvint à articuler :

— Alec, je ne comprends pas. Pourquoi es-tu venu ici ce soir ? Pour te venger ? T'es-tu servi de moi parce que tu t'imagines que je me suis moquée de toi ?

Prenant appui sur son coude, il tourna vers elle ses yeux bleus, semblables à des billes translucides sous la lumière de la lune.

— As-tu cette impression ?

— Non, mais tu semblais distant, déçu... Comme si tu avais dû te contenter d'Olivia, alors que tu voulais Annie. Comme si je n'étais pas à la hauteur — ni au lit, ni à l'atelier.

— Olivia ! protesta-t-il d'un ton ferme en repoussant les mèches de cheveux qui tombaient sur son front.

Elle remonta le bord de la couverture sur ses seins.

— Quand nous avons fait l'amour, Paul et moi, en avril, il

m'a avoué qu'il pensait à Annie pour... éprouver une excitation. Je me disais que toi aussi...

— Olivia ! (Il tira sur la couverture pour la border autour de ses épaules.) C'est absurde ! Veux-tu savoir à quel point tu te trompes ?

Elle fit un signe de tête affirmatif et il porta à ses lèvres sa main qu'il tenait toujours dans la sienne. L'or de son alliance scintilla un instant à la lumière du clair de lune.

— Depuis bientôt un mois, chaque fois que je veux penser à Annie, ton image s'interpose. Je voudrais me revoir faisant l'amour avec elle, mais c'est le souvenir de cette soirée chez toi qui me revient à l'esprit !

— Alors pourquoi es-tu si distant ? Pourquoi veux-tu partir ? (Il resta un moment silencieux.) Parce que j'attends un enfant ?

Il soupira en se laissant rouler sur le dos, les yeux tournés vers le plafond.

— En partie, sans doute. Tout va de travers dans cette histoire, Olivia. Tout. Nous faisons l'amour dans le lit de ton mari. S'il apparaissait brusquement, de quoi aurais-je l'air ? Devrais-je me cacher dans le placard ? Sauter par la fenêtre ?

— Nous sommes séparés, Paul et moi !

— Je me sens... minable.

Olivia sursauta. Elle ne se sentait nullement *minable*. Et encore moins coupable.

— Paul t'aime encore, tu le sais bien, reprit Alec. Sinon il n'aurait pas fait une telle scène quand il t'a vue à l'atelier ! C'est lui qui devrait être ici, dans ce lit, et pas moi. (Il lui lâcha soudain la main.) Mais ce n'est pas tout.

Il s'était levé pour s'habiller. Olivia, assise sur le lit, le regardait. Après avoir remonté sa fermeture Eclair, il revint près d'elle.

— Annie est morte depuis trop peu de temps, murmura-t-il en la regardant dans les yeux. Huit mois... Après une vingtaine d'années de vie commune, huit mois sont bien peu de choses. Je suis encore beaucoup trop le mari d'Annie, et j'ai l'impression de la trahir. (Il sourit, mais le bleu de ses yeux s'était assombri.) Ce que je vais te raconter te paraîtra un peu mélo, mais tant pis ! A l'occasion d'une intervention chirurgicale, Annie — qui craignait de mourir — m'avait fait promettre de lui rester fidèle pendant un an. Cette promesse la rassurait. Evidemment, je n'ai pas pensé un seul instant qu'elle allait mourir ; et en pareil cas, je me croyais incapable de m'intéresser à une autre femme avant très longtemps. Quand je suis venu chez toi, ce soir, je ne pensais plus à Annie, mais après avoir fait l'amour, mes souvenirs me sont revenus tout à coup. Vlan ! Je crois la voir, l'entendre quand elle me demandait... Tu vois ce que je veux dire, Olivia ? C'est trop tôt pour moi.

Il se releva, prit sa chemise de rugby posée sur la commode, et Olivia essuya ses joues trempées de larmes pendant qu'il lui tournait le dos. Après avoir ajusté son col, il se rassit sur le lit pour mettre ses tennis.

— Pardonne-moi, Olivia. Tu vois bien que je n'avais pas le moindre désir de vengeance... Demain, je téléphonerai à Paul afin d'assainir l'atmosphère. Nous sommes trop liés par notre action commune pour rompre les ponts d'un jour à l'autre. Dis-lui que tu es enceinte, je t'en prie. Quand il sera au courant, il reviendra auprès de toi. C'est évident ! Et je continuerai mon petit bonhomme de chemin en essayant de ne plus penser à toi du matin au soir... Tu vas lui parler, n'est-ce pas ?

— Dès qu'il sera assez calme pour m'entendre.

Alec avait raison, songea-t-elle. Paul reviendrait sans hésiter aussitôt qu'il saurait. Mais quel était son désir à elle ? Soudain, elle n'avait plus aucune certitude.

— Le plus tôt sera le mieux, insista Alec en se levant.

Avant d'ouvrir la porte, il se tourna vers elle. Il n'était plus qu'une ombre à peine distincte.

— J'ai réalisé récemment qu'Annie se trompait parfois. Elle avait une si forte personnalité que je l'approuvais sans me poser de questions, c'était plus simple. Sa fantaisie, son manque d'organisation, son inexactitude me fascinaient... Vous êtes le jour et la nuit, Annie et toi. Jamais tu ne pourras lui ressembler, et cette différence m'est précieuse ! Quand nous avons fait l'amour ensemble, c'était tout à fait différent. J'ai apprécié que tu prennes *vraiment* du plaisir, mais je me sens coupable. Après tout, les choses n'étaient peut-être pas aussi idylliques avec Annie que je l'imaginais. (Alec s'interrompit et elle sentit sur sa gorge le courant d'air frais de l'air conditionné.) En somme, j'essaye de te dire que je lui dois l'année que je lui avais promise, et que *tu* dois dire à Paul qu'il va être père.

Elle serra sans un mot ses genoux contre sa poitrine.

— Tu es bien silencieuse !

— Je t'aime, Alec...

Elle vit son ombre se rapprocher et il réapparut en pleine lumière. Il se pencha vers elle. Un instant, elle sentit la chaleur de ses lèvres sur les siennes, puis il se détourna et sa silhouette se perdit dans la nuit.

48

Lacey dormait lorsque Alec rentra chez lui. Elle respectait scrupuleusement les règles qu'il lui avait imposées, et elle ne sortait même plus le vendredi soir. Olivia avait vu juste : malgré ses protestations de principe, elle semblait apprécier ce nouveau mode de vie. Il l'avait entendue confier à des amies, avec une satisfaction perverse dans la voix : « Mon père ne me permettrait pas de rentrer si tard ! »

Il était bientôt une heure. Trop tard pour appeler Paul, mais il ne trouverait pas le sommeil avant de lui avoir parlé. Il souhaitait discuter avec lui... Il alla dans son bureau chercher son carnet d'adresses et il s'assit pour composer le numéro.

— Allô ?

Alec reconnut la voix de Paul, claire et nette sur un fond de musique classique.

— C'est Alec, Paul, et il est une heure du matin. Pardonnez-moi si je vous réveille.

— Je ne dormais pas. Y a-t-il un problème ?

— C'est peu dire ! grogna Alec en parcourant d'un regard absent les pages de son carnet d'adresses. J'étais à l'atelier ce matin quand vous êtes venu, et j'ai tout entendu !

Il y eut un long silence au bout du fil.

— Vous auriez dû être honnête avec moi, reprit-il. Vous pouviez m'avouer que vous aviez un faible pour Annie, j'aurais compris.

— Olivia vous en avait déjà parlé ?

— Non. Je croyais que vous l'aviez quittée à cause d'une femme mariée. Je ne savais rien de plus.

— Vous a-t-elle dit que c'était...

— Ne vous inquiétez pas, Paul, je sais que c'était platonique.

— Je vous enviais d'être son mari, j'étais jaloux de vous, admit Paul d'une voix plus calme.

— Vous aviez tort d'être jaloux. Olivia est une femme extraordinaire ; elle m'a aidé à reprendre ma famille en main. (Paul soupçonnait Olivia d'être sa maîtresse, ne risquait-il pas de poser une question insidieuse ?)

— Cette histoire de vitraux est invraisemblable. Je ne comprends pas ce qui lui est passé par la tête !

— Sa conduite peut sembler étrange, mais que dire de la vôtre ? Vous l'avez quittée par amour pour une morte, bon Dieu ! (Il leva les yeux vers la photo d'Annie, au-dessus de son bureau : assise sur une clôture, elle lui faisait un clin d'œil en souriant.) Soyez un peu compréhensif. Votre départ l'a bouleversée à tel point qu'elle était prête à tout pour vous reconquérir.

Paul soupira.

— Je n'arrive pas à oublier Annie.

— Annie est morte, Paul, et j'étais son mari. Votre femme est vivante, et belle, et elle vous aime encore. Vous allez gâcher votre vie au nom d'une illusion !

— Vous avez raison.

Alec laissa ses doigts s'attarder à la lettre S, sur le nom d'Olivia Simon.

— Olivia a une chose importante à vous dire.

— De quoi s'agit-il ?

— Vous parlerez demain avec elle. (Alec bâilla, soudain épuisé.) A propos, n'oubliez pas que Mary Poor nous fait visiter son ancienne maison mardi matin, ainsi qu'à Nola.

— Vous me gardez dans le comité de défense ?

— Certainement.

Paul hésita.

— Quelqu'un d'autre pourrait faire le reportage sur la maison du gardien.

— Aucun de nous n'a votre talent ! Rendez-vous à 9 heures, si vous êtes d'accord.

— Entendu.

Après cette conversation, Alec s'effondra sur son lit à bout de forces, mais il ne parvint pas à s'endormir. Il sentait encore sur lui le parfum d'Olivia. Chose étrange, quand il fermait les yeux, il la revoyait dans la salle d'attente, disant à un patient irascible que les urgences n'étaient pas un *McDonald's*. Ce souvenir le faisait rire malgré lui.

Il n'aurait jamais dû aller chez elle ce soir. Il avait prévu ce qui était arrivé. Il l'avait même souhaité. Si seulement Olivia avait pu s'expliquer plus tôt avec Paul ! Passe encore de convoiter la femme d'un autre, mais faire l'amour avec elle...

Le lendemain matin, il se réveilla mal en point, après une nuit de cauchemars à propos du phare et de fantasmes au sujet d'Olivia. Aussitôt levé, il fronça les sourcils en s'apercevant dans le miroir de la salle de bains : avec ses immenses cernes sous les yeux, il avait l'air hagard d'un homme tout droit sorti d'un film d'horreur.

Il descendit dans son bureau et sortit la trousse à outils d'Annie du placard. Puis il la déposa dans la cuisine, près de la porte, avant de se préparer un bol de céréales et une tasse de café.

Pendant la journée, il voulait voir le phare et prendre encore quelques photos avant son transfert. Quand on l'aurait déplacé, la vue serait différente, on respirerait un air différent depuis la galerie et plus rien ne serait comme autrefois.

Il ouvrit un tiroir à côté du réfrigérateur, sortit une liasse de photos du phare et la plaça en évidence devant son verre de jus de fruits. Ces photos, il ne les avait pas regardées depuis plusieurs semaines...

— Papa ?

Lacey venait d'apparaître dans l'embrasure de la porte.

— Ça va, papa ?

— Oui, pourquoi ?

— Tu as l'air... Je ne sais pas... (Elle s'assit face à lui, les bras croisés sur la poitrine.) Pourquoi les as-tu sorties ?

Il choisit la première photo qui lui tomba sous la main : le paysage était inversé, car il avait pris cette vue à travers la lentille du phare.

— Je voulais être sûr de l'avoir photographié sous tous les angles, avant qu'ils le déplacent.

Lacey fit la grimace.

— Ne t'inquiète pas, tu n'as oublié aucun détail !

— Peut-être, acquiesça Alec en souriant.

Lacey prit une orange dans le compotier posé sur la table et s'amusa à la faire rouler d'une main à l'autre.

— Si nous faisions quelque chose ensemble aujourd'hui ? proposa-t-elle.

Il se sentit déconcerté.

— As-tu une idée ?

— Je ne sais pas. Tu peux choisir.

— Veux-tu m'accompagner au phare ?

— Papa ! (Elle semblait navrée.) Tu ne vas pas recommencer à y passer ta vie, j'espère !

— Je n'y suis pas allé depuis longtemps.

— Alors pourquoi aujourd'hui ? s'indigna Lacey en fondant en larmes. (Elle posa les pieds sur sa chaise, les genoux serrés contre sa poitrine. L'orange roula à terre sans qu'elle paraisse s'en apercevoir.) C'est bizarre, ce matin, on dirait que tout recommence à aller de travers !

— Que veux-tu dire ?

Elle lui montra du doigt la trousse à outils d'Annie, posée près de la porte.

— Qu'est-ce que ça fait là ?

— Je vais la déposer aux urgences pour Olivia.

— Elle peut venir à la maison si elle en a besoin.

— Non, Lacey, elle ne peut plus venir ici. C'est à sa famille qu'elle doit se consacrer, plutôt qu'à la nôtre !

— Elle n'a pas de famille.

— Elle a Paul.

— Un crétin !

— Peu importe ce que tu penses de lui, il est son mari.

— Je croyais que tu l'aimais bien.

— Oui, Lacey, mais elle est mariée. Et maman ne nous a pas quittés depuis bien longtemps…

— Maman est morte ! Elle s'est consumée en des millions de cendres dont les requins ont dû se régaler. Maintenant, il ne reste plus que de la merde de requin, papa !

S'il avait été plus près d'elle, Alec l'aurait giflée, mais par chance la table les séparait. Soudain écarlate, elle souffla, les yeux baissés :

— Papa, je te demande pardon.

— C'était quelqu'un d'exceptionnel, Lace. Quelqu'un d'ir-remplaçable…

Lacey se mit à tracer du bout du doigt des lignes invisibles sur la table. Après un long silence, elle chuchota :

— Je peux continuer à téléphoner le soir à Olivia ?

— Ma chérie, maintenant que tu acceptes de sortir à des heures raisonnables, je ne vois pas la nécessité de la réveiller toutes les nuits.

— Alors... je ne pourrai plus lui parler?

Elle avait un air misérable avec ses cheveux bicolores, son nez rouge et ses grands yeux bleus au regard triste.

— Ne sois pas catastrophée, Lace, rien ne t'empêche de l'appeler. Pas aujourd'hui, elle est occupée, mais dans quelque temps... Et vous verrez ensemble de quelle manière et quand vous pouvez vous parler. Je ne m'y oppose pas, si elle est d'accord. Mais elle ne viendra plus ici.

Olivia déjeunait rapidement dans son bureau lorsque Kathy vint lui remettre la trousse à outils.

— De la part d'Alec O'Neill.

— Merci, Kathy.

— Une fracture nous est annoncée.

— J'arrive tout de suite.

Dès que Kathy eut quitté la pièce, Olivia posa sa pêche et déroula la trousse bien à plat. Les outils étaient soigneusement rangés, comme elle les avait laissés à son dernier passage chez Alec. De l'une des poches dépassait une enveloppe blanche sur laquelle Alec avait inscrit son nom. Elle l'ouvrit et lut:

Les outils sont pour toi, tu peux les garder aussi longtemps que tu voudras. Fais-en bon usage. J'ai parlé à Paul hier soir — il sait que tu souhaites avoir une conversation avec lui. Lacey était navrée d'apprendre que tu ne viendrais plus à la maison. Je lui ai dit qu'elle pourrait t'appeler dans quelques jours. J'espère qu'elle ne te dérangera pas. Tous mes vœux t'accompagnent, Olivia.

Amicalement,

Alec

Non, il n'était pas question de pleurer, mais il lui fallait quelques minutes pour reprendre ses esprits. Elle verrouilla la porte de son bureau, et elle s'y adossa, les yeux fermés et les bras croisés sur la poitrine, jusqu'à ce que la sirène lointaine de l'ambulance la ramène à la vie.

49

Mary venait de terminer ses mots croisés. Elle leva les yeux et aperçut une jeune fille debout sur le trottoir, devant la maison de retraite. Elle semblait regarder fixement dans sa direction, puis elle s'approcha.

Le journal plié sur les genoux de la vieille femme glissa à terre.

— Etes-vous Mrs. Poor ? demanda l'inconnue en pénétrant sur la véranda.

Elle avait une étrange chevelure noire, avec des racines rousses. Mary reconnut aussitôt cette couleur flamboyante, à demi dissimulée. Elle avait déjà vu cette peau nacrée, couverte de taches de rousseur, ces yeux bleus et ces profondes fossettes.

— Que puis-je faire pour vous, jeune demoiselle ?

— Vous permettez que je m'asseye près de vous ?

— Volontiers.

La jeune fille s'installa dans un rocking-chair.

— Je suis la fille d'Annie O'Neill. Vous vous souvenez d'elle ?

— Aussi bien que je me souviens de mon nom, répondit Mary en riant. Tu ressembles à ta maman, Lacey.

— Oui, sauf pour ça ! (Elle hocha la tête en montrant ses cheveux, puis elle tourna les yeux vers le front de mer, et son regard revint se poser sur Mary.) Vous allez peut-être me trouver bizarre, mais je sais que ma mère venait vous voir quand elle avait des problèmes, alors je me suis demandé... Je voudrais vous parler moi aussi.

— Quel genre de problème peut-on avoir à ton âge ?

Lacey regardait Mary d'un air hésitant, comme si elle la trouvait trop vieille pour venir en aide à une personne de sa génération.

— Aurais-tu par hasard une cigarette ? demanda Mary.

— Comment ? s'étonna Lacey. (Elle se leva et sortit de sa poche un paquet froissé de Marlboro.) Je ne sais pas si je fais bien de vous en donner. Vous devriez... Enfin, est-ce que c'est bon pour votre santé ?

— Aussi bon que pour la tienne !

Mary tendit la main. Lacey y déposa l'objet convoité, puis elle aida la vieille femme à allumer sa cigarette.

Après avoir inspiré profondément, Mary se mit à tousser. Elle avait les larmes aux yeux. Lacey lui donna de petites tapes dans le dos pour la soulager.

— Ça va mieux, petite, dit enfin Mary. Oh, que c'est bon ! (Elle montra du doigt le rocking-chair.) Maintenant, rassieds-toi. Je t'écoute...

Lacey se rassit après avoir glissé le paquet de cigarettes dans sa poche. Elle avait les yeux fixés sur l'accoudoir, comme si les mots qu'elle cherchait y étaient gravés.

— Mon père a été très déprimé après la mort de ma mère, murmura-t-elle. Il s'asseyait dans un coin et il passait la journée à regarder des photos du phare de Kiss River. Ça lui rappelait maman. Il n'allait pas travailler et il avait l'air lugubre.

La description de Lacey rappelait étrangement à Mary l'année qui avait suivi la mort de Caleb.

— Ensuite, il est devenu l'ami d'une femme qui s'appelle Olivia. Cette Olivia est aussi le médecin qui a tenté de sauver la vie de ma mère, le soir où elle a été transportée aux urgences...

Mary se rappela aussitôt la jeune femme qui avait déposé les magazines à la maison de retraite quelque temps plus tôt. Elle était donc médecin, et elle avait eu la vie d'Annie entre ses mains... Si ses souvenirs ne l'induisaient pas en erreur, elle était mariée à Paul Macelli. Mon Dieu, quel imbroglio ! Elle inhala, avec précaution, une bouffée de fumée.

— Oui, je t'écoute...

Lacey avait retiré ses sandales et posé les pieds sur son fauteuil ; elle tenait les bras serrés autour des genoux — à la manière d'Annie, se dit Mary.

— Son mari est Paul Macelli, le type qui vous a interrogée au sujet du phare, mais elle est amoureuse de mon père.

Mary plissa les yeux.

— Tu es sûre ?

— Absolument. Il suffit de l'entendre quand elle parle de lui ! Et j'ai l'impression qu'il l'aime lui aussi, mais il dit qu'il ne veut plus la voir. Parce qu'elle est mariée, mais en réalité elle est séparée. Et surtout il pense qu'il n'a pas le droit de tomber amoureux si peu de temps après la mort de ma mère. (Lacey s'interrompit pour reprendre son souffle.) Elle est tout à fait différente de ma mère, et je pense que ça le gêne. J'adorais ma mère, mais je ne comprends pas pourquoi les gens la considèrent comme une déesse ou quelque chose dans ce genre.

Lacey aperçut Trudy et Jane, les yeux écarquillés à la vue de la cigarette que fumait Mary. D'un signe de tête, celle-ci leur fit comprendre qu'elle avait besoin d'être seule avec sa visiteuse. Les deux femmes allèrent discrètement s'asseoir à l'autre bout de la véranda.

— Eh bien, conclut Lacey, mon père est rentré de nouveau dans son cocon, comme avant de connaître Olivia. Il fait une sale tête et il ne pense qu'au phare. Je ne peux plus le supporter ! Et Paul, je me demande ce qu'Olivia peut bien lui trouver. Il a l'air si coincé.

Mary esquissa un sourire. Cette gamine avait le mot juste.

— Oh, pardon d'avoir dit ça ! balbutia Lacey. Il doit être un peu votre ami puisque vous avez discuté longtemps avec lui.

— Tu peux dire tout ce qui te passe par la tête, ma petite.

Lacey reposa ses pieds sur le sol et tourna les yeux vers Mary.

— Je ne sais pas si mes explications étaient assez claires.

— Très claires. Je comprends parfaitement, répondit Mary en hochant la tête.

— Ma mère disait toujours que vous êtes une femme d'une grande sagesse. Si elle vous avait posé ce genre de problème, qu'auriez-vous fait pour l'aider ?

Mary inspira une grande bouffée d'air frais et poussa un soupir.

— Si j'avais été vraiment sage, je n'aurais jamais aidé ta maman. (Elle se pencha en avant et serra la main de Lacey dans la sienne.) Rentre chez toi, ma petite, et ne t'inquiète pas ! C'est un problème d'adultes, et je te promets de m'en occuper...

50

Mary avait une idée derrière la tête. Une idée peut-être cruelle, mais elle ne voyait pas d'autre moyen de neutraliser l'héritage destructeur laissé par Annie. Trois personnes étaient dans un profond désarroi. Quatre, si elle comptait la fille d'Annie. Elle devrait se faire passer pour une vieille excentrique — un rôle qu'elle n'appréciait guère, mais qu'elle savait jouer à l'occasion. Cette occasion allait se présenter le lendemain matin, lorsqu'elle ferait visiter la maison du gardien aux membres du comité — et même dès maintenant, car elle se préparait à appeler Alec O'Neill et à lui imposer ses conditions.

Elle alla se réfugier dans la chambre de Jane pour utiliser son téléphone personnel. Ainsi, personne ne risquait de l'entendre et de se demander quel caprice lui passait par la tête.

Au bout de trois sonneries, Alec vint répondre.

— Allô, Mary, nous nous voyons demain matin à 9 heures, comme convenu ?

— Très bien, très bien. Mais dites-moi un peu qui doit venir.

— Paul Macelli et moi. Ainsi que Nola Dillard, qui appartient à notre comité.

— Eh bien, dans ce cas, ce n'est pas possible.

— Que dites-vous ?

— J'organise la visite pour vous, Mr. Macelli, et sa femme — le médecin.

— Olivia ?

— Oui, la jeune femme qui nous a apporté des magazines il y a quelque temps. Seulement vous trois !

— Je ne comprends pas, Mrs. Poor. La présence d'Olivia ne

365

s'impose pas, et je suppose qu'elle travaille demain. En revanche, Nola est un membre très actif du comité depuis...

— Non, déclara Mary. Nola n'est pas invitée. Je vous emmène avec Mr. Macelli et sa femme. Sinon, pas de visite !

— Mais si elle travaille...

— Nous trouverons une autre date.

— Eh bien, je vais voir ce que je peux faire, dit Alec après avoir réfléchi un moment.

— A demain matin, alors.

Alec raccrocha en fronçant les sourcils. Mary Poor lui avait semblé bizarre. Etait-elle en train de perdre la tête ? Après avoir envisagé diverses possibilités, il se décida à appeler Olivia.

— Je sais que ça te met dans une situation délicate, mais je te demande cette dernière faveur.

— Paul sera là ?

— Elle y tient ! Et de ton côté, je pense que tu as fortement impressionné cette vieille femme.

— Après tout, ça me donnera une bonne occasion de voir Paul — et de lui apprendre que je suis enceinte.

— Il ne le sait toujours pas ?

— Non. Il me laisse des messages en me disant de le rappeler, mais je ne me décide pas à le faire.

— Olivia, qu'attends-tu ?

Elle ne répondit pas.

— Tu as raison, ça ne me regarde pas. Eh bien, peux-tu simplement annoncer à Paul nos projets pour demain ? Je me charge de décommander Nola.

51

— Tu n'as aucune raison de participer à cette visite, dit Paul.

Le combiné coincé entre son menton et son épaule, Olivia ouvrait une boîte de nourriture pour Sylvie.

— J'en ai bien conscience, mais il semblerait que Mary Poor refuse d'organiser la visite si je ne viens pas.

— Elle est vraiment... tyrannique. Je me demande comment diable elle a entendu parler de toi.

— Je l'ai rencontrée une fois quand je suis venue déposer les vieux magazines de Tom à la maison de retraite.

— Sans doute une habitude héritée d'Annie, ironisa Paul après un silence.

— Oui. (Elle le trouvait déplaisant, et elle préféra ne pas lui donner de précisions.)

— Pourquoi ne m'as-tu pas rappelé ?

— Je n'avais pas envie de te parler.

— Ce n'est pas ce que m'a dit ton cher ami Alec.

Olivia posa le bol de Sylvie à terre.

— En effet, une bonne discussion ne serait pas inutile pour éclaircir certains points. Pouvons-nous déjeuner ensemble demain après la visite ?

— D'accord. J'espère que tu ne vas pas te teindre les cheveux en roux à cette occasion.

— Tu es cruel, Paul.

— Pardon, dit-il après un temps d'hésitation. Il me semble parfois que tu m'es devenue totalement étrangère. Tu mènes une vie dont je ne sais rien...

— C'est toi qui l'as voulu.

— Oui, je sais. (Il soupira d'un air las.) A demain, Olivia.

A 9 heures, Olivia vint se garer dans le petit parking, proche de la maison du gardien. Paul et Alec étaient déjà là, accoudés à la Bronco d'Alec. Ils tournèrent en même temps les yeux de son côté, et elle se sentit soudain mal à l'aise. Elle respira profondément pour garder son calme et, après avoir étiré son pull bleu marine sur son nouveau pantalon blanc à ceinture coulissante, elle sortit de la voiture.

Paul et Alec étaient debout côte à côte. Deux hommes séduisants... Elle se sentit troublée et légèrement coupable en marchant vers eux : elle avait fait l'amour avec l'un et l'autre...

Alec paraissait fatigué. Il lui dit bonjour avec un sourire, en soutenant son regard un instant de plus que nécessaire. Un appareil photo était suspendu à son cou et l'étui à son épaule. Il portait un jean et une chemise bleue au col ouvert sur la poitrine.

Le terrain semblait plus sûr à Olivia du côté de Paul, mais il répondit avec raideur à son salut. Jamais il ne lui avait paru aussi embarrassé.

Olivia poussa un soupir de soulagement lorsque la fourgonnette de la maison de retraite vint se garer près d'eux. Vêtue d'une robe rayée bleu et blanc et chaussée de baskets, Mary descendit, aidée par Alec. La jeune femme blonde qui était au volant sortit à son tour, un livre de poche à la main.

— J'aurais voulu faire la visite avec vous, dit-elle en souriant, mais Mary a refusé. Quand Mary dit non, c'est non ! Je vous attendrai sur la plage.

Mary la regarda s'éloigner, puis elle se tourna vers ses invités pour les saluer. Paul émit un grognement à peine audible en guise de réponse.

— Il y a bien longtemps que je n'étais venue ici, dit enfin la vieille femme. J'avais même la certitude de ne jamais revoir cette maison. (Elle observait l'un des bulldozers, près de la dune.) Et maintenant, allons visiter l'intérieur.

Ils suivirent Mary qui se dirigeait d'un pas lent vers la porte. Elle s'appuyait sur une canne. Olivia la trouva plus grande qu'elle ne l'imaginait, mais beaucoup plus âgée qu'à la maison de retraite.

Alec marchait à côté de Mary. Olivia — qui les suivait de près

— se retourna plusieurs fois pour inciter Paul à se rapprocher, mais il la regarda sans la voir. Il semblait furieux d'assister à cette visite, et elle se dit que sa présence devait le contrarier.

Ils entrèrent dans la vaste salle de séjour, avec sa cheminée de brique, ses deux rocking-chairs en rotin et sa bergère. Paul déclencha son magnétophone tandis que Mary tournait en rond au milieu de la pièce.

— Il faudrait un bon coup de peinture, dit la vieille gardienne en tendant sa canne vers les parois grisâtres. Jamais les murs n'ont été aussi sales !

Alec prit quelques photos. Paul, raide comme un piquet au milieu de la pièce, tenait son magnétophone à bout de bras.

— Voyons ce que je pourrais vous raconter au sujet de cette pièce, dit Mary. C'était bien sûr le cœur de la maison. Quand Elizabeth était petite, nous jouions ici avec elle, le soir, Caleb et moi. Après des naufrages, nous avons souvent accueilli des rescapés, en attendant qu'ils puissent regagner le continent. Et dans ce rocking-chair, je peux vous dire que j'en ai fait, des mots croisés !

Olivia remarqua que Paul transpirait malgré la fraîcheur de la pièce. Il tira un mouchoir de sa poche pour s'éponger le front. Sa contrariété ne permettait pas d'expliquer à elle seule la pâleur de son visage. Etait-il malade ? Elle évita de lui poser des questions, de peur d'attirer l'attention sur lui.

Ils entrèrent dans la cuisine.

— C'est ici que je me suis cassé la hanche. (Mary tapota le bras d'Alec.) Sans votre femme, j'aurais pu moisir toute seule jusqu'à la fin de mes jours !

Elle leur parla de la pompe qui était jadis dans un coin de la cuisine, et de la citerne qui collectait les eaux de pluie. Elle leur montra aussi le garde-manger, la grande chambre du rez-de-chaussée, ainsi que la petite salle de bains ajoutée dans les années 60.

— Et maintenant, montons ! déclara Mary en pointant sa canne vers l'étroit escalier.

Avec l'aide d'Alec et de Paul qui la portaient presque, elle parvint au premier étage. Ils s'arrêtèrent dans la première pièce : une grande chambre à coucher aux meubles rustiques et au lit recouvert d'une courtepointe.

— L'œuvre de ma belle-mère, dit Mary.

Puis elle se mit à parler de cette chambre, celle qu'avait

occupée jadis sa fille, Elizabeth. Une nuit, son amoureux avait placé une échelle sous sa fenêtre et il l'avait enlevée, pour toujours.

Paul se sentait mal. Il écoutait Mary, les yeux fermés. Olivia remarqua sa respiration haletante et le battement rapide de sa carotide sous le col de sa chemise.

— Tu es malade ? lui souffla-t-elle.

Il hocha la tête sans la regarder, et elle recula d'un pas. Mary raconta encore quelques anecdotes, et Alec prit d'autres photos avant de pénétrer dans la pièce suivante — une chambrette, depuis laquelle on apercevait la tour blanche du phare.

— Et voici la chambre d'Annie, annonça Mary.

Les trois visiteurs étaient debout dans le couloir, les yeux tournés vers l'intérieur de la pièce.

— D'Annie ? demanda Alec. Vous voulez dire, mon Annie ?

— Oui, c'est bien ça. La chambre où Annie amenait ses jeunes amants.

Alec avait pâli.

— Que dites-vous ?

Mary se tourna vers Paul.

— Vous m'avez comprise, n'est-ce pas, Mr. Macelli ?

La pomme d'Adam de Paul bondissait dans sa gorge. Il avait le visage blafard et les doigts tremblants tandis qu'il raccrochait à sa ceinture son magnétophone éteint.

— Pas le moins du monde !

— Allons donc, vous savez très bien ce que je veux dire. Elle vous trouvait si beau dans votre costume de scène quand vous avez joué dans *The Lost Colony* !

Alec se tourna vers Paul.

— Que dit-elle ?

— Dieu seul le sait. Elle doit me confondre avec un autre.

Olivia avait l'impression d'étouffer. Que pouvait-elle faire pour rompre la tension insoutenable qui régnait dans ce couloir et imposer le silence à Mary Poor ? La vieille femme semblait intarissable. Elle pointait maintenant sa canne en direction du double lit.

— Combien d'après-midi avez-vous passés ensemble dans ce lit, Mr. Macelli ?

— Arrêtez !

Paul s'était tourné vers l'escalier, mais Alec le retint par le bras.

— Ne partez pas, j'attends des explications !

Les yeux fermés, Paul fit volte-face. Après avoir retiré ses lunettes, il se frottait du doigt les marques rouges qu'elles avaient laissées sur les ailes de son nez. Puis il regarda Mary d'un air misérable.

— Pourquoi faites-vous cela ? (Il parlait d'une voix très basse.) A quoi bon ?

Mary haussa les épaules.

— L'avenir le dira.

Paul hésita un moment avant de remettre ses lunettes et de tourner les yeux vers Alec.

— J'ai connu Annie lorsque j'étais étudiant à Boston, murmura-t-il.

— Paul ! s'exclama Olivia, stupéfaite.

— A vrai dire, reprit Paul à l'intention d'Alec, je l'ai connue bien avant que vous fassiez sa connaissance. Nous avons eu une liaison pendant deux ans, à une époque où vous n'aviez pas même entendu parler d'elle ! (Sa voix vibrait d'orgueil.) Elle m'a appartenu longtemps avant vous. Le petit cheval bleu qui est dans votre cuisine, je lui en avais fait cadeau ! Elle l'adorait...

Paul baissa les yeux un moment, comme s'il réfléchissait à ce qu'il allait dire ensuite. Olivia n'osait pas regarder Alec, mais elle entendait sa respiration haletante.

— Nous avions l'intention de nous marier, d'avoir des enfants, insistait Paul. Nous avions déjà choisi leurs prénoms. Mais l'été qui a suivi notre deuxième année d'études, elle vous a rencontré et elle a rompu avec moi. (Il regardait Alec d'un air suppliant comme s'il comptait sur sa compréhension.) Quand on a connu Annie, comment peut-on l'oublier ?

Alec hocha la tête d'une manière imperceptible.

— Non, vous n'allez pas me dire que...

Olivia avait posé la main sur le dos d'Alec. Elle aurait voulu le serrer contre son cœur et l'empêcher d'entendre ce que Paul allait dire.

— Paul, tais-toi !

Il semblait ailleurs... Il croisa les bras, les décroisa, puis il glissa les mains dans les poches de son pantalon.

— J'ai passé l'été ici, il y a des années. Je jouais un rôle dans *The Lost Colony* et j'habitais un studio. A cette époque, nous nous sommes revus, Annie et moi. J'ai compris que nous éprouvions encore des sentiments l'un pour l'autre. (Les yeux rivés au sol, il évitait de croiser le regard d'Alec.) Nous nous sommes rencontrés ici un certain nombre de fois...

— Jamais Annie... (Alec implora le secours de Mary.) Est-ce la vérité ?

Mary hocha la tête d'un air solennel. Olivia comprit soudain que la vieille femme avait tout prévu : elle-même avait orchestré cette confession.

— Salaud ! siffla Alec entre ses lèvres.

Paul cligna un instant des yeux avant de contempler à nouveau le bout de ses pieds.

— J'ai pensé... Enfin, il m'a toujours semblé qu'Annie était enceinte quand j'ai quitté les Outer Banks. Elle était bouleversée, à l'époque. Et quand je l'ai interviewée pour *Seascape*, elle a triché à propos de l'âge de Lacey. (Les joues écarlates, il regarda Alec dans les yeux.) Désolé, Alec, je pense que Lacey est ma fille.

Mary émit un bizarre grognement.

— Lacey n'est pas votre fille, je vous le garantis ! Annie n'a pas gardé votre enfant.

— Comment ? (La voix d'Alec bouillait de colère.) C'est impossible, Annie était opposée à l'avortement.

Olivia lut une immense compassion sur le visage de Mary.

— Et pourtant elle n'a pas gardé l'enfant de Paul. Ni un autre, plus tard. C'était une terrible épreuve pour elle.

— Que diable êtes-vous en train de...

— Alec ! souffla Olivia en le prenant par le bras pour l'attirer près d'elle.

— Lacey est l'enfant du jeune homme avec qui elle faisait des vitraux, un certain Tom...

— Quoi ? s'exclama Paul.

— Mon Dieu, non ! (Alec s'était adossé à la porte comme s'il craignait de s'effondrer.) Mary, comment pouvez-vous en être sûre ?

— Annie n'avait aucun doute. Je l'ai vue soucieuse plus d'une fois, mais jamais elle ne m'a paru aussi inquiète que lorsqu'elle était enceinte de Tom ! Son premier avortement était encore trop présent dans sa mémoire et elle ne voulait pas recommencer — bien que par la suite elle ait dû s'y résoudre à nouveau... Elle a donc gardé l'enfant de Tom, sans le lui dire. Et je pense que, quand la petite Lacey est née, elle avait fini par s'imaginer qu'elle était de vous, Alec. (Elle se mit à dévisager Paul.) Vous pensiez être le seul ? Vous vous croyiez irrésistible ? Eh bien, détrompez-vous ! Vous n'étiez qu'un des nombreux amants d'Annie. En été, il y avait les touristes, les pêcheurs à l'automne, et au printemps les ouvriers du bâtiment. Annie était incapable de dire non, à qui que ce soit.

Paul, l'air plus mort que vif, tourna les talons et le bruit de ses pas résonna un moment dans l'escalier. Alec avait détourné la tête, et il s'appuyait au chambranle de la porte, le visage enfoui dans les mains.

Mary semblait soudain accablée par son grand âge : sans l'aide de sa canne, elle se serait probablement effondrée sur le palier. Olivia alla chercher dans la chambre une chaise à haut dossier qu'elle plaça derrière elle. La vieille femme s'y laissa choir avec un soupir, puis elle tendit la main vers celle d'Alec. Celui-ci tourna vers elle ses yeux rougis.

— Ecoutez-moi bien, Alec, reprit Mary. Annie avait des besoins qu'un seul homme ne pouvait satisfaire, mais je sais qu'elle n'a aimé que vous ! Elle avait honte de ce qu'elle faisait, et je me reprochais de lui simplifier la tâche. Ces dernières années, elle avait remporté une victoire sur elle-même : elle n'amenait plus personne ici. Elle avait triomphé de ses instincts et elle était fière d'avoir gagné ce combat. Jusqu'au jour où il est revenu. (Du menton, elle désignait l'escalier par lequel Paul avait disparu.)

Alec avait les traits figés et le regard vitreux : il ne semblait même plus entendre les paroles de Mary. Olivia gardait la main posée sur son épaule, dont elle sentait les muscles se contracter.

— D'après ce qu'elle m'a dit, elle a couché une seule fois avec Tom, précisa Mary. Ce n'était pas une liaison durable. Annie s'est fait beaucoup de reproches à ce sujet et elle aurait voulu vous dire la vérité à propos de Lacey, mais elle ne savait pas comment s'y prendre. Au moment de son intervention chirurgicale — la moelle osseuse, vous vous souvenez ? — elle a failli se confier à vous, car elle craignait de mourir sans vous avoir mis au courant. Elle y a renoncé, de peur de vous faire souffrir.

Alec arracha sa main à celle de Mary et fonça sans dire un mot vers l'escalier. La vieille femme se laissa aller sur sa chaise avec un long soupir, toute tassée, comme si son corps s'était désagrégé. Puis elle tourna vers Olivia un regard interrogateur.

— Ce que je viens de faire est effroyable, non ?

Olivia s'agenouilla près d'elle, la tête posée sur ses genoux.

— Je pense que vous nous avez rendu à tous un précieux service.

52

Olivia alla chercher Sandy, la jeune employée de la maison de retraite, pour l'aider à ramener Mary jusqu'à la fourgonnette. La Honda de Paul et la Bronco d'Alec avaient déjà disparu lorsqu'elle atteignit le parking. Une demi-douzaine d'ouvriers s'affairaient maintenant entre le bulldozer et le phare.

Mary descendit l'escalier sans un mot, et chaque mouvement de son pied gauche lui arrachait une grimace de douleur. Elle resta silencieuse jusqu'à la fourgonnette, mais aussitôt que Sandy l'eut aidée à boucler sa ceinture de sécurité, elle se tourna vers Olivia.

— Je compte sur vous pour veiller sur Alec.

Olivia acquiesça d'un signe de tête : elle en avait bien l'intention.

Aussitôt arrivée chez elle, vers 11 heures, elle alla donner un coup de fil à Alec depuis son bureau. Le téléphone sonna longtemps, et elle imaginait déjà le message qu'elle laisserait sur son répondeur, lorsqu'il finit par répondre d'une voix lasse.

— Alec, je regrette...

— Je ne suis pas encore en état de parler, Olivia.

Elle ferma les yeux.

— Je voulais seulement te dire que je pense à toi.

Après avoir raccroché, elle alla dans la cuisine : on l'attendait aux urgences dans moins d'une heure, et elle n'aurait pas l'occasion d'avaler une bouchée avant le soir. Mais l'idée de se nourrir l'écœurait. Elle se fit simplement une tasse de thé.

Au moment où elle se dirigeait vers la salle de séjour, elle entendit Paul se garer dans l'allée. Elle posa sa tasse pour aller lui ouvrir.

Il l'attendait sous la galerie, la mine défaite.

— Puis-je entrer ?

Il la suivit dans la maison et il s'effondra dans le fauteuil en rotin. Tandis que Sylvie sautait sur ses genoux en ronronnant, elle s'assit sur le canapé, à l'autre bout de la pièce. Sa tasse de thé à la main, elle se sentait étrangement calme et indifférente.

Paul souriait du bout des lèvres.

— Eh bien, ça a été un choc terrible pour moi !

— Pour nous tous, il me semble.

— J'ai déposé à l'atelier tous les vitraux qui me restaient. Tom Nestor se chargera de les donner à ma place. Tom Nestor... Je n'aurais jamais cru !

— Sainte Anne, répliqua tranquillement Olivia.

— J'ai détruit les cassettes des interviews. A coups de marteau...

— Quelle tragédie, Paul !

Il parut froissé, mais elle ne jugea pas nécessaire de lui présenter des excuses.

— J'ai brûlé ses photos. Ce n'était pas facile, tu sais.

— Tu n'en as pas gardé une seule ?

— Non, je n'ai rien gardé.

— Très bien ! Tu dois te libérer totalement si tu veux reprendre ta vie en main.

— C'est lamentable ! dit-il en la regardant. Notre histoire est lamentable. J'ai été lamentable avec toi.

Olivia resta silencieuse. Comment aurait-elle pu le contredire ?

— Veux-tu toujours de moi, Olivia ? Acceptes-tu encore de partager ma vie ?

Elle hocha lentement la tête, comme au prix d'un immense effort.

— Tu réagis peut-être aux événements de ce matin, suggéra Paul, les yeux baissés.

— Je réagis à tout ce qui s'est passé depuis un an et à tout ce que tu m'avais caché au sujet de ton passé. Je réagis à ton manque d'égards pour notre mariage et pour celui d'Annie et Alec. Même si j'arrive à te pardonner tout cela, plus jamais je ne pourrai te faire confiance. Tu m'as toujours menti !

— Non, Olivia ! Je t'avais parlé d'une ancienne liaison, et tu m'avais dit : « Le passé est le passé. » Te souviens-tu ? Je t'aurais parlé d'Annie si tu m'avais questionné.

— Tu ne m'as jamais dit que tu avais vécu un été ici.

— J'essayais de l'oublier.

— Tu aurais dû me prévenir qu'Annie habitait les Outer Banks avant que j'accepte ce poste.

— J'ai cherché à te dissuader.

— Si tu avais réellement voulu me dissuader, il t'aurait suffi de me dire que la femme que tu avais aimée vivait ici.

— J'ai eu tort, Olivia. J'ai commis de nombreuses erreurs, et je te demande pardon. Veux-tu encore déjeuner avec moi ? reprit-il en scrutant d'un œil inquiet l'alliance qui brillait à son doigt.

— Non, répondit-elle, déconcertée par l'absurdité de cette question, je ne veux plus.

Il posa Sylvie à ses pieds et il se leva d'un air hésitant.

— Bien, j'ai compris.

Olivia l'entendit se diriger vers les toilettes, et soudain elle se figea sur place en réalisant qu'il allait passer devant la chambre d'enfant. Avait-elle pensé à fermer la porte ? Incapable de se souvenir, elle se leva comme dans un rêve, puis elle se glissa dans le couloir : la porte était grande ouverte.

Les deux mains appuyées sur le berceau, Paul se retourna au bruit de ses pas.

— Tu es enceinte ? demanda-t-il en regardant ostensiblement son ventre.

— Oui.

— De moi ?

— Bien sûr ! C'était en avril. La nuit où tu t'imaginais qu'Annie était à ma place.

— Oh, mon Dieu !

Paul lui tourna le dos et il s'appuya de tout son poids sur le berceau. Comme elle préférait éviter le spectacle de ses remords, elle disparut sur la terrasse derrière la maison. Elle s'assit dans un fauteuil pour qu'il ne vienne pas la rejoindre sur la balancelle lorsqu'il sortirait. Au loin, un homme blond et bronzé filait sur une planche à voile. Sa silhouette lui rappela celle d'Alec.

Au bout d'un moment, Paul vint en effet la rejoindre. Il fit pivoter un siège et s'assit en face d'elle, le plus près possible.

— Presque cinq mois ?

— Vingt et une semaines.

— Et comment te sens-tu ? Tout se passe normalement ?

— Ça va bien. J'ai eu les résultats de l'amniocentèse. C'est un garçon.

Une immense satisfaction éclaira le visage de Paul. Olivia, irritée, regretta d'en avoir trop dit.

— Un garçon, Olivia, et tu me l'avais caché ! Si j'avais su, tout aurait été différent. J'aurais retrouvé ma raison.

— Justement ! Je voulais que tu m'aimes pour moi, et non à cause de l'enfant que j'attends.

Il tendit une main hésitante en direction de son ventre, et elle détourna la tête en grinçant des dents.

— Annie m'a ridiculisé.

— Tu t'es ridiculisé !

— Peut-être... admit-il en se carrant dans son fauteuil. Mais que pouvons-nous faire maintenant ? Essayons de nous réconcilier, au moins pour notre fils... Je te rappelle que nous avons eu plusieurs années de vrai bonheur ensemble.

— Non, Paul, tout est fini. Je ne veux plus vivre avec toi.

Les yeux tournés vers le bras de mer, il resta un moment silencieux.

— Et notre enfant ? Je veux savoir ce que deviendra mon fils.

— Eh bien, je te conseille de t'adresser à ton avocat.

Les yeux rougis derrière ses lunettes, il se leva très lentement — comme si une force invisible le clouait dans son fauteuil. Olivia ne dit pas un mot pour le retenir. Il traversa la terrasse, et au bout d'un moment elle entendit la porte de la maison se refermer derrière lui.

Au loin, le jeune homme bronzé continuait à évoluer gracieusement sur la planche à voile. Sans le quitter des yeux, Olivia posa sa main sur ses genoux, puis elle retira lentement son alliance qu'elle glissa dans sa poche. Les yeux fixés sur l'horizon, elle attendit que sonne l'heure d'aller travailler...

53

Alec prit son vieux carton de photos dans le placard de son bureau, puis il alla s'installer sur le canapé de la salle de séjour pour les regarder. Annie était sur toutes ces photos, qu'il n'avait pas revues depuis des années et qu'il avait évitées volontairement depuis sa disparition. En les voyant maintenant, il pouvait deviner d'après ses traits et les hésitations de son sourire à quel moment elle se sentait déprimée. Il comprenait enfin ces crises de cafard apparemment inexplicables. *Ma mort sera la punition de mes péchés...*

Deux avortements. Toutes ces soirées qu'elle avait passées chez Mary... A l'époque, il était reconnaissant à la vieille femme de tenir compagnie à Annie pendant les nuits qu'il devait passer sur le continent.

Des pêcheurs, des touristes... Elle les emmenait dans cette petite chambre, éclairée à intervalles réguliers par le phare. Par cette lumière qu'il avait toujours considérée comme un trésor partagé entre Annie et lui...

La porte d'entrée claqua bruyamment. Lacey était à la maison, mais il ne voulait pas la voir maintenant. Il avait besoin de solitude !

— Bonjour, me voici et il n'est que 9 h 15 ! dit-elle fièrement en apparaissant à la porte de la salle de séjour. (Elle aperçut le carton de photos posé sur le canapé.) Pourquoi l'as-tu sorti ?

Il dévisagea sa fille, qui tout à coup n'était plus la sienne.

— J'avais envie d'y jeter un coup d'œil.

Elle se laissa tomber à côté de lui sur le canapé. Elle sentait le tabac, se dit Alec. Comme Tom Nestor...

— J'aime vraiment celle-ci, dit-elle. (Elle avait pris dans la boîte une photo sur laquelle elle était assise à la plage, près d'Annie.) Maman a l'air si heureuse !

Je n'ai jamais été aussi heureuse que l'année dernière.

Alec détourna la tête, trop tard pour cacher ses larmes. Il n'était plus maître de son chagrin...

— Papa, je ne supporte pas de te voir pleurer ! s'écria Lacey d'une voix alarmée. (Elle s'était précipitée sur le carton.) Veux-tu que je le range ?

— Non, j'ai besoin de voir ces photos.

— Ça te fait du mal !

— Ne t'inquiète pas, Lacey.

Les mains dans les poches de son short, elle le regardait d'un air incrédule.

— On pourrait les regarder ensemble, si tu veux.

— Pas ce soir.

Elle quitta la pièce à regret. Alec se mit à la recherche des photos d'Annie lorsqu'elle était enceinte de Lacey. Il se souvenait de cette grossesse éprouvante, accompagnée de nausées et de douleurs inexplicables. Annie ne prenait pas assez de poids, et son gynécologue avait été sur le point de l'hospitaliser. Elle était restée alitée presque neuf mois, tandis qu'il s'occupait lui-même de Clay, avec l'aide de Nola.

L'accouchement avait été pénible et interminable. Il avait tenu la main d'Annie et il l'avait aidée à contrôler sa respiration jusqu'au moment où lui-même s'était senti prêt à craquer. Comment une femme — une malheureuse créature humaine — pouvait-elle endurer de telles souffrances ?

Lorsqu'elle avait senti la tête de Lacey apparaître, Annie s'était mise à hurler pour qu'Alec quitte la salle de travail. Il pensait qu'elle ne savait plus ce qu'elle disait et il avait fait semblant de ne pas entendre. Mais le médecin avait compris, et il avait échangé un regard embarrassé avec les infirmières.

— Il vaudrait mieux sortir, docteur O'Neill, lui avait chuchoté l'une d'elles. Elle n'arrivera pas à se concentrer si vous restez.

Infiniment peiné, il s'était réfugié dans le couloir, pour ne pas avoir à s'expliquer devant les quelques amis réunis dans la salle d'attente.

Plus tard, quand il avait demandé des explications à

Annie, elle avait fondu en larmes et elle l'avait assuré qu'elle ne savait plus ce qu'elle disait.

Comme elle avait dû être terrorisée pour le chasser au moment où elle avait le plus besoin de lui ! Craignait-elle qu'au premier regard sur le nouveau-né il ne devine la vérité ? L'avait-elle épié avec inquiétude chaque fois qu'il se penchait sur le berceau de sa fille ? Avait-elle guetté ses soupçons ? Avait-elle tenté une fois, deux fois, ou des dizaines de fois de lui avouer sa faute ? Ou savait-elle qu'il était incapable de mettre en doute sa fidélité ?

Photo après photo, il continua à se tourmenter jusqu'à l'épuisement. Vers minuit, il gravit péniblement l'escalier, mais il fut incapable de trouver le sommeil. De nombreux souvenirs l'assaillaient ; des indices qu'il avait laissés échapper. Quand il avait été question de stérilisation, elle avait envisagé une ligature des trompes pour lui éviter les tracas et les souffrances d'une vasectomie. Venant d'Annie, ce raisonnement lui avait paru logique. Et toutes les fois où elle avait essayé de calmer Tom Nestor quand il buvait ! Et toutes ces crises de larmes inexplicables ! Oh, Annie...

Son esprit bouillonnait et il sentait dans ses muscles une raideur dont il avait perdu l'habitude depuis des mois. Il avait besoin d'agir, de bouger. Il avait besoin d'aller voir le phare.

Il se leva avant l'aube, et, après avoir laissé un mot à Lacey sur la table de cuisine, il prit la direction de Kiss River à travers l'épais brouillard matinal.

Peu de temps avant d'arriver, il aperçut les chevaux sauvages au bord de la route ; il se rabattit sur le côté pour mieux les voir. Comme ces formes presque irréelles devenaient plus nettes par instants, il reconnut le poulain qu'avait heurté la Mercedes. Sa mésaventure ne lui avait pas appris la prudence : il broutait l'herbe à deux pas de la route. Une légère cicatrice marquait encore son arrière-train : les points de suture qu'il avait faits avec l'aide de Paul. *Paul... Le cheval bleu en cloisonné.*

Alec marmonna entre ses dents. Il aurait voulu bloquer définitivement le cours de sa pensée.

Il poursuivit sa route jusqu'au phare dont les briques blanches se fondaient dans le brouillard. Il gravit les marches métalliques au milieu d'échos inquiétants, sans s'arrêter avant la galerie. Il était maintenant au-dessus du brouillard, et la lanterne venait sans doute de s'éteindre car le soleil se levait.

Au-dessus de la mer, le ciel était un flamboiement hallucinant de rose et d'or, qui illuminait l'océan.

Il fit le tour de la galerie pour regarder du côté de la maison du gardien. A travers le brouillard, il aperçut dans les buissons un second bulldozer.

Puis il s'assit sur le sol glacé, face au soleil levant, et il ferma les yeux dans l'attente de l'apaisement magique que lui procurait toujours le phare.

Etait-elle montée ici avec d'autres hommes ? Avait-elle fait l'amour ici, ou en bas, sur la plage ?

Assez !

Il rouvrit les yeux et martela le sol du bout des doigts. Puis, il se pencha en avant pour regarder par-dessus la balustrade. L'océan rampait de plus en plus près de la base du phare : ses vagues ourlées de blanc grignotaient les quelques centimètres qui protégeaient encore les briques. Mon Dieu, qu'il était proche !

... nous devrions laisser tomber.

Alec s'adossa à nouveau au mur noirci. Pour la première fois, les paroles d'Annie n'éveillaient plus aucune crainte en lui.

Après avoir quitté Kiss River, il longea le rivage de l'île. Le brouillard qui la recouvrait une heure plus tôt avait mystérieusement disparu. Lorsqu'il traversa le pont de Manteo, un soleil radieux faisait briller les bateaux sur le bras de mer.

Il se gara devant la maison de retraite, mais il avait une autre destination : le petit magasin d'antiquités au charme désuet. En traversant la rue, il remarqua un écriteau. Evidemment, il arrivait avant l'heure d'ouverture !

Une voiture était garée dans l'allée, et en collant l'œil à la vitrine, il aperçut une lumière dans l'arrière-boutique. Il frappa. Au bout d'un moment, une femme aux cheveux grisonnants fit son apparition.

— Que puis-je pour vous ? demanda-t-elle en entrouvrant la porte de quelques centimètres.

— J'arrive trop tôt, mais c'est urgent : il me faut une poupée ancienne pour ma fille. Je crois que ma femme les achetait ici.

— Annie O'Neill ?

— Exactement.

— Alors vous êtes Alec ! (Elle ouvrit grand la porte.) Entrez, dit-elle en souriant, je m'appelle Helen.

Il serra la main qu'elle lui tendait.

Il serra la main qu'elle lui tendait.

— Je suis heureuse de faire votre connaissance. Annie venait m'acheter des poupées pour l'anniversaire de votre fille. C'est bien ça ?

— Oui. Je suis d'ailleurs un peu en retard cette année.

— Mieux vaut tard que jamais. (Helen s'adossa à une vitrine emplie de bijoux anciens.) Annie était une excellente cliente, une femme charmante. Regardez ce qu'elle m'a donné.

Un vitrail représentant un fouillis d'arbres et de verdure était accroché à la porte. Encore une création d'Annie qu'il ne connaissait pas !

— J'ai été navrée d'apprendre... ce qui est arrivé.

Elle le conduisit dans l'arrière-boutique où toutes sortes de poupées étaient éparpillées sur des meubles anciens. L'une d'elles — une rousse à l'air espiègle — attira immédiatement son attention.

— Il me faut celle-ci, déclara-t-il sans hésiter.

— Je l'avais deviné ! C'est la première poupée rousse que je reçois. En la voyant, il y a un mois, je me suis dit : en voilà une que sainte Anne aurait adorée. Son visage est une porcelaine d'une grande finesse, et elle a ses cheveux d'origine. Mais elle coûte cher.

Helen retourna la petite étiquette blanche attachée au poignet de la poupée. Quand Alec aperçut le prix, il sourit.

— Ça ne fait rien.

Après avoir étalé plusieurs couches de papier de soie dans une grande boîte, Helen y déposa la poupée.

— Annie faisait elle-même ses paquets. Je crois qu'elle peignait le papier. Mais vous préférez, je suppose, que je m'en charge.

— Volontiers.

Elle coupa une longue feuille de papier rayé bleu et blanc, dont elle enveloppa la boîte.

— Annie venait très souvent ici. (Tout en parlant, elle collait un morceau de scotch sur le paquet.) Sa présence illuminait le magasin. Nous parlons souvent d'elle. Si vous saviez comme elle nous manque !

Alec prit la boîte qu'elle lui tendait.

— On n'oublie pas une femme comme elle, murmura-t-il en faisant son chèque.

Une musique tonitruante s'échappait de la chambre de Lacey lorsqu'il rentra chez lui, mais il fit halte dans son bureau pour appeler Nola.

— Courage ! lui dit-il. J'ai une nouvelle désagréable à t'annoncer.

— Que se passe-t-il ?

— Je démissionne du comité de défense.

Nola resta muette plusieurs secondes avant de protester.

— Tu plaisantes ?

— Pas du tout !

— Dis-moi ce qui t'arrive, Alec !

— Je n'ai pas le temps de te donner des explications, Nola. Je te nomme présidente à ma place, et je vous souhaite bonne chance à tous.

— Un instant, Alec, tu ne vas pas raccrocher comme ça ! Tu exagères vraiment ! Et les autres, qu'est-ce que je vais leur raconter ?

— Dis-leur ce que tu voudras. Que j'ai eu une révélation, que mes yeux se sont ouverts...

Il prit ensuite la boîte et alla frapper à la porte de Lacey. Elle poussa un cri bizarre en l'entendant.

— Attends une seconde, papa.

— Que se passe-t-il ?

— Rien, je m'habille.

Quand elle ouvrit, elle portait un short et un T-shirt selon son habitude, mais ses cheveux disparaissaient sous un chapeau de paille à large bord.

— Tu portes un chapeau ?

Elle ne répondit pas car elle avait aperçu la boîte.

— Qu'est-ce que c'est ?

— Un cadeau d'anniversaire un peu tardif.

Assise sur son lit, elle déballa le paquet. Puis elle souleva le couvercle en se mordant les lèvres.

— Oh ! souffla-t-elle. Elle est extraordinaire, papa ! Une rousse... Comment as-tu réussi à trouver une rousse ?

Il haussa les épaules d'un air mystérieux.

Lacey se leva et alla placer la poupée au milieu de l'étagère, sous l'affiche du voyou à pantalon de cuir et à longs cheveux.

— Moi aussi, dit-elle en rougissant brusquement, j'ai quelque chose à te montrer. Mais tu vas devenir fou, papa !

Alec sourit en croisant les bras sur sa poitrine.

— Non, Lacey, plus rien ne peut m'étonner maintenant.

Lentement et sans le quitter des yeux, elle souleva son chapeau, laissant apparaître de très courtes boucles rousses. Elle avait coupé tous ses cheveux noirs, et le peu qui restait était d'un roux flamboyant.

— Oh ! Lace, que tu es belle !

Il la serra contre son cœur et elle se laissa faire. Pendant un moment il resta ainsi, la joue posée sur ses boucles encore humides, à respirer l'odeur douce et fraîche de son shampooing.

Un jour ou l'autre, elle devrait connaître la vérité sur ses origines. Il lui parlerait, il parlerait à Tom. Mais plus tard... A cet instant, elle était plus que jamais sa fille.

54

Une rupture n'était donc pas un phénomène si douloureux ! Olivia se réveilla avec l'impression de ne pas avoir pensé une seule fois à Paul depuis la veille. Certes, elle avait travaillé tard dans la nuit — plus tard que prévu, car elle n'avait ménagé ni son temps ni son attention. Elle avait travaillé jusqu'à l'épuisement, pour être certaine de dormir d'un sommeil de plomb dès qu'elle se coucherait.

Elle se séchait maintenant les cheveux, après avoir pris sa douche, et elle évitait de penser à Paul. Comme si le simple fait d'évoquer son image était au-dessus de ses forces...

C'est à Alec qu'elle pensait. Tout en rangeant sa maison — car c'était un jour de congé —, elle guettait la sonnerie du téléphone, en espérant qu'il allait l'appeler. Elle attendait qu'il prenne lui-même l'initiative lorsqu'il jugerait le moment opportun.

Vers midi, elle alla faire ses courses à regret. Une heure après, comme elle revenait chez elle avec deux sacs de provisions, elle aperçut Alec, debout sur l'appontement derrière la maison. Elle arrêta sa voiture à bonne distance pour l'observer : la main en visière pour se protéger du soleil, il avait les yeux tournés vers le bras de mer. Elle se sentit submergée de tendresse en repensant à l'horrible journée qu'il venait de vivre : les pénibles révélations qu'elle avait eues au sujet de Paul n'étaient pas comparables à ce qu'il avait appris concernant sa femme.

Elle se remit en route, et il dut l'entendre se garer dans l'allée, car il surgit au moment où elle déchargeait ses provisions.

— Comme je suis contente de te voir ! dit-elle, en le

regardant par-dessus le toit de sa voiture. Je voulais te parler, mais je n'osais pas te téléphoner.

— Et moi, je craignais de rencontrer Paul en venant chez toi... (Il avait soulevé l'un des sacs de provisions, qu'il déposa devant la porte d'entrée.) Il n'est pas ici ?

— Non, tu peux entrer, Alec.

Il la suivit et posa son chargement sur la table de cuisine, à côté du sien.

— Alors, demanda-t-il tandis qu'elle commençait à trier ses achats, tu lui as parlé ?

Elle rangea un demi-litre de lait dans le réfrigérateur et s'accouda au comptoir.

— Il est passé me voir hier après-midi. Il était malheureux et désolé. Absolument bourrelé de remords... (Sa voix avait une intonation moqueuse qu'elle seule percevait.) Il se sent ridicule. Il a détruit les cassettes des interviews d'Annie et brûlé toutes ses photos. C'est son côté théâtral ! Si le remords pouvait tuer, j'aurais eu un homme mort sur les bras quand je lui ai dit que j'étais enceinte ! Il voulait revenir avec moi, tout recommencer à zéro, au moins pour notre enfant, mais je...

Sa voix se brisa brusquement, et elle détourna son visage.

— Très bien, Olivia, inutile d'en dire plus !

— Mais je ne suis pas triste. (Elle avait des larmes dans la voix.) Pas le moins du monde...

Alec posa la main sur sa nuque, et il l'attira vers lui. Les yeux fermés, elle abandonna sa tête sur son épaule, tandis qu'il refermait ses bras autour d'elle.

Elle pleura longtemps sans qu'il cherche à la consoler par des paroles de circonstance ou des lieux communs : il avait compris que ses larmes avaient un pouvoir apaisant.

— Tout est fini entre lui et moi. (Elle sanglotait toujours sur son épaule.) Je ne l'aime plus. Depuis longtemps d'ailleurs.

Elle se tut un moment, heureuse de sentir le corps d'Alec contre le sien et sachant qu'elle avait trouvé *sa* place.

— Et toi, dit-elle en posant sa main au creux de ses reins, comment as-tu supporté la journée d'hier ?

— Mal.

— Veux-tu m'en parler ?

— Un jour ou l'autre, mais pas maintenant.

— Mary Poor savait exactement ce qu'elle faisait, n'est-ce pas ?

— Elle n'a rien laissé au hasard !

Il s'arracha doucement à elle, et il prit les yaourts sur la table pour les ranger dans le réfrigérateur. Comme il se baissait vers l'étagère inférieure, elle remarqua qu'il ne portait plus d'alliance. Seule restait une marque pâle sur son doigt bronzé.

En se relevant, Alec tourna les yeux vers la fenêtre au-dessus de l'évier.

— Où est la plume de paon d'Annie ?

— Je l'ai cassée le soir où Paul m'a dit qu'Annie et lui... (Elle baissa les yeux, consciente d'avoir trop parlé.)

Alec termina sa phrase :

— Le soir où Paul t'a dit qu'il avait fait l'amour avec Annie.

— Comment le sais-tu ?

— Ils l'avaient fait une seule fois depuis son retour ici ?

— Je suppose.

— Juste avant Noël, c'est bien ça ?

— Oui, mais comment...

— J'ai deviné cette nuit, après avoir passé des heures à rassembler tous les indices ! Ils ne manquaient pas, mais je ne voyais rien car j'étais incapable de la soupçonner. Une nuit, avant Noël, elle est rentrée en retard de l'atelier. Apparemment très contrariée... Elle avait un éclat de verre dans la main, que je l'ai aidée à retirer. Je me souviens qu'elle n'arrêtait pas de pleurer. Après, elle a voulu prendre un bain pour se détendre. En réalité, je pense qu'elle voulait supprimer toutes les traces de Paul avant de se coucher à mes côtés.

Il parlait, les yeux rivés au sol, et Olivia l'écoutait en silence.

— J'ai réalisé que quelque chose avait dû se passer entre eux, ce soir-là. Mais j'espérais qu'ils n'avaient pas vraiment... (Il esquissa un sourire mélancolique.) Donc, ils ont fait l'amour. Je ne pense pas qu'il l'ait obligée à céder...

Olivia lui rendit son sourire.

— Paul m'a dit que c'était d'un commun accord.

— Je ne te croyais pas au courant, Olivia. Tu aurais pu me jeter cela à la face, le jour où je t'ai accusée d'être moins honnête qu'Annie !

— J'y ai pensé, mais je ne voulais pas te blesser.

Il se pencha vers elle pour déposer un baiser sur son front.

— Merci, dit-il, je n'aurais sans doute pas été capable de supporter le choc à ce moment-là. (Il la prit par la taille en soupirant.) Et maintenant, je dois trouver un moyen d'annoncer à ma petite Lacey que Tom est son père.

— Mon Dieu, tu as raison... Je n'y avais pas pensé !

Alec hocha la tête.

— Je lui en parlerai quand je serai en état d'accepter cette idée. Il ne faut pas qu'elle méprise Annie... Mais c'est encore trop tôt pour moi.

— Tu es un bon père.

— Il me semble que tu n'as pas toujours dit ça !

— J'ai parfois douté de certaines de tes méthodes, mais jamais de tes sentiments vis-à-vis de Lacey. (Elle lui frôla la joue.) Es-tu content de connaître la vérité ?

— Oui, dit-il en remontant lentement les mains jusqu'à la hauteur de ses seins. Je me sens moins coupable de t'aimer.

— Tu as retiré ton alliance ?

— Toi aussi.

Elle sourit, le front appuyé contre le menton d'Alec. La chaleur de son haleine effleura sa joue.

— Alec... ? Si tu venais dans ma chambre ?

Ils firent l'amour à un rythme plus paisible que la fois précédente. Le soleil répandait à travers les vitres une lumière chaude et dorée — comme du miel — qui les incitait à prendre leur temps. A califourchon sur Alec, dans cette clarté diffuse, elle sentit son corps vibrer de plaisir, comme le sien quelques instants plus tôt.

Lorsqu'il eut repris son souffle, il ouvrit les yeux et il la regarda en effleurant du bout des doigts la chaîne d'or qui reposait entre ses seins.

— Comme tu es belle vue d'en bas ! murmura-t-il.

Elle prit soudain conscience de sa nudité : elle n'était plus qu'un immense abdomen, et tout le reste de son corps lui semblait petit et insignifiant...

— Mon amour pour toi me fait peur, souffla-t-elle.

— Pourquoi ?

— Je viens d'aimer un homme qui préférait Annie. Si je t'aime maintenant, je crains que la même histoire ne se reproduise !

— C'est toi que je veux, Olivia. (Ses mains s'étaient resserrées sur ses cuisses, et elle frissonna.) Je te veux telle que tu es, avec ton esprit organisé, ton besoin d'ordre, ton ambition et ton sens de l'autorité. Et aussi, dit-il en effleurant son corps là où il rejoignait le sien, avec ton insatiable sensualité.

— Et ma prochaine maternité ?

Il promena la main sur la ligne incurvée de son ventre.

— J'ai déjà élevé l'enfant d'un autre homme. Pourquoi ne pas recommencer ?

55

Toutes les lumières de la maison de santé de Manteo s'éteignirent brusquement vers 8 h 30 et la radio devint grinçante et presque inaudible. Les pensionnaires et quelques membres du personnel se réunirent dans la salle de séjour, à la lumière des bougies, pour tourner à tour de rôle les boutons du poste aux piles défaillantes.

Assise dans un coin, Mary avait terminé ses mots croisés. Le journal plié en quatre reposait sur ses genoux. Elle n'avait pas besoin de la radio pour savoir ce qui se passait dehors : elle sentait le danger jusque dans la moelle de ses os.

Au début de la soirée, elle avait ouvert la fenêtre de sa chambre et laissé le vent souffler sur sa peau. Elle avait flairé l'air, elle l'avait goûté, et elle avait compris que la tempête était proche. La voilà... avait-elle pensé. Depuis plusieurs jours elle la sentait venir. Avant même que les habitants des Outer Banks n'aient reçu l'ordre d'évacuer, elle savait que cette tempête serait à nulle autre pareille. Elle allait frapper la côte de front, avec une violence inattendue, et elle mettrait des heures à s'apaiser.

Trudy lui proposa vainement une partie de canasta.

— Mary, lui dit-elle en plaisantant, vous qui en avez vu d'autres, pourquoi faites-vous cette tête de gamine effarouchée ?

A quoi bon se justifier ? pensa Mary, qui n'éprouvait pas la moindre crainte.

Elle alla se coucher beaucoup plus tard que d'habitude, mais elle ne parvint pas à trouver le sommeil. Un vent sinistre mugissait à travers la vaste demeure, et elle distinguait de temps à autre le crépitement d'un arbre en train de se briser. En pleine nuit, la fenêtre de la chambre de Jane fut soufflée. Ses cris attirèrent tous les pensionnaires dans le hall d'entrée. Jane alla dormir sur le canapé-lit de la salle de séjour.

Au petit matin, Mary finit par s'assoupir. Quand elle se réveilla, le ciel était couvert, et le petit vitrail circulaire suspendu à sa fenêtre diffusait une lumière pâle et terne sur les murs de sa chambre.

Elle rejoignit les autres pensionnaires dans la salle à manger, mais elle ne toucha pas à son petit déjeuner. Ensuite, tandis qu'elles accouraient toutes sur la véranda pour observer les arbres arrachés et les carreaux cassés dans les maisons du voisinage, elle se rendit à la cuisine. Gale et Sandy, les seuls membres du personnel présents ce matin-là, remplissaient le lave-vaisselle.

— Qu'y a-t-il, Mary ? demanda Gale.

— L'une de vous pourrait-elle m'emmener à Kiss River ?

— Vous plaisantez ! s'esclaffa Sandy. Nous avons eu des inondations cette nuit, et la radio annonce que plusieurs routes sont encore sous l'eau.

— Je vous en prie. (Elle avait l'impression de s'abaisser lorsqu'elle suppliait ces jeunes filles. Sa dépendance lui était insupportable.) Je vous payerai !

— On ne savait pas que vous aviez un magot caché sous votre lit, plaisanta Gale.

Mary s'appuya de tout son poids sur sa canne. Ce matin-là, elle avait des élancements dans la hanche.

— Si vous ne m'emmenez pas, je trouverai un autre moyen d'y aller.

Sandy et Gale échangèrent un regard inquiet : quelques semaines auparavant, quelqu'un avait commencé les mots croisés de Mary avant elle ; comme personne ne voulait la conduire au kiosque pour acheter un autre exemplaire du journal, elle avait fait l'aller et retour à pied — deux kilomètres et demi...

Après avoir glissé une dernière assiette dans le lave-vaisselle, Sandy se sécha les mains avec un Kleenex.

— Entendu, Mary, je vous emmène, mais nous n'irons pas bien loin.

Au volant de la fourgonnette, Sandy essaya d'abord de faire parler sa passagère, mais elle finit par renoncer. Mary était pensive : elle martelait du doigt le pommeau de sa canne, tout en essayant de se repérer au milieu de l'épais brouillard.

L'eau s'était retirée de la grande route qui traversait l'île, mais le vent avait fait de gros dégâts dans les maisons. Chaque fois que le brouillard se dissipait pendant quelques secondes, Mary apercevait des vitres brisées, des planches ou des bardeaux tombés des toits sur la chaussée.

Elles prirent la route de Southern Shores et Mary se demanda comment la famille d'Annie s'en était tirée. Alec et les siens avaient-ils évacué la maison ? Et Olivia avait-elle pu les accompagner ? Maintenant qu'elle dirigeait le service des urgences, elle avait sans doute été mobilisée pour accueillir les victimes.

Mary repensait à la semaine précédente : Alec l'avait invitée à dîner, et elle avait été surprise qu'il ne lui garde pas rancune après ses cruelles révélations au sujet d'Annie. Olivia était là, manifestement enceinte — une complication qu'elle n'avait pas envisagée ! La jeune femme avait préparé le repas avec Lacey et Alec, tandis qu'elle-même observait, depuis la table de cuisine, les conséquences de ses récentes révélations. Ces trois-là nageaient dans le bonheur. Trois rescapés de son ultime sauvetage !

Elle avait appris que Paul Macelli était retourné à Washington. Il travaillait à nouveau au *Post*, et il avait repris ses lectures de poésie devant ses admirateurs du week-end.

— Allons-y ! s'exclama Sandy en abordant un tronçon de route qui disparaissait sous l'eau.

Elle passa en quatre-quatre et sa fourgonnette fonça sans se faire prier. Quelques minutes après, la route était sèche de nouveau.

— Brave bête, grommela-t-elle en donnant une tape amicale à son volant.

Mary regardait en direction de la mer, mais la plage semblait flotter dans le brouillard. La fourgonnette dut encore franchir plusieurs tronçons inondés avant de parvenir à Kiss River.

Sandy s'engagea sur la route étroite menant au phare.

— Tous ces arbres déracinés !

Mary se moquait bien des arbres. Elle ouvrit sa portière sans laisser à Sandy le temps de se garer au bord du parking.

— Restez ici, Sandy !

— Pas question, je vous accompagne.

— Je veux être seule ! déclara Mary en claquant la portière avec une force qui la surprit elle-même.

Elle parlait avec une telle assurance que Sandy renonça à la convaincre.

— Si vous n'êtes pas là dans un quart d'heure, je viens vous chercher, lui cria-t-elle à travers la vitre tandis qu'elle s'éloignait.

Mary s'engagea d'une démarche hésitante sur le sol pavé, puis sur le sable humide. Une douleur lui transperçait la hanche gauche à chaque pas, et sa canne s'enfonçait dans le sable, mais ses souffrances s'atténuèrent à mesure qu'elle approchait du phare et elle finit par les oublier totalement.

Le brouillard restait collé au sol de Kiss River comme bien des fois par le passé, et elle dut compter sur son sens inné de l'orientation pour se frayer un chemin à travers les buissons de lauriers. C'est alors qu'elle les aperçut : deux bulldozers et un camion chargé de longues poutres métalliques — juste à côté de la maison du gardien. Elle s'approcha de quelques pas, à l'affût des dégâts. Il y avait un endroit découvert où le toit avait perdu quelques bardeaux, mais la maison tenait toujours debout, bien que plusieurs fenêtres eussent été soufflées.

L'océan était monté jusque-là, se dit-elle. S'il avait pu atteindre la maison, il y avait fort à parier que...

Elle fit le tour en scrutant le ciel, sur lequel auraient dû se détacher la silhouette blanche du phare et sa galerie métallique. Il se dissimulait sans doute derrière le brouillard... Elle marchait toujours, les yeux tournés vers le ciel, en s'appuyant de moins en moins sur sa canne. S'était-elle égarée ? Au fond d'elle-même, elle avait la certitude d'avoir pris le bon chemin. Elle savait ce qui s'était passé. Elle l'avait deviné depuis qu'elle avait entendu la pluie s'abattre sur le toit de la maison de retraite et le vent casser les arbres en deux comme du petit bois.

Elle fit encore quelques pas, et une violente rafale dissipa le brouillard qui recouvrait l'océan : le paysage lui apparut aussi nettement qu'un tableau accroché dans un musée. La tour était réduite à un tiers de sa hauteur normale, et l'océan tourbillonnait autour des ruines déchiquetées du phare de Kiss River. A travers le trou béant laissé par les briques arrachées, elle aperçut l'escalier circulaire, s'élançant dans une brume légère. Tout au tour, le sol était jonché d'énormes débris. Comment une image aussi nette avait-elle pu se dérober à son regard quelques instants plus tôt ? Ne voyant nulle part la lentille, elle l'imagina au fond de l'océan, tel un énorme coquillage en forme de prisme.

Elle jeta un coup d'œil aux bulldozers et au camion qui attendaient le moment de construire une piste désormais inutile. Un souvenir lui revint alors : assise là-haut sur la galerie avec Annie, elle avait dit à la jeune femme : « Si l'océan doit un jour emporter le phare, qu'y pouvons-nous ? »

Un sourire amer se dessina sur ses lèvres et elle reprit lentement le chemin du parking. La douleur de sa hanche s'était réveillée, mais elle marchait droit devant elle sur le sable humide. Arrivée au niveau des buissons de lauriers, elle se retourna pour jeter un dernier regard au phare, et elle murmura : « L'heure a sonné, Annie, elle finit toujours par sonner... »

Achevé d'imprimer sur les presses de

BUSSIÈRE

GROUPE CPI

à Saint-Amand-Montrond (Cher)
en février 2005
pour les Presses de la Cité
12, avenue d'Italie
75013 Paris

N° d'édition : 7250. — N° d'impression : 050301/1.
Dépôt légal : février 2005.

Imprimé en France